思舟 著

闲云淡月

周曾延

安徽省芜湖市文联『五个一工程』扶持项目

九州出版社
JIUZHOUPRESS

图书在版编目（CIP）数据

闲云淡月 / 王惠舟著. -- 北京：九州出版社，
2022.3
ISBN 978-7-5225-0553-4

Ⅰ．①闲… Ⅱ．①王… Ⅲ．①散文集－中国－当代
Ⅳ．①I267

中国版本图书馆 CIP 数据核字（2021）第 199755 号

闲云淡月

作　　者　王惠舟　著
责任编辑　刘　嘉
出版发行　九州出版社
地　　址　北京市西城区阜外大街甲 35 号（100037）
发行电话　（010）68992190/3/5/6
网　　址　www.jiuzhoupress.com
印　　刷　成都市兴雅致印务有限责任公司
开　　本　787 毫米 ×1092 毫米　16 开
印　　张　19.75
字　　数　334 千字
版　　次　2022 年 3 月第 1 版
印　　次　2022 年 3 月第 1 次印刷
书　　号　ISBN 978-7-5225-0553-4
定　　价　68.00 元

王惠舟（摄于2021年6月）

作者简介

王惠舟，安徽省无为市人，1938年出生。吃了六年师范教育的免费"午餐"后，1957年参加工作。曾经的41年工作历程中，先后任教师，教研员，无为县委宣传部理论科长，县政府办副主任，县教育委员会主任、党委书记，县政府督学。1996—2008年，应安徽省教育厅、财政厅和省青少年校外教育工作联席会议（牵头单位省委宣传部）之聘，任全省义务教育和青少年校外活动基地等建设项目专家组成员。安徽省作家协会会员，安徽省社联科学社会主义学会会员，合肥市巢湖文化研究会研究员，无为市历史文化研究会会员，《城乡文化》杂志特约撰稿人。

已出版散文集《多彩的大地》。在《人民日报》《中国教师》《安徽日报》《作家天地》《教育文汇》《城乡文化》《理论学习》《芜湖文艺》等众多报刊有散文、诗歌、理论文章发表。作品先后在"中国教育报首届全国杏坛杯校园文学作品大赛""作家天地全国文学艺术作品大赛""2008年奥运会全国征文"和全省理论文章评比中获奖。

部分作品被收入《当代文学作品选萃》《生命之灯》《时代的强音——为中国加油》《精彩中国》《当代中国诗歌选集》《中国教育管理精览》《领导文萃》《当代企业家的实践与思考》《建设有中国特色的社会主义农村经济》《干部学习哲学手册》等文集。此外，还参与了多部地方史志的编写工作。

序

　　读了王惠舟先生散文集《闲云淡月》，想起我省著名诗人洪哲燮咏诵枫叶的诗篇。诗人在《栖霞红叶》一诗中写道："为什么栖霞枫叶这么红/因为它贮满了足够的阳光……"拜读惠舟先生书稿后，不由得要问一个"为什么"，即《闲云淡月》为什么如此多彩？这里，笔者想借用洪哲燮先生的诗句作回答，即"因为它贮满了足够的阳光"。诗句里的"它"，这里应拟人化为书稿的作者王惠舟先生。

　　万物生长靠太阳。我以为"贮满了足够的阳光"的功力，就是对我的"为什么"的最好回答。

　　《闲云淡月》一书，题材很广，很多社会生活中，包括"地球村里"的司空见惯的大小事情，大小人物，都成了作者开拓题材的丰富资源。作者呢，"村前转转""村后转转"，一转，就讲出了故事，写成了美文。这种善于发现的功力叫"见人所常见，言人所未言，想人所未想"。不仅如此，他还在故事里讲出了道道，传授了知识，弘扬了真善美，让心音流淌出最妙乐章。从寻常的电视节目中，看到草原上蓝花袍奶奶，用爱心促成顽皮的小羊吃母奶的精彩的一幕，作者写出了一篇令人深思的《伟大，在微小中辉映》的散文；在县城溜达，作者触景生情，论古今，谈变迁，写出了《溜达溜达，如何》一文，抒发了"观景何必到西湖"的感慨，等等。笔者发现，《濡须河畔》一章的23篇美文，绝大多数都是从平淡的小事下笔，怀旧论今，歌颂了无为县翻天覆地的变化，反映了作者热爱家乡、热爱生活，直至爱日爱月爱乾坤，爱山爱水爱苍生，以及追求本真、厌恶浮华的精神境界和感恩师长、感恩社会、感恩华夏先祖的情怀。无为是我的家乡，他文章中写到的很多人和事我都知道，读来很亲切，但这些，没有出现在我的笔下。与作者的这种发现功力相比，我就感到本领恐慌了。

厚积薄发，为文之道。《闲云淡月》一书，内容涉猎古今中外，跨越千年，但作者信手拈来，挥洒自如，任意驰骋，引经据典，恰到好处。这种功力，绝非一蹴而就，而是终身学习、积累、思考的结果。就像一棵枝繁叶茂的大树，此书中的美文仅仅是大树地面上的部分，其实地下根系远远超过地上的部分，这个根系就是作者的积累。这种积累，包括知识积累、资料积累、思想积累、感情积累，等等。它是"贮满了足够的阳光"的最重要的内涵。可以说《闲云淡月》一书，就是由各种知识和积累滋养出的一棵大树。

韩愈说：行成于思。文章亦然。积累是基础，思考是关键。你知道作者在积累的基础上，做过多少思考吗？仅以作者与笔者，对"鲁、兰、陆"三文私下的交流为例，从一个侧面回答这个问题。

以下是2017年2月14日我们俩交流的短信。

王惠舟：2003年我去绍兴（旅游）回来后，心头似乎压着三个大问题：一是怎样写鲁迅，二是怎样评兰亭，三是怎样哀陆游。我觉得应该用笔来回答上面三个问题。……我是怀着上九华山朝拜的心情来写的。我想得很多，想得很苦，想得很久。因为"鲁、兰、陆"三者都是中国文学史乃至中华民族史上伟大的人和事。既写我就要对得住他们。后来，"鲁""兰"两文比较顺利地写成了，只有陆文一拖十多年，想想停停，停停想想，去年底觉得该写了，才完卷了事。

汪言海：再次拜读了您的《一叹千年在沈园》散文，您用细腻的文笔，把陆游和唐琬的儒雅爱情表现得淋漓尽致，故事荡气回肠，文章首尾相应，读后心潮难平。

"想得很多，想得很苦，想得很久"，想什么？作者想着要在掌握更多资料的基础上，写出新意。因为历史上写"鲁、兰、陆"的人太多了，"既写我就要对得住他们"！这种为文的功力和态度真是太难得了！基于积累的思考，更是一种"贮满了足够的阳光"的功力。

"贮满了足够的阳光"，还包含作者的文字功力。《闲云淡月》文采斐然，语言炉火纯青，写人富有个性，写事栩栩如生，无不使所写人和事极具动感、活灵活现，有的还不失风趣幽默，令人不忍释卷，深思不已。这种功力不是固有的，也不是从天上掉下来的，而是作者一生，特别是近十几年时间字斟句酌锤炼的结果。读了这本书，你才能懂得真正笔耕的艰辛，才能更深刻地理解古人"吟安一个字，拈断数茎须"和"两句三年得，一吟双泪流"诗句的内涵。而前面所说的《一叹千年在沈园》，我认为类比成"一文十年得，一吟双泪流"也未尝不可。

"贮满了足够的阳光"，这是对作者成功之道的一种诠释。笔者注意到作者的两句章前诗"人字的一撇一捺/原来是心血写成"。我想《闲云淡月》一书，何尝不是作者心血的结晶！同时，我想到了两句歌词，一句是"不经历风雨怎么见彩虹"，另一句是"没有人能随随便便成功"，用在这里，我以为也是恰当的。

是为序。

汪言海

2020年8月22日于合肥市报业园

目 录

CONTENTS

文缘笔意

南窗青灯

地球村里

濡须河畔

文缘笔意

因为巧遇所以倾诉

启迪直击心灵

人字的一撇一捺

原来是心血写成

创造经典的音乐家吕其明

吕其明，当代著名音乐家。人们喜欢他，喜欢他那晚霞余晖里"弹起我心爱的土琵琶"明亮欢跃的旋律；喜欢他那绿水青山中"谁不说俺家乡好"悠扬翠丽的歌声；人们更敬仰他，因为他从孩提步入革命文艺队伍，到91岁高龄，中国共产党百年华诞，获得"七一"勋章的殊荣，八十年奋斗，走出了一个中国音乐人的成功之路。

新四军小演员幸遇大音乐家

吕其明，安徽无为人。他的父亲吕惠生早年积极投身民主运动和抗日救亡工作。1939年冬，面对国民党反动派迫害图谋，吕惠生在我地下党帮助下，毅然带着夫人和三个幼小的子女，艰苦跋涉，到达淮南津浦路东半塔集新四军二师师部参加了革命。1940年春，十岁的吕其明应征成了新四军第二师抗战剧团小演员，在钢枪伴琴弦、硝烟卷歌声的战地课堂，与奇妙、迷人的音符结缘，开始了钟情的音乐人生。

1940年是抗战最艰苦的阶段，不仅物资非常缺乏，生活非常艰苦，而且斗争十分残酷。但在剧团里，吕其明受到大家无微不至的关心爱护。刚念完小学四年级又酷爱音乐的吕其明，学习积极性很高。他学文化、学演戏，还唱歌、跳舞、吹笛子、吹口琴、拉二胡，而且"女高音"唱得很不错。

1941年初夏，二师文艺战士全部进入抗大八分校学习。吕其明被分在普通班学习识简谱和简单的乐理，但是他不满足，还常到音乐系旁听。三个月学习结束，吕其明在音乐上已经很有长进。

太幸运了，吕其明竟然遇见了一位大师！1942年春夏之交，从敌占区上海来了一位大音乐家。他正值盛年，文质彬彬，体形偏瘦，精力充沛。听领导介绍他是著名作曲家贺绿汀。欢迎会上，贺绿汀作了热情的讲话，还演奏了他带来的小提琴。吕其明感到好新鲜好高兴。贺绿汀每天用半天时间为大家讲课，教大家音乐基础知识，也训练合唱。他还亲自指挥战士排练《1942年前奏曲》《胜利进行曲》和《游击队之歌》等大合唱或四部合唱。师部联欢会上，贺绿汀不仅指挥排练过的合唱歌曲，还演奏了几首非常好听的小提琴乐曲。这位大音乐家的水平、人品和工作精神人人钦佩。

一个皓月当空的夜晚，贺绿汀在旷野拉小提琴。悠扬的琴声引来吕其明坐下静听。那优美曼妙的乐曲，让他完全着迷。贺绿汀发现了孩子，停止了拉琴，亲切地询问他的家境和工作情况。贺绿汀看出吕其明十分喜爱小提琴，就鼓励道："你要你父亲想法买一把小提琴，你现在十二岁，正是学琴的时候……"吕其明听了，既高兴，又向往。三个月过去了，贺绿汀转赴革命圣地延安。这位音乐家已经在吕其明心中留下深刻印象。

吕其明进步很快。他不但积极完成各种演出任务，创作欲望也冒出稚嫩的心田。团内开联欢晚会，他也试着创作了一首根据军号曲调写成的无词四部合唱曲。他组织了小合唱队，挺认真地指挥大家在联欢会上演唱。台下同志们一边哈哈大笑，一边给小合唱队鼓掌加油。

1942年底，为了支援新开辟的七师皖江根据地，从军部和二师抽调了大批干部去七师工作，吕其明也在其列。离开二师那天，副师长罗炳辉将军领了许多人来送行。罗师长一向喜欢吕其明。他把孩子拉到身边说："小吕啊，我们就要分别了，到七师要好好学习，好好工作。"他还把一直带在身边的拇指大的玉猴送给孩子做礼物。吕其明心头一热，忍不住扑到罗师长怀里哭起来，哭得好伤心。这位慈祥的首长和长辈的深情教诲，吕其明始终牢记心头。

到了七师，吕其明学习和创作的积极性更高了。1944年冬，面对漫山遍野的皑皑白雪，他想起星海一首借雪景抒发抗日感情的歌曲，刚好又有一位老大哥写了一首《雪》的歌词要吕其明谱曲。他一高兴，立马谱成。尽管还很幼稚，却是他第一次为歌词写曲子，所以一直未能忘记。

巨大的不幸突然降临。日寇投降不久，1945年9月，吕其明的父亲，皖江行署主任吕惠生北撤途中，因叛徒出卖，被国民党反动派逮捕，英勇牺牲，年仅四十三岁。已经成为共产党员的吕其明决心继承父亲遗志，为革命事业奋斗终身。

1947年，吕其明又转入华东军区文工团，所在地是山东解放区。那时面对蒋介石挑起的内战，解放军已经转入战略反攻。很快，济南解放，华东军区文工团在万众欢腾中打着腰鼓进入济南城。曹鹏作词，吕其明作曲的新歌《军队向前进》诞生了："我们是人民的解放军，我们要胜利向前进，过一城，又一城，排山倒海，万马奔腾。……"大家唱得兴高采烈，从济南一直唱到1949年解放的大上海，而且还进剧场演唱。这应该是吕其明真正的处女作。

当时还有一件让吕其明久已盼成的大好事，他如愿以偿得到了一把小提琴。自此他与小提琴形影不离，一有空就苦练。几个月后，他成了乐队的小提琴手。好事不断。文工团分得的战利品中，竟然有一架钢琴。有能者为大家弹了一首贝多芬的乐曲《献给艾丽丝》，动人心弦的琴声，让第一次见到钢琴的吕其明惊喜得发呆，想不到世界上还有这么奇妙的乐器！接着他又听到了贝多芬的《田园交响曲》。美妙的乐曲宛如一股甘泉沁入心脾，让他陶醉。他暗下决心，一定要坚定不移地投身到广阔无垠、神秘精彩的音乐世界，去寻觅自己别样的人生！

吕其明后来回忆说，部队文工团九年的战斗生活和艺术实践，使他受到极大的锻炼和艺术熏陶，是他人生经历中最为宝贵的一个关键时期，对他的成长产生了极其深远的影响。

土琵琶弹出了战士的风采

1949年10月1日新中国成立。一个月后，吕其明依依不舍地脱下了深爱的军装，转业到非常陌生、非常新奇的上海电影制片厂。他初为小提琴手，不久任电影作曲。此后吕其明只在1951年至1955年调中央新闻电影制片厂任作曲，其他时间一直在上影厂，直到1990年离休。吕其明饱含深情地说，是在上影厂实现了自己的理想和人生价值。

吕其明有一句座右铭：为祖国、为人民创作，绝不是一句过时的口号，而是终身的崇高天职和神圣使命。吕其明总是把电影作曲、音乐创作看作是庄严的事业，勤于苦学，精于思考，敢于探索。人们赞赏吕其明作品的民族特色、生活底蕴、时代气息和艺术个性。

1956年，导演赵明邀请年仅二十六岁的吕其明为抗战故事片《铁道游击队》作曲。吕其明懂得，这是对自己莫大的信任和激励。此时他刚完成首部故事片《水乡的春天》的音乐制作。吕其明知道同名小说的精彩和社会上的广泛好评，决心把影片的音乐创作好。他重读同名小说，仔细研读电影剧本，根据导演的创作意图，对影片的主题、人物、情节、风格式样等做了深入的分析研究。

在接触剧本过程中，吕其明被其中可歌可泣的故事情节，游击队员们革命英雄主义和革命乐观主义精神深深感动。英雄们的音容笑貌在他脑海萦绕，创作的动力也油然而生。在讨论全片音乐构思时，吕其明和导演一致认为，在影片高潮出现之前，战士们有必要唱一首轻松愉快的歌曲，从一个侧面塑造游击队员的英雄形象。

吕其明考虑，歌曲出现的着力点一定要选准，要出彩。再三观看影片后，他选定这个场景：被围困在微山湖礁岛上的游击队员们，已经打退日寇多次进攻，正是难得的战斗间隙，夕阳西照，氛围正好。此时可以让战士小波弹起土琵琶，放声歌唱，其他战士也开怀同和。此景此情谁看了不为之动容，不为之振奋？

创作歌曲了。吕其明在山东解放区生活战斗多年，熟悉山东民歌和山东人民的情怀。他决定在创作中巧妙地运用民歌和民乐，选择最适当的音乐语汇，谱写出亲切感人的歌曲来。

果然，一首《弹起我心爱的土琵琶》随着影片的上映，立即光彩了银幕，欢悦了大地，以致美艳了几代人的心田。如今，一个甲子过去，《弹起我心爱的土琵琶》依然是人们常常唱起的心爱的歌！这正如作曲家的切身感受：越是植根于民族土壤的作品，越有艺术的生命力。

很有意思的是，1961年著名导演汤晓丹决定将文学名著《红日》拍成同名电影，内容讲的是解放战争中的孟良崮战役。故事同样发生在山东，请吕其明负责音乐创作正适合。汤导是吕其明崇敬的老前辈，之前曾邀请吕其明为影片《钢铁世家》作曲。他们是忘年交。

《红日》是上影厂的重点片，它以庞大的气势反映解放战争中，我解放军消灭国民党军王牌七十四师的重大胜利。场面宏伟，情节紧张，扣人心弦。吕其明看了分镜头剧本，很想加一首女声独唱，以抒发解放了的人民群众热爱家乡、热爱解放军、保卫胜利果实的决心和情怀。吕其明的想法得到了汤老的首肯与支持。于是吕其明作曲的新歌《谁不说俺家乡好》诞生了。

但是当时在山东外景地非常艰苦的情况下拍摄的镜头，每一寸胶片都弥足珍贵，而且质量都很高。如要用上这首歌，势必要剪去已拍好的4分多钟的镜头。要歌曲还是留镜头，主创人员中出现激烈争论。有人建议把插曲去掉。吕其明从未有过地激动起来，他说好不容易有首歌子调整剧情节奏，决不能不要！这无疑也是在代替导演说话，因为这个插曲是导演构思的重要部分。

汤老经过反复思考和权衡，决定在影片中完整地演唱这首歌。

《红日》与广大观众见面了，《谁不说俺家好》这首清新动人舒展亮丽的好歌，随之红遍大江南北，传唱至今。这首歌与《弹起我心爱的土琵琶》可谓姊妹篇，共同的特点是散发着泥土香味，充满着百姓情怀，在我国新民歌中，闪耀着独有的光彩。这个事实告诉人们，吕其明在电影音乐创作中，善于对民族民间音乐宝藏深入发掘，善于把握普通战士、平民百姓感情脉搏，善于站在人民至上的美学高度精心思考，呕心沥血出精品，已经达到炉火纯青的境界。

金鸡奖为《城南旧事》音乐点赞

电影、电视剧是综合艺术，音乐是影视艺术不可缺少、不可分割的有机组成部分。吕其明一贯十分重视兼顾影视需要和音乐自身的规律，正确处理影视音乐的依附性和相对独立性之间的关系，在系统陈述故事的前提下，求得音乐发展的连贯性和逻辑性。这是做好影视音乐的关键。吕其明说，在有了好剧本好导演的基础上，音乐家要进行巧妙的构思，善用适度的技巧把它体现出来，使影视音乐的个性化特色融入影视故事的个性之中，从意境、情感、风格等多方面给人以艺术的享受。

《城南旧事》是吕其明担任作曲的一部故事片，1982荣获第三届中国电影金鸡奖最佳音乐奖。这是中国电影音乐的最高奖。评委会的评语是："鉴于吕其明同志在《城南旧事》的创作中，以别具一格的乐思与精湛的手法，选择了富有时代感的主旋律，烘托了主题，使影片音乐与画面在风格上和谐一致，从而获得该项最佳奖。"可谓是极力褒扬，极具分量！

1981年，导演吴贻弓拍《城南旧事》，请吕其明为影片作曲。吕其明刚一接触《城南旧事》电影剧本和原小说，就被其浓厚的生活气息深深打动，产生了巨大的感情共鸣和强烈的创作愿望。这个故事反映的是20世纪20年代北京的世态人情，由于时空辽远，创作任务显然困难而艰巨。

电影《城南旧事》是把一个小女孩林英子儿时一段经历，表现为三个小故事：英子与清纯少女秀贞——秀贞因恋人从事地下革命活动被捕受惊吓成了疯子，又和私生女命丧火车轮下。英子与和气、憨厚的小偷——小偷为生存所迫行窃，被警察抓走。英子与家人——相依为命的爸爸在贫病中死去。亲爱的人们都离英子而去，她只得眼含泪花，惜别了童年和几多凄苦几多依恋的家园。故事在这些小人物命运的缠绵、爱怜、困惑、艰辛、哀伤中表现出来。导演对电影定下的基调是"淡淡的哀愁，沉沉的相思"。

如何按照既定的基调，创作出有特色的电影音乐？吕其明在浩如烟海的音乐遗产中，寻觅到20世纪20年代家喻户晓的一首短歌《送别》，决定用它作为电影的音乐主题。《送别》是大名鼎鼎的弘一法师李叔同，用美国作曲家奥特威流行世界的名曲，填写了极富中国风味，充满诗情画意的歌词："长亭外，古道边……"而成。其词其曲，正好与"淡淡的哀愁，沉沉的相思"的基调相谐相融。

但是，这仅仅是原料，要赋予它在影片中的血肉、情感、光芒及独特的艺术魅力，还要靠作曲家不同凡响的匠心。吕其明在考虑影片音乐的总体构思时，首先着眼于一定要追求一种特殊风格和新颖的乐思意境，即真实、朴素、清淡、自然、生活。音乐结构要严谨，音乐材料要集中、精练，做到精雕细刻。要重视音乐在影片中的整体感，与画面要紧密结合，与剧情发展融为一体。创作过程中，诸如主题音乐的占位，情景片段音乐的穿插，乐曲的演进、中止以及强弱，配器的多样性和分层次分场景的设计，还有演唱时机，挑选演唱的小学师生，乐队组合，等等，吕其明都做到极致。吴贻弓对吕其明的努力和效果十分满意。

功夫不负有心人。《城南旧事》上映了，观众非常喜爱，倍加赞赏，方方面面好评如潮。金鸡奖评委、著名导演郑洞天说："《城南旧事》确实是一部艺术精品，粉碎'四人帮'以来（1982），我觉得堪称艺术精品的只有这一部。"

各方面的评论认为，《城南旧事》的音乐，标志着音乐家风格的变化与拓展，展现了新的乐思风格，为电影音乐的创新开拓了新的领域。对于年已半百的作曲家来说，更可贵的是他没有使创作"老化""定型化"，而是用更广博的修养去进行更广泛的探索。《城南旧事》音乐的新意，是这种探索的必然结果，更是吕其明事业中的一座丰碑。

党的十一届三中全会以后，文艺园地迎来了阳光明媚的春天。1979年10月，影片《庐山恋》的导演黄祖模，把电影音乐创作任务交给了吕其明。这是一个新颖而陌生的题材，吕其明很兴奋，也十分重视，他认为必须在创作思想、美学追求等方面有新突破。

《庐山恋》的拍摄时间正处在改革开放初期，影片作曲面临前所未有的新挑战。一是两位主人公——从美国归来的前国民党将军的女儿周筠和解放军将军的儿子耿桦，在庐山相遇相恋以至结成美满姻缘，这是一个全新的内容。二是庐山多姿多彩的美景，不仅客观被展示被欣赏，而且是影片中重要的情节内容，是影片物化的主人公、与年轻人的爱情相伴相亲，必须有相应的音乐思考。三是当时港台流行歌曲刚进入大陆而且来势很猛，爱耶避耶，好耶坏耶，需取舍适度。四是影片整体包括音乐，涉及境内境外相关政治生态、风物人情诸多方面，必然引起更大范围、多种类型观众的重视和鉴评，音乐创作要有广阔的视野。

吕其明经过冷静思考，确定了创作思路。他首先奔赴江西，细览庐山的美丽风光和古迹名胜，具体领略祖国大好河山，启迪内心乐思源头。同时从江西民歌汲取营养，找寻创作的抓手。接着定下主旋律——必须表达人物对祖国的热爱，对光明的渴望，对幸福的追求，因此音乐的基调，应该是明快舒展而富有青春活力，像是一幅秀丽清雅的山水画。在技术层面则要采用极其朴素的创作手法与和声语言，形成优美感人的旋律。他决定采用性格乐器，突出抒情，多采用独奏，净雅亮丽、亲柔入心。吕其明还打破常规创作了三首歌曲。主题歌《飞向远方的故乡》，明朗的大调，激情的旋律，真切地表现了海外华人的故乡情。插曲《恋歌》，描写耿桦和周筠的爱情，贯穿全过程。再一首插曲《啊，故乡》，剧本中要唱邓丽君的思乡曲，吕其明果断自创，并巧妙地借用流行歌曲元素，把华侨思念祖国之情，完满地表达出来。一句话，吕其明的《庐山恋》音乐，丰富了剧情的色彩，升华了故事精神内涵，为影片赢得空前的社会赞誉立下了汗马功劳。

吕其明是成功者。《庐山恋》被誉为新中国"纯美"电影代表作之一，它的音乐获得了第一届中国电影"金鸡奖"最佳音乐奖提名的荣幸，在改革开放初期的乐坛有着不可忽视的地位。

《红旗颂》——世界华人音乐的经典

曾任中国电影家协会主席、上海市文学艺术界联合会主席、《城南旧事》导演的吴贻弓，这样评价说："吕其明同志在音乐创作上的成就是多方面的。他除了是一位电影音乐的多产作曲家外，还是一位在声乐、器乐的创作上有很高造诣的作曲家。"

为何有此一说？概而言之，重要原因之一，就是吕其明非常重视学习，锐意进取。1959年，年仅二十九岁的吕其明担任上海电影乐团副团长（后任团长），同时又成了上海音乐学院作曲系一名不脱产的特殊学生。他潜心研习每一门功课，五年后，以优异成绩获得了毕业文凭。系统的学习，对吕其明的创作来说，正是如虎添翼。继而他又进入指挥系深造，后因"文革"而中止。在此期间，他的创作也获得丰收，为《红日》《霓虹灯下的哨兵》等五部故事片作曲，每年为"上海之春"奉献一部交响乐新作，交响乐序曲《红旗颂》就是其中的代表作。

1965年2月，"上海之春"的领导机构上海市音乐家协会党组，开会研究当年"上海之春"的初选节目。有意思的是，这个党组是以大音乐家贺绿汀教授为首，其他成员有钢琴家丁善德、作曲家孟波、指挥家黄贻钧、文学家钟望阳、作曲家瞿维，还有一位年轻后辈，就是二十三年前贺绿汀在新四军二师文工团亲密接触过的小演员，如今的上影乐团团长吕其明。从当年军旅邂逅到今日事业同担，多么奇趣动人的人生际遇。令吕其明大感意外的是，党组会一致决定由他为此次"上海之春"赶写一部交响乐，并定名为《红旗颂》。这前所未有，非同一般。

事发突然，吕其明对老前辈们的信任和鼓励非常感激，又担心时间短，任务重，难以完成。不过他深知这是一次难得的机遇，毅然受命。吕其明经过认真酝酿，首先定下《红旗颂》的关键点：必须以新中国开国大典为历史背景，歌颂红旗，歌颂中国革命的伟大胜利。吕其明对红旗有着特别深厚的感情，因为他是在红旗下长大的。他知道红旗是革命的象征，胜利的象征。当年峥嵘岁月的战斗生活，在脑海中像电影一样一一闪过：井冈山的绿树丛中，遵义城头堞口，延安宝塔山旁，百团大战的战场，百万雄师过大江的船头，解放海南岛的波涛上……凡有革命者战斗的地方，都有红旗在飘扬。

吕其明知道，红旗是无数革命先烈用鲜血染红的，心中不由得升腾起父亲吕惠生英勇就义时写下的壮伟诗句：

忍看山河碎，愿将赤血流。烟尘开敌后，扰攘展民猷。
八载坚心志，忠贞为国酬。且喜天破晓，竟死我何求！

正是像父亲这样千千万万的革命者，前赴后继，不惜牺牲宝贵的生命，中国革命才取得了伟大胜利。1949年10月1日，在雄伟嘹亮的国歌声中，天安门上空升起第一面五星红旗，毛主席向全世界庄严宣告"中华人民共和国中央人民政府今天成立了！"广场上红旗似海，歌声嘹亮，礼炮齐鸣，万众欢腾，人民共和国从此屹立在世界的东方。红旗，在音乐家脑海中形成了一个伟大崇高的形象。他热血沸腾，激情喷薄。经过一个星期的日夜拼搏，激动的泪水陪伴他写出了鸿篇巨制交响乐序曲《红旗颂》。检阅成果的时候到了，1965年5月在第六届"上海之春"开幕式上，由著名指挥家陈传熙指挥，上海交响乐团、上海电影乐团和上海管弦乐团联合首演的《红旗颂》，受到热烈欢迎，获得巨大成功！

《红旗颂》确实是一部杰作。乐曲首先以国歌为素材的雄壮而宽广的引子，展现出新中国诞生的庄严时刻，雄伟的天安门前，第一面五星红旗冉冉升起那激动人心的情景。继而以红旗音乐主题的饱满激昂、优美舒展的旋律，尽情表达胜利的喜悦和对红旗的赞美。紧接着用铿锵有力的进行曲，描绘出站起来的中国人民在红旗指引下，怀着内心的巨大喜悦与自豪，迈着巨人的步伐，阔步向前。最后的尾声，号角雄伟嘹亮，气势磅礴，乐曲跃向最高潮，象征着伟大祖国的明天更加灿烂辉煌。

《红旗颂》自1965年5月首演以来，久演不衰，成为我国音乐舞台上演率最高，电视、广播播放次数最多的音乐作品之一，受到听众的广泛欢迎和喜爱。一位名叫刘一闻的听众给吕其明写信说："我是尊作的忠实听众。我带着全家人一同来听《红旗颂》，我几乎是含着热泪听完的。"吕其明老战友的孩子李曦邑由美回国得到吕赠《红旗颂》CD，返美后来信："吕叔叔，我回美国后，几乎每天听一遍您的《红旗颂》！我会永远记住您和我爸爸这一代人的精神，我永远是中国人。"北京市166中学管乐团全体师生致信吕其明："在您那饱含深情的旋律中，我们再次回顾了共和国风雨历程，从而激起全体师生对伟大祖国更深的热爱。因此我们就更加敬重您。"

2019年10月1日，首都北京隆重举行中华人民共和国成立七十周年庆祝大会，从大会开始，到阅兵和群众游行，还有晚间的群众联欢会，多次响起《红旗颂》庄严、豪迈、奋进的旋律。这无疑是对音乐家吕其明最好的褒奖。

《红旗颂》也引起国际乐坛的重视和好评。2004年在奥地利维也纳金色大厅举行的中国新年音乐会上，中国指挥家彭家鹏指挥奥地利国家音乐家交响乐团演出了《红旗颂》，演出结束，全场响起了长时间暴风雨般的掌声，进一步确立了中国交响乐作品在国际乐坛上的地位。

2007年12月31日，在庄严的人民大会堂举行的2008北京新年音乐会上，世界指挥大师、印度籍犹太人祖宾·梅塔，指挥以色列爱乐乐团演出了《红旗颂》，是整场唯一的中国管弦乐作品，影响空前，意义尤显重要。中国交响乐团联盟主席、著名指挥家卞祖善著文称"《红旗颂》再登制高点"。北京演出公司总经理李勤特约卞祖善专程赴上海拜望吕其明，向吕其明赠送了由祖宾·梅塔亲笔签名、镶有一根指挥棒的礼品盒、音乐会的节目单及演出实况录像。卞祖善说："《红旗颂》作为记录中国人民站立起来的丰碑，将永载史册！"

《红旗颂》已被中华民族文化促进会评选为"20世纪世界华人音乐经典"。

为上海赢得荣誉

吕其明对钟爱的音乐事业从来都是倾力倾情倾心。20世纪60年代初，大庆开采出黑色的金子——石油，震惊了全世界，大长了中国人的志气，举国欢庆。在周恩来总理的亲自关怀下，上海电影制片厂接到了摄制大型文献纪录片《大庆战歌》的重要任务，国内顶级导演、上海市文化局长张骏祥亲自执导，同时决定由吕其明担任该片作曲。已经有故事片《白求恩大夫》作曲任务在身的吕其明，慨然受命。

零下三十多度的严冬，剧组到大庆深入生活，与工人同吃同住同劳动。三个月中，吕其明亲身感受到条件虽极其艰苦，工人们却顽强战斗，采油场面惊心动魄。吕其明不顾艰辛尽全力积累创作素材，收获太大了！但不知何故，影片制作拖延至"文革"初期。吕其明大难临头，被打成"上影乐团头号走资派""反革命修正主义分子"。是否还让吕其明为《大庆战歌》作曲，对立的两个造反派，先是分歧，后又妥协，决定让吕其明上午在团里看污蔑丑化他的大字报并抄录下来，下午回家为《大庆战歌》作曲。面对突如其来的狂风恶浪，非人待遇，吕其明痛苦极了。

在这危难时刻，战友和妻子李凌云给了吕其明巨大的精神支持和深情的抚慰，"在危急的关头，应该冷静的思考，你要挺住。"同时在生活上对吕其明更加关心体贴。吕其明也坚信自己是一个无愧于党和人民的共产党员，没有什么可惧怕的。他迅速调整心态，一面忍辱负重，一面积极进行创作。每当他提笔面对乐谱，大庆工人的战斗场面和伟大精神就涌现眼前，泪水和乐思也结伴而来，写作激情泉涌而至。经过一个多月的不眠之夜，吕其明如期完成了常人难以完成的任务，造反派和相关专业人员都表示满意。可以说，这是一位共产党员在非常时期，献给党的忠诚与信念之作！让人痛心的是，吕其明却随即被造反派关进"牛棚"达两年六个月之久，苍天难容啊！

影视界同人都很钦佩吕其明的水平和人品，他的分外工作也就比较多。但是只要接手，吕其明肯定做得让人满意。1983年，吕其明正在为曹禺名著改编的同名故事片《雷雨》作曲，北京电影制片厂邀请他去为巴金名著改编的故事片《寒夜》进行音乐创作。吕其明二话不说，接下任务并且完成得很好。北影厂摄制组致函上影厂说，吕其明周密计划，赴重庆等地采风，创作的音乐忠于巴金的风格，情真意切，精益求精，恰如其分，朴实无华，给影片增加了气氛和色彩，起到了画龙点睛作用；工作期间，与摄制组和导演融洽相处，非常和谐；生活上严于律己，不提任何特殊要求，处处都表现了共产党员的模范作用；希望将来有机会继续同他合作。

1990年秋天，吕其明为《天朝国库之谜》作曲，尚未完成，接到峨眉电影制片厂副厂长、影片《焦裕禄》导演王冀邢长途电话，请他为"焦片"作曲。这是一部国家重点片，他觉得义不容辞。吕其明20多年前就被《人民日报》刊载的《县委书记的榜样——焦裕禄》长篇通讯感动得热泪盈眶，现在能为《焦裕禄》影片作曲当然很高兴。在作为中国音乐家代表团一员访问匈牙利的既定安排结束后，吕其明投入了创作并做出了精品。三个月后，《焦裕禄》影片在北京人民大会堂举行首映式，时任中共中央常委、全国政协主席李瑞环，接见了吕其明等主创人员。吕其明后来回忆："影片《焦裕禄》的音乐创作，确实是一次终生难忘的创作实践，这部影片的创作，时间短，任务重，我自认为是勤奋、刻苦、尽职，甚至是进行了前所未有的拼搏。"他还就"焦片"的音乐创作作了认真总结，希望自己的体会成为影视"百花园中一朵很小很小的小花"。

为了迎接中国共产党成立八十周年，中共中央组织部、中央政策研究室、中央文献研究室、人民日报、中央电视台决定联合摄制一部大型文献专题片《使命》，2000年7月投入编创和拍摄。进入室内制作阶段，联合摄制单位特邀吕其明以《红旗颂》作主旋律，为《使命》谱曲。面对这一重大又光荣的任务，吕其明全力以赴，在很短时间内完成了任务。中央文献研究室致电上海市委宣传部，表扬吕其明的作品"受到联合摄制单位及《使命》片主创人员的高度评价""请向吕其明同志及所在单位领导转达我们的谢意"。市委宣传部领导阅批："请转告文联、音协，感谢吕其明同志出色工作，为上海赢得荣誉。"《使命》荣获第八届全国精神文明建设"五个一工程奖"、第二届国家音像制品奖。古稀之年的吕其明在创作经典道路上，又留下了闪光的足迹。

吕其明离休后依然是个大忙人。1998年11月的一天，南京雨花台烈士陵园负责人登门，请求吕其明为改建后的纪念馆写一首背景音乐，这在全国还是独家创意。半年后，吕其明的新作《雨花祭》终于诞生。从那时至今，那深沉、委婉、令人思绪万千的乐曲，一直陪伴跨进纪念馆的人们一边瞻仰先烈的光辉事迹，一边感受着胸怀激荡的心灵启迪。值得一说的是，吕其明应邀去南京创作《雨花祭》，一见纪念馆领导就约法三章：不住高级宾馆，不参加宴请，也不接受新闻媒体采访。工作结束，吕其明又有感人之举：不取分文报酬。感动得为之排练和录音的上海交响乐团指挥和全体演奏员，也把应得的劳务费捐给了雨花台烈士纪念馆。同时，吕其明还把《雨花祭》手稿赠送给了纪念馆。纪念馆将其郑重地置于吕惠生烈士文物展柜上，供广大参观者分享。

无独有偶，2000年，为纪念上海解放50周年，上海交响乐团总经理陈光宪约请吕其明写一部长度十几分钟的交响乐。吕其明同意了，决定再写一部革命历史题材的作品《龙华祭》。当年，吕其明是踏着解放战争的炮声随部队走进上海的。为了解放这座国际大都市，又要尽量减少对城市建筑的破坏和对老百姓的伤害，我们的部队进行了非常艰苦的战斗，牺牲了七千多名年轻的优秀指战员，他们都长眠于龙华烈士陵园。吕其明觉得，一定要继承先烈的遗志，让他们的精神发扬光大。吕其明心潮激荡地写下："龙华祭——献给为上海解放而牺牲的烈士们。"新作完成了。在上海交响乐团建团一百二十周年新作品音乐会上，《龙华祭》首次隆重推出，立即受到专家和群众的热烈好评。上述"双祭"，被赞为吕其明音乐创作新的顶峰。他荣获了中国乐坛最高奖"金钟奖"终身成就奖。

多年来，只要部队需要，他这个老兵都高高兴兴地"回娘家"，深入战斗部队、军事院校、部队医院、国防仓库、训练基地，行程达万里。吕其明为他们创作部队歌、校歌，甚至是仓库库歌20多首。他还给官兵作革命传统和音乐创作的报告。吕其明军中所行所作，决不取分文报酬。部队从战士到将军，都对吕其明非常敬佩，格外尊重。

吕其明深爱着故乡。故乡安徽省无为县是他放不下的牵挂。他关注家乡的发展，为家乡捐资建学校，回故乡拜望乡亲父老。尤其是音乐方面，家乡请他为县广播电台创作节目开始曲，为改革开放成果电视片主题歌作曲，为学校写校歌，都是有求必应。家乡人民景仰他，念叨他，更为有这样一位卓越的音乐家而骄傲。

吕其明无论何时何地，对待工作都是尽职尽责，从不摆所谓"大家"的架子。举两件小事。一次厂里拍片，乐队指挥因故不能到岗，只得请身为乐团团长的吕其明临时补救。不一会儿，吕其明骑着自行车赶来，已是满头大汗。初做导演的年轻人一问，吕团长还没吃晚饭，忙拉他出去上餐馆。吕其明手一拦："不可不可，乐队的同志大家都等着呢，你们哪位剧务同志帮我买一包熟泡面就可以了。"多少年后，那个年轻人早当了领导，心中还珍藏着对吕其明"一包熟泡面"的感动。还有，上海音乐家协会主办的一个刊物，某一期文字上出了点差错。当事人还在模棱两可之间进行推诿。吕其明知道了，自认身为音协副主席，迅速处理好问题责无旁贷。他不顾已是七十高龄，冒着酷暑，满大街转悠，跑到一个个代销点，自己掏钱把有问题的那期刊物买回来，以缩小影响。精神诚为可贵。

向经典致敬

吕其明1940年参军从艺，到如今年已期颐的八十年艺术生涯中，创造了极不寻常的业绩，蜚声中外。自1959年起，吕其明先后担任上海电影乐团团长、上海电影制片厂音乐创作室主任、上海市文联副主席、上海市音乐家协会副主席、中国音乐家协会理事、中国电影音乐学会副会长。吕其明行政事务十分繁忙，但依然是一位多产的作曲家。几十年来，他创作有：50多部电影和200多集（部）电视剧的影视音乐，10多部交响乐和民乐、器乐乐曲，百多首（部）声乐作品。

吕其明在音乐创作上，善于驾驭各类题材和风格，善于把握时代脉搏，每个时代都有精品出现。他先后获得影视、乐坛各种奖项20多项，还拥有世界影响的荣誉称号。人们称赞说，吕其明的名字随着他优美动人的旋律，飞扬大江南北，飞入千万人的心灵，飞向世界，成为中华音乐史册中昂扬、优美、动人的华章。

吕其明把毕生奉献给了音乐事业，论作品成就卓著，论人品有口皆碑，真正做到了德艺双馨。人们都由衷地崇敬他，真诚地颂扬他。曾任全国政协副主席、上海市市长的徐匡迪致函吕其明："您是新中国电影音乐家的杰出代表，也是我一向敬佩的艺术家。自学生时代起，我就聆听和唱诵过许许多多由您创作的优秀歌曲。可以说，您的作品曾经影响着一代人的思想情操和艺术修养。"著名指挥家俞先明称赞吕其明身为上影乐团团长，"花极大的精力和勇气使乐团走过一个又一个辉煌"，"上影乐团得到了音乐界一致的认可和赞扬"。当年新四军的战友集体写信表达心意，说吕其明："你是我们中的佼佼者，你是我们的骄傲，你的荣誉也是我们的荣誉。"

2000年，是吕其明参军从艺六十周年，上海市文广系统决定为他举办专场作品演出。经过一年的紧张准备，10月23日晚，"吕其明作品音乐会"在上海大剧院隆重举行，上海爱乐乐团负责演奏。当大幕徐徐拉开，年已古稀的吕其明神采奕奕，亲自指挥一群天真可爱的儿童齐声唱出享誉乐坛的配词《红旗颂》，全场报以热烈的掌声。接着多位指挥家先后指挥演奏、演唱了吕其明创作的一系列广受喜爱的交响乐和歌曲，最后音乐会在吕其明经典之作——交响乐序曲《红旗颂》，磅礴奔放，催人奋进的乐曲声中圆满结束。

2018年11月24日，初冬的五彩之夜，吕其明以89岁高龄，步入央视中国文艺"向经典致敬"的神圣殿堂，诉说乐坛奋斗的精彩。著名歌唱家廖昌永，《谁不说俺家乡好》原唱、歌唱家任桂珍现场演唱了作曲家的金曲。吕其明享受着人生崇高的荣誉。这个荣誉，源于音乐家忠于人民音乐事业的光荣历史，源于亿万观众对音乐家的喜爱与崇敬，源于共同奋斗、奉献美好的乐坛广大同人的共同心愿，也留下了中国乐坛史册上瑰丽的一页。

尊敬的吕老，祖国的山川多么美丽，愿您松鹤遐龄，用畅想的音符再谱动人的乐章。

初稿2019.3.11

定稿2021.8.20

沙场之外看戴安澜将军

良将治军

戴安澜是从黄埔军校走出来的治军良将，是中国享誉世界的抗日民族英雄。他的部队贯以打硬仗、打恶仗著称。他的战绩，是中国军史上辉煌的篇章。沙场之外的将军，也同样有着精彩动人的故事。

《磨砺集》是将军一部重要军事著作。他在书中论述道：军人肩负着特殊的责任。全中国四万万五千万人的生命财产的安全，就靠军人来保护。他说军人"没有特殊的性格，能担得了偌大的重担么？"他提出军人必须具备这样的特殊性格："忠"，忠于国家忠于职务；"勇"，战必胜、守必固，当仁不让，忍人所不能忍，为人所不能为；"勤"，勤能补拙，人一能己百之，人十能己千之；"廉"，廉洁自爱，无欲则刚。

在实践中，戴安澜刻苦钻研军事理论以提高自己的军事素养。他说："非有训练之指挥官，以后才有强悍之军队。"

戴安澜坚持不懈地对部队进行超常超难的严格训练，使部队始终保持强大的战斗力。戴安澜担任第二〇〇师师长后，亲自任教育长，训练军官，演习攻防，操演对敌战车、骑兵、飞机的打击等。接着又用半年时间轮训军士。日常训练都有严格的计划，狠抓士兵体能技能磨炼考验，狠抓班、排、连建制的攻防、攻击、追击等战术演习。部队演练，他必到现场检查督促，毫不放松。全体官兵的综合素质和能力都达到了优秀水平。在一次全军大演习比赛中，戴部的炮兵团、战车兵团、摩托步兵团、战防炮营、工兵营、高射炮营和牵引重炮营等兵种协同作战，战绩突出，赢得第一名。第二年该师训练成绩又夺全军之冠。

"命令之下不讲理,规定之下不通融",是戴安澜严格执行军纪的名言。一天,戴安澜接到报告,说一个新兵因赌博偷窃骚扰百姓。他勃然大怒,立即召集官兵训话,宣布给予极严的处分。后经一位旅长说情,便改为割耳示众。其堂弟戴子庄很不理解。戴安澜说:"治军与待人却是两回事。待人要宽,治军要严,否则军纪难以维持,如何服众?"

作为主官,戴安澜经常对各级军官说:"一支军队,要使自己立于不败之地,长官必须爱兵……爱兵才能治军。"一方面,戴安澜对部队进行极严格的训练,以求更好地打击敌人保存自己,因为这是最根本的爱兵。另一方面,戴安澜对官兵生活也非常关心。1937年,戴部在华北抗击日寇,11月中旬已经很冷,士兵仍然穿着单衣。他带头捐款为士兵们制作棉衣,带动团营连各级军官也纷纷捐款。士兵很快穿上了暖和的新棉衣,抗日杀敌的劲头更大了。战士有伤病,他立即督促诊治。第二〇〇师驻湖南祁阳时,他三请当地名医"吴半仙",办起中医院,承担部队医务工作,官兵健康状况明显好转。

戴安澜处处严格要求自己,是官兵令行禁止、树立正气的榜样。他任师长,在部队开展戒烟,以增进健康提高战斗力。他带头行动,收效很好。一次,他与副官到一餐馆吃蟹面钱未带足,就在店里等看到熟人借钱付了账才离开。1942年5月,在从缅甸撤返祖国途中,部队粮食断绝。一位营长向当地居民为身负重伤的戴安澜求得一碗粥糜,他仅喝了一口,看着身边官兵伤感地说:"我怎么能够忍心一个人独吃呢!"说着眼泪夺眶而出。众官兵也动情落泪,对他更加钦佩。

为什么说戴安澜的部队是精锐之师,综上所述可知一斑。

一代儒将

戴安澜曾说:"做人长官,而知识不如人,则危险实甚。"他任第二〇〇师师长时的直接上级、第五军副军长郑洞国,在纪念戴安澜将军殉国四十年时撰文回忆说:"我们朝夕相处,相知甚深。他虽是军人,却酷爱文学,擅长写作,著有《痛苦的回忆》《自讼》以及《磨砺》二集。他那飒爽的风度和无所畏惧的性格,都给我留下深刻的印象。"

戴安澜不愧为一代儒将。尽管军务繁忙,他仍科学地安排时间读书。1937年,华北各地战火纷飞,他计划一年读二百本书,并细化到每天应读书的分量。一次暑天两日行军一百三十多里,到了驻地,戴安澜已很疲惫,只得早早休息，读书计划没有完成。第二天，他抓紧空闲读书，还清了欠账，又完成了当日的任务。戴覆东回忆在全州读小学时，与父亲同住师部一个房间，常常发现父亲看书到深夜。戴安澜规定自己"一书未解，不读二书"。他读书以军事著作为主，也广泛涉猎历史、名人著作、文学作品，甚至有数学、英语。军官士兵向他求教，均能得到满意的解答，有人就尊称他为"老师"。他的女婿俞继华说，将军牺牲时，阅读过的藏书就有两千多册。

戴安澜是一位很有才华的作家。他的古体诗写得很好。如这首《感生》："前有亿万年，后有亿万世。中间一百年，能有几何事？而况人之寿，几人能百岁。如何不喜欢，空自生憔悴！"深刻又直率地说明了要珍惜生命努力进取的道理。驻防贵州安顺，戴安澜应邀为当地新建憩园题联一副：

拾级以登似锦江山来眼底
顺流而下如龙子弟拨云开

此联对仗工整，气概不凡，抒发了他热爱祖国河山，勇于探索人生的可贵精神。戴安澜曾在第五军《新生命日报》上发表过长篇小说。他的书信和日记，既是国事军事家事的真实记录，也同样有着朴实、率真的文学风采。他牺牲后，有《戴安澜遗集》传世。

戴安澜在戎马倥偬之中，还写了三部军事著作，前面已提到。三本书中，尤其是《自讼》，以超凡的想象力，针对抗日主题，请出了黄帝、老聃、庄周、孙武、谢玄、薛仁贵、阮籍、李靖、霍去病、岳飞、戚继光、孙中山等众位历史人物，共商抗日大计。他们决心"一起动员起来"，"争取最后胜利的到来"！最后，中华始祖轩辕氏发布命令："我们一起动员吧！孙武，你到齐鲁去。戚继光到浙闽去。薛仁贵到东三省去。霍去病到内外蒙去。岳飞到冀晋豫去。谢玄到江苏安徽去。我同荀卿到各战场去巡视。翼德，你为邦巡查，如有不尽职守的文武官员，随时抓来见我！汉族存亡，在此一战，大家勠力同心，辛苦一番，我准备庆功宴等待着你们哩！"写到这里，将军自己已是"胸无纤尘，灵台澄澈"，决心"努力循着我那确定的人生观前进！"《自讼》写于1939年4—6月。从中可以看到，将军继承中华民族团结一致，坚决抵御外侮的光荣传统，决心献身抗日伟大事业的壮志。

戴安澜将军也很喜爱文艺活动如演出京剧、歌剧和学习绘画，爱好打网球、踢足球、舞剑等体育运动。这些追求和爱好，使他的心胸更加开阔，品格更加高尚。

为民爱民

官兵必须爱民，爱民才有后盾。这是戴安澜治军的一个重要指导思想。

戴安澜认为，面对日寇疯狂侵略，民族生死存亡的严峻形势，爱护人民最重要的体现是提高人民群众的民族自信心。九一八事变六周年时，在河北某驻地，他把当地一所学校校长请来，共同回顾了日寇入侵，中国人民英勇反抗的历史。他针对某些人对抗战前途缺乏信心的情绪，对那位校长说："我辈应作孤臣，不怨天，不怨人，不消极，不悲观，齐心协力来挽救国家，复兴民族。"校长很受启发，精神为之一振，回去就积极地宣传戴安澜的讲话精神和自己的感受，群众受到很大的教育和鼓舞。

戴安澜时刻把人民群众的利益放在心上。第二〇〇师驻防贵州南关时，他组织官兵为老百姓修路，拨款为苗族群众办夜校。后来，部队移住安顺，师部驻城内，部属驻三里之外的村寨。由于将军重视对官兵的爱民教育，军民融洽相处，与以往军阀扰民害民的军队完全不一样，地方官绅和老百姓都很感动。

安顺有一条贯穿市区的河流，久未疏浚，污水淤塞，臭气熏天，严重影响了百姓生活。戴安澜做了一番查看之后，主动与地方官员乡绅议定：共同备好工具，整治河道。开工了，将军亲率官兵脚踩污泥浊水，挖铲抬挑，辛劳多日，终于整好河道，河水顺畅其流，沿岸面貌一新。百姓兴高采烈，地方官绅前来慰问感谢，将军对大家说："吾辈受国家之培育，食民众之脂膏，在战场上唯知杀敌，处地方则思利民。"

部队在湖南进行军事训练期间，戴安澜亲见两个农民没有耕牛，只好自己拉犁耕田，非常辛苦。他深感不能为人民群众排忧解难，十分惭愧。

下属官兵中有损害群众利益的行为，戴安澜都会严加惩处。他任旅长时，一个连长用部队一匹生病的骡子，换来一户农民膘肥体壮的骡子，损害了群众利益。将军发现了，气愤地说：做出如此伤天害理的事，必须彻底清查。结果那个连长受到严厉的惩罚。

由于戴安澜治军极严，部队纪律严明，无论在驻地，还是在行军途中，对老百姓都是秋毫无犯，深受老百姓的欢迎与拥护。戴安澜将军也受到老百姓发自内心的爱戴。仍以贵州安顺为例。一年后，将军远征缅甸不幸以身殉国。

忠骸归国，途经安顺，全民洒泪，倾城相迎。人们为将军路祭、公祭、送行，场面十分盛大。连佛寺僧众也手持法器自发列队前来，"我们来超度我们的师长。"真是哀恸山城，悲上九天。将军英灵有知，也会感到莫大安慰。

卓论团结

戴安澜自小好学上进，品行端正。1924年底，年方二十的他成为黄埔军校第三期学员。进入校门，见到各处张挂着醒目的标语口号，如"亲爱精诚，和衷共济""精诚团结，卧薪尝胆""百折不挠，再接再厉"，等等。浓烈向上的政治气氛感染着他。在军校，他受到了第一次国共合作形势的影响，受到了周恩来、恽代英等的政治思想教育。据他的下级、黄埔五期生李修业回忆：戴排长一次告诉李，"我早知道你加入CP（共产党）。我告诉你，我参加了青年军人联合会（周恩来领导下的军人社团组织）……我要革命，就要加入革命组织。"此后，戴安澜不断地向李修业借进步刊物《向导》周报和《新青年》看。1939年戴升任第二〇〇师师长，还主动邀请李修业担任师参谋处主任。这些都说明戴安澜早就对共产党有比较深入的了解，主动亲近共产党人并乐于合作共事。

1932年6月，身为国民党军第四师补充团团长的戴安澜，奉命到安徽参加霍邱、金家寨、阜阳等地的反人民内战时，就反对这种反共反人民的同室操戈。但是因为身不由己，所以以内心一直引为遗憾。任第二〇〇师师长后，《自由报》记者宗祺仁访问他，他真诚接待，通宵畅谈。有人提醒他，宗祺仁"是共产党"，要"多加提防"。将军驳斥说："现在既是国共合作抗日，何防之有？"他很赞赏宗祺仁的才能和人品：宗祺仁"在台儿庄写过许多真实、感人的报道，有卓越的见解。我们正缺少这样的爱国志士"。戴安澜还把自己撰写的激发官兵爱国热情、坚定抗战必胜信念的小册子《磨砺集》，交给宗祺仁修改和题词。两人成了莫逆之交。

对于国共合作，戴安澜心怀热切希望。1938年8月，他身为八十九师副师长兼第三十一集团军总部干训班教育长，率部参加武汉会战。重庆《新华日报》著名记者陆诒，对他进行战地采访。他恳切挽留陆住了一宿，两人彻夜长谈。戴就国共合作发表了高瞻远瞩的谈话。戴安澜说：第二次国共合作，团结抗战，这是深得民心的好事。要争取最后胜利，必须坚持抗战，坚持团结。将来胜利以后要建设，仍然需要两党合作，民主建国。立言何其卓识磊落，说明戴安澜深明大义，他的国共合作，共同抗日，共同建设国家的主张是一贯的，坚定的。

戴安澜牺牲以后，陆诒发表《殉国的戴安澜将军》的悼念文章，高度评价将军对国共合作的深刻见解"非一般军人所能比拟"。可是1942年8月3日《新华日报》发表陆文时，国民党新闻检察机关却把"国共合作"的内容删去，完全是害怕将军言论的正面影响，也是对将军的大不敬！

凤鸾和鸣

1926年1月，戴安澜从黄埔军校第三期毕业，被任命为国民革命军总司令部排长。这年年底，他的伯父戴晋仁领着一位农村姑娘，从老家安徽省无为县仁泉乡长途跋涉，到了广州。这位姑娘是与戴安澜有婚约的未婚妻。她当时还没有名字，只叫"王氏"。1927年元月5日，两个年轻人喜结连理。婚后，戴安澜对王氏关爱有加，给她起了一个清纯适意的名字"荷心"——盛开在心中的荷花。戴安澜在繁忙军务之暇，有计划地帮助目不识丁的妻子识文断字。后来又按当地学校规定，让荷心以"未婚"的身份去读小学。荷心非常刻苦地学习文化，吸取新的知识，进步很快。戴安澜满心欢喜。他觉得妻子似荷花一样美丽芳香，又给她改名为"荷馨"，这也是对妻子不断进步的一种嘉勉。由此可见，二人婚后生活是凤鸾和鸣，非常美满。

王荷馨也确实是心地纯朴、处事干练、深明大义。她深深地爱着自己的丈夫。不仅相夫教子，操劳家务，更是冒着战火硝烟，跟着丈夫颠沛流离，把家事料理得周周到到，是将军名副其实的贤内助。1942年3月22日，率部远征缅甸的戴安澜，于东瓜致信"亲爱的荷馨"："现在孤军奋斗，决心全部牺牲……为国战死，事极光荣。"并对家事扼要交代。足见荷馨在将军心中的位置，和将军对爱妻的倚重。琴瑟情深，催人泪下。

戴安澜为国捐躯后，王荷馨强忍塌天的剧痛，操办后事。她献给将军的挽联写道：

> 天道无凭世道衰君斯壮烈成仁已侥幸博取勋名略酬素志
> 国难未纾家难续我忽强肩巨责应如何勤待二老教抚孤儿

可见巨大悲痛中的王荷馨，深知将军抗敌捐躯，于国于家的崇高使命与荣耀，也已经意识到此后赡养二位老人和抚育子女的重大责任。

抗战胜利后，王荷馨带着孩子，两度千里奔波，吃尽千辛万苦，求得了国民党南京政府的支持，终于在1948年1月2日，把戴安澜将军灵柩从贵州花溪暂厝之地，迁回安徽芜湖。其毅力和精神，何其感人！

为了对戴安澜将军进行最永久、最实际的纪念，当时国内各界和将军的旧部、亲属倡议，在第二〇〇师发祥地广西全州创办"安澜工业职业学校"，为国家培养人才。王荷馨听说后，十分赞成，并慨然把蒋介石颁发给将军遗属的特恤金全部捐赠作为开办经费。如此高尚情操，能不令人感动和钦佩！

1949年4月，学校迁至已经解放的芜湖，定名为"安徽省芜湖第二中学"，公推王荷馨任名誉校长。1984年，该校增用"安澜中学"校名，著名革命家张恺帆书写了校名，举行了隆重的增用校名典礼。七十多年来，这所学校为国家培养了大批人才，其中有著名的历史学家蒋大椿、脑外科专家汪业汉、女高音歌唱家卜筱贞等。仅在芜湖市担任过市级单位、企业负责人的就有三十多位，可谓贡献巨大。这也是对将军和夫人爱国为民崇高精神永远的颂扬。

朗正家风

在戴安澜的人生历程中，不能不提到一个人——戴端甫，戴安澜的叔祖父。他是知名爱国人士，参加过推翻帝制的武昌起义，是国民革命军中将。因对蒋介石背叛革命，大肆屠杀共产党人和革命志士的反革命行径不满，他回到家乡安徽省无为县，远离老蒋的独裁政权。端公回乡后，解私囊，募义捐，办学校，培养了大量人才，造福一方。戴安澜耳濡目染，在思想、品德和情操方面都受到深刻影响。1924年，二十岁的戴安澜在叔祖父的召唤下南下广州进了黄埔军校。戴安澜感奋不已，决心以救国救民为己任，从而心怀大志。

戴端甫始终注意对戴安澜及时给予指点，甚至是严格要求，彰显了戴氏家风的端正与清朗。

戴安澜是优良家风的践行者，在对子女的教育上，他做得十分出色。将军对子女的教育培养，一个重要内容，就是要他们从小就痛恨日本侵略者，给孩子看《日寇暴行实录》，教育他们一定要热爱自己的祖国。他为四个子女起的名字，都有深刻的含意。长子覆东就是要颠覆、灭亡东洋鬼子；次子靖东含意是绥靖、平定日寇的侵略；三子澄东，意为澄清日寇后患，建设新中国；女儿藩篱，则是要巩固国防、抵御入侵之敌。

他经常给孩子讲中外爱国故事。一次上街，戴安澜指着理发店门旁涂着蓝白红三色螺旋形条纹不停旋转的玻璃圆筒，问覆东是什么标记。覆东答不出。将军说：那是普法战争期间，一位法国理发师，把入侵的普鲁士军队诱进法军包围圈并全部歼灭，理发师也为国牺牲了。法国政府决定，为了永远纪念这位理发师英勇爱国的行动，在所有理发店门前，做一个这样带有法国国旗蓝白红颜色的标志，传扬理发师伟大的爱国精神。后来，这个标志传到世界许多地方，也传到了我们中国，它激励着人们热爱自己的祖国，甘愿为祖国而献身。

戴安澜担任第二〇〇师师长以后，把夫人和孩子从外地接到自己身边。到了营区，覆东高兴地朝司令部大门口跑去。突然门卫士兵喊出了"立正""敬礼"的口令。只见将军把夫人搀下车子，立即走来亲切地向门卫说："以后我的家属、我的孩子到师部来，你们不要喊立正敬礼！"接着又对卫兵排长、班长和卫士们说："今后对我的孩子不要称他们'少爷''小姐'，喊他们的名字就可以了。他们叫覆东、藩篱、靖东、澄东，记住了吧？"此后，兄妹们尊重官兵，与官兵亲热相处，毫无骄气。

还在读小学的戴覆东，收到父亲给买的一把钢锯，父亲要他把住房附近杂乱的灌木修理一下。覆东做了，虽锯得参差不齐，但他很高兴。父亲鼓励他说："人人都要爱劳动，能做的事要自己动手。"

1940年夏天，戴覆东小学毕业，母亲带着他和弟妹们一起到了父亲部队驻防的贵州安顺生活。覆东考进了较好的清华中学。这所学校在大山里的花溪镇，离家较远，必须住校。学校管理很严，床铺要像部队那样清洁整齐，被子要叠得有棱有角。一个星期天，爸爸、妈妈来看覆东，他的床铺没有整理好，不好意思地解释："今天是星期天，不查宿舍。"将军沉默了一会儿，表情严肃地对覆东说："不管查不查宿舍，你自己的床铺都要整理好，这也是看一个人，在人前人后是不是一样！"覆东很受震动，惭愧得无地自容。随后爸爸妈妈又笑眯眯地说："今天你自己洗衣服，还是不错的！"这样，覆东也高兴地笑了。将军对子女的深情关爱和教育，令他们终生不忘。

2016.3.23

人民的诗人张恺帆

　　扬子江边无为大地走出去的革命家、诗人、书法家张恺帆,朋友、同事、家乡人都尊称他为恺老。

　　怀着对恺老的景仰,对他诗词作品的喜爱,秋末冬初,人们在"情怀无为·张恺帆诗词研讨会"的会标下相聚。这个研讨会,由安徽省诗词学会和无为县政府主办。百多位与会者,来自省内的自不必说,还有的来自京、沪、苏、鲁、浙、湘、鄂以及更远的桂、蒙等地,盛况少见。他们当中,不乏诗词界巨擘、诗词研学团体领军人物和以诗词创作为事业的成功者。当然,肯定少不了恺老的战友、同志和家乡亲人。

　　与会者以认真,甚至虔诚的态度,进行研讨和交流。共同的感受是:自20世纪20年代起,恺老在六十多年的奋斗历程中,不仅为国家为人民建立了卓越的功勋,而且尽管戎马倥偬,公务繁忙,诗词创作也取得了丰硕成果。恺老的作品,源自生活,朗正明丽,情韵通达,励志感人,在艺术的光华和深挚的感情中,展示了坚定不移的革命性,心系百姓的人民性,不计个人荣辱的献身精神,达到了思想性和艺术性完美的统一。恺老,是老一辈革命家中,卓有成就的诗人。

　　恺老逝世后,有赵朴初题签的《张恺帆诗选》问世,并以诗翁、诗家、诗魂享誉文坛。

载风肩雨出裕溪

　　恺老幼年时代,有幸遇到了恩师。他回忆道:"吴凤楼是我九岁私塾时的启蒙老师,我现在能懂一些诗,写几笔毛笔字,多得益于吴凤楼先生。"这位吴先生多才多艺,因穷愁潦倒,感时愤世,常酒后泼墨挥毫,或狂歌当哭。

恺老当时即有诗赞曰：

> 雅爱吾师好杜康，醉时走笔更锋芒。
> 前朝多少真名士，翰墨千秋带酒香。

及至渐渐懂事，他目睹贫苦农民遭受地主老财的欺压剥削，写出了《水乡夏夜》，吐露心中的不平：

> 夏夜好乘凉，依村傍草圹。蛙声如鼓噪，萤火似磷光。
> 父老谈古今，婆姑话短长。何来人哭泣，地主逼钱粮。

孩提时代两首小诗，足见恺老古典文学根基的厚实和对人情世故敏锐的洞察力。

恺老1926年投身革命，1928年加入中国共产党，参与领导1930年12月"六洲暴动"失败后，离开了家乡无为县。

投身革命，只有事业的需要，没有个人的私求。离别故土，告别亲人，并不是说走就走，却又非走不可。当时，年轻的恺老在《拟往苏区途中》中表达了复杂的心情：

> 故园风雨冷凄凄，载风肩雨出裕溪。
> 回首哪堪慈母泪，飘萍每把故人思。
> 长河澎湃兼天涌，旅邸萧条入梦迟。
> 明日南天千里外，满怀希望见红旗。

一个心藏对慈母和故乡的深爱，毅然走向红旗飘扬的苏区的年轻革命者跃然纸上。这何尝不是当时万千奔向光明的年轻人的共同心声！这首诗，标志着恺老作为革命家兼诗人的一生，由此开始。

龙华千古仰高风

要革命就会有牺牲，这是每个革命者无法回避的重大考验，关键是要正确对待，要无所畏惧。1932年，二十四岁的张恺帆在上海，先后受命任中共吴淞区、沪西区区委书记，但因叛徒出卖被国民党反动派逮捕，几经辗转，关进淞沪警备司令部龙华看守所。在这里，他用假名、假经历同敌人周旋，保护自己，也显示了不屈的革命意志。当他得知前不久，关押在这里的柔石、胡也频等五位左翼作家和著名共产党人林育南共23人，在桃花绽放的初春，被残忍杀害，心情沉重，满腔义愤，在床铺边墙上写下了七绝《龙华悼念死难烈士》：

> 龙华千古仰高风，壮士身亡志未穷。
> 墙外桃花墙里血，一般鲜艳一般红。

鲁迅说"革命文学家，至少是必须和革命共同着生命"。从这首诗中，我们看到作者怀着悲愤与敬仰的激情，抓住突出事件，运用确当、形象、优美的诗句，颂扬了烈士们为革命献身的伟大精神，"和革命共同着生命"。基调庄严、昂扬，表达精巧、明丽，是具有高度思想性和艺术性的好诗。

解放后，人们在牢房墙壁发现了这首诗，却因没有署名，著名诗人萧三把它收入《革命烈士诗抄》。后来得知是恺老的作品，萧三写信给恺老表示歉意。恺老回信说："我是幸存者，能获烈士称号，不胜荣幸，何歉之有？！"这个小小插曲，早已传为诗坛佳话，这首诗也广为传诵，读之者无不为之感动和赞不绝口。

从1933到1937年，四年的铁窗生活，是苦难的煎熬。恺老又因患伤寒症，险离人世，但他乐观对待，与战友们面对反动派摧残折磨，斗志愈坚。恺老和十多位同志成立了"扪虱诗社"（意为边捉虱子边作诗，幽默至极），依然钟情诗词创作。请看这首《如梦令·留别扪虱诗社诸友二》：

> 书信因风时寄，但愿勿移初志。离别在须臾，后会什时何地？
> 翘企，翘企，心系友情牢记。

以深沉的思考，寄语战友，可能随时离别，或是牺牲，或是出狱远走。但是一定要"勿移初志""友情牢记"。在这个小小诗社里，恺老用诗思念年老父母，喜说革命佳音，哀悼遇害同志，送别出狱战友，感叹流光岁月，愤怒人间不平，显示出革命诗人处处能战斗、事事皆入诗的襟怀与才华。

誓扫妖氛靖宇寰

革命者只为革命而生。恺老是投身革命即为家，不畏牺牲，一往无前。七七事变后，国共第二次合作，恺老经党组织营救出狱，回到故乡无为，即投入抗日斗争。1944年底，他受命赴皖南，担任皖江行署副主任、党组书记。曾率精干武装，踏着冰雪到江南铜（陵）、繁（昌）地区与日寇作战。首战告捷，拿下了赤沙滩镇敌人据点，他兴奋得雪地吟哦：

> 南渡铜繁万仞山，轻骑直下赤沙滩。
> 但凭真理撑天地，誓扫妖氛靖宇寰。
> 云岭横空吞落日，茂林遗恨化狂澜。
> 漫言雪地行军苦，雪地红旗更好看。

这是革命者的豪歌，这是胜利者的宣言。尽管蒋介石制造了皖南事变，尽管日寇的凶顽疯狂，共产党领导的新四军依靠真理和顽强的战斗，红旗指处必然是人民的胜利。作者站在全局的高度，以广阔的胸怀，从敢斗敌顽，到获得胜利，从眼前的战斗，到历史（皖南事变）的激励，作品有力度有深度，更有压倒一切敌人的英雄气概，读来令人豪情满怀，备受鼓舞。

用诗词表现革命战争，最忌思维的僵直、立意的肤浅、内容的浮泛。恺老凭借长期的革命经历和创作实践，诗词作品渐趋炉火纯青。解放战争中，淮海战役以后，蒋家王朝末日已至，反动集团内部乱成一团，但蒋介石不甘失败，仍施诡计，丑恶嘴脸暴露无遗。恺老洞察其奸，又写佳作一首——《西江月·淮海战役告捷》：

> 淮海平原之战，蒋家风雨飘摇。主降主战主南逃，一片龟争鳖吵。
> 堪笑蒋冠李戴，化装美女求饶。分明又在耍花招，誓把妖氛净扫。

读了这首词，都会拍案叫绝。淮海战役蒋介石再次惨败，还幻想盘踞江南，与共产党划长江而治。他又是搞假和谈，又是隐退让李宗仁当代总统，丑态百出。共产党解放军当然不会让其阴谋得逞。恺老用生花妙笔，把这些重大事件，仅用八句话就表达得异常深刻生动。作品中"风雨飘摇""龟争鳖吵""美女求饶""蒋冠李戴"等，通俗、形象、幽默，令人读来信服、解气，又忍俊不禁。在同期同类作品中，这首词独具风格。

我爱十月，伟大光荣节

新中国诞生了，五星红旗在九百六十万平方公里的祖国上空迎风招展，万方乐奏，华夏欢腾。恺老挑起安徽省委书记处书记和副省长的重担，投入新中国建设事业。他夙兴夜寐，全身心忙于工作，却并未放下手中的笔，不时写下心中所感。他欢呼"我爱十月，伟大光荣节。扭转乾坤一瞬，带来了光和热。"面对轰轰烈烈的建设热潮，他激动，"热情似火不寒冬，铁马金戈战北风。"看到新建设新气象，他描绘"此日重来浑不识，稻花馥馥水条条。"1958年春，他作为安徽省的党代表，赴京参加中共八大二次会议。往返途中所闻所见，欣喜不已，写下了《踏莎行·旅途即兴》词一首：

跨鹤飞来，乘龙归去，此身合是神仙侣。神仙之说太荒唐，人间信有神仙府。无限江山，无边锣鼓，巨人挥动千钧斧。改天换地展新猷，东风婀娜红旗舞。

这是一首浪漫主义和现实主义相结合的佳作。赴京参会，恺老乘着飞机赴京，坐着火车返肥，简直是神仙之旅。他看到，红旗舞动处处，大规模的建设，正如巨人挥动巨斧，改天换地的蓝图成为现实。他快乐得像个孩童，赤子情怀，尽皆坦现，可亲可敬啊。

不难化骨见忠贞

关心人民的冷暖始终是诗人作品中十分重要的题材。20世纪50年代末60年代初，党内刮起了"五风"，即共产风、浮夸风、强迫命令风、瞎指挥风、干部特殊化风。尤其是粮食产量被大大地浮夸，粮食征购任务也大大提高，造成农村严重缺粮。加之强行大办食堂，农民必须在食堂入伙，有限的供应量被克扣，农民吃不饱，陷入极度贫困。1959年7月，恺老得知此情，深入肥东、巢县、无为农村调查，发现农民生活十分艰难。他揭开集体食堂锅盖，锅里多是菜叶、树叶、米糠。他非常惭愧，心情沉重地写出《访贫问苦》：

建国十年长，黎元尚菜糠。

"五凤"吹不禁，惭愧吃公粮。

当时无为农村情况尤其严重，恺老意识到救人要紧，当即果断决定"三还原"，即吃饭还原回各户，收归集体的私房和耕牛、大型农具还原给房主，收归集体的自留地还原给农民自种。还提出"两开放"：开放鱼塘给农民自主养殖，开放自由市场让农民出售自产农产品。这些救民于水火的措施，挽救了数万人生命。广大农民发自内心拥护，情不自禁地呼喊恺老为"张青天"。

但是当时省里某主要领导罔顾事实，偏听偏信，认为恺老错报灾情，诬蔑大好形势，将其开除党籍，撤销职务，批斗五十一天，最后定为"反党反社会主义"（七个字）分子，投入监狱。本是为人民做了好事，却受到如此沉痛打击。恺老当然有自己的想法，他以共产党员的刚直和对党的忠诚写道：

神差鬼使到无城，为报真情获罪人。

五十一天伤乱箭，万千张口说曾参。

无心偏惹"三还"恨，有口难吹"七字"尘。

北望都门泥首拜，不难化骨见忠贞。

此诗首联直入主题，写作者深入人民之中，看实情，讲实话，办好事，却成了有罪之人，简练明白。颔联和颈联，以极为工整的对仗句式，叙述遭受不公正的对待，紧扣事实，又形象真切，令人痛心和同情。尾联则让人们看到了一位忠于党和人民的共产党员的正直情怀和崇高形象。作者深厚的文字功底，值得佩服。两点说明：一是"万千张口说曾参"，曾参是孔子的学生，被诬告杀了人，遭众人指责，但终获澄清。这是历史典故的恰当运用。二是"北望都门泥首拜"，意为面向首都，以头触地深拜。表达了作者对党的忠贞和深情，也凸显了这首诗的主旨和出发点。

此后三年多，恺老遭受了诸多不公正的待遇，但他都视为对革命者的锤炼，坦然对待。他说：

三十一年空怠慢，千锤百炼未成钢。

更番投入烘炉里，炉火青时鬓亦苍。

不愧是真正的共产主义战士，凯老对党的信念始终坚定不移。三年后，他受到的处分被撤销，党籍、职务等全部恢复，继续担任省委书记处书记、副省长，并任省政协副主席。一件感人的具体事件：恺老平反以后，收到补发三年中被降四级的工资、夫人受株连被降二级的工资，但他分文未取，全部交了党费。忠贞之心，青天可鉴。

九州生气庆昭苏

历史的脚步，跨入了"文化大革命"，为时十年，故称"十年动乱"时期，"四害"横行。恺老作为省委、省政府主要领导人之一，理所当然成了"革命"对象——"走资本主义道路当权派"，他再次蒙难，被关押、被下放劳动、被批斗。但是他总以冷静的心态和坦然乐观的精神对待，这从《虞美人·步李煜韵》的词中可以看得清清楚楚。

检查交代何时了，批斗知多少？小楼密闭不通风，恰似雄鹰翦剪网罗中。
千磨万击丹心在，有过岂惮改。无私无畏复何愁，坦荡胸怀无往不风流。

应当说，恺老用南唐李后主《虞美人》词韵填的这首词，自然得体，句式、声韵都恰到好处，确是高手。其两个层次的内容，准确又深刻地写出了他当时如雄鹰被剪断翅膀，关在小楼，成天写检查、被批斗的艰难景况，又信念在胸，无所畏惧的自信与达观。四十年后的今天，再读此词，还会为这位革命家当年不幸的遭遇感到辛酸，更会被他对党和国家的信念、乐观的精神境界而感动。

那个艰难曲折的十年，给国家给人民带来了太多的灾难和不幸，国家经济濒临崩溃，全国各族人民忧心如焚。终于，在1976年金色的10月，党中央果断坚决地粉碎了王、张、江、姚"四人帮"反革命集团，神州大地迎来又一个美丽的艳阳天！恺老与千万被迫害的干部一样，获得了再一次的解放。他满怀激情，奋笔写下内心的欢歌——《欢庆粉碎"四人帮"》：

爆竹声中四害除，九州生气庆昭苏。
人民自有降妖术，焉用桃符作护符。

在这首诗中，恺老巧用了王安石《元日》诗韵。王安石的诗是为迎接新的一年。恺老是欢庆国家终于走出十年的动乱，迎来国家的大治和人民的新生活。这首诗在特殊时期的特殊意义，王安石的诗当然不能同日而语。诗中的"桃符"，是指古时习俗：迎新年，人们用桃树木板，画上除妖压邪的神仙，悬挂门旁，以驱妖祈福。恺老说"焉用桃符作护符"，是对党中央顺应民心，坚决粉碎"四人帮"伟大决策的衷心拥护和颂扬。

嫣然白发照丹心

恺老又一次重返工作岗位。党的十一届三中全会以后，1979年1月起，恺老担任的职务是中共安徽省委书记、省革命委员会副主任、省纪委第二书记。1980年1月任省政协主席和党组书记。此时，年逾古稀的恺老，仍然忘我地投入工作。尤其是他亲自负责平反了大批冤假错案，认真落实了党的干部政策。他那高超的政治理论水平，关心群众疾苦的务实作风，受到人们发自内心的颂扬。

1985年，恺老年届七十七岁，主动辞职离休。此后，恺老诗歌创作进入了新的丰收期。不仅数量多，而且题材广泛，其思想性、艺术性也达到了炉火纯青的境界。

离开奋斗一生的党的事业舞台，他没有一点失落感。他说"在朝在野总为民，何必乌纱绊此身"。对离休后的生活，他自有安排，"盛世了无迟暮感，文章道德课儿孙""说我清闲偏有事，半天笔墨半天棋"。言谈之间，让我们看到了一位豁达开朗，愉快潇洒，又是可亲可敬的老前辈。

他依然心系国家大事。祖国必须统一，恺老热切期盼，"两岸同胞同愿望，台彭金马早日归"。他对官员中的腐败现象感到痛心，为了华夏振兴，"我愿层峰严律己，率先带个好头来"。赤子之心，殷殷可鉴。自己老了，年轻人接班了，这是人民的事业兴旺的景象，恺老欣慰不已，"喜看新秀联翩起，扶上雕鞍送一程"，多么高尚的境界！

诗词创作、书法和相关活动，是恺老离休生活的重要内容。他先后荣任中国诗词学会副会长、安徽省诗词学会名誉会长、安徽省书法家协会名誉主席。在独具中华传统文化特色的诗词和书法园地，恺老是辛勤的耕耘者，更是成果卓然、受到众人仰望的大家。后人这样评价：恺老多才多艺，能诗、擅书、善文，在高级领导干部中是不多见的。他的诗因时而发，立意高远，激浊扬清，正气浩然，格调平白，在中国诗坛留下了名篇佳句。他的书法，自成一格，结体扎实，直如钢浇铁铸一般，曾受到毛主席的好评。他乐为诗词园地的兴盛繁荣倾注心血，安徽省诗词学会成立，他以佳句作贺：

> 百花园地春常驻，老圃奇葩又一枝。
>
> 祝愿吟坛诸硕彦，好为时代谱新词。

以诗言书，以诗传艺，是恺老颇有创意之举。积一生书法之所悟，他竟然总结出《书法体会》，传之书友，授之后人，还真别具一格，而且十分精彩：

> 中国书法，艺坛一宝。美好生活，陶冶情操。八体六书，各显其妙。
>
> 奉劝初学，切忌潦草。先学楷书，笔笔俱到。开拓有格，不可臆造。
>
> 多方观摩，勤于思考。全神贯注，着力挥毫。勤学苦练，熟能生巧。

恺老这首《书法体会》，共十八句七十二个字，虽说是诗中长篇，与文章相比，篇幅却很短。全诗十分精练明白地讲出了中国书法的重要价值和渊源，学习书法的态度、方法，应当把握的关键，等等。这是这位书法大家宝贵的经验之谈，值得书法爱好者学习参考，更可以引进课堂，成为青少年学习书法的好教材。诗中所言八体，是指秦始皇所定的八种书体——大篆、小篆、虫书、隶书、刻符、摹印、署书、殳书；六书是古人分析汉字的六种造字方法，即象形、指事、会意、形声、转注、假借。由这首诗可知，恺老对中国书法历史和技艺有着多么深入的研究！

对故人的怀念，对战斗过的地方的牵挂，是恺老难以割舍的情怀。开国元勋彭德怀是人人爱戴的"彭大将军"，恺老很是敬佩。尊之为：

> 战功赫赫，铁骨铮铮。大哉彭总，千古一人。

应邀去广州看望当年的战友，大家白发丹心，共叙人生，何其美哉：

> 云槎顷刻到羊城，旧友重逢倍有情。
>
> 君我何曾悲白发，嫣然白发照丹心。

胶东，是恺老战斗过的地方，晚年重游，感慨万千，因而情不自禁地为它新的面貌而歌唱：

今日重来浑不识，红楼处处绿荫中。

皖南，曾留下了恺老战斗的足迹，那里山清水秀，恺老甚至是"平生最爱青屯路"，再次相见，"仿佛神游阆苑中"，可惜，"只悔今年来未早，万山褪尽杜鹃红"。

敢上黄山第一峰

离休岁月，晚景如画。恺老离休后，有机会游览大江南北的名景胜地，所行所见所思，笔下流泻出精彩的诗篇，形成恺老诗作中风光多姿，诗中有画，特色鲜明的另类作品。艾青认为，"没有想象就没有诗"。恺老写景诗的特点之一，就是善于想象。面对诸种景物，他瞬间就会放飞想象的翅膀，猎取所需，嵌入诗中，使形象美、意境美、感情美熔于一炉，直教人一读三叹。

镜泊湖即景
群山环拱一明珠，绚丽多姿镜泊湖。
到此恰逢晴雨后，断崖高挂水帘图。

三峡途中
奇峰两岸锁长川，高峡平湖别有天。
一自神州光复后，轻舟不再听啼猿。

游桂林芦笛岩溶洞
桂林山水难为画，多少奇葩石窟中。
此境只应天上有，几疑身在广寒宫。

恺老对黄山情有独钟。到了黄山，他异常兴奋，"老夫虽老不龙钟，敢上黄山第一峰"。多日的行程，他边游边看，真是目不暇接，美不胜收，因而诗兴大发，作诗四首。其中《游黄山》一首五言诗，竟有五十六句，是恺老诗作中最长的一首。限于篇幅，略择几段，与大家共享。

刚见黄山，恺老即为黄山的雄伟、宏大、旖旎所倾倒，他身置其中：

> 云从足下生，泉自空中降。大石与苍松，姿态万千状。

接着，他用"或如"并列句式，把黄山独有的猫捕鼠、人牧羊、靴倒晾、猴观海、笔生花、鳌鱼背、巨人掌、送迎客、雄鸡唱、莲花放等二十个景物酷肖的著名景观，一一展现出来，真是爱之心切，独具匠心。黄山太美了，恺老感叹：

> 天下多名山，此山独佼佼。当年徐霞客，曾此叹绝倒。

恺老说，黄山是大自然的造化，是大自然馈我中华的瑰宝。进入改革开放新时期，不断的建设、美化，黄山更漂亮了，她已经融入人心，她已经属于世界，恺老动情地写道：

> 一从国运昌，大地换新貌。巍巍兮黄山，装点更妖娆。
> 寰宇人向往，游客知多少，如水复如潮，人笑山亦笑。

恺老的《游黄山》，内容的多彩、表述的细腻、刻画的生动、感情的深挚，在我读到的黄山诗中尤显出色，堪称经典之作。

华夏大地，美景无数。恺老越游兴致越浓。游庐山时，他竟坦露出自己的心愿：

> 黄山游罢桂林游，又到庐山顶上头。
> 天若假年三万六，定教足迹遍神州。

多么可爱又有趣的老人，祖国山川，如诗如画，他爱得太深太深了。

真公仆　真诗魂

人生中，总有无法回避的大悲。1988年，恺老的夫人史迈不幸逝世。史迈，原名史佩蘅，桐城人，新四军老战士，1940年12月与恺老结为伉俪。史迈驾鹤西游，是恺老无法面对又必须承受的巨大悲痛。他"老泪欲枯肠欲断，返魂无术只长吟。"回首革命征程的漫漫长路，恺老心中对夫人充满敬意，"一德一心为革命，于朝于市两无争"。而且在长期的奋斗、艰辛、曲折、磨难中，她对恺老都是全力相扶相助，一往情深。如今，亲爱的伴侣和同志永远地走了，恺老只能哀歌当哭：

> 四十八年生死结，奈何先我夜台行。
> 恨无起死回生术，徒有伤心堕泪人。

在恺老的诗作中，未见为亲人的奋斗或业绩而讴歌。恺老当初参加革命英勇斗争，国民党反动派竟抓捕其父，关押吊打，残酷折磨。恺老痛心不已，但未见诸诗词。看来只有在特殊情况下，他才为他们奉上厚意和真情。因夫人仙逝而赋诗即是例证。还有一首是《哭三弟健凡》："同志情连手足情，一朝分袂倍伤心。"自言与三弟"几度劫波同命运，毕生勤奋为人民"。从这些和着血泪写成的诗中，可以看到恺老对亲人的至爱，只是深藏内心，很少表露罢了。

1991年6月下旬恺老因病住院，适值建党纪念日前夕，他又一次发出了心声，在病榻写下《建党七十周年颂》。这位有着六十多年党龄的老党员，身在病榻，依然为党歌唱，足见他对党的感情是纯粹的、永远的：

> 指引航程七十年，终教日月换新天。
> 一从改革风雷动，百业飞腾更向前。

不幸的是，恺老此次住院再未康复。作为唯物主义者，恺老已有某种预感，于是在9月11日写下《病榻寄语》：

> 亲朋不必过多情，世上能无不老人？
> 寸土寸金宜爱惜，丧仪概免不堆坟。

这是恺老的绝笔之作，也是对后事的嘱咐。他劝慰亲朋，宝贵土地，免除俗仪，娓娓情思，直击人心。恺老，不愧是真正的共产主义者，令人尊敬的革命老前辈！

1991年10月29日，恺老永远地离开了他无私奉献的党的事业，离开了他时刻放在心上的人民，享年八十三岁。恺老留下了作为无产阶级革命家的优秀品格和崇高精神，也留下了身为著名诗人的作品和风流。

谨录著名作家鲁彦周献给恺老的挽联为本文作结：

敢触天，敢捉雷，为民呼喊，浑身是胆；
真公仆，真诗魂，豪气纵横，儒雅风流。

2017.11.20

巧遇鲁彦周

　　春天，游览牯牛降风景区，当然很愉快。游览途中，意外地遇见了十分崇敬的著名作家鲁彦周，那就更愉快了。

　　2004年4月下旬，我来到了清秀美丽的皖南石台。以前虽多次到此，但在草长莺飞四月天来这里，还是第一次。处理事务间隙，同行伙伴一商量，决定忙里偷闲，花半天时间，游览国家级自然保护区牯牛降。

　　早饭后，从宾馆乘车出发，天气好，心情也好，一路说说笑笑。沿途车辆不太多，或前或后地与我们一样，都向景区驶去。很快到了竹木架起的高大的景区大门，好，首先来一个临门合景，再继续前进。

　　到了牯牛降山脚，下了车，只见进山道上已有陆陆续续小股人流。进入景区标志性的一步，是迈步跨上那悬崖下、山溪旁的木栈道。这山崖好像是被前方两百米外山脊上奔腾而下的山溪"削"出来的。悬崖向溪水一面哈着腰，如同一段高大的走廊，呵护着木栈道。这山溪很有个性。溪中自上而下布满各种形状的大小石块，嶙峋险峻。溪水上下因落差较大，一路狂奔却又很不顺畅，不是凶浪砸石，就是巨石欺水；不是惊涛飞涌，就是银花四溅。水石共处，动静相融，缤纷多姿。

　　木栈道有一米多宽。我们一行四人悠闲前行。走了一会儿，见到前面有一男一女两位游客。从背影看应该是年事偏高。男士似挂似提地拿着一根手杖。两位老人走得很慢。我们正要从他们身旁抄道向前时，迎面从山上下来的几个人，匆匆与我们擦肩而过。其中一人小声说："刚才那个人是鲁彦周。"

　　说者随意，听者有心。我心中一怔："鲁彦周？"昨晚在宾馆，石台教育局黄局长与我们闲聊时说："县里M书记准备来看你们，鲁彦周来了，去陪他去了，只好另作安排了。"鲁彦周，全国知名的大作家，安徽作家的杰出代表，昨晚我已知他到了石台，只是未料他此刻也来游牯牛降，而且就在眼前，所以稍感意外。

鲁彦周，了不起啊！我早就知道他，而且非常钦佩他。那是近半个世纪前的1956春天，我在巢县洪家疃村的黄麓师范读书。平时有空我喜欢钻图书馆。一天课间操后，又跑到图书馆，无意中在刚到的《安徽日报》上，看到文艺版整版的独幕话剧《归来》。这很少见。我很好奇，抓起就看。只看了一小段，就觉得"有劲"。但是快上课了，怎么办？放下吧，再来时就怕被别人掠爱去了。心里一急，点子来了，连忙把《归来》报纸叠起，藏在期刊架边角处一本杂志后面。下午第二节课一下，我脚不沾地又赶到图书馆，取出了《归来》。就这样，我用两个课外活动，把《归来》读完。剧本是写解放初，某干部进城后，嫌弃当年在农村同甘共苦的糟糠之妻的故事。警示党的干部进城后不能忘记农村和农民。主题新鲜、深刻。它的故事，它的情节，它的人物和语言太引人入胜了。连带以后多年算算，《归来》是我读过的最好的独幕话剧剧本。后来《归来》在北京上演，毛主席、周总理都看过，很是称赞。从那时起，我牢牢地记下了"鲁彦周"三个字。接着又听说他是巢县人，竟对这位大作家有一种乡土上的亲切感。以后，时光的风云飞翻诡谲，很久很久，"鲁彦周"被岁月的风尘掩盖，看不到他的名字，当然也看不到他的作品。

又见鲁彦周！1980年，粉碎"四人帮"以后，大地复苏，人民满怀希望播种新生活。极端饥渴的文艺园地，极端饥渴的人们的精神世界，在春雨滋润下，新苗茁壮，新花怒放。已过不惑之年的我，怀着惊喜，期盼着解馋，挤进县城的大江电影院，连着两场看了停笔十年的鲁彦周编剧的电影《天云山传奇》。那阵子，看《天云山传奇》，真是一票难求，万人空巷。

《天云山传奇》电影，是鲁彦周从自己创作的小说《天云山传奇》改编的。罗群，《天云山传奇》的主角。20世纪50年代中期，身为天云山考察队政委的罗群，为考察天云山做出了艰苦努力，取得了重要成果。事业正火红的时候，他却被打成了右派，生活、工作、爱情乃至人生都遭受到残酷的打击，历尽磨难。党的十一届三中全会以后，罗群得到彻底平反，担任了天云山特区党委书记，继续为开发和建设天云山做贡献。鲁彦周创作此剧的目的，是告诉人们，在扭曲的现实中，罗群遭受无端迫害的悲剧，再也不能重演了。人们发自内心欢迎《天云山传奇》。社会上刮起了一股看《天云山传奇》热，家家争说"天云山"，人人感动叹"传奇"。鲁彦周又一次成功了，也赢得了社会的普遍赞誉和尊重。

我读鲁彦周的作品并不多，但是《归来》和《天云山传奇》足以让我受到强烈的震撼，让我对这位大家无比敬仰。不过我从来没有想过要见他。想不到今天有这样巧、这样好的机缘。我未做多想，一兴奋，从后面赶一步，走到作家左边，"鲁彦周先生，我想同你合个影。"作家向我笑笑，很随和地应着："好啊！"很快，我俩站好，同伴举起我的相机拍了照——一位读者崇敬的大作家，一个崇敬作家的普通读者，相依着，定格在牯牛降景区。对作家来说，这留影肯定是无数次的寻常；对我来说，这实在是难以忘怀的珍贵。因在旅途，又初次相会，不好久停，不便多话，我向作家道谢后，与同伴继续行程。

回到家里，我很快把照片洗印好，认真地仔细地端详着这张极平常又不平常的合影。

在右边半人高铁链栏杆和左边崖壁之间，我和作家紧挨着。比我高半个头的作家，一手扶着栏杆铁柱，一手插在裤兜里，他身着红灰色长袖衬衣和黑裤，黑色工人帽下露出了灰白的头发，架着黑框眼镜，脸上是和蔼的微笑，清雅而亲切。有趣的是，作家那略向后靠的偏瘦的身躯，那系得并不规整的衬衣，同裤带上那拴钥匙的红线绳互相映衬着，与其说他是誉满华夏的大作家，倒不如说像我曾经的同行，一位年老的中学教师，或者是我尊敬的朴实无华的老邻居。站在作家身边的我，太开心了，笑得眉飞色舞。只是觉得，因为太多太多的辛劳与付出，作家显得有些苍老，体格也略嫌单薄。

看着照片，愉快地回忆着，我又一次感动了。感动的是牯牛降的巧遇，感动的是作家的平易质朴。心头一热，即以"牯牛降抒情——致著名作家鲁彦周先生"为题，为照片配了一首小诗，加上塑封，寄了一张给作家，以表达对他的谢忱和爱戴：

> 五十年前读您的《归来》，
> 五十年后见您的风采。
> 陌生，熟悉并不重要，
> 只为您给读者的高尚享受，
> 只为读者对您的一片爱。
> 如白云，这爱很轻、很轻，
> 如草叶，这爱很小、很小，
> 但确是至诚，又无处不在。
> 牯牛降见证了您我的相逢，

　　　　　　　　我请牯牛降分享这由衷的愉快。

　　相遇是美好的，因而也有意无意成为一种莫名的关注和牵挂。两年后的2006年11月26日，鲁彦周在走完了七十八年的人生之路后，永远地告别了这个世界。得到讯息，我有些不情愿的惊诧，连忙取出牯牛降巧遇作家的合影，注视了好一会儿，是百般的无奈和怅然若失。当然，最后只有深深的哀伤和遗憾。

　　鲁彦周，始终以人民作家应有的良知和社会责任感，在文学园地辛勤耕耘数十个春秋，在影视、小说、戏剧、散文诸多领域都取得丰硕的成果，广受好评。仅就获奖而言，他的很多作品，如《凤凰之歌》获文化部剧本征文奖，他编剧的《廖仲恺》获文化部优秀电影奖，《找红军》获儿童文学奖。受到普遍赞誉的独幕话剧《归来》，荣获文化部一等奖。电影《天云山传奇》则先后荣获了文化部优秀影片奖、金鸡奖、百花奖和文化部最佳编剧奖。作为电影前身的小说《天云山传奇》，也荣获了全国优秀中篇小说奖。著名作家王蒙这样评价："安徽有两座山，一座是黄山，一座是'天云山'"，"鲁彦周就是一座山。"八卷本、四百多万字的《鲁彦周文集》问世，这是我国文学园地的一座丰碑。许多同行都发自内心表达了对他的敬重和溘然离去的痛惜。中国作协主席铁凝说："像鲁彦周先生那一代作家，经历了那么多苦难，却写出了许多优秀作品。"安徽省作协主席季宇说："我个人认为，他是文学大师。"白烨则认为："鲁彦周的去世给当代文坛带来很大损失。"

　　鲁彦周先生，早已远行。人民会记着他，历史会感激他。我，一个普通的"鲁粉"，始终珍藏着同他的合影，也始终珍藏着对他的崇敬和怀念。

2017.5.2

"司马缸砸光"

赵丽蓉走了，一位深受亿万观众喜爱的老艺术家永远地走了。中央电视台郑重地播放了这个消息，叫人不信也得信。时值2000年7月。

赵丽蓉当然不认识我，我当然也只是在电视节目里才见到她。但是对她的突然离去，我却非常意外和痛惜，又涌出无限怀念的思绪。

人们都难忘：一位平凡的老妈妈，突然成了英雄母亲。电视台记者登门采访她，硬是设下框框，要老妈妈跳进去，表现出漫长岁月中，刻意把儿子培养成英雄的"感人"故事。可是老妈妈不吃这一套，连连把记者设计诱导她对孩子幼小时教育的"司马光砸缸"，说成是"司马缸砸缸""司马缸砸光"……十来分钟的一个小品，一边是记者的主观编造和生硬的启发，一边是老妈妈的单纯、朴实和误解、厌烦，两相碰撞，精彩不断，精彩至极。这位"英雄母亲"的扮演者就是赵丽蓉。她的"司马缸砸光"，已成为人人皆知的幽默名言。

人们都难忘：赵丽蓉在舞台上，随角色的需要跳起迪斯科，轻快中又有些不太情愿；演唱起泰坦尼克号主题歌，悲壮又有点滑稽；挥起如椽之笔写下"货、真、价、实"四个大字，娴熟、漂亮又那么令人惊叹。

总之，人们一看到赵丽蓉就笑。她在演出中，一举手一投足，都会让人发笑，会心的笑、赞赏的笑、惋惜的笑、捧腹的哈哈大笑，一句话，都是发自内心的笑。我们曾经在很长的时间里缺少笑声。历史前进了，人心舒畅了，我们太需要笑了。赵丽蓉不负众望，给我们送来了敞开襟怀痛痛快快的笑，太感谢她了。

赵丽蓉是个光华四射，深受观众喜爱的小品表演艺术家。十多年来，赵丽蓉从花甲之年到古稀高龄，其舞台献艺的数量和分量、热度和力度，是很少有人可比的。人们由衷地称赞，赵丽蓉的艺术生命真是返老还童，愈加焕发出青春了。

赵丽蓉是著名的评剧演员，临老改演小品，不容易啊。这位艺术家，以坚实的功底和可贵的敬业精神，硬是把小品演到了家。她的小品里有相声的幽默，有舞蹈的欢跃，有歌曲的情韵，有戏曲的热闹。舞台上的赵丽蓉那略带沙哑、稍夹唐山土腔的普通话，愚中显智的神态，拙中带巧的动作，丑中寓美的捧逗，倔中含情的话语，都独具特色。什么样的人物经她一演，都是绝活儿。在小品艺术园地中，这样的老艺术家是绝无仅有的。

赵丽蓉演戏，不只是情到、心到，而且是命到。可以说，她用真心献艺术，她用生命献人民。京剧表演艺术大师梅兰芳，在回忆自己舞台生涯时，十分谦虚然而也是非常中肯地说："我是个拙笨的学艺者，没有充分的天才，全凭苦学。"罗丹在他的艺术论中也持有相同的观点："任何倏忽的灵感，事实上不能代替长期的功夫。"再看赵丽蓉，她之所以在艺术上取得了卓越的成就，平日里，她该花费多大气力、吃多少苦头、流多少汗水啊！一次央视春节晚会，她甚至抱病上台，在表演一个舞蹈动作时，腿痛得往下一跪，刚巧又与剧情相吻合，竟取得了大出意料的艺术效果，台下掌声一片，笑声一片。事后人们才知道，那一刻，她的腿病疼得钻心。她为艺术，实实在在是拼了老命的。在中国，男女都爱，妇孺皆喜，百看不厌的老艺术家，除赵丽蓉之外，即使有，也难说二三。更为可贵的是，她涉足电影，先后荣获东京国际电影节影后、中国电影政府大奖、中国电影百花奖影后、中国电影表演艺术学会大奖等荣誉。可以毫不夸张地说，赵丽蓉是文艺舞台上的国宝。

好时代，好日子，使人们以越来越浓的兴味注视着文艺舞台，渴求着欣赏精彩的文艺表演，寻觅着自己喜爱的艺术家的行踪。可是，今年（2001）央视春晚舞台上，我从开头到"刨根"，没有见到赵丽蓉，心里很不是滋味，且有几分不安。这不是因为没看到她的节目，而是不由自主地想到，这位已逾古稀的老人，该不会碰上了什么"小恙"吧？其后，只要打开电视，只要碰到赵丽蓉的节目，就一定要看。不过那些都是过去的节目重播，不是新节目，更不是现场直播。

赵丽蓉永远地走了，惊愕，痛惜，无法弥补的遗憾，在不可抹去的现实中定格……

2001.7.2

手术刀上绽放人生之美

岁月如歌。

回望历史,恢复高考的第三年,他从无为县长安乡的田埂走进县城的考场。父亲只想他考个中专,吃上商品粮,户口转成非农业,就心满意足了。他却让人意外地以高分考入皖南医学院五年制本科。1984年毕业,他跨进了无为县人民医院,成了一名外科医生,也就与手术刀结下不解之缘。

再看今天,他以三十五个春秋的勤奋、进取,彰显出骄人的业绩与荣耀:安徽省劳动模范,主任医师,县医院外科领军人物,广受人们的称赞和钦仰。

他迈步在人民医疗事业的道路上,正如一位伟人所言:世上无难事,只要肯登攀。

他,就是无为县人民医院外二科主任朱志宏。

拿好手术刀

成为医生之初,朱志宏就立下朴实、坚定的心愿:努力学技术,做个好医生。

朱志宏当然知道,一个称职的外科医生,必须掌握好内涵千钧的手术刀。他决心从头学起,拜院里年事已高的老专家为师,去安徽医科大学附院胸外科进修,如饥似渴地汲取外科医学的最新成果和经验。他尤为看重长年累月在手术室、在病房的操作和历练。朱志宏的医术日益精进,很快成了院内外知名的"一把刀"。

那是20世纪90年代。一位食管癌晚期病人,朱志宏在仔细诊断和缜密思考之后,决定为他作食管癌切除手术。手术中病人并发心脏骤停。朱志宏异常沉着,果断施行开胸手术,使得患者因"自发性血气胸"造成两次心脏停搏又起死回生，且术后状况良好。这个手术，朱志宏做了十六个小时。必须说一句，接收这个病人并进行手术，是有很大风险的，若是没有精湛的医术，这个病人就下不了手术台。

2003年7月，一位患"右颈部巨大包块"的七十多岁老人，辗转省城多家大医院，只因包块位置特殊，手术风险大，都拒绝收治。这位被病痛折磨十几年的老人，来到县医院，找到朱志宏，坚决要求手术。朱志宏毅然收下了老人，为其全面检查后拿出了治疗方案。在多位专家配合下，朱志宏成功地对老人颈部重达五百克的包块进行了切除，使他恢复了正常生活。

2017年6月的一天，夜里一点多钟，值班医生接诊了一位因车祸受伤的中年司机。伤员因方向盘猛烈抵压了腹腔，伤势十分严重，已经命悬一线。值班医生立即报告了朱志宏。朱志宏从熟睡中惊醒，即刻回话："立即配血，摆好体位，尽快做好术前准备"。他赶到后即行检查，发现伤者腹腔穿透性损伤，胰脏、肝脏破裂，十二指肠和大血管均断裂，还有腹膜后血肿。其中十二指肠和大血管断裂很少见，手术难度也大。朱志宏很快进行手术，一直持续到第二天上午十点多钟。伤者伤情初步控制了。朱志宏一面安排对伤者的护理和观察，一面为其联系转院。第三天晚上十点多钟，这位伤者顺利转入了弋矶山医院。

数十年来，朱志宏总是以高度负责的精神，极其精心地用手术刀，演绎了无数生命延续和新生的感人故事。

胸怀大局

每遇重大医疗任务，朱志宏总是走在前，干在前，而且做得非常出色。

人们绝不会忘记那举国奋战的"非典"岁月。县医院全院动员，投入抗击"非典"战斗。朱志宏，作为一名医生，一名共产党员，当然知道"非典"的严重性和肩上的担子。他以医学的敏锐感，迅速多渠道收集"非典"病毒的各种资料，认真学习消化。然后对全科医护人员进行培训。朱志宏认真钻研，很快掌握了治疗"非典"中，必须用到的呼吸机使用技术，不辞辛劳，积极战斗在第一线，为取得防治"非典"的完全胜利，做出了很大贡献。

2003年7月，无为县部分乡镇突遭罕见的龙卷风袭击，造成重大人员伤亡。朱志宏接到领导指示，冒雨赶到医院，连夜集中全科医护人员，投入伤员救治。在十多个小时内，他们收治了二十四名伤员，其中重伤四人，两名是无人陪伴的孤寡老人。朱志宏迅速对伤员逐个进行伤情检查，随之着手治疗。他身先士卒，连续作战，二十四小时吃住在病房。他还带动大家向生活困难的伤员捐款、捐物。对两位孤寡老人，更是安排专人接力照料。紧张忙碌的病房，充满着温馨的人情味。最后二十四名伤员全部康复出院，这些朴实的农民动情地说："共产党好，人民政府好，医生待我们如亲人，感谢不尽啊！"

2013年，省卫生领导机关决定对县医院进行"二级甲等"资格评审。县医院20世纪90年代已评为二级甲等医院，这次是重新评审。朱志宏按院领导安排，担任了大外科（包括外一科、外二科、妇产科、骨科、五官科、手术室、麻醉科）总负责人，负责迎接评审的准备工作。半年中，朱志宏全身心地投入工作，没有节假日，不分上下班，经常忙得通宵达旦。最后，经省厅专家组严格评审，县医院再次被评为二级甲等医院。这其中，朱志宏也立下了汗马功劳。

奋力进取

朱志宏是医院外科学科带头人。三十多年来，朱志宏坚持不断学习新理论、新技术，不断总结临床经验，撰写了二十多篇论文。他的论文《县医院开展60岁以上患者胸外科手术体会》，被中华医学会第四次胸心血管外科学术会议（一类会议）录用并在会上交流。论文《自发性食管破裂4例诊治体会》在全国第三届食管良性疾病学术会议上交流。他有多篇论文，分别发表在国家和省级医学杂志上。他发表在省级医学刊物上的论文《胸外伤200例临床分析》，是从2002至2010年两百例胸外伤患者治疗实践中，总结出既要注意病例的共性，更要把握其特殊性，科学施治，才能大幅度降低病死率的正确观点和有效方法，突破了原有程式，很有功力，很有创见。

朱志宏多年刻苦钻研，率先做出了多项高难度的手术，如全食管切除、食管胃颈部吻合手术、食管气管瘘瘘管切除结扎术等，在县市医院都属领先。

近年来，朱志宏瞄准先进水平，一手开展了微创手术。在院领导支持下，引进了国内一流的胸腔镜、腹腔镜、胆道镜等系列设备。以前做食管癌手术，要在病体开20厘米长的大口子，手术繁杂，病人痛苦，预后不一定理想。现在朱志宏用胸腔镜和腹腔镜做这类手续，只要在胸腹各打两个直径一二厘米的小洞就行，创面小能根治。用胆道镜做胆囊切割，超声刀进入，伤口小，不流血，时间短，效果好。但是每次做这样的手术，朱志宏都要工作四五个小时，很耗体力。朱志宏已做了十几例微创手术，全部成功。这项技术，不仅填补了县医院一个大大的空白，在周边同级医院中也是遥遥领先。

朱志宏对事业的执着和奉献，得到了同人和业界的充分肯定。2009年，他晋升正高级职称——主任医师。汪开保院长赞赏地说："朱志宏这个高级职称很不一般，是在我们医院二十多年一直空缺的情况下评上的，因此很有带动作用。"很多人见贤思齐，也勤于钻研，自砺奋进。现在全院已有八名正高级职称医师，他们成了外科、内科、骨科等多方面的中坚力量。这是一般同等级医院所没有的。

甘做人梯

朱志宏在讲到自己人生感受时，说了两句话，第一句是"把一生最美好的青春年华奉献给了无为的医疗事业"；第二句是"为县医院培养了两代约二十名外科医生"。这头一句话，前文已有交代，后一句话，有必要做一点介绍。

汪思佳，2008年大学毕业分配到外二科，朱治宏就主动对这个年轻人进行培养。一是以病例为教材，讲基础知识和临床知识，打牢基础。二是送他到外地医院进修，进行系统提高。三是手把手传帮带，让他逐步掌握外科手术的过硬本领。就第三点，需要说明的是，在手术室，给主刀医师当助手的分一助、二助、三助。一助当然最贴近主刀，也最重要。手术也由易到难分一类、二类、三类、四类。朱志宏在汪思佳工作第二年，就安排其给自己当一类手术的一助。第三年安排汪思佳当三类手术的一助。三类手术是食管癌、胃癌、乳腺癌等病灶切除的大手术。一助要承担止血、暴露术野（手术视野）、打结等任务，必须十分严谨细致。在朱志宏的教导下，汪思佳做得很好。接下来，朱志宏让汪思佳主刀，自己当一助，多次如此，汪思佳进步很快。汪思佳很庆幸，在执业的道路上，比同班同学大大跨前了一步。现在，汪思佳已是主治医师，成为外二科的骨干。

就如培养汪思佳一样，朱志宏作为"老班长"，周围已有他多年培养的二十位同志，其中就有已经担任科主任的主任医师，大大加强了医院的技术力量。这在县医院历史上是少见的，也是值得传扬的。

病人第一

朱志宏看病，从不因人"亲疏"，也不因钱"冷热"，而是恪守"四个一样"：穷人和富人一样，乡下人和城里人一样，生人和熟人一样，普通人和干部一样。几十年始终如一。

朱志宏接待病人平易亲切，热诚认真。需要手术的病人，术前朱志宏肯定有周详的方案，力争做到万无一失。临近手术了，朱志宏习惯自己动手调好温度，调好灯光，安排好病人体位，每一个细节都亲自准备周到，保证手术顺利进行。术后他都要耐心交代病人护理调养的各个环节。他还很在意做病人心理疏导工作，使其积极配合治疗。

医生收"红包"，是广受诟病的老问题。朱志宏从来不收红包。他经常在科室朝会上对大家说："君子爱财，取之有道。收红包是不对的，我们一定要自觉拒绝。"他对待病人送红包的办法是，术前送来先收下，免得病人和家属担心医生不尽心，术后立即退还。如果对方执意不接受或暂时见不到家属，他就送到会计室，记入病人住院账号。不仅如此，他还无数次谢绝了病家的"吃请"。相反，遇有未带钱的急诊病人，他总是挺身担保，以便尽快进行手术。在治疗中，他向来是尽量用疗效好又便宜的药为病人治病，以减轻其经济负担。

在朱志宏心目中，病人总是摆在第一位。他一向严格管理，又以身作则。他坚持第一时间抢救危重病人，坚持常年夜晚巡视病房。作为科主任，他坚持每周查房一至二次，从不间断。他要求病房二十四小时必须有医生在岗，夜班医生零点以后才可休息，交接班一定要认真清楚。出差归来他总是先进病房查看后再回家。他休假、休息，无论何时，只要科室电话求告，他都随叫随到。遇有病人术后排便困难，他立即俯身伸手抠出，没有一点架子，更不指点别人去做。朱志宏对病人真情关爱，赢得了病人对他的尊重和信赖。因此常有已出院的病人带着新病人直接找朱志宏看病。朱志宏以实际行动做到了医患一家亲，精神何其感人！

古人云："德之崇，不求名之远而名自远。"朱志宏的高尚医德，如涓涓甘霖渗入病人的心田，滋养着生命的灿烂，展示着医生职业的庄严与温暖，早已闻名遐迩，传遍城乡。

朱志宏数十年的辛劳与奉献，媒体多有宣传报道，更是得到了各级领导和同人的尊重、褒扬，荣获了诸多荣誉。2007年，他荣获"安徽省劳动模范"光荣称号。这在全县医疗战线，是多年少见的翘楚级的荣誉。他赴省出席颁奖大会，县委书记亲临医院看望慰问。朱志宏深知，荣誉属于县医院这个光荣的集体，属于关爱、帮助自己的同志们。最最重要的是，自己应该把荣誉变成动力和压力，奋力前行，继续为人民的医疗事业倾力倾心，为自己的病患送上健康和欢乐，为钟爱的县医院这个大家庭增加光彩和荣耀。

朱志宏获得的荣誉还有：巢湖市劳动模范、芜湖市劳模新贡献大奖、县医院连续11年的先进个人。朱志宏领导的外二科，被省卫生厅评为"先进模式病房"，被省和巢湖市总工会评为"模范班组"，连续11年被本院评为"先进集体"。

无为县人民医院的群楼之间，高高座基上白求恩全身塑像，矗立在花木扶疏、色彩缤纷的花园里，让人感到明丽又振奋。朱志宏不知疲倦的身影，常常由此匆匆而过。他会去病房。他会去手术室。他会怀着仁爱之心，握着银光灿烂的手术刀，为更多病患送上生命的延续和新生的欢乐，也为自己继续描绘人生的高尚与美丽。

2018.7.15

尘霾不掩金玉之心

岁月如流,退休了,进入老年,我们安徽省黄麓师范1957届同学的联谊交往,展开新的一页。或是规模不等的聚会,或是你来我往的看望,或是电话、信函的叙谈,成为老年生活随意又愉快的内容,其中不乏人生的珍贵与风采。

手边有当年同班同学王伯文老兄给我的一封信,不是新闻,是历史,写于2017年1月14日。这是独有心意的一封信。现在说起,算是旧事重提吧。

伯文写信的特点,是文如其人、练达明快。别人认为值得细述或渲染的,他也只把最该讲的讲完就算,决不多说一句,但却语短意深。手边的这封信同样很短,在开头的问好和祝愿以后,他所有要讲的内容也不过十来句:

"我是带着愉快的心情给你写信,黄师68届毕业生小张,当年是造反派,参加批斗就不说了,可是五十年后写诗歌颂我,虽有言过其实的地方,但还是感到很欣慰。将他的诗寄给你一阅。"

我当即意识到,伯文很看重"小张"这首诗。先照录如下:

献给王伯文校长

黄师巢湖合肥城,如沐春风三见君。
相处时间虽然短,精明强干印象深。

根正苗红又早慧,品学兼优是精英。
黄师毕业即留校,前后度过四十春。

治校有方人称颂,黄师发展有赖君。
曾将购买轿车款,用修校舍得人心。

作育乡村终不悔，服务桑梓育后昆。
优秀教师勋章戴，实至名归最相称。

自律甚严堪师表，不曾听说有绯闻。
结发妻子农家女，白头偕老伴终身。

先生有情又有义，师生同学往来频。
亲切随和不摆谱，家中常有远方宾。

八十回忆平生事，著成华章赠友人。
图文并茂句句实，拜读之后我敬钦。

高山仰止景行之，学习先生好品行。
遥祝先生身康健，祝寿绵绵海洋深。

把伯文的信和"小张"的诗读完，缘由已很清楚。"小张"是1968届黄师毕业生。他在校正是"十年浩劫"的特殊时期。那时的伯文是校领导班子成员之一——人事秘书，理所当然受到造反派的批判斗争。伯文在《作育乡村》一书中写道："造反派骂我是'三家村'（校长、主任、秘书）成员，蜕化变质分子等，并对我家属和子女实施扫地出门处罚。……硬罚我低头认罪，甚至罚跪……极尽侮辱人格之能事。""小张"当年是学生，当然紧跟形势造反，也"参加批斗"了。但是伯文在信中只轻轻用三个字"不说了"。倒是"小张"在五十年后的2016年，已经成为某市党校教授"老张"的时候，《献给王伯文校长》的诗，当然让伯文十分看重，"感到很欣慰"，而且"带着愉快的心情"写信告诉我这个同窗。

"小张"的诗确实写得好，好就好在内容好，感情真。你看，这仅仅八节三十二句一首小诗，却写出了对伯文"如沐春风"的印象，"精英"般的成长成人，令人"称颂"的治校才能，"作育乡村"的荣耀，堪称"师表"的品格，"有情""有义"的待人之道，老著"华章"的潇洒胸怀，最后是向伯文学习并祝健康长寿，以表达"海洋深"的师生之情。说实话，我每每读来，总觉得作者思考缜密，美意感人。若是联想到五十年前黄师校园那个历史片段，这组小诗，就更值得高看一等。因为当年的"小张"，在古稀之年，还念念不忘母校，念念不忘当年学校的一个普普通通的人事秘书，而且还关注着后来他身负重任和事业勋劳以及晚年的华彩。或曰，"小张"的诗中应该对当年"造反"的不适言行，有所歉意。我看，大可不必。因为五十年前的那阵"尘霾"早沉入历史，作为现在的"老张"，当年一个单纯的年轻学生，何责何歉之有？十分珍贵的是，从"小张"到"老张"，诗情洋溢中，对伯文这位老师，爱之切，敬之真的弥足珍贵的感情！

再说伯文的信，从中可以看出，"小张"献给他的这首诗，应该是意外的收获，所以"感到很欣慰"。欣慰到不能自己，还要"愉快的"告诉别人，这就不一般了。尽管当年的"尘霾"，不会让他去记恨谁，更不会记恨自己的学生，但在他心灵抹下的苦涩，是不会消弭的。时光总是不停地洗汰着什么，又滋养着什么。时隔半个世纪，记忆中的学生"小张"，竟然给已是耄耋之年的他，献上一首充满深挚情感的诗。伯文感动，也就完全可以理解了。

伯文漫长的人生中，读书在黄师，工作在黄师，且1984至1994年任校长达十年之久。他带领一班人，清除"文革"影响，全面提升学校工作。同时他跑市、省乃至中央国家机关，广泛联络校友，得到有力支持，获取可观资金，投入学校建设。学校面貌大为改观，重塑历史名校形象，受到省教育厅充分肯定，并在黄师召开现场会，创造了如张治中将军子女盛赞的"黄师最兴旺、成长的时代"。事实已经生动地表明，伯文在黄师这温馨、美丽的园地，演绎着人生的价值和壮美，已经有口皆碑，包括这位"小张"在内。这不正是对伯文同志最好的褒扬，最大的慰藉吗！

从1954年秋，我与伯文同班读书开始，至今已有六十六年。漫长的岁月，宝贵的积累，深厚的情谊。同学们都从内心感受到，伯文总是以其出色的表现和超群的能力，受到大家的拥戴。可以说他是我们这个集体的领军人物、灵魂人物。伯文对人真诚，极有亲和力。同样，他对这位"小张"，也实实在在体现了老师对学生的深爱。往日的"尘霾"何足挂齿，今天的"欣慰"和"愉快"已说明一切。由此可见伯文胸怀的宽广，品格的高尚，真正拥有一颗炽热而崇高的金玉之心。

2021年4月30日，《合肥晚报》第二版新开《百年树人》专栏，首发长篇报道，以"锲而不舍守初心，作育乡村终不悔"的通栏标题，报道了"合肥市教育名人"、年近期颐的安徽省黄麓师范原校长王伯文，毕生献给师范教育不凡的事迹和崇高的精神。这是对伯文同志人生之路的充分肯定，也是他应当享受的无上荣光。

2021.5.20

一位爱"侃"的校长

　　1951年秋，刚刚创建的安徽省无为初级乡村师范开始招生，我小学毕业考了进去。县长周骏兼我们的校长。他是一位和蔼可亲的长者，平时很少到学校，只有开学典礼和重大节日，才到校与师生见见面。学校日常工作，都是教导主任郭善霆负责。二年级上学期，芜湖地区教育检查组来校检查工作。组长是位平头、略圆的脸、中等身材、壮实又偏胖的中年人。这位组长喜欢在课外活动或晚饭后，和同学们说说笑笑，很有亲和力，只是无人知道他姓甚名谁。

　　升入初二下学期不久的一次大会上，郭善霆主任宣布学校来了新校长，并说："请吕校长讲话，大家欢迎！"我们立即全神贯注看着台上。新校长快步走到台中央，满面笑容地望望台下的同学们，开始讲话。

　　我们一看，都明白了，新校长原来是大家早就认识的地区教育检查组组长。不久，我们知道了吕校长的大名叫吕济生。据说他很早就参加了党的地下工作，是个老革命。

　　周骏县长还兼校长，吕校长任副校长，主持工作。后来周县长高升，吕校长任校长，成了学校当家人，更爱和学生在一起"侃大山"。他晚饭后常常在校园里走走看看，然后在我们教室旁石板搭架的矮台子上坐下来，学生也就三三五五自然而然把他围拢起来，开始了愉快的交谈。吕校长喜欢学生向他提各种问题，他也很随意地向学生问这问那。有时，吕校长还借题发挥，侃侃而谈地讲历史、讲社会现象、讲国内外形势。尤其是他讲的搞地下工作、打游击、打鬼子、打国民党反动派的故事，十分引人入胜。往往是快上晚自习了，我们才走向教室。

　　很巧，吕校长兼教我们班世界历史，每周一节课。吕校长讲课总是精力充沛，穿插的小故事特多，很受欢迎。他有个特点，爱在讲台上左左右右地走来走去，同时爱把左手背在身后，右手不断地做手势，以加强语气。我记得，课程正上到第二次世界大战中，苏联红军对希特勒的全面反攻。晚饭后，吕校长又逛到我们教室门口。一个同学立刻端来板凳请他坐下，他照例和同学们侃起来。无意间吕校长问我们，他讲历史课，大家懂不懂。不知谁岔了一句，说电影院海报公布，不久要放《攻克柏林》电影，而且是上下集。吕校长忙说："这部片子好，到时候我一定让你们去看，看了会更好地理解课本知识。"我们都高兴起来："那好那好！"不久，我们赶夜场到现在的新华书店、原潘家公馆楼上、县城第一家私人开的文光电影院，看了苏联红军蒙受巨大牺牲，英勇顽强攻入柏林，把红旗插上德国国会大厦圆顶，希特勒彻底灭亡的非常惨烈的战斗故事。我们这些十几岁的孩子，平生第一次看这样精彩的外国长篇战斗故事片，好激动，看得实在过瘾，心中当然也很感谢吕校长接受学生建议的好安排。

因为学生们不仅能经常见到吕校长，而且有什么意见和要求还可以随时向他反映。只要是正确的切实可行的意见，吕校长不但听着，而且会吸取，学校的实际工作不断改进，学生和校长真的成了有话就说的朋友。

吕校长以大将风度和出色的智慧，果断处理的一个突发事件，全体师生都非常钦佩，我至今不忘。

那是1954年7月上旬的一天，我们已经毕业，即将离校，学校招待专场庐剧，为我们送行。那是包场，全体师生都参加。吃过晚饭，我们整队进入位于现在新百商厦原址的县庐剧场。我记得剧目是《半把剪刀》，由我县著名演员王万凤主演。演出刚开始，外面就电闪雷鸣，下起瓢泼大雨。不过下雨归下雨，我们看戏却看得很起劲。在整场戏演到将近尾声时，意外发生了。大幕突然落下，两个穿着蓑衣端着长枪的人，挑开大幕左右两角，看着全场。其中一人朝地面"砰"地放了一枪，接着大声吼道："东门锁埠马上快破圩了。大家马上跟我去防汛抢险！快！"全场的人一下都蒙了，瞪大眼睛看着两个端枪的。东门锁埠，就是现在东门大桥外右转向南的锁埠路。当年只是一条土埠，西边是护城河，东边是官圩。每年汛期，县城干群都要承担加高加固锁埠的重任。若锁埠决堤，官圩内万亩良田和数千名百姓的生命财产，还有县城通往芜湖的公路就会遭受水淹，后果不堪设想。锁埠防汛，确实非常重要。

我们应该怎么办？只看见吕校长疾步走到大幕前的台中央，俨然像一位身经百战的将军，沉着而冷静地向全体师生郑重宣布："老师们，同学们，现在防汛抢险是头等大事，人人有责，我们都要积极参加。马上全部先回校，拿脸盆、箩筐、畚箕、铁锹、木棍和照明灯等防汛用具，然后到东门城外防汛抢险。现在，各班老师带领同学立刻回到教室，然后到办公室开会，听我安排。要行动迅速，不得迟疑！"两个端枪的人，大概觉得吕校长那架势也不是一般的人，挺威严的，而且讲得确实有理，也就背上枪，默默地走了。

说来也怪，此时雨也渐渐地止了。我们迅速回到学校，进入教室坐定。大家紧张、焦急地等待着。

很快，班主任跨上讲台对我们说："所有人不准说话，更不准大声喧哗，立刻去寝室睡觉！"一阵急促的脚步声以后，同学们都动作麻利地躺到床上。经过一阵惊慌和紧急行动，大家都放松下来，很快进入了梦乡。

第二天，一觉醒来，早已红日高照。吃早饭时，吕校长又轻松得意地在学生中转悠起来。他笑着问我们："昨晚都睡得好吧？"众人立即回应："睡得好香甜。"吕校长还是一手背在身后，一手伸开上下比画着："那两个民兵真是蠢头蠢脑的，那种下着大雨又是伸手不见五指的黑夜，叫你们去防汛抢险，那还不是像下汤果（元宵）一样，都滚到水里去了！那就要出大祸了！"吕校长接着说，"我当时最着重考虑的，就是想点子把你们一个不少地都带回学校，不能有一个人出问题！"

是啊。想想面对剧场里空前紧张的气氛，吕校长采取了极为稳妥的策略以解燃眉之急，不仅有着高妙的智慧，而且显示了领导人超卓的胆识，真正是太了不起了，我们对吕校长也更加钦佩了。

早饭后，估计接到县里通知。吕校长率领我们毕业班学生带着各种工具，开赴东门锁埠参加固堤防汛施工。大家积极性很高，苦干半天，很好地完成了任务。吕校长和我们一样非常高兴。

我们毕业离校各自东西。后来听说吕校长被打成右派，接受强制劳动改造。后来又听说他被释放回家。再后来粉碎"四人帮"，他得到彻底平反，担任了无为中学副校长。一天我去无为中学，到他办公室看望他。此时的吕校长，已是满头银发，略圆的脸上腮边显得肌肉松弛。吕校长老了，但是他精力依然充沛。我们相见，并无寒暄。他仍像从前左手背在身后，右手伸出不住地上下比画着："没得讲头，二十年时光打了水漂，我一生的中半锉（中年时光），就这么被锉掉了，我还能做什么？我还能做什么！"话语急促激动，满含着气愤、惋惜又无可奈何。正如李白诗中所言"受屈不改心，然后知君子"，吕校长是视事业为生命的好校长。可惜，他没有机会了。他的内心该是储满了无法挽回的人生的遗憾。

　　1979年11月18日，传来了不幸的消息：吕济生校长因病逝世。20日上午9时，当年无为初师在城的十一位老师，五十三名学生，怀着沉痛的心情，胸佩白花，在工人文化宫参加了县里为吕校长举行的追悼会以后，集中合影，接着排成两路纵队经菜市、大十字街、西大街，前往无为中学吕校长家中吊唁。县城大街上从未有过六十多人列队吊唁的阵势，路人纷纷驻足观看。他们一定会判断出，我们对逝者怀有多么崇敬的心情和多么哀伤的感情。敬爱的吕校长，您的业绩和无为初师一起，已经铭刻在无为教育的史册，也铭记在我们的心中。

2016.10.14

时地迢遥更精彩

五十三年前，我和一帮贫家子弟一样，"想吃饭"，而黄老师则因公奉调，都走进了刚刚在废墟上建起的安徽省无为初级乡村师范。我是学生，他是老师。我十三岁，他大约三十岁。我没有在他的班上蹲过，他也许就不知道学生中有我。既如此，竟提笔写黄老师，这就怪了。不过还是看看我记忆的潜流中，储存着怎样的陈年信息——黄杰老师于我，而今虽时地迢遥，却愈益精彩。

信息之一：高雅倜傥的仪表

进了"乡师"，我见到了从来未见过的那么多的老师。在我的眼中，他们都像是巨人。其中黄杰老师又更为出众。校园里，他迈着轻捷的步子走来，高挑挺直的身材，西装革履。春秋天，他穿上米黄色的短风衣，似乎能承担一切的宽宽的双肩，更有着一种庄重的美。梳着背装的头发[1]，虽略微稀疏，却乌黑发亮。清癯端正的面庞，棱角分明。两眼不仅炯炯有神，更有着洞察一切的穿透力。眼角嘴边总是浅露着笑意，威严中坦现着挚爱。试想，新中国刚刚诞生时的一个小小县城，污秽未尽，残景满目。遗老遗少和平民百姓，都穿手缝对襟褂和打折蒙裆裤[2]。进城的革命人士，则是清一色的八角帽和从胸到腹挂着四个大口袋的灰制服。黄老师的衣着和形象该是多么超凡脱俗，端庄潇洒，清新倜傥。他与娇小俊美的夫人秦士钰老师成了校园里一道靓丽的风景。

（1）男士头发从前面向脑后梳，叫背装。

（2）"打折蒙裆裤"，是老式大裤腰，不开裆，只在肚子前面把裤腰打个折，再系裤带的裤子。

记忆中的黄老师，像学者，像外交官，又像科技专家。如今，改革开放已有多年，西装革履者遍处皆是。但我再未见过像黄老师一样仪表出众、气质高雅、令人钦佩、形象完美的老师。

信息之二：悦耳的"国语"和独到的板书

当年"乡师"的老师来自省内外。学生有外县的，也有县内四乡八镇的。大家一开口，都是"土腔乱放""方言纷飞"。校园成了"方言土语大庙会"。尤其是我们无为的"谫"话（谫gǎng，文学大师巴金先生所创），招致了太多的戏谑。

令我惊讶的是，在土腔土调充斥的校园里，竟有一位老师操着京腔国语（那时还无"普通话"一说），就同电影和广播中的人物语言一样，听来声韵优美，字正腔圆。我朦胧地感觉到，这肯定是非比一般的正规、优雅的中国语言。这位老师的讲话，特别引人注意，加上他和颜悦色的神态，总让人在洗耳恭听的同时，得到精神上的享受。他就是黄杰老师。孟老夫子曾说过一个故事。他说一楚人想说齐语，而他周围成天是"众楚人咻之"，齐国话当然讲不好了。但是黄老师竟能在南腔北调的包围中，不分时地，独善其言。多年后，宪法规定推广普通话，中小学教师必须普通话达标，因为这是教师必备的素养之一。黄老师却早就为大家做出了榜样，实在了不起。

提起黄老师的粉笔字，我好像是从黑板报上看到的。那字体很是独到。这种"黄体"，以行为主，少楷兼草，笔法娴熟。笔势多折少曲，横平竖更直。笔画所至，力不容阻，很有骨子，而且自然洒脱。众多字的组合，无论横排，抑或纵列，都规矩到位，有一种整体风韵。我曾暗中比画，学着模仿，所以至今尚能记得"黄杰"二字的写法，在急速的运笔中，到最后两字收笔的两点，左起右落，顺势相连，使整个字形坚实而俏拔。

信息之三：令我萦怀的一堂课

黄老师未任过我的语文老师，而我却有幸听过他一堂课。好像是初一下，开学不久，大家都穿着冬装。一天早餐后，班长宣布：第一节语文课到"德班"教室去上。那时初师首届开四个班，第一学期冠名依次是"智、德、体、美"班。第二学期改为"德、智、体、美"的顺序。我们班是先"德"后"智"，都排第二。班长说的"德班",就是黄老师既做班主任又教语文的第一班。

后来回想,那一节课可能是教研观摩课。教室里坐满了学生,后面还挤了一些老师。上课铃响,黄老师轻步走上讲台,与学生相互致意后,面带微笑,目光环顾,接着宣布说:"这一节课,我们学习《一个佃农的自述》。"半个世纪过去,不知缘何,这节四十五分钟的课,有两件事在我脑海中留下了清晰的记忆。一个是课文中主人公的名字有点怪,叫李灰头。"头"字极少入名,何况前面又加了"灰",真是灰头灰脑的。另一个是黄老师精彩绝伦的范读课文。依稀记得,佃农李灰头在自述中,诉说他在旧社会受尽了苦难,饮尽了辛酸,太悲惨,太令人同情了。而黄老师的朗读,不仅是"国语"(普通话)清丽流畅,而且轻重缓急,抑扬顿挫,无不入微。单用字正腔圆、声情并茂来形容,已嫌浮泛和客套。因为随着黄老师的朗读,同学们已经由对老师朗读的赞赏和钦佩,而渐渐进入了李灰头的自述,进入了李灰头的茅棚小屋,进入了李灰头深深的苦难之中……

课堂里,除了黄老师如泣如诉的朗读声之外,没有一点其他声音,静极了,空气像凝固了一般……谁在低声啜泣?我暗瞟前后,有好几位女同学已经哽咽着,用手绢擦着眼睛,一些男生也眼含泪花。

信息之四:为恩师增寿之举

春秋更替,五十多年过去。20世纪90年代,已是爷爷奶奶级的黄老师当年的学生,相约着要去看望年已耄耋的黄老师。行前,互相立誓:如果旅途中发生意外,责任自负。毕竟都是花甲之年的老人了嘛,不怕一万,就怕万一。怀着尊师爱师之心,沐浴着春光,几个人上路了。从无为城出发,两越濡须河,再跨扬子江,又过姑溪桥,在春花遍野中到了当涂。真如一首古诗所吟:"渡水复渡水,看花再看花,春风江上路,不觉到君家。"

据说,师生见面,欣喜万分。学生们说,看到想念已久的敬爱的黄老师,实现了美好的心愿,又当了一回小学生。黄老师说,你们这一来,我又要再添十岁了。

打从孔子他老人家杏坛讲学起,自古泊今,尊师之情是处处都有华美的篇章。

信息之五："锦绣之路"

进入新世纪，我与曹志功几位同窗，终于有了看望黄杰老师的当涂之行。见面时刻，欢愉和激动自不必说。回忆过往，甜美亲切，更是难得的享受啊。欣慰的是，黄老师与夫人身体健康，风采不减当年。临别，我向黄老师要了一张他与夫人秦士钰老师在当涂一中校园的彩照。回来后按对开报纸面积放大并配诗，再装入像框，随即寄给了黄老师。黄老师十分喜爱，说这是他收到的最好的礼物。那首题为"锦绣之路"的配诗，谨录如下：

> 并蒂　太旧
> 连理　太俗
> 两心相印
> 两肩相偎
> 六十年同步
>
> 走阴霾
> 走艳阳
> 都是锦绣路
> 憧憬如华
> 功业如歌
>
> 讲台　学生　忠诚
> 铸成金山一座
> 日月已镌刻
> 大地正颂扬
> 青春永驻

时地迢遥，时光也不可能回转，心目中崇敬的师长，却是永远定格的美好。

2004.10.28

"博望侯，辛苦提汉节"

"春日载阳，有鸣仓庚，女执懿筐，遵彼微行，爰求柔桑。"这是《诗经》中《豳风·七月》的诗句。说的是，春光明媚，黄莺儿欢唱，姑娘们挎着深筐，走在小路上，为养蚕去采桑。我们中国是世界上最早养蚕缫丝的国家，是蚕丝和丝绸的祖国。

春秋时代，我国的丝织品已有少量外销。及至汉朝，丝绸产量不断增大，销往西域、大食、罗马等地就更多。久而久之，这条以丝绸交易为主的东西方交流之路，就成为举世闻名的"丝绸之路"。史载，丝绸之路，自西汉始，全盛于唐，延续到元，前后达1600年之久。

先人开创的丝绸之路，至今仍闪烁着深幽又鲜亮的光芒。这里，不能不说到一个人——张骞。

"传闻博望侯，苦辛提汉节"是南朝陈后主的大臣尚书令江总所言。说的是汉武帝时博望侯张骞，手握大汉使臣出使的"护照"——汉节（一根长约数尺的竹竿，上装三圈牦牛尾制成的穗子，相当于现在的护照），两次翻越陇山出使西域，历尽千辛万苦，终于完成使命的故事。所谓西域，小而言之，是指今之甘肃和青海一部分，以及新疆一带。大而言之，是指新疆以西中亚、西亚的广大地区。汉初，西域有三十多个国家，可谓山头林立。

汉武帝为什么要派张骞出使西域？原来，北方强大的游牧民族匈奴，乘楚汉战争之机，开动强大的战争机器，相继征服周围部落，侵占并控制了中国东北部、北部和西部广大地区，是西域一霸。高祖以后，汉朝日益强大。到了具有雄才大略的汉武帝时，他凭借雄厚的人力、物力、财力，做出沟通西域，联合各国，孤立和削弱直至彻底打败匈奴的战略决策。张骞出使西域，即为实现这个战略的关键一步。

张骞为开创古丝绸之路是立了大功的。张骞，汉中城固（今陕西城固县）

人，生性坚韧不拔，心胸开阔，且素以信义待人。汉武帝诏令甫下，时任朝廷侍从官"郎"的张骞，挺身应募，挑起重任。

武帝建元二年（前139），张骞率领一百多人，从陇西（今甘肃临洮）出发，一个归顺的胡人堂邑父，自告奋勇充当向导和翻译。通往西域之路，始自长安，经临洮、兰州、酒泉到敦煌，然后分为三路，即天山之南塔克拉玛干大沙漠南缘的南线和北缘的北线，还有天山以北的北新线。仅就自然条件而言，三条路线都是举步维艰，十分险恶。这从古代诗人们的描述中可见一斑。先说南路，唐朝诗人常建云："北海阴风动地来，明君祠上望龙堆。骷髅皆是长城卒，日暮沙场飞作灰。""龙堆"就是"白龙堆"，是丝绸之路南线必经之地。次说北路。隋朝诗人杨素说："荒塞空千里，孤城绝四邻。树寒偏易古，草衰恒不春。"简直是满目凄凉。北路还必经吐鲁番的火焰山。唐朝边塞诗领军人物岑参惊呼："火云满山凝未开，飞鸟千里不敢来。"但是"迢迢征路火山东，山上孤云随马去。"虽是烈焰燎人，西行人马还要向前。后说北新路，还是岑参说得精彩，又异常恐怖："平沙莽莽黄入天。轮台九月风夜吼，一川碎石大如斗，随风满地石乱走。""风头如刀面如割，马毛带雪汗气蒸。"其实，出了长安、咸阳，从临洮向西直到敦煌那段路，也是坎坷凄荒，非常难走，尤其沿线地区为匈奴控制，极为险恶。

张骞一行不畏艰险，奋力向着塔克拉玛干沙漠北缘的北线前进，可是行至河西走廊（黄河以西祁连山与龙首山、合黎山之间狭长地带）时，不幸被匈奴骑兵抓获，遭软禁达十年之久。匈奴单于令其安家，并娶妻生子，以图消磨其斗志。但是张骞手持汉节，不忘使命，常与堂邑父密议脱身之策，最后伺机逃脱。他深知重任在肩，于是继续西行千里至大宛、康居、大夏等中亚各国，进行友好交流，联络了感情，一年多以后才从南路返回。但归途中，又被匈奴发现，关押一年多。前126年，历尽千难万险的张骞与堂邑父二人终于回到长安，向汉武帝详细报告了西域情况。武帝大悦，先后封张骞为太中大夫、博望侯。这就是张骞为时十三年的一使西域。

前119年，汉武帝准张骞所奏，拜其为中郎将，命其二使西域。随张骞西行的有三百人的队伍和作为礼品的数以万计的牛、羊、金帛。这一次张骞是走北新路，经今乌鲁木齐、伊宁，首站到达乌孙国（今伊犁河一带），受到热烈欢迎。乌孙国王决定与汉朝联合共破匈奴，同意与汉通婚。随后张骞分派各副使前往大宛、康居、月氏、大夏等中亚各国，均取得很好的成果。至此，张骞在西域各国享有极高的声誉。四年后，即前115年，张骞满载西域各国友谊返回长安。尤其是乌孙以好马相赠，并遣使护送张骞返回长安，向汉朝天子称臣。汉武帝非常高兴。钟爱好马的他，见到乌孙马，高兴地称为"天马"。常建有诗赞张骞此次西域之行："玉帛朝回望帝乡，乌孙归去不称王。天涯静处无征战，兵马销为日月光。"这是对张骞出使西域功绩的充分肯定，也是张骞应得的荣耀。

张骞两使西域，对开辟中国通往西域的丝绸之路，做出了前无古人的卓越贡献。张骞在所到之处，都不遗余力地宣扬大汉王朝社会发展成就、国力的强大和亲善异族、靖边睦邻的政策，树立了汉王朝在西域各国的权威并得到他们的信赖。张骞同时十分注重向沿途各国传布汉朝丝绸纺织、农业生产等方面的技术和社会文化，带回了西域诸多文化习俗和各种物产。此后，中原的养蚕缫丝、印刷、炼钢、造纸等技术和桃、梨果树种植，也都由丝绸之路传到了中亚、西亚乃至欧洲。西域的葡萄、石榴、核桃、黄麻、菠菜、苜蓿和服饰、绘画、雕塑、音乐、舞蹈等物产和文化，也传入了中原。张骞出使西域，有力地促进了东西方的了解和交流，推动了社会的发展和进步。特别是他亲善游说西域各国，助力汉武帝打败匈奴，开疆拓土，确立大汉辽阔的疆域，功不可没。

张骞两使西域，业绩辉煌，永记史册，永惠后世。张骞是一位前无古人、后启来者，永远值得景仰的大外交家。

2018.5.27

中华诗仙凄惨的人生谢幕

　　李白，中华民族的伟大诗人。公元762年也就是唐代宗宝应元年，他六十二载的人生之路戛然而止。在离世之前，诗人写下了毕生最后一首诗《临终歌》：

> 大鹏飞兮振八裔，中天摧兮力不济。
> 余风激兮万世，游扶桑兮挂左袂。
> 后人得之传此，仲尼亡兮谁为出涕。

　　诗中说道，大鹏胸怀壮志，展翅八方，却在半空中遭受摧残而没有了力气。它的余勇会激励着世世代代，大鹏遨游受挫只因被神树扶桑挂住了左边衣袖。后人肯定会知道大鹏不幸的遭遇，但是谁能如已经亡故的孔子，看见瑞兽被困就流泪一样为大鹏而哭泣呢？

　　这首极具楚风骚韵的小诗，不失诗人浪漫与豪放的风格，又蕴藏着深刻的历史内涵。但通篇的感情基调，却是哀歌大鹏远大志向遭扼杀，艰难的奋飞已到了尽头。诵读到此，能不了然，这大鹏就是李白自比！在1150多年前那个寒气袭人、万物萧疏的冬天，李白留下了为之豪歌一辈子的山川日月，留下了历尽艰辛却不能为之效命的华夏家园，心怀深悲遗恨，终于赍志而没。诗为心声，《临终歌》让我们更加仰视诗人那崇高而痛苦的灵魂。

　　素来是，说到李白，随着无比崇敬之后，总会讲到唐玄宗对他的器重与亲昵，奸相国贼杨国忠、李林甫之流，受他的蔑视和戏弄；总是赞美他纵情山水，豪饮无度，诗随酒出，杰作璀璨，气概如仙。其实，这只是他光华耀眼的一面。另一面，也许更为贴近诗人内心的本真，这就是他始终心怀效忠国家的大志，却屡受挫折的痛苦人生，以及他窘困凄惨的人生谢幕。

李白，祖籍甘肃秦安（古陇西成纪），因其先人流寓古安西都护府碎叶城（今属吉尔吉斯斯坦），他即出生于此。五岁的李白随父迁居四川江油青莲乡（其号青莲居士或由此而来），进入了学习成长的黄金时期。此后二十年时间，他潜心学问，广读博览，自言"五岁诵六甲，十岁观百家"，"十五观奇书"。他对历史和儒、释、道等各家典籍都有着广泛而深入的涉猎。同时，李白又以极高的禀赋和创造力进行独具风格的诗歌创作，达到"作赋凌相如"（超过司马相如）的水平。江油岁月，为李白以后的社会闯荡和登上中华诗歌创作的巅峰，打下了坚实的基础。

二十五岁（725）时李白出川，安家安徽南陵，漫游皖浙苏一带，阅尽人间冷暖爱恨，赏遍大地奇山异水。此后十数个春秋交替，李白的诗歌创作，犹如奔腾的江河，大放异彩。但是他心怀效命国家的鸿鹄之志尚未实现，反而命运多舛，屡受挫折甚至是致命的打击，直至可悲地离开了这个世界。

李白游浙江剡中，结识了名士吴筠，互为知己。吴感其学富五车，才华横溢，于公元742年，一力举荐他成为唐玄宗的亲贵，做了翰林供奉。在告别妻儿，离开南陵赴京时，李白"仰天大笑出门去"，并自宣"我辈岂是蓬蒿人"，他觉得报效国家的时候到了。到长安后，玄宗待之殷殷。一日李白遵玄宗之命，独解渤海国用奇特文字书写的国书，识破其觊觎大唐国土的阴谋，为大唐王朝复函晓以利害。渤海国王得知唐朝有如此杰出人才，不敢冒犯，并俯首称臣。李白立了大功，玄宗皇帝对其越发厚爱。但是唐玄宗的内心，完全是偏爱李白卓越的诗才，要他多写精美诗词，供自己欣赏享乐而已，国家大事哪会让李白参与。时间不长，奸佞之人通过杨贵妃，向玄宗皇帝讲李白的坏话，玄宗皇帝对李白的热情也日见降温。一身傲骨善度罅隙的李白更清楚，皇帝把自己摆在什么位置上，知道在长安既不能为国效力，反而耗费时光。一年之后，李白毅然离京而去。正值盛年（四十四岁）的李白，本是心怀大志，但却报国无门。此刻他的心情肯定十分悲凉，离京的脚步该是多么沉重。

离开长安，李白漫游全国为时十年。凭着他的诗名，一路受到各地官宦、名士甚至是商贾百姓的迎迓和接待。这期间，他的诗歌创作登上高峰，也结识了不少好友。公元755年，也就是天宝十四年十一月，爆发了对李唐王朝致命一击的"安史之乱"。李白觉得这是国家之大不幸。他忧心忡忡，密切关注着局势的发展，伺机投入平叛斗争。

机会来了。第二年七月，退避叛乱西逃四川的唐玄宗，降旨第十六个儿子永王李璘任西路四道节度采访使和江陵大都督，在大江两岸，迎战南下的叛军。李璘大权在握，征兵数万，其势很盛。李璘早知李白才干，重礼请他出山，助己杀敌。李白报国心切，欣然进入了李璘的幕府。殊不知，此时李璘的哥哥李亨已匆促在宁夏的灵武登基，是为肃宗。李亨担心李璘势大争权，且李璘又曾不听调遣，兄弟阋墙。李亨即兴师讨伐其弟，李璘战败被杀。这一来李白当然大祸临头了，很快，他被捕入狱。幸因进剿安史叛军的兵马副元帅郭子仪得知后，上书肃宗为之求情，李白才保住一命，但又被流放遥远的夜郎。本为保卫大唐王朝，投入李璘军中，而且只待了两个月的李白，竟落得先是险些丧命，现在又要尝流放之苦，真是天大的冤枉啊！一代伟才，想效力国家，竟是"难于上青天"！

或许老天悲悯，李白前往夜郎途经四川白帝城时，传来朝廷为册立太子和消弭大旱之灾而大赦天下的皇命。李白获赦，一扫愁绪，喜出望外，返身东归，同时写出了激情与泪水凝成的千古神品《早发白帝城》，何其快哉，伟哉！但是李白的心情仍然十分酸楚。因为他第二次报国美梦又成黄粱，只捡回了身心十分疲惫的一条老命，他已经五十八岁了。

将届花甲的李白，开始了风烛残年的漫游岁月。这一次，他的足迹依然是在已经熟悉的长江中下游一带，如浔阳、金陵、宣城、溧阳等地。可叹又可悲的是，他还是心怀献身国家愿望，但是却如残阳下身体羸弱的老牛，欲再奋蹄已力不从心了。761年，也就是唐肃宗上元二年，六十一岁的李白得知太尉李光弼率百万大军镇守安徽临淮，抵抗安史叛军，精神为之一振。他毫不犹豫，匆匆赶往李光弼军中。遗憾的是半路生病，只得作罢。他哀叹道："将期极恩荣，半道谢病还。"李白最后一次报国的努力，化为乌有，这是多么悲哀的人生。

李白已经年老力衰，又因为虽然获赦，但终归是有罪之身，常常遭人白眼，非常苦闷，而且家贫至极，无以果腹，生活十分窘困。无奈之下最后只能寄居时任当涂县令的族叔李阳冰门下。不幸接踵而至，不久李白腋下生出恶疮，时谓"腐胁疾"，终于不治而亡，享年六十二岁。时值762年，唐肃宗宝应一年。历来有说李白是酒后跳江捞月到了龙宫，或是驾驭长鲸远行。其实都是后人出于对这位诗仙深挚的热爱和崇敬而臆造的一个神化的幻境，但终归取代不了凄哀的史实。

李白逝世后，墓葬当涂的采石龙山东麓，但这不是诗人临终留下的遗愿。

非常崇拜李白的白居易，在三十多年后，拜谒了李白墓，写下了《李白墓》这首诗，以示轸念：

采石江边李白坟，绕田无限草连云。

可怜荒垄穷泉骨，曾有惊天动地文。

但是诗人多薄命，就中沦落不过君。

白居易在诗中感叹，你李白虽有惊天动地的诗作成就，但是生前命运不济，多有曲折，以致最后沦落到穷愁潦倒的地步。死后卧于荒垄，野草做伴，凄惨至极。在许多不幸的诗人中，沦落如此悽惨结局的，也没有谁比得过你李白了。白居易的《李白墓》是对《临终歌》最好的诠释，也是对诗仙人生精当深刻的概括。李白的情状，逝者自知，生者自知，确实有说不尽的悲与苦，令人潸然泪下。

李白逝世五十五年后，也就是唐宪宗年间，他的好友之子、宣歙观察使范传正，寻得李白两个孙女，得知李白遗愿，将其棺柩迁葬当涂东南青山之阳。诗人天堂有知，一定非常欣慰。

"后人得之传此，仲尼亡兮谁为出涕"，李白写《临终歌》时，是仰天长叹，还是泪湿衣衫，我们不得而知。今天，我们大可以告慰这位诗仙，华夏民族世世代代，都对您那矢志不渝的报国情怀无比钦仰，您无与伦比的诗歌成就永远辉耀华夏大地，也是高耸于世界文学史册的丰碑。

清月一轮千秋照

千年时光飘然而去，李清照依然活在她精美的作品里，依然与喜爱她的无数读者在一起，依然似清亮的明月，温润雅丽地照耀在中华文学的天空。

1084年（宋神宗元丰七年），李清照诞生在美丽的泉城济南。她出生不久，生母离世，即随父李格非在京城（开封）生活。由于父亲的教育、呵护和朗正和谐家风的熏陶，李清照一如向阳花木，幸福快乐地长大成人。李格非是著名学者，曾任礼部员外郎。

李清照学富五车，精于词和诗、赋、散文的创作，是中国历史上一位伟大的文学家。她创作的词，登上了中国词作顶峰。她的名字与屈原、陶渊明、李白、杜甫、苏东坡、陆游等伟大诗人相并列，在文学史上占有重要地位。

词坛女杰　千年独秀

常记溪亭日暮，沉醉不知归路。兴尽晚回舟，误入藕花深处。争渡，争渡，惊起一滩鸥鹭。

小小一首《如梦令》，让人们看到了不过十六七岁的李清照，轻舟湖上，恋景迷路，却又急于回家，不意惊起了浅滩上栖息的鸥鸟和白鹭们。鲜活、生动、精巧又趣味浓浓，还隐现女孩几分淘气劲。因其高超的艺术水平，人们对它的喜爱千年不衰。当时人们只知作者号"易安居士"。原来年轻的李清照仿效名士贤达，从陶渊明《归去来辞》的"审容膝之易安"句中，取号"易安"，时日一长，都知道就是大学者李格非之爱女李清照。

李清照喜欢亲近大自然，并与之同乐同忧，畅抒胸怀。她在词中说"秋已暮，红稀香少"，"知否，知否？应是绿肥红瘦"。她说新开的梅花是"香脸半开娇旖旎","玉人浴出新妆洗"。她对桂花独有所钟,"何须浅碧深红色,自是花中第一流"。李清照词作也偶尔涉及政坛风云,说是"甚霎儿晴,霎儿雨,霎儿风",或是表达自己人生理想,"我报路长嗟日暮,学诗谩有惊人句。九万里风鹏正举,风休住,蓬舟吹取三山去!"何其壮哉!

该谈婚论嫁了。青年才俊太学生赵明诚去李府拜望李格非老前辈,恰巧与在内院荡秋千的李清照,意外远远相互一瞥。清照心中泛起爱情涟漪,写下了《点绛唇》词:

> 蹴罢秋千,起来慵整纤纤手。露浓花瘦,薄汗轻衣透。
> 见客入来,袜刬金钗溜。和羞走,倚门回首,却把青梅嗅。

初涉情海,少女的行、思、羞、喜表现得淋漓尽致。

赵明诚终于娶得美人归。夫妇之间,情浓爱深,胶漆相伴。后因父辈仕途变故,二人从开封回归明诚老家青州,又取陶渊明《归去来辞》题意,立居室为"归来堂"。赵明诚素爱收藏文物,常常远游寻觅。李清照思念不已,只得以词传情,于是又有了一首传诵千古的妙词《醉花阴》:

> 薄雾浓云愁永昼,瑞脑销金兽。佳节又重阳,玉枕纱厨,半夜凉初透。
> 东篱把酒黄昏后,有暗香盈袖。莫道不消魂,帘卷西风,人比黄花瘦。

李清照把写成的词笺放入衣服包中,交书童送给远在泰安的赵明诚。明诚看到《醉花阴》词,甚为惊喜,觉得写得太好了。不知是虚心学习,还是不服气,他用三天时间,暗自写了五十一首《醉花阴》,与李清照的抄录在一起,请二位同行好友评出最好的一首。二好友仔细斟酌,评出其中的第一,并说这首词中"莫道不消魂,帘卷西风,人比黄花瘦"三句绝佳。待赵明诚说明内情,他们力赞李清照的《醉花阴》创意极美、手法甚新、韵味无穷。赵明诚也发自内心称赞妻子的《醉花阴》是"幽细凄清,声情双绝"。历代大家都认为《醉花阴》是众多思妇词中的极品。类似如此对夫君彻骨的爱和牵挂,愁绕心头的还有:"一种相思,两处闲愁""才下眉头,却上心头""生怕离怀别苦,多少事,欲说还休""凝眸处,从今又添,一段新愁",锦句迭出,精妙过人。

李清照的词,更有涉及国受外侮,民遭大难的重大主题。这是"靖康国耻"之后，李清照词作最重要最突出的特点。其基调虽一如既往，愁绪浓重，但内涵已由妇人闺怨，升华为家国情怀，十分可贵。

金人大举入侵，被迫南逃直至最后屏居杭州苦难的八年中，李清照词作很少。但只要有感，她必然一吐为快。在这些词中，她倾吐内心的悲愁，表露出对兵戈蹂躏中华大地的仇恨，对南宋王朝卖国求荣、偏安一隅的气愤，以及对收复中原、北返故地的渴念。

逃难温州，她写《添字采桑子》，说雨打芭蕉"点滴霖霪，愁损北人，不惯起来听。"初到杭州，孤山访梅，写《孤雁儿》："小风疏雨萧萧地，又催下千行泪。"避乱金华，纵有双溪美景也不愿前往，写下《武陵春》，"物是人非事事休，欲语泪先流。""只恐双溪舴艋舟，载不动许多愁。"这些饱含泪水与愁绪的词句，正是李清照对蒙难国家和苦难人民深爱的真诚表白。

南宋小朝廷，委身临安（杭州），市面一派虚伪繁荣。李清照二到杭州，却高兴不起来，因为家国仍然深沉于不幸之中，于是写下了宋词中巅峰之作《声声慢》：

> 寻寻觅觅，冷冷清清，凄凄惨惨戚戚。乍暖还寒时候，最难将息。三杯两盏淡酒，怎敌他，晚来风急。雁过也，正伤心，却是旧时相识。
>
> 满地黄花堆积，憔悴损，如今有谁堪摘。守著窗儿，独自怎生得黑。梧桐更兼细雨，到黄昏，点点滴滴。这次第，怎一个愁字了得！

这首词，历来受到极高的评价。有人说它以浅俗之语，发清新之思，情景婉绝，为千古创格，绝世奇文。有人说它极具特色的开篇十四个叠字的运用，精彩贴切，声情兼具，技艺高超，为宋词中首屈一指。这首不寻常的词作，当即在社会上引起普遍共鸣，甚至让人落泪，彰显出深远的社会意义。

诗赋豪放　古今景仰

除了词作以外，李清照的诗、赋虽数量不多，却都是上品，有的已成为千古名篇。篇幅所限，略举三两。

当年，待字闺中的李清照，也是一位写诗高手。名士张耒游湘江浯溪，看到唐元结撰文、颜真卿亲书、歌颂安史之乱平息后的《大唐中兴颂》摩崖石刻，写下《题中兴颂碑后》的诗。李清照读了父亲给的张耒诗，激动得立即写下长诗《浯溪中兴颂诗和张文潜》（张文潜即张耒）。她写道："尧功舜德本如天，安用区区纪文字""夏商有鉴当深戒，简策汗青今具在""不知负国有奸雄，但说成功尊国老""时移势去真可哀，奸人心丑深如崖"。诗中言明，平息安史之乱，未必就会中兴。同时，影射了当朝大搞皇家园林建设，"花石纲"重捐压得劳苦大众喘不过气来；奸贼蔡京干尽坏事，天下民不聊生。李格非惊异女儿小小年纪，看问题何等尖锐深刻。当朝学者王灼称赞李清照诗名才力"逼近前辈"。这里的"前辈"，当是诗坛历代大家！

宋高宗建炎三年（1129），已是金人入侵第三年。李清照与赵明诚由江宁（南京）溯长江而上前往江西。进入安徽境内见江北一河流入长江。李清照得知是乌江，对赵明诚说："你瞧，那就是乌江——楚霸王自刎的地方！"李清照对项羽乌江自刎的刚烈和气节，顿生敬意，不禁吟道：

> 生当作人杰，死亦为鬼雄。
> 至今思项羽，不肯过江东。

"生当作人杰，死亦为鬼雄"！中国诗史中最豪放、最壮烈、最震撼人心的一首小诗，让无数人荡气回肠、敬服倾倒！赵明诚瞬间发现妻子性格中，从未见过的刚毅、果敢和傲然不屈。联想自己在江宁太守任上，面对部下叛乱，吓得抛下百姓和爱妻，缒城逃跑被罢官的劣迹，顿时心愧脸红。李清照不以成败论英雄，敢于颂扬项羽虽败犹荣和宁死不归的精神，确实是见解的卓越、品格的精彩，不愧是顶天立地的女丈夫。

绍兴三年（1133）五月，宋高宗突发奇想，派"通问使"北上金国，看望被俘的钦徽二帝，打探金人战和态度。韩肖胄、胡松年二大臣挺身请命。李清照得知，十分钦佩，感动之下，写了《上枢密韩肖胄诗》和一首七律。诗中揭露社会的尖锐矛盾，严厉谴责投降派丑行，提出对敌斗争策略。她悲壮地呼喊："欲将血泪寄山河，去洒东山一抔土。"豪迈壮伟的诗篇，堪称诗坛翘楚。

李清照的赋仅存一篇——《打马赋》。1134年秋，李清照避乱金华，为了打发时光，常参与邻舍博局。她最爱的"打马"游戏，据说就是现今"麻将"前身。时间一长，李清照竟然引发联想，写了《打马赋》。赋中叙述了大量战马典故和英雄卫国的事迹，以及对自己凄苦暮年的慨叹。在《打马赋》结尾，李清照写道："木兰横戈好女子，老矣不复志千里。但愿相将过淮水！"

坚贞不变的爱国之情感天动地。

散文佳美　不朽名篇

李清照的散文代表作首推《金石录后序》。绍兴四年（1134）夏末，李清照完成了赵明诚所著三十卷《金石录》的校订，决定在原序之后，再写一篇"后序"。目的是记下《金石录》诞生的过程和它的重要价值，同时倾吐自己内心的酸甜苦辣。全文两千多字。这里略述些许。

赵明诚为搜集文物和编纂《金石录》，花费了大量心血，成果甚丰。李清照和夫君赵明诚鉴评文物，既废寝忘食又亲昵愉快："余性偶强记，每饭罢，坐归来堂，烹茶，指堆积书史，言某事在某书、某卷、第几页、第几行，以中否角胜负，为饮茶先后。中即举杯大笑，至茶倾覆怀中，反不得饮而起。甘心老是乡矣。故虽处忧患困穷，而志不屈。"

金兵来犯，赵明诚已赴江宁料理母亲丧事，随后任江宁太守。李清照青州独撑危局。只能依照赵明诚来信要求，"载书十五车"逃难。"青州故第，尚锁书册什物，用屋十余间"，可惜金人攻陷青州后，皆成灰烬。

李清照先抵江宁，后又与赵明诚押带众多文物，溯江而上至池阳（池州），忽传圣谕命赵知湖州太守。赵即登岸返高宗驻跸地江宁领旨。李清照问如有急变文物如何处置。赵应曰："从众。必不得已，先弃辎重，次衣被，次书册卷轴，次古器，独所谓宗器者，可自负抱，与身俱存亡，勿忘之！"

这竟是明诚的遗言。赵明诚刚到江宁即中暑病倒。李清照赶来，赵因错服寒药已病入膏肓，很快病逝，年仅四十九岁，时为1129年夏。这对李清照真是塌天悲痛啊！办完丧事，她大病一场。从此，李清照孤寂哀伤，苦度岁月。

再说这"与身俱存亡"，真是"君"令如山哪！这些文物中，确有赵明诚最看重的夏商周三代几只古鼎，是国家权力象征，华夏文明代表，真正的无价之宝。南逃以来，李清照为了这些文物，吃尽辛苦，屡遭惊吓。有人贱价强买，有人抢劫破坏，有人暗中偷盗。请亲友代为收藏的，也大部损失，仅少数收回。这几只古鼎，当然要拼死守护。

这里有必要插说一个人渣张汝舟，让李清照蒙冤受屈太深太重。高宗绍兴二年（1132），李清照暂寓临安，再病未愈之时，张汝舟登门求婚。此张是进士，诸军审计司承奉郎。他花言巧语，百般殷勤，做足功夫，又得清照弟李远撮合，骗得清照再嫁。可是婚后不久，张汝舟就强逼李清照交出所有文物，且恶语咒骂拳脚相加。坚强不屈的李清照，为求活路，将张之前所言科举考试作假劣迹上告，临安府判张罢官并押至广西管制。但宋时怪律，妻告夫胜诉，也要判刑二年。所幸亲戚帮助说情，李清照只入狱九天就获释，但是心头已留下巨大伤痛。

在经受丧夫、大病、文物遭劫、张贼骗婚等沉重打击之后，万幸是赵明诚的《金石录》手稿俱在。李清照写道："今日忽阅此书，如见故人。"只是"手泽如新，而墓木已拱，悲夫。"其状甚惨。

李清照苦心孤诣校订《金石录》，不仅遗爱夫君，更是尽责国家。她说："呜呼……三十四年间，忧患得失，何其多也。然有有必有无，有聚必有散，乃理之常；人亡弓，人得之，又胡足道。所以区区记其终始者，亦欲为后世好古博雅者之戒云。"用心可谓良苦。

《金石录后序》不愧是一篇散文杰作。明代著名学者、书法家祝允明说"有此文才，有此智识，亦闺阁之杰也"。后人编写散文史，此文是必收名篇。其在中国散文史上的地位不可小觑。

此外，李清照还写过一篇词学理论文章《词论》，第一次为诗和词立下了艺术分野的界标。这是一个重大贡献。李清照从词史、词律、词家评价等多方面阐发了自己的观点，认为作词必须尊重词的创作规律，维护词的特性。可谓大家之见。

有意思的是，李清照的词作，都是着意新雅，轻悠出彩，俗中含俏，无求博引，词浅意深，韵味无穷，完全是一气呵成的闺中心语。读之可谓珠玑悦目，娓娓入心，人见人爱，卓无其右。但是她的诗和文却是题旨高远，涉猎宏阔，引史用典，语意透辟，理足势强，振聋发聩，显示出力可拔山的大丈夫气概。同为一人，处理不同式样文学作品的风格和手法如此迥异，在文学史上，李清照独树一帜。刘勰《文心雕龙·神思》中说，"文之思也，其神远矣。故寂然凝虑，思接千载；悄焉动容，视通万里；吟咏之间，吐呐珠玉之声；眉睫之前，卷舒风云之色"。此论正是对李清照之所以能创作出这些卓越精妙词作和诗、文、赋的最好诠释。

清月朗照　光耀史册

宋高宗绍兴二十一年至二十五年间（1151—1155），李清照在孤苦穷困中逝世，享年六十八至七十三岁之谱。文坛巨星陨落，却似一片秋叶无声飘下，无人在侧守护，无人知道确切时间，令人哀伤，催人泪下。

李清照仙逝不久，《金石录》刊出，这对逝者当然是最好的安慰。

李清照在中国文学史上是光彩照人的。身后有《易安居士文集》十二卷、词集《漱玉集》六卷问世，却在南宋末年社会动乱中散佚。新中国出版的李清照诗词文集多达三四十种，其中人民文学出版社20世纪70年代出版的《李清照集校注》，内容较全，叙论严谨，受到学界肯定。该书收入李清照词五十首，诗十八首，文和赋八篇。对李清照及其作品，自宋至清，历代学者、诗人都予以高度评价。诸如："才力华赡，逼近前辈……当推文采第一"（宋王灼《碧鸡漫志》）；"宋人中填词，李易安亦称冠绝"（明杨慎《词品》）；"易安在宋诸媛中，自卓然一家……盖不徒俯视巾帼，直欲压倒须眉"（清李调元《雨村词话》）。

到了现代，众多名家学者对李清照做出了更多更全面的评价，仅举一例：郑振铎，现代著名作家和文学史家。他编著的《中国文学史》这样写道："李清照是宋代最伟大的一位女诗人，也是中国文学史上最伟大的一位女诗人。"李清照的词"前无古人，后无来者"，"太高绝一时了"。"无数的词人诗人，写着无数的离情闺怨的诗词"，"在清照之前，直如粪土似的无可评价"。评价之高，在中国文学史上，绝无仅有。

如今，李清照走进了课堂，走进了一代又一代青少年心中，走进了寻常百姓家。人们喜爱李清照，敬仰李清照。李清照的作品滋养着文学的血脉和人们的精神世界。全国（包括台港澳）学术界，对李清照的研究日益深入和繁荣。

李清照的词作，早就受到世界的关注和重视。美、日、韩、俄、英和罗马尼亚，都有她的词作译本。英国《大不列颠百科全书》称李清照是"伟大的女词人""在中国词坛的第一流代表人物中，她应该名列前茅"。李清照对中华乃至世界文化卓越的贡献，长存史册。

滟滟随波千万里，何处春江无月明。一起仰望吧，那轮清月朗照着，多么美丽。

2018.9.3

一叹千年在沈园

史册中这幅彩页，永远让人心潮难平，感慨万端。

"问世间情为何物？直教人生死相许。"这是勒石于绍兴沈园的金（南宋）文学家元好问词中名句。元好问这一问，一千年来无人回答，却在一位老人的人生际遇中表现得淋漓尽致。

南宋宁宗嘉定三年（1210）的某日，沈园迎来神情清爽但步履蹒跚，已是八十五岁高龄的陆游。对于家乡这个名园，陆游太熟悉了，游园的次数也太多了。不过这一次，却不同以往。陆游预感到将不久人世，特地来最后一次凭吊自己和唐琬充满沈园的至爱与悲情，最后一次向沈园述说珍藏内心的对唐琬的思念：

> 沈家园里花如锦，半是当年识放翁。
> 也信美人终作土，不堪幽梦太匆匆。

可以想见，陆游缓步出园时，已是眼含老泪，心头泣血。此后不久，陆游驾鹤西去。

其实，幽梦并不匆匆。数十年前，陆游同聪慧可人的表妹唐琬，青梅竹马，情投意合。两人极擅长诗词，每每唱和互悦，渐次绽放出清纯又浓烈的爱情之花。当陆家把传家之宝——一枚凤钗送到唐府后，两个年轻人如愿以偿，相互拥有了爱之入骨的意中人。这实实在在是人间最圆满、最美好的姻缘。二人世界明丽、柔媚、欢乐无比。此外的一切，简直是太多余了。

乐极生悲了。陆游的母亲，也是唐琬的姑姑，觉得二人恩爱得占据了一切时间和空间，没有了书卷攻读的刻苦，忘掉了金榜题名的志向，训斥和强令又无效，终于以无量庵尼姑"二人八字不合"，陆游"终必性命不保"的卜辞为依据，硬生生拆散了两个年轻人甜美的婚姻。想不到现实竟强加给陆游、唐琬如此的噩梦。

万般无奈之余，两人由父母做主，各自另娶另嫁，但昔日的深情依旧难忘难舍。陆游思念唐琬，奉母命坐拥书城之暇，去沈园寻觅与唐琬卿我无间的恩爱氛围。唐琬思念陆游，也爱往沈园观景抚物，泪润与陆游携手彳亍的芳踪。

陆游苦读三年，去临安应试进士，被考官荐为魁首。但因秦桧为孙子功名，专权操弄，礼部会试时陆游的试卷被无端剔除。仕途重挫，回到家乡，这一年，陆游二十八岁。

遭受沉重打击的陆游，思想消沉，心中凄凉，生活无绪，一任行止信马由缰。尽管如此，沈园始终是他寻爱寄情的地方。陆游心中的沈园，通人性啊！冷翠亭曾让他倾情拥翠，孤鹤轩曾陪伴他品尝情爱的鲜美，葫芦池的涟漪因应着他大喜深忧的情怀。那满园花草，那池中的碧莲，那亲密的鸳鸯，似乎都因陆游而存在。不，都因陆游与唐琬两心相悦的纯真爱情而存在。

百花吟春的某日近午，陆游信步沈园。翠绿夹道的小径上，他不意间迎着一位锦衣少妇。待至近前，却是天大的意外，陆游看到了唐琬，唐琬也看到了陆游。此时此地该怎么办？问冷翠亭，问孤鹤轩，问葫芦池，是喜还是悲？问花草，问碧莲，问鸳鸯，是笑还是哭？四目相对时，旧情起波澜。他们惊愕，因为真爱既被腰斩，哪敢奢望今生再晤面？他们激动，因为爱入膏肓的情缘，今生终难泯。他们缄默，因为世俗的重压，有口也难言。

在一番清醒中的恍惚，恍惚中的煎熬之后，已为他人之妻的唐琬闪着泪花的双眼，送给陆游深情的一瞥之后，启步离开。望着曾经的佳偶渐行渐远的背影，陆游表情木然，眼光呆滞，下意识地寻踪而去。片刻，陆游停下了脚步，远远地隔着丛丛垂柳，看到池中水榭上，神色苦涩的唐琬，正与现任丈夫赵某对坐小酌，酒杯在红袖半掩的玉手间忽上忽下游移着。陆游想起，这恰似当年自己与唐琬沈园欢愉的场景。陆游的心碎了，旧日海深的恩爱和被无端拆散的怨怼齐袭心头。他思绪奔涌，急转身，在粉墙上挥笔写下了《钗头凤》这饱含恩与爱、怨与恨的词作名篇，然后扬长而去。这世间首阕《钗凤头》词，是陆游向唐琬发出的内心表白，他是写给唐琬看的。唐琬，你能看到吗？陆游不知。沈园静候。

时光荏苒，三年后，秦桧一命归阴，朝廷重用陆游，而立之年的陆游远离故乡，严谨履职，政绩可嘉，才华更受到了宋孝宗的赏识。七十五岁时，陆游承赐金紫绶，告老还乡。

再说唐琬，她的心底，总怀着对陆游的那份深情，这沈园知道。陆游离乡的第二个春天，唐琬带着满腹惆怅，孤身一人走进了沈园。她偶感轻松，因为这里有太多不舍的珍藏。她忽觉凄楚，因为所有的珍藏都已化成碎片，随风远去，留下的只有内心无尽的悲泣。她走过曲径，走过亭榭，心有所思，步步寻觅。忽然间，唐琬看到了陆游的题词《钗头凤》。她心头一颤，这是陆游的心语，只有她懂。唐琬反复轻吟，心如刀绞，泪如泉涌。长期的思念和压抑再也控制不住，唐琬也举笔疾书，和了一阕《钗头凤》。

沈园见证，陆游的《钗头凤》，唐琬看到了。她的心灵受到了巨大震撼，哀伤不已，因为她今生虽未再与之相见，但她看到了陆游的心。她知道，陆游是属于自己的，自己仍在陆游的心中。不过唐琬应和陆游的心声，写下的《钗头凤》，与其说是自我的慰藉，莫如说是对她更重的折磨。此后不久，在秋风萧瑟，初寒乍起的时候，本应风韵才华如花似锦的唐琬，却形容憔悴，一腔哀楚地踏上了黄泉路。

唐琬的和词陆游会看到吗？此刻当然不可能。沈园期盼。

人生如梦，但这梦确实太漫长了。陆游远离故土，仕途辛劳四十年后回到故乡。已是体态龙钟的这位老人，晚年生活，并不是逍遥岁月。他继续笔耕不止，吟诗作词；他铁马冰河常入梦，企望再去为国杀敌，北定中原；他更怀念着唐琬这心中的至爱，常常独自徜徉于沈园。残阳如鸩，晚景何其凄苦。

沈园懂得陆游。只要陆游走进园中，花草树木、山水亭榭都会对他默诉着独有的情愫，展现着深沉的爱。因为它们见证了太多太多陆游和唐琬在这里演绎的恩爱情缘、欢乐悲哀。沈园终于让陆游看到了与自己同心所仪的唐琬的《钗头凤》。

《钗头凤》这词牌中的凤钗，陆游和唐琬都知道，就是当初两人喜结良缘的见证。它带给他们多少欢乐和美好的憧憬。现在凤钗嵌名于词牌，当然是最恰二人心机，唯一不二。再者，此词牌原名却叫《撷芳词》。徽宗时，宫中有撷芳园，词家即选"撷芳"作词牌。无名氏依名填词，中有"可怜孤似钗头凤"句。当年陆游在沈园突遇唐琬又无言相别，忙借粉墙题词表达内心之痛，断然摒弃了"撷芳词"名，首用"钗头凤"作代，才华和真情实在令人感动。而唐琬也用同名词牌应之，心有灵犀啊！

陆、唐二人在特定情景中先后唱和的《钗头凤》，真正是思念相唤，悲情相应，恩爱相永，令人垂泪。请看：

陆游的凄苦：

> 红酥手，黄縢酒，满城春色宫墙柳。东风恶，欢情薄。一怀愁绪，几年离索。错，错，错！

唐琬的哀怨：

> 世情薄，人情恶。雨送黄昏花易落。晓风干，泪痕残。欲笺心事，独语斜阑。难，难，难！

是啊，陆游被迫与唐琬分手后，相思与痛惜萦怀，度日如年，痛苦万状。唐琬则是流干了眼泪，想与心上人借笺倾诉，却比登天还难。再请看：

陆游的相思：

> 春如旧，人空瘦，泪痕红浥鲛绡透。桃花落，闲池阁。山盟虽在，锦书难托。莫，莫，莫！

唐琬的煎熬：

> 人成各，今非昨。病魂常似秋千索。角声寒，夜阑珊。怕人寻问，咽泪装欢。瞒，瞒，瞒！

同样，陆游无时无刻不思念着唐琬，但即使想诉诸笔端表达一番，同样是不可能。有的仅仅是人瘦景空泪湿衣衫。唐琬觉得曾经的过往已彻底湮灭，只能在咽泪装欢中，任病魔吞噬可悲的生命吧。

唐琬的和词让陆游融入了数十年的幽梦之中。从两小无猜到幸福恩爱，从被拆散到阴阳两界，他总与唐琬血脉相融爱之倾心。但此时，哀叹已无用，泪水已耗干。陆游当下所思，就是巴望走出痛苦不堪的活着的长长梦境，步入与唐琬冥国深情相拥的真实。在那里"红酥手，黄縢酒，满城春色宫墙柳"，该是他们永远的无忧无虑。心弦震颤的陆游吟道：

> 城上斜阳画角哀，沈园非复旧池台。
> 伤心桥下春波绿，曾是惊鸿照影来。

垂暮之年的陆游游沈园，实际上是走在追寻唐琬的路上。沈园为之长长的叹息。这一叹，感动了人世一千年！沈园告诉人们，这就是教人生死相许的情。元好问之问，已毋庸再作回答。

2016.8.14

深宫冤魂说珍妃

一位年方二十五岁的美丽少妇，怎么一眨眼就被死亡吞噬？一位与当朝天子的夫君正缠绵相爱的贵妃，怎么一反掌就成了九泉亡灵？但是，她确实从人间蒸发，一口水井是她殒命之地。人在深宫，井在深宫。她就是珍妃和她的珍妃井。

二游故宫，在日头西去，将要结束行程时，我紧赶慢赶，在故宫东北角贞顺门内，时隔五十五年，第二次看了珍妃井。这是一个约三十平方米的小院，西面与北面，是出入小院的门；东面有一道紧闭的小门，其内是房间；院中紧靠房门外，就是汉白玉栏杆围起带有桶状井圈的珍妃井；正南面是门朝小院的一间平房，房门上了锁，门头有块匾额，上书"怀远堂"三个字。透过玻璃花窗，可以看到怀远堂内摆有珍妃木主的神龛，墙上挂着年轻丰满端庄的珍妃遗像。气氛安然，无赤黑之祲。

看珍妃井的人还真不少，一拨一拨的来，一拨一拨的走。人们表情静穆，步履轻轻，多半是走向井边，倾身井栏，向井口望着。很少有人小声叽咕几句，没有人大声喧哗。

这个小院，在偌大的故宫中，实在谈不上什么分量，但却是故宫中的唯一，唯一属于一个嫔妃的小院，唯一一个长长叹息着的屈死冤魂，唯一一段有着悲惨故事并被后人追思的历史。

珍妃，光绪帝妃，满族，他他拉氏，满洲镶红旗人。她自幼就和姐姐也就是后来同时做了光绪妃子的瑾妃，生活在身为广州将军的大伯父家。珍妃喜爱岭南风情，又受开放的广州新思潮的熏陶，是个聪明活泼，俏丽大方，知书达礼，见过世面的旗下小姐。六岁登基的光绪，到1890年满十九岁，由慈禧太后钦定，珍、瑾两姐妹，成为光绪的妃子。婚后，珍妃愈加温婉可人，善解人意，特受光绪的宠幸。不过好景不长，慈禧就亲手撕碎了他们的温馨岁月，又残忍地害死了珍妃。

慈禧，叶赫那拉氏，咸丰的嫔妃，同治的生母。这个清朝政府专权、腐败、软弱、无能、残暴的代表，是清王朝1861到1908年的实际统治者。1861年咸丰帝驾崩，天生满脑子权欲的慈禧，使出铁的手腕，过上了不是皇帝的皇帝瘾。她以皇太后和太皇太后至尊地位，用民妇管孺子的简单方法，先后拎出六岁的同治、四岁的光绪、三岁的宣统三个幼儿当皇帝，她则稳稳当当坐在幕后号令天下。试想这三个给一巴掌就哭，给一块糖就笑的小辫头，贪玩取乐还来不及，哪知道什么叫"皇帝"，哪知道怎么当"皇帝"？当然，慈禧要的就是他们"不知道"。正如相声中讲的，"你不知道我就好办"。于是乎，慈禧从二十六岁孀居到七十三岁命赴黄泉，做了四十八年清王朝真正的当家人。这个老婆子骄奢淫逸、专横霸道和无知无能，把国家搞得一塌糊涂，民不聊生。中日甲午战争、八国联军侵华，她极尽丧权辱国之坏事。她残酷镇压戊戌变法，双手沾满变法志士的鲜血。用老百姓的话说，慈禧是头上长疮、脚下流脓，坏透顶。1908年，光绪驾崩。慈禧当日就以太皇太后的身份，把三岁的溥仪定为宣统皇帝，还要继续专权。想不到老天不允，第二天，这个恶贯满盈的老婆子也一命呜呼。

当年，当了光绪嫔妃的珍妃与凶恶阴毒的慈禧究竟怎么相处的呢？起初，慈禧看到膝下这位侄媳，聪明伶俐，很有才华，倒是满心欢喜。慈禧经常要珍妃帮自己批阅奏章，而珍妃也办得百无一失。珍妃写得一手好字，慈禧便不断要她写一些福、禄、寿、喜擘窠大字赏赐大臣。特别是珍妃善于模仿慈禧的笔意书写，尤得慈禧欢心。按讲，在这种氛围下，珍妃可以和光绪恩恩爱爱地过着优裕的宫廷生活。

但是，偏偏珍妃又很有头脑，很有个性。不在慈禧身边时，珍妃的穿着打扮、玩乐言行，随心所欲。而这一切，又时时有人密报慈禧。慈禧对珍妃，由欢喜而反感而气愤而痛恨。试想，本来睚眦必报的慈禧，在一手遮天的紫禁城里，能给珍妃这种异类活路吗？

这里，略述珍妃惹来杀身之祸的几件事。也就是慈禧定下珍妃必死的"罪过"。

珍妃喜欢摄影，曾和光绪互换衣履，拍成各种姿势的照片。她僭越体制，竟乘坐皇帝才能享用的八人肩舆。珍妃爱穿戴新奇奢华的服饰，光绪为表达爱意，用珍珠为爱妃做了一件旗袍。珍妃穿起，光彩四溢，愈发娇媚。谁想被慈禧看见，把个老家伙眼都气蓝了。慈禧怒声道，你个小小妃子，穿戴竟然超过了我！皇宫中怎么容得下这种不知天高地厚的败家精！

慈禧早就知道，光绪对珍妃很宠爱，但究竟宠到什么程度，她并不清楚。一日，慈禧命太监查看每夜侍奉光绪的后妃名册。竟发现，有一度整整三个月，都是珍妃一人。这还了得！慈禧本就心地狭隘，怀疑一切。她想，这妖精是彻底迷倒了光绪。不知她向光绪灌了多少迷魂汤，出了多少馊主意，告了多少枕头状！慈禧认为：似此，日子一长，光绪还服服帖帖听从调教吗？有珍妃这个妖精在，咱手中的皇权还那么稳固吗？慈禧当然决不允许任何人对自己手中大权的挑战。珍妃不亡，慈禧寝食难安。

最令慈禧痛恨的事情发生了。当光绪成年后，慈禧虽然装模作样地隐退颐和园，但一切国家大事，光绪还要向她禀报并按其旨意去办。光绪还是个傀儡。甲午海战后，全国人民对慈禧是恨之入骨。恰在此时，康有为联合各省在京会试的举人一千三百余人签名，提出拒签《马关条约》、迁都抗战、变法图强三项主张并上书皇帝。因举人进京都乘公车，故称之为"公车上书"。这终于激起了光绪要乾纲独断的壮志，坚定了维新变革的决心。珍妃则全力支持光绪，并积极投入到维新变法的活动中。

光绪和珍妃的一举一动，慈禧无有不知，而且又气又恨，因为她手中的大权受到了威胁。起初，她还不想把光绪怎样，就把满腔怒火烧向了珍妃。慈禧终于怒气冲天地回到紫禁城，将珍妃鞭笞拷掠，还亲自狠狠打了珍妃两个耳光。珍妃也由此一再被贬。紧接着慈禧发动戊戌政变，宣布自己亲政。光绪因囚于瀛台，珍妃也失去了人身自由。

让慈禧始料不及的是，1900年夏，她的政变、废帝，却引来了八国联军侵华。列强找了一个借口，扬言要这个发狂的老婆子还权给光绪。列强的炮火，轰得京城摇摇晃晃。慈禧惶恐万分。为了保命，她决定出逃。慈禧玩了一个花招，把众后妃都集中在宁寿宫，假惺惺地哭诉说："谁料到我大清怎么弄到这样的地步。看来，咱娘儿们只有死路一条了。"令她意外的是，此时天真又傻帽的珍妃居然还挺身而出："不如请老佛爷暂时离开京城，让我与皇上留下来与洋人交涉，事情总会有转机的。"

珍妃不说话，已是罪责深重，既说了此话，那就非死不可了。慈禧立马气得脸色发青，所有怒气齐涌心头。她想，八国联军是在为光绪夺权，珍妃又是光绪的帮凶。把这二人留在京城，会有她慈禧的好下场吗！慈禧心头火气一鼓，立动杀机，厉声说："这个小贱人口出狂言，狗胆包天，把她扔到井里去！"太监崔玉柱连忙上前对珍妃道："请主儿遵旨吧！"抱起惨呼"老佛爷饶命，老佛爷饶命"的珍妃投入井中。一个年轻美貌、聪慧善良又十分脆弱的生命，从此香消玉殒。

一年后，随慈禧、光绪和尊贵大臣出逃西安返回紫禁城的瑾妃，打捞起妹妹的遗体，安葬了。八年后，光绪亡故葬于崇陵，珍妃也移葬此处。一对生前恩爱无比的夫妻，终于可以在另一个世界形影不离，时时相守相亲。可以告慰这个冤魂的是，后人为她保留了属于她的这口井，设置了永远追念她的厅堂——怀远堂。

耐人寻味的是，1876年出生的珍妃，如今应该有一百四十多岁高龄，是一个很老很老乃至老得发朽的老太婆了，但是在人们的心目中，她依然是年方二十五岁的青春少妇的鲜丽形象。游览故宫的人，少不得都要来这个小院看看她和属于她的珍妃井。一茬接一茬，一年接一年，这是为什么？

也许是因为同情，向一个远去的冤魂送上一份怜悯。

也许是因为不平，向一个扼杀弱者的恶婆表示一种义愤。

也许是因为好奇，向一部卷帙浩繁的紫禁城史册，寻找那一点无足轻重又难以泯灭的血滴。

2016.1.12

南窗青灯

读书宛如看月
迈步却似驾云
顾盼乐在闲闲淡淡
求索相约南窗青灯

或行或止　不舍书香

　　莎士比亚说："书籍是全世界的营养品。生活里没有书籍，就没好像没有阳光。"刘向说："书犹药也，善读者可以治愚。"名家灼见，足以发人深思。我们的头脑、眼睛，千万不要怠慢了"书"。

　　兴趣，可能是人们愿意读书的第一诱因。20世纪70年代末，我们教研室有个大老黄，大老黄有个刚上小学的儿子黄傻。黄傻爱看课外书——连环画。大老黄也真舍得花钱，为儿子买了不少的"小画书"。但是父亲怕儿子在课外书上多花了时间，正课学习会毛糙，成绩上不去，就严加控制。不过黄傻点子来得快，暗中鼓捣隔壁小伙伴常常来家"借"书，一借就是好几本，然后对父亲说"到隔壁做作业去"。父亲当然同意。时间一长，父亲发现，儿子在隔壁待得太久，而且十分安静，有点怪，就来个暗中侦察。哈，只见两个小家伙齐齐摆摆，靠在床边、坐在地上看连环画。大老黄反思后决定：只要儿子完成正课任务，就允许看连环画，不再限制了。黄傻渐渐长大了，更爱看课外书，知识面广，成绩也好。看来黄傻不傻，因为他知道读书对自己大有好处。

　　牛顿说，他是站在前人肩膀上才取得了成功的。我认为这"肩膀"就是书，就是前人写下的书。各类大家博览群书，就不能说是凭兴趣了，应该说是志向使然。我读《鲁迅全集》（人民文学出版社，1998年版），做了一个粗略的统计，鲁迅先生文章中涉及古今中外包括神话传说的人物6200多个，涉及各类作品6400多种。钱钟书著《管锥编》，成为传世巨著。他的书中引述了4000位著名作家上万种作品中的数万条书证，所论包括全部社会科学。我看完全可以说，没有阅读就没有大家。

　　即便是一般的人，为了安身立命，为了对社会有所奉献，尽可能读些书，也很有必要。工作那几十年，意识到"担子"和"责任"，我注意职业性地读书。

当教研员，我读古今中外教育史和教育学、心理学并做了很多卡片；读教学大纲、教科书和教学参考资料并做笔记。想不到又去做干部理论教育工作。既无学历也无经历，只好先钻研马克思主义基本理论。买了三种版本的哲学、政治经济学和科学社会主义，上班、回家、出差，分类猛吞，三个月看完，外行算是变成了内行。后来到了政府，跟分管县长后面联系一些部门。可是对那些部门的工作几乎不懂。还是决定：读书，赶快读。拣应急的读了《和县长谈财政》《审计常识》《税务工作问答》和《金融工作初步》。都是皮毛和小儿科。但在当时对我是充饥解渴，起码是入了门，不讲外行话了。最后，回到教育老本行，竟然还戴上了一顶小帽帽。这可不是玩的。关键是要知道怎么做，还要尽量做得好一点。找到一本《教育法制与管理》，约四十万字，很快读完了，心里也长了底气。书香陪伴我一生的工作历程，很感谢那些我读过的书。

但是，仅仅为了谋生和工作需要而读书，未免太过狭窄。个人读书，应该是广选广读，随心所欲，开卷有益。这种摆脱了压力，丢掉了功利，为人生的怡情养性，为生活的充实明丽而读书，才是有滋有味的读书。在幽幽书香潜移默化中，浊俗可以变成洁雅，狭隘可以变成豁达，偏激可以变成稳健，正如苏东坡所言，"腹有诗书气自华"。与书为伴，好处不言自明。

从小到老，朝云暮霭，我也很有闲来读书的充实。读小学，星期日跑图书馆钻儿童阅览室，其乐无穷。读初师看《先有鸡还是有先有蛋》《吕梁英雄传》乃至四大名著等等，觉得奇趣开心。读中师连带寒暑假，总啃大部头，甚至一个月啃完列夫·托尔斯泰四卷本长篇小说《战争与和平》。其实那些年读书多半是囫囵吞枣，不理解的内容，不认识的字，往往在眼皮底下溜之乎也，很是粗糙，可以说是有收获，更有遗憾。倒是认识了不少名人或人名。及至老年，也在轻松愉快中读些书，为身心运作增加营养，增添乐趣。反正在书中盘桓，总觉得心里快活，脑子的转速未见减得太多，日子也过得多一些滋味。

前面说过，学问大家也是读书大家。但大家们也并非专为当大家而读书。鲁迅先生曾经写了一篇《随便翻翻》的小文章。他说："我想讲一点我的当作消闲的读书——随便翻翻。""我消闲的看书——有些正经人是反对的，以为这么一来就'杂'！""但我以为也有好处的。"他举例说，某人家的陈年账簿，某将军每餐要吃三十八碗饭，某先生体重一百七十五斤半，或奇闻怪事，都可以翻翻，都可以增广见闻。

我觉得，"随便翻翻"，是适合很多人的一种读书方法。

无论有着怎样的目的，无论用什么方法来读书，重要的是必须有时间和毅力来保证。达尔文一生多病，不能多做工作。但是他坚持每天用一个钟头的时间看十页书，一年下来就看了三千六百多页，三十年读了十万页书，结果成了一个大学者。我们似乎不必想去当"达尔文"，但是我们为什么不能学习达尔文读书的精神呢？

蒲松龄有一首读书诗："生平喜摊书，垂老如若狂。日中就南牖，日斜就西窗。"

蒲公这是为觅书香勤追日，因为他懂得书入心田最是香。多么让人感动。

2015.8.6

因文相惜　短信趣录

　　说在前面：我的一本小书，意外地被素未谋面的汪言海先生看过。他即以信函、短信惠我，多有溢美与鼓励。言海先生曾任《安徽日报》理论部、经济部主任，高级记者，安徽大学新闻学院客座教授，享受国务院特殊津贴。现将当时言海先生与我往来的短信小辑于此，一来表达对言海先生的尊敬与谢忱，二来与朋友们分享短信会友的乐趣。

汪言海　2016年10月18日　周二　18:18

尊敬的王惠舟主任，您好！

　　我叫汪言海，是您曾经的麾下杨家友的胞兄。前不久，徐翔主任寄来您的力作《多彩的大地》，全文拜读后，收益良多，感叹作者好生了得。过去，我早闻大名，无幸与您交往，现在从书中深刻认识了您。因此，萌生了与您交流、向您学习的念头。为此，向徐翔主任索要了您的手机号码。在书中还得知您常在南方。如不嫌冒昧，希望您满足我的期待。

　　致礼！

乡友汪言海

王惠舟　2016年10月18日　周二　18:39

言海方家大鉴：

　　我一直是仰望着您，那是在安徽日报读到您揭露淮北某地不正之风的一篇通讯。我读了很是佩服，心中也就记下了您的大名。后来也知道您与家友的关系，不过未想到打扰您，因为那太冒昧了。阁下今有美意赐教，当惶恐应承，并非常感谢。来日方长，期待您的指点。

　　顺颂万安！

王惠舟

汪言海 2016年10月18日 周二 18:46

果然出语不凡，领教了。您玩微信吗？如果互相加入了微信，那聊起来就方便了。

王惠舟 2016年10月19日 周三 11:54

歉甚歉甚。昨日家侄结婚，忙至深夜，未复尊信。您问及我有无微信，我没有。一是没兴趣，二怕费工费时。请勿见笑，不过可选其他方式联系。期待您的指点。

汪言海 2016年10月19日 周三 12:00

令侄结婚，恭喜恭喜！如果方便的话，能将通信地址通过手机发给我？

王惠舟 2016年10月19日 周三 16:18

很高兴能有机会把我的通信地址奉告于您：无为县教育局。期待指教。另，家友是位人品高尚，业务能力很强的好同志，和我相处一直很亲近。

汪言海 2016年10月19日 周三 17:42

谢谢！知道了。以后当多请指教。

汪言海 2016年10月22日 周六 19:27

不知何故，手机出了故障，中断了通话。今天下午我向您发出了一个快递，内有一封信和我的两本书请您指教。信中附了两个材料：一是读后感，二是极个别的勘误，冒昧了。快递大约后天送达教育局，敬请查收。

王惠舟 2016年10月22日 周六 19:30

知道了，非常感谢。顺祝晚安。

王惠舟 2016年11月2日 周三 14:38

您好。蒙您厚爱，为拙作写了读后感，几位文友看了，都受感动，也为我高兴。他们建议把您的大作送家乡刊物发表。但我认为必须尊重您的意见，是否可行，请您拿高见。言有不妥，尚祈指正，并祝愉快。

汪言海　　2016年11月2日　　周三　　15:53

最好不发，因拙作水平有限，与您的力作不相称，恐内行人耻笑，作纪念即可。如若要发，文字上一定请您把关、斧削，包括提法、标题等。我自知，这方面要向您学习了。发了，希望抛砖引玉吧。最后由您定夺。

王惠舟　　2016年11月2日　　周三　　17:28

知道了。家乡的刊物能登您的大作，是很荣幸的事。只因大作对我太过溢美，很不敢当。为表达您对家乡的厚爱，对我的鼓励，就原文照发了。如此家乡文艺刊物也蓬荜生辉。向您致敬并非常感谢。

汪言海　　2016年11月2日　　周三　　19:01

过誉了。我怕贻笑大方啊，我对读者充满了敬畏感。

您能够让在无为的子女，将其电脑邮箱或QQ邮箱，通过手机发给我吗？以便我将读后感原件发过去。这样编辑和修改可能更方便些。

王惠舟　　2016年11月2日　　周三　　20:12

好的，让你烦神了。这个邮箱是（省略），再谢，晚安。

汪言海　　2017年2月14日　　周二　　09:15

惠舟兄，新春好！

春节期间，我又再次浏览了您寄来的《无为文艺》，感受最深的是，随着无为经济的发展，无为县的文学艺术出现了空前的繁荣景象，从作品看人才济济。可惜，其中我认识的人极少。除了您和蒋克俭外。蒋是在乡镇企业任局长时认识的。那时我就觉得他比较儒雅，未想他退休后爱上国画竟办个人展。再次拜读了您的散文。您用细腻的文笔，把陆游和唐琬的儒雅爱情表现得淋漓尽致，故事荡气回肠，文章首尾呼应，读后心潮难平。如果把散文也分豪放派和婉约派的话，此文当属婉约派。生姜还是老的辣啊！此文让我再次领略了您的文学功底。

王惠舟　　2017年2月14日　　周二　　11:26

言海方家老弟，捧读短信，又是一番激动和喜悦。您对家乡的深爱和真情叫我非常景仰，向您学习。我写陆游唐琬，说来话长。二〇〇三年我去绍兴旅游回来后，心头似乎压着三个大问题：一是怎样说鲁迅，二是怎样评兰亭，三是怎样哀陆游。我喜欢在小小纸页上乱涂乱写，因此觉得应该要用笔来回答上面的三个问题。我是怀着上九华山朝拜的心态来写的。我想得很多，想得很苦，想得很久。因为"鲁、兰、陆"三者都是中国文学史乃至中华民族史上伟大的人和事。既写，我要对得住他们，其他则不敢奢望。后来鲁、兰两文比较顺利地写成了，只有陆文一拖十多年。想想停停，停停想想，去年底觉得该写了，才完卷了事。十三年前绍兴一游背上的三个大包袱才真的放下。说实话，写陆游和唐琬，心里总不是个滋味。想不到拙文蒙您两番审读并予勉励，很是高兴，非常感谢。恭祝春安，万事如意。言语冗赘，见笑了。再谢。

汪言海　2017年2月14日　周二　12:28

文章千古事，得失寸心知！

做文章辛苦啊！但苦得其所。现代人物质生活丰富，但土豪们精神生活空虚。您给人们留下了可以传承的精神产品，弥足珍贵。

王惠舟　2017年2月14日　周二　13:02

过奖了，非常感谢。再见。

汪言海　2017年10月19日　周四　20:09

惠舟兄，您好！今天下午收到《无为记忆》，让我非常感动。这本书内容丰富，大气磅礴，装帧精美，从一个很大的侧面反映了无为人杰地灵的风貌，她是集众人智慧而成的一部巨著。作为一个无为老乡，我将慢慢品尝。谢谢您！

王惠舟　2017年10月19日　周四　20:35

您能喜欢我就非常高兴了。这本书起码有两个作用，一是给热爱无为这块热土的人们送上心灵的慰藉；二是向有心为无为发展献计助力的人们，提供一点研究的资料。感谢您这么看重。我会把您的肯定和鼓励转告有关同志。非常感谢，并颂安康吉祥。

汪言海　2017年10月19日　周四　21:02

刚才看到书上（《无为记忆》）第438页《优质棉花协会》一文，对季学谦的贡献，载入史册，评价是公正的。我和季是老朋友、好朋友，为此感到骄傲。

我一直搞经济报道，在这个领域，对无为县两个人留下深刻印象，一是季学谦，一是陈文友。可惜季走了，我很痛心。现在载入史册，他的在天之灵，一定会高兴的。

王惠舟　2017年10月19日　周四　21:48

学谦同志是我非常尊敬的好同志，载入史册理所当然。说到他，我一直非常怀念。他弥留之际，我遵他长子求真之嘱，为学谦灵堂拟了一副挽联：田塍立业科技精研福泽万家风范永留史册，公仆丹心鞠躬尽瘁德耀大地音容长驻人间。联作完成，我也泪流不止。天不假年，学谦走早了，可惜啊！让我们永远记住这位大地的好儿子，我们的好榜样。

汪言海　2017年10月20日　周五　19:56

您的对联概括了季学谦的光辉一生，功底深厚，非一般人所为。老季从北京看病归来后，我叫二女儿开车送我去无为他家看望他。当时，他头脑清晰，谈吐自如，很自然地谈到我们第一次相见。回来后久久不能平静，便构思写了一篇回忆文章，题目为《25年前的一次"走基层"——兼忆我与季学谦的第一次相见》，后来刊登在2012年第一期《新闻世界》刊物上。终于在他逝世前刊出，了却了我的一个心愿。由于是一家专业新闻刊物，因此，文章的专业性比较强，具有记者特色吧。

王惠舟　2017年10月29日　周日　00:46

您对学谦感情至深，我很理解，也很感动。我们共同祝愿他天堂安息吧。

2018.3.31王惠舟录自个人手机

《开城中学六十年》序

《开城中学六十年》即将付梓了，可喜可贺。

2019年春，开城中学老校长潘恒俊同志到我家闲坐，说很想为开城中学编写一部校史——不能让这所为教育事业奉献六十年的农村中学，无声无息地从历史上消失。恒俊同志的意思我明白，开城中学1959年建校，2019年服从全县规划撤销，它一个花甲的历史，应该在无为教育史上留有一席之地。这是一位年过八旬的老者唠家常式的叙谈，并未显露些许的力度和底气。

现在，竟然大功告成！

此前，徐先挺同志专程送来《开城中学六十年》书稿。连续三天，我逐篇地阅读着，有的地方画上杠杠，有的地方做点摘记，有的地方回过头再来一遍。看完这部由恒俊同志牵头，数十位老师和校友参与，文史并茂的约五十万字书稿，且下不说它的全面、丰富和翔实，也不说它有待完善的疏漏和瑕疵，只觉得书稿在我面前再现了久违的开阔阳光、规整挺拔，又充满琅琅书声的开城镇最高学府——安徽省无为开城中学。我，从毛头小伙到年逾耄耋，数十年中，无数次与它亲密接触，堪称老友，但此刻，竟觉陌生。熟悉的只是过往的局限和肤浅；陌生的，却是眼前的竑阔与深邃。

一部《开城中学六十年》，虽非字字珠玑，却是句句有情。它让人们看到了曾经的漫长岁月里，开城中学创造着怎样不凡的杏坛春秋。

请看开中的当家人。六十年中，十多位领命跨进开中大门的当家人，都是忠诚于人民教育事业，认真贯彻教育方针，尽职尽责，苦拼苦斗，创业不止。1959年，荒土岗上草创的开城初级中学，1971年始为完中，2001年跻身合格完全中学，2006年跨入独立高中行列，2009年升格为巢湖市示范高级中学，总是不断前进，业绩骄人。众位当家人付出了多少心血！略举三两例。方式明校长，身处"文革"非常时期，敢冒政治风险，以正压邪，重振校规，恢复了校园书声。他敢作敢为又务实求真，很有大将风度。潘恒俊任校长长达十五年。他多谋善断，知人善任，正值学校处于转折爬坡阶段，工作繁重辛苦。他宵衣旰食，忘我奉献，不愧是开中的大功臣。章金罗从开中的学生到出色的教师，又成为任职时间最长的校长，领导学校进入新世纪，跨上新台阶，立下了汗马功劳。开中的当家人对师生倾注着真情厚爱。尤其在特殊年代，对所谓有政治问题的老师，给予充分的尊重和信任，让他们感受着人的尊严，以饱满的热情全身心地投入工作。艰苦时期，学校把家贫离校拾破烂的农家子弟，找回学校读书，不仅经济上照顾，还支持粮票，使其读完高中，又读完大学，成为有用之才。如此种种，实在难能可贵。

再看开中的老师。读着书稿，我叹服开中的老师在学生心目中地位的崇高，形象的亲切，以至于学生终生景仰，这可以列出一份长长的闪光的名单。其中有颇具学者风度、知识渊博、教课极受学生欢迎，并以专业专长和人品给学生以深刻影响的季涛、郑养法、潘恒俊、俞佳培；有事业心强，教学水平高，爱生如子的蒋克剑、童朝胜、程荷生、章金罗、耿业定、杭盛才、孙前来、万长水、周勇、吴国瑞、卢贤能……；有创造性地做好共青团工作，受到省级表彰的赵同峰。这里着重说一说数学教师张复常。他是无为中学的"老三届"，高中毕业务农十六年，后被聘为开中数学代课教师，教学十分出色，但是课余还要回家打柴、做田，维持清苦的生活。他对学生尽心至极。一次患有胃病的他，严冬之夜为一个上门求教的学生补课两个小时。学生满意了，他却冻僵了四肢。他上课胃病发作，身子抵着讲台止痛，面色苍白，汗流满面，仍坚持教学，学生感动得流泪。1995年，张复常荣获了全县"十佳教师"称号。著名教育家夸美纽斯说"教师是太阳底下最光辉的职业"，开城中学的教师群体，正是在灿烂的阳光下，显示出对职业无限忠诚的光辉，何其感人和崇高。

再看开中的学生。就我所亲历，新中国成立之初，由于旧中国的贫穷与无能，教育园地一片荒芜。说到中学，全县只有城内一所规模不大的无为中学。广大农村，除了几所小学和零星的私塾外，根本无中学可言。人民政府在经济状况稍有好转后，1959年做出重要决策，着手发展农村中学教育。于是开城初级中学应运而生，当年招生三百六十人。农村的孩子也能上中学了。诱人的书香，散发在千年古镇的大地上。一位农民家长肩挑着几十斤米和腌菜罐送儿子上学。他叮嘱儿子："你是我们家祖辈以来第一个中学生，一定要好好读书。"尽管学校以后遭遇艰难曲折，却并没有阻断万千农家子弟跨进开城中学大门，迈步在求知、成人、成才的光明之路。开中办学之初，农村生活本就艰苦，又赶上"三年自然灾害"艰苦的年代，孩子们在学校里，吃的粗糙，甚至于忍饥挨饿，住的也很简陋。现在看来，简直不可思议。但是他们珍惜时光，刻苦学习。社会在发展，国家在前进。以后学校不断发展壮大，业绩日益显著。在六十年的岁月里，开中培养了五千名初中毕业生，一万名高中毕业生。一万五千名毕业生，这是一个可观的数字，这是一支庞大的队伍，更是开中办学的重大成就。纵观这不平凡的历程，人们欣喜地看到，开中培养的学生，一批又一批走向社会，创造着美好的人生。首先必须指出的是，他们当中绝大部分回归了广阔的田野，或是做了有文化的新型农民，或是成了农村需要的各种专业人才，或是担任了村镇基层干部，成为建设社会主义新农村的生力军、主力军。他们和父老乡亲一道，用学到的本领，拼搏出今天开城镇的崭新面貌和人民群众顺心的生活，为古老的乡愁，续写出欢乐祥和的新篇章。另一方面，走出开城，志在四方的开中学子，也都胸怀母校的培育之恩，奋力展现才华，追逐美好愿景，甚至取得不凡的成就。

书稿中，随处可以看到开中学子们骄人的事迹、业绩，令人欣喜不已。这里只能挂一漏万地列举其中若干：扎根家乡、田塍创业的村支部书记周建刚、吴克平，牢记使命、主政开城乡镇的公务员万长田、王本壮，中国人民解放军少将丁福建，中国科学技术大学教授丁以信，新华社高级记者孔祥迎，著名书法家周鉴明，中医学专家丁绍余，国家航天工程专家曹永善，美术史学专家、博导童永生，钱钟书研究者、作家钱之俊，爱洒故园情系同窗的企业家班风顺、伍开米等。在开中六十年戛然而止的校史中，他们理所当然就是为国效力、为家乡为母校增光的杰出代表，甚至是唯一。

"天地有正气，杂然赋流形。"书稿中涉及开中校史的篇章，紧扣史实，语意严谨，脉络明晰，既如满含酸甜苦辣的絮语，又似彰显岁月光华的赞歌。其中的体认感慨和精神情怀，深中肯綮，令人感动。这一部分，充分涵盖了堂堂开中六十年不凡的奋进与功业，理所当然是全书的基调和主干。

读完《开城中学六十年》，掩卷深思，应当从中得到怎样的启迪？换言之，曾经工作、学习在开城中学的开中人，有哪些值得赞颂和传扬的可贵之处？我以为，起码有这么几点：一是他们有着浓重的家国情怀，心系故土和国家，初心在胸，目标在前，以诚实和奉献书写了出彩的人生。二是他们对待学业、职业和事业或埋头苦干，或开拓创新，总是锲而不舍，不辞艰辛，执着向前。三是他们十分珍惜、尽力维系纯真的爱校之情、师生之情和同窗之情，书稿中可歌可泣的故事，何止三五。这三者凝聚一起，应该就是非常宝贵的"开中精神"。"假如"多被不屑，但作为一种逆向思维，"假如"更能让人领悟什么是分量和价值。假如没有《开城中学六十年》的史册，"开中精神"将会渐渐蒙尘失色，直至被彻底遗忘，那是多么可惜、多么痛心的损失！首届初中毕业生童达有写道："在得知开中被撤销以后，'我挥泪喊一声：别了，我亲爱的母校！'真个是让人揪心的痛啊！"但是《开城中学六十年》定会给他以莫大的慰藉，当然也是对所有开中人心愿的最大满足。而且借此，"开中精神"将会代代传承，发扬光大。

诗人舒婷曾写道："一切的现在都孕育着未来，未来的一切都生长于它的昨天。"此说颇有见地。我想，开中人这个群体，完全凭众人自觉奉献的人力、财力，编纂这样一部很有分量的史籍，实在有必要从过去、现在、未来多方面充分估量它的意义和价值。以个人浅见，谨做这样的理解：

《开城中学六十年》，是都督山下悠远并独有特色的文化传承和社会主义大文化建设的一个重要成果，彰显着不能小觑的地域文化自信的正能量和深远的社会影响。开中和开中精神，是开城人永远的骄傲。

《开城中学六十年》，是永安河畔教育园地一座丰碑。它一定会让人们认识到，曾经的开城中学，依然是后人提升办学水平，办人民满意学校的高大、鲜亮的标杆。开中六十年的宝贵经验和成果，必将得到发扬光大。

《开城中学六十年》，是开中人领全市（抑或全省）之先，首编此书，从中可以看到一段漫长的时期内，众多农村中学创立、发展到消失的历程，填补了全市乃至全省农村中学史志建设的一项空白，贡献可嘉。开中人这种对历史的尊重和负责精神，值得仰视，当与这部史籍并存。

囿于认知和水平，却又按捺不住心头的感动和钦仰，特拟联一副，以表示对开中和开中人由衷的敬意：

开城名校育才为民六十春秋功业长耀史册
中学课堂读书报国万五学子勋劳永励后人

遵恒俊同志嘱，谨作此文，忝为《开城中学六十年》序。

2021.1.1

乡愁原是刻骨的爱

《乡愁》，四十年前读到台湾著名诗人余光中的这首小诗，心灵为之一震。现在再读，不由得掩卷沉思，这乡愁的"愁"后面，究竟是什么？

诗人说，他的乡愁，是一张"小小的邮票""窄窄的船票"，是一方"矮矮的坟墓"和一弯"浅浅的海峡"。在那个特定的时代，因为"这头"与"那头"的阻隔，邮不通，船不通，不能拜谒母亲的坟墓，更不能跨越浅浅的海峡。所以邮票，船票、坟墓和海峡，越发使人愁。这是离乡之愁，更是心系故乡必欲归之的归乡之愁。但这愁的内核呢？应该是深沉而浓烈的爱，是诗人对母亲，对自己当年的新娘，对大陆故乡刻骨铭心的爱。那时那地，诗人和如诗人一样的千千万万人，因为爱之不及，当然就愁之更深。这深愁中之大爱，感人肺腑，催人泪下。

这世上，有人没有钱财，但没有人没有故乡。人们都像爱母亲一样深爱着故乡。在乡的，即使是一株老槐树，也足以让他感到温暖和亲情。离乡的，即使是床前淡淡的月光，也会使他思念着故乡。漂泊四方的，只要有可能，会迫不及待地往家赶，直至"醉倒在家门口"。更多的人把深爱的故乡融进了血液，嵌进了心怀，铭记一辈子，传承一代代。哪怕是黄土高坡，哪怕是弯弯的小河，抑或是矮矮的小屋和高高的谷堆，抑或是妈妈的小背篓和她那甜蜜的吻。故乡的一切，在生长于斯的人们心中，都是重逾千斤。故乡再穷也不可舍弃，正如母亲再丑，也是自己的母亲。所以历来有说：儿不嫌母丑，狗不嫌家贫，金家银家比不上自己的穷家。

故土难离，但总有人要离开故乡。也许是因灾难所迫，也许是为生计所逼。不管是谁，一旦离开家乡，随着时日的流逝，乡愁会与日俱增，爱乡之情会日见其深，返乡探看的愿望更会日益浓烈。杜甫因避安史之乱，携家带口从中原逃到离家千里的四川。家山北望，为时八载，乡愁何其沉重。当听到叛乱平息，官军收复了河南和河北，他高兴万分，"白日放歌须纵酒"，"漫卷诗书喜欲狂"，赶忙收拾行囊，乘着轻舟一日千里，"即从巴峡穿巫峡，直下襄阳向洛阳"，乡愁变成了奔向故乡的狂欢。

明朝末年的1628年，蒙古高原的蒙古族土尔扈特部落，为了寻求新的生存环境，背井离乡，长途跋涉，西迁到伏尔加河下游、黑海之滨的无主荒原。他们白手起家，艰苦奋斗，创建家园，建立起土尔扈特汗国。这期间，沙皇俄国伸出了魔爪，对土尔扈特人百般掠夺和奴役。疯狂霸占他们的国土，沙皇统治者甚至还要消灭他们信仰的藏传佛教，以图彻底摧毁土尔扈特人的精神家园。

沙皇的迫害，激起土尔扈特人无尽的乡愁。他们想念蒙古高原，想念那里的阳光和自由呼吸的空气。他们决心逃出沙皇魔掌，返回故乡。一天，在首领渥巴锡的带领下，土尔扈特人庄严宣誓，决不做沙皇俄国的奴隶，一定要返回祖国，在太阳升起的地方创造新的生活。十七万土尔扈特人告别了生活近一个半世纪的地方，义无反顾地踏上东归的征途。

他们冲破沙皇军队的围追堵截，战胜严寒病饿，以巨大的牺牲为代价，历时半年，行程万里，终于在1771年7月，回到了"太阳升起的地方"，大清帝国治下的蒙古高原。祖国以博大温暖的胸怀接纳了英勇的八万多土尔扈特儿女，和为东归捐躯的八万多个英灵。乾隆皇帝深受感动，亲自撰写了《土尔扈特全部归顺记》和《优恤土尔扈特部众记》，用满、汉、蒙、藏四种文字勒石永志，使这种爱乡爱国的伟大精神，永远传扬。乾隆接见了渥巴锡，指令划定水草丰美之地，并支持牲畜和各种物品，让他们安居乐业。全国人民也对土尔扈特人的东归壮举非常钦佩，捐赠了大量物品，显示了中华民族大家庭中，各族兄弟姐妹之间的骨肉情怀。

土尔扈特人感天地、泣鬼神东归的伟大行动，昭告世界，中华民族不畏强暴，反抗压迫，酷爱和平自由的光荣传统，永远辉耀青史。

故乡是神圣不可侵犯的。一旦失去了故乡，那就是人们心中莫大的乡愁。八十多年前，日寇侵占我东北三省，哀愁压得逃难进关的千千万万同胞多么痛楚，对家乡又是多么的牵挂。因为"那里有森林煤矿，还有那漫山遍野的大豆高粱"，那里更有"衰老的爹娘"。他们期盼着，呼唤着，"什么时候，才能够回到我那可爱的家乡"！面对万恶的日寇，怎么办？只有一条路："大刀向鬼子们的头上砍去！"经过全中国人民十数年浴血奋战，日寇无条件投降了，背井离乡的人们终于回到了自己的故乡。切肤之痛的乡愁，得以用血泪的拼杀慢慢抚平。

当今，兴时的说法是"好儿女志在四方"。为了一个大家——国家或者千千万万个小家的安宁和幸福，必然有很多人要奔赴异乡外地去学习、工作、战斗、奉献……但是不管离开故乡多远，时间多长，故乡和亲人都是他们抹不去的思念和发自内心的爱。他们同样心存返回故乡重温乡情，享受亲情的渴望，但也同样很容易得到满足。中华传统大节春节到了，一时间，众多的飞机、高铁、大小车船，等等，都因他们返乡的激动和欢乐而启动、飞驰。那千万辆摩托车洪流，也顶风冒雪，翻山越岭，日夜兼程。中华大地上，亿万返乡大军，波澜壮阔，归心似箭，不可阻挡。撼天动地啊！实在是地球，乃至宇宙的壮观、奇观。这里，"乡愁"不再，"离乡"和"返乡"已成为追求幸福生活的创业之歌。

说乡愁，道乡愁，最令人伤感哀怨，眼中含泪，心头滴血的乡愁，是那种经年累月，客居异地，魂牵梦萦归故里，却又遭受人为阻隔，不能落叶归根的人心中的悲愤之愁。于右任，现代大书法、国民党元老、敢于蔑视蒋介石不仁之治的八旬老人，有生之年，一直渴望回到大陆，回到故乡陕西省三原县，拜望先祖，探看亲族故人，亲吻黄土地，吸口西北风，一解数十年离乡愁绪，一抒久藏心中的爱乡情愫。但是最后，他只能带着无法弥补的遗恨老死台湾。即便如此，老人仍心有不甘，在逝世前两年，写下了《望大陆》（又名《国殇》）的爱国诗篇："葬我于高山之上兮，望我大陆；大陆不见兮，只有痛哭！葬我于高山之上兮，望我故乡；故乡不见兮，永不能忘！天苍苍，野茫茫，山之上，国有殇！"区区五十四个字的一首小诗，是老人撕心裂肺的呼喊，呼喊出无尽的血和泪，呼喊出满腔的情和爱。老人心系家国的乡愁是多么催人泪下！

乡愁，离乡是愁，在乡是爱。人们对故乡的这种愁与爱，何以如此的深广与厚重？因为故乡有祖祖辈辈骨肉亲情的血脉之源；有历史长河中发源、传承于斯的道德、精神、风情习俗的文化之根；有一代代前人为后人用心血打拼、创造的值得依靠和信赖的家园。这就决定了：每个人的故乡，都是每个人心中的唯一。

唱乡愁，爱故乡，故乡是神圣的，故乡永远是人们灵魂深处的珍爱。

2016.4.14

欺邻害友说"杜鹃"

　　警惕杜鹃？此话怎讲？那是1937年1月，文学前辈郭沫若先生写了一篇散文《杜鹃》。文章很短，含意却非常深刻。老先生在这篇短文中，一是指出杜鹃这鸟儿的所谓性格柔美，极富人情味，那全是假的。二是说杜鹃非但不美，还专横残忍。三是告诫人们要警惕杜鹃，千万不要被如杜鹃一样的人所欺骗所伤害。

　　历来文学家笔下杜鹃的地位之优越，是其他很多鸟儿都难以相比的。它被描述为"薄命佳人""忧国志士"的化身。它又是可怜、哀婉、纯洁、至诚的爱的象征。而且得到了广泛的认同。事实却正好相反。郭老说："杜鹃是一种灰黑色的鸟，毛羽并不美，而它的性质尤其专横而残忍。"请注意，杜鹃"尤其专横而残忍"！在这罪名的后面，郭老又列出了铁证。原来，杜鹃很懒，从不自己做窝，它下了蛋不去孵，更不哺育雏鸟。每到繁殖季节，杜鹃都将卵产于莺的巢中，让莺连同自己的卵一起孵化。鹃雏出生后，硬是把莺雏挤出巢外，任其冻饿而死。当然令人不可思议又非常痛心的是，莺妈妈并未识破杜鹃的骗局，仍然是呆呆地哺育雏鹃长大。一代如此，代代如此。杜鹃的奸猾和歹毒世间几无他物可比。

　　但"几无他物可比"却非"绝无他物可比"。他是谁？日本！

　　日本，这个与我们一衣带水的邻邦，有着大和民族的好听的名字，有着太阳旗耀眼的标志，更有着特别精明的脑袋。但是，这个民族中，总有那么一帮所谓的精英，利令智昏，贪得无厌，欺邻害友，狡诈凶残，而且世代相因。

　　日本在4世纪建立了统一国家。千百年来，他们玩弄两手，与邻国打交道。一手是把好话挂在嘴上，套近乎，取真经壮大自己。另一手烧杀抢掠，把别国财富资源吞为己有。我们中国实在是饱受其害。

　　当初的日本是在我们中华民族的哺育下，才得以生存与发展的。日本从古代起就同中国有频繁的文化交流，七八世纪为最盛。那时，在我们大唐王朝的长安和其他繁华城市，都有前来学习取经的日本人的足迹，他们吸取了我国的农业技术、建筑技艺、文学以及佛教等。唐朝天宝元年，高僧鉴真应邀东渡日本，此后多次往返中日之间，把中国的建筑、雕塑、医药带到了日本。也就在那个时候，日本学习借鉴了中国的汉字，加上他们自创的假名，才有了属于他们自己的文字。我想，日本人在吸取中国营养的时候，肯定如徒有虚名的杜鹃一样，可怜、哀婉、纯洁、至诚，"海依海依"不离口，卑躬屈膝得惹人怜爱。但这些都不出自他们的本心。

他们的本心是想，中国的物产应该让他们享受，中国的老百姓应该成为他们的奴隶，中国的国土应该变成他们的家园。他们就盼着像杜鹃那样，侵占莺巢，让莺当奴隶，让莺的儿子儿孙摔死、冻死、饿死。中国人一旦真的有莺的遭遇，日本人当然是拍屁股快活了。日本人就这么想的，而且不止一代人这么想。

历史早就摆在那里，一清二楚。《汉书》早有所言"乐浪海中有倭人"。到了明朝，倭人的后代，倭寇，也就是日本海商与海盗集团，受日本封建主和寺院大地主的支持，在我海岸建立巢穴，劫掠我沿海人民，使我国从山东到浙闽直到广东沿海不得安宁。不过这些海盗，最终被我们戚继光为首的抗倭军民杀灭了。

1868年明治维新以后，日本成为军事封建帝国主义国家，侵略本性随之日益暴露。从那时起直到1945年8月15日，这个"东侵邻"就没有让我们中国人民过过安生日子。

1894年，它发动侵略中国的甲午战争，以战胜国身份，强迫清政府签订《马关条约》，强占了我台湾和澎湖列岛。同时规定，中国政府不得逮捕为日本做事的汉奸。真如我们家乡有句俚语所言，公鸡跑到山头上——野叫。

1904年2月8日，它突然对俄宣战，取得了俄在我东北的特权。

1915年1月18日，它向袁世凯提出独占中国的"二十一条"。

1931年，它发动了九一八事变，侵占了我东北。

1937年，它发动全面侵华战争，使我中华民族蒙受了空前的巨大灾难。

像这样一个国家对另一国家无耻地、疯狂地、持续地侵略、杀伐、抢夺，在世界历史上，找不到第二例。杜鹃啊，你与小日本相比，该是多么惭愧，多么的低能！

但是历史终于由不得小日本任意涂抹了。1945年8月15日，我以承受巨大民族牺牲的极为惨痛的代价，"打败了日本狗强盗"，迫使它无条件投降。9月3日它签订了投降书。中国人民抗日战争取得了伟大胜利！

从1945年9月3日，到2015年9月3日。整整七十年过去了。我也从一个七八岁的小毛孩，变成了年近八十的老人。今天，我们庆祝抗日战争胜利七十周年，是百倍的振奋，百倍的豪情。中国已经空前强大了！世界已经大变样了。

但是我们还得居安思危。这还得讲到我们一衣带水的邻居日本。这么多年来，日本总有那么一些人对当年的"无条件投降"不服气，总对咱中国心怀叵测。到了现在的安倍先生，更是纠集一伙狂徒，以首相身份挟持民意，与我中国为敌，企图推翻二战历史，继承侵略衣钵，重温称王称霸的旧梦。他说当年对日本罪犯的审判不公正。他说什么是"侵略"到现在还没有明确的定义。他说当年日本"进驻"亚洲国家是尽国际义务。他说抱美国大腿拉拢反华小伙伴是推行"积极的和平主义"。他说村山谈话要修正，河野谈话也不能代表政府。他犹抱琵琶半遮面地给战犯亡灵送祭品，他信口雌黄地要侵占中国领土钓鱼岛，他要修改和平宪法让日本兵扬威全世界……安倍，不愧是大战犯岸信介的亲外甥。

安倍所作所为，遭到日本人民的普遍反对，也为全世界爱好和平的人们所不齿。连同样是二战战败国德国的现任总理默克尔也看不过眼，不远万里，亲自送教上门。这位明白事理的老太太向安倍传话，"总结过去是和解的前提"，"因为德国正视过去，所以能够达成和解，很幸运，（各国）接受了我们"。默老太的话，安倍听得懂否？照我看，他肯定听得懂，但是坚决不接受。这是安倍的本质决定的。

又得讲讲杜鹃。依我看安倍比杜鹃还愚蠢，因为杜鹃的狡诈残忍，莺妈妈并未识破。安倍面对的却是已经强大的中国和有着火眼金睛的中国人民。历史也是老师，以史为鉴，我们知道怎么办。撰小诗一首请安倍先生一读：

抗战历史不能忘，日魔遗孽还猖狂。
昨杀倭贼先祖志，今记国恨我辈强。
南山有草不放马，北库关门拒收枪。
警钟长鸣枕戈睡，世代瞪眼防豺狼。

若得斧正，则荣幸之至。

2015.8.3于上海

骂曹·踹蒋·哈辞·换座

　　《打鼓骂曹》，说的是《三国演义》第二十三回中，汉末文学家、性刚傲物的"文名之士"祢衡（字正平），受孔融力荐，至曹操帐下，却受冷遇，被曹操命为鼓吏，为"早晚朝贺宴享"打鼓助兴，一日在曹操大会宾客之时，击鼓骂曹操的故事。祢衡为什么要当众辱骂一代枭雄曹操呢？因为在祢衡看来，曹操野心勃勃，掌控了汉献帝，挟天子以令诸侯，妄图篡夺汉室江山，实在是忤逆民意，罪不容赦。但曹操却无自知之明，竟要祢衡为其实现阴谋效劳。祢衡当然不向叛逆俯首。曹即将其传唤至前，并命其为击鼓官，对其羞辱。祢衡是可忍孰不可忍。当即满腔怒火，脱衣裸体，举槌猛击大鼓。同时口骂曹操奸贼不止。弄得曹操颜面扫地，恨得咬牙切齿，传令将祢衡押下。曹操本要将其处死，又怕承担残害仁人志士的罪名，就将祢衡经刘表转送至黄祖手下，被黄祖杀害。但是祢衡击鼓骂曹的故事，一直被人们传扬，而且被编排成京剧传统剧目。

　　祢衡是当时的大知识分子，一位有识之士。他敢于在大庭广众之下，击鼓骂曹操，说明他心有志气，行有骨气，特殊情况下更爆发出不可遏止的怒气！这可以说是中国知识分子传统的典型的品格之一。这种品格，是因为他们渊博的学问，崇高的声望，超人的胆略和高洁自重，狂放不羁所决定的。这些民族中的高人，视强权为粪土，一旦与强权发生尖锐激烈碰撞的时候，尤其显得果敢、暴怒，而且崇高。尽管这种碰撞极有偶然性，但从古至今，绝非孤例。

　　刘文典，安徽合肥人，曾任孙中山的秘书，国学大师，民国教授。伴随他一生的，也有"狂""傲"两个字。例如他曾说："普天下真正懂庄子的只有两个半人，一个是庄子本人，一个是刘文典。中国的《庄子》学研究者加上外国所有的汉学家，唔，或许算半个。"就是这位大家，敢于当面痛斥蒋介石是"新军阀"，并且飞脚直踹老蒋的肚子。

却说1928年11月28日，在当时的安徽省省会安庆，省立第一女中校庆，前去看戏的安徽大学学生与女中校长程勉发生冲突。程诬告学生作乱并请军警镇压，引起学生风潮。蒋介石恰在这时到了安庆，见状大为恼怒，立即召安大校长刘文典严厉训话。

蒋的直接介入，刘觉得不该、不妥，因而不满。奉命见到蒋时，刘文典不仅不脱帽施礼，还昂然坐下。蒋老大不快，又见刘文典竟点燃香烟，吞云吐雾，就怒斥刘既为人师表，又是大学校长，怎么如此无礼！刘听了仍是仰面吐出烟圈，冷冷地"哼"了一声，态度极为鄙视。

老蒋来火了，高声嚷道，让刘交出闹事的共产党员名单，并要严办闹事的学生。刘文典当即顶撞："我不知道谁是共产党。"接着反斥老蒋："你是总司令，就应该带好你的兵。我是大学校长，学校的事由我来管。"又加了一句："想不到你如此专横，简直是新军阀！"蒋太受不了了，带着一肚子怒火上前打了刘文典两个耳光。刘文典当然满腔愤怒。只见他狂傲性起，当众飞起一脚，狠踹到蒋介石的肚子上，痛得老蒋捂着肚子，全身冒汗。蒋羞怒之下，淫威大发，即以"治学不严"罪名下令将刘文典关押，并宣布解散安徽大学。消息传出，安大师生群情激愤，组织"护校代表团"赴省政府请愿。最后刘文典获释并离开安庆，安徽大学继续存在，蒋的命令成了泡影。

至此，刘文典傲视强权怒踹老蒋已广为传播，颇受各界人士敬仰。他的老师章太炎闻之，提笔向刘赠联一副："养生未羡嵇中散；疾恶真推祢正平。"此联中有两个典故：其一是"嵇中散"，是说三国时魏文学家、思想家、音乐家嵇康，竹林七贤之一，官中散大夫，世称嵇中散。嵇一向崇尚老庄，尤善养生之道。其二是"祢正平"，即本文所说祢衡。太炎公意在启示人们不要羡慕嵇康养生活命之道，痛恨强权敢斗凶顽的祢衡才值得推崇。这实际上是对刘文典大加褒扬，说刘文典就是现代的祢衡。此联一直为刘氏珍藏，而刘文典那次骂蒋踹蒋的义愤之举，也与其国学大师之名同在。

大师们的智慧是无穷的。在与强权做斗争时，有的人也很注意策略，甚至是用一些让人忍俊不禁的方式来对待。当然，这得视情况而定。

在"那个大革命"中，国学大师钱钟书某日突然接到一个通知：来人说，中国科学院学部要他去参加国宴。钱先生感到非常意外，又觉十分玄乎而有所警觉。于是有了下面一番对话：

"我不去，哈！我很忙，我不去，哈！"

"这是江青同志点名要你去的！"

"哈！我不去，我很忙，我不去，哈！"

"那么，我可不可以说你身体不好，起不来？"

"不！不！不！我身体很好，你看，身体很好！哈！我很忙，我不去，哈！"

钱先生没有出门。

从当年的政治形势来看，钱钟书本来可以赴宴或可沾点"中央首长"的光，或者"中央首长"也许能让钱先生为自己装点门面，但终因钱的"哈！我很忙，我不去，哈！"给"哈"掉了，内中缘由不言自明。钱先生不顾可能遭受的政治迫害，敢于让权倾朝野，横行一时的江某人碰了一个大大的软钉子，是多大的勇气，多大的智慧和多么的崇高！

无独有偶。大数学家华罗庚有一天也遇到了一般人意想不到的好事，被邀请到人民大会堂观看革命样板戏电影。他凭票坐到了正中间六排二号位子上。这应该是最好的位子了。奇怪的是他发现左右无人，像是虚席以待什么首长的样子，感觉大事不妙。他急忙走入后几排去，与一个相熟的京剧演员换了座位。不多久，果然有一位"首长"模样的人在六排一号位子上落座。此人就是江青。

"好险！"华罗庚后来对人说，"我不知道江青是否想笼络我。但我若不避开，麻烦可就大了。"但是华罗庚一心想避开麻烦，麻烦却找到他头上。不久，他被当成资产阶级学术权威受到了批判。

钱钟书、华罗庚与祢衡、刘文典相比较，虽然都是面对手握生杀重权的豪强，态度与方式却大为迥异。祢、刘是怒火万丈，舍命一拼。钱、华则是尚未捅破正面爆发的窗户纸，碍着"礼"的面子，只能以巧治凶。他们的共同之处是心有志气，行有骨气，当怒则怒，当鄙则鄙，当然值得赞叹和敬仰。

2015.8.11 于上海

艾香幽幽

艾即艾蒿，艾草，也叫蕲艾（湖北蕲春为国中产艾名乡，故名），一种菊科多年生草本植物。在农村，房前屋后，闲地荒野，都是它们随遇而安的家园。

长成的艾，有银白的杆，一米多高，全身上下绿面白里的羽状叶子，散发着异香，站在那里，像一个厚道纯朴的大男孩，惹人喜欢。如此成片成片的艾组成的方阵，那就相当可观，而且有点气势了。

从节令上看，艾总是与端午一同到来，端午需要艾。端午日，家家户户大门旁都会插上或靠着新鲜的艾，一两根，或一小把。早先，农村人家还会从水边采来同样有异香、形如短剑的菖蒲叶，与艾分插大门两边，称之为"蒲剑艾旗"。它们与屋内正堂上悬挂的，专司斩魔吃鬼的钟馗画像一道，联手贺节，驱妖除邪，护卫家庭消灾祛病，四季平安。傍晚必用火盆、陶钵烧些干艾，捂出浓烟熏灭蚊蝇，迎接夏天。最有趣的是，大人们总会用艾叶，蘸着从药店买来的矿石粉雄黄，与烧酒拌和成"雄黄酒"，在孩子们的额头写"王"字或涂在两腮上，说是消毒防虫咬。

其实在日常生活中，艾更为人们所喜欢、所需要。因为艾确实是个宝。据说很古很古的时候，还没有出现"香"，人们敬拜祖先，无"香"可烧，就燃艾为香，达神念祖，表示虔诚，求得庇佑。古人敬艾如虎，称之为艾虎，甚至当初还把端午节也叫作"艾虎"。艾的幽香从古到今，如丝如缕，有情有义。

历史告诉我们，用艾治病，在民间已有三千多年历史。孟子他老人家说："七年之病，求三年之艾。"意思是多年难愈的顽疾，用三年以上的陈艾就可治好。如今，人们还对此深信不疑。

从小时记事起，就常见大人们采艾用艾，很多人家还习惯常年储存干艾、陈艾。日常生活中，更有人家用艾煮水，给病人或坐月子的妇女熏洗，以促进康复。

为什么艾能治病呢？以往凭经验，现在就得讲科学。现代医学研究，艾的化学成分主要是有异香的挥发油。这种油有抗菌、抗病毒、平喘、镇咳、祛疾、止血、抗血凝和镇静等诸多作用。此外，它还能促进血液循环，修复受损肌肤。特别是艾叶，内服温经止血、散寒止痛；外用祛湿止痒，多好。

如今，人们对艾的用处用法也了解得更多了。

比如，吃艾，就是用艾煮水口服，"则走三阴，逐一切寒湿"，"起沉疴之人为康泰"。点燃艾条，炙熏某些穴位，有"治百种病""保百年寿"之良效。烧煮艾水泡脚也有治病保健的作用。特别是在医生指导下，用艾分别与其他如红花、花椒等多种药材搭配煮水泡脚，可治多种疾病。医生还建议洗艾水浴。因为艾草煮水后，其精油成分可以挥发出来，进入口鼻呼吸道中，能杀灭细菌和病毒，精油成分附着在皮肤上，还可护肤爽肤。我熟悉的一位奶奶说，她读中学的孙女，突发全身皮肤瘙痒，十分难受。她根据自身经验明确决断，对孙女说："听我的，给你治好。"孙女连连点头。于是奶奶每天烧艾水一锅，让孙女先喝一碗，然后再泡澡。一个星期后，孙女痒症消失。祖孙二人都很庆幸，欢喜不迭。用艾治病，市场上有加工的艾叶、艾粉、艾膏和相应的小器械，民间还有很多秘方验方，都可酌情选用。不过若以治病为目的的艾疗，最好在向医生请教之后施行，以防偏误，确保有效。

民谚说"家有三年艾，郎中不用来"。我习惯冬季或梅雨季节洗艾水澡和用艾水泡脚，并不针对某种疾患，但总觉周身舒爽。因此，每年都会购买一些成熟的艾草，晾干、扎把、装好，以待平日之用。

艾虽区区一草菅，却惠人间千秋情。

2017.4.24

亲亲二月柳

送走立春，吃过元宵，紧接着就是"二月二龙抬头"。日子过得快，春天来得更快。尽管人们还冬装在身，落叶林木还赤膊着枝杈，众花还未登台表演，但是春天已到了我们身边，而且可见可触。

车，轻快地行驶在漂亮的巢湖滨湖大道上，无意中向窗外一望，竟吃了一惊：路边密密匝匝初露几点紫红芽尖的红叶石楠外侧，近处是"草色遥看近却无"的湖边浅滩；稍远，一长排全身鹅黄嫩绿新装的翠柳，光鲜妩媚地轻漾着身姿，神韵高雅清丽，在天地间独领风骚，煞是好看，让人悦目又激动；这美丽的新柳又与更远处茫茫湖面和湖面悠游着的渔船一起，在亮爽快乐的阳光下，构成了一幅辽阔淡雅的《新柳渔歌早春图》。不由得心中感叹：好一个二月春光浓似酒，二月新柳多风流。

亲亲二月柳。柳树美，最美二月柳。窗外状元桥湖边，零散着三三五五或一小排一小排身着春装的柳树。信步它们身旁，问候？欣赏？享受？都有。这些柳树，粗细不一，高矮参差，但都是"一树春风千万枝，嫩于金色软于丝"，新绿喜人，容颜楚楚。顺手牵起一根油润的枝条，细细地品赏着，枝条上疏密适宜互生着的许多小小的娇翠欲滴的嫩芽。每芽都是相围着二三片或三五片尖尖的细叶，成为各自独立的一小枝，极像刚出土的菜苗。它们在春风的爱抚下，绽放着稚气的笑意。有趣的是，这柳树众多的枝条上既有单纯的芽，也有芽中托出如小小桑葚般绿色花蕾。正是这些嫩芽和花蕾，为万千柳树穿上了锦缎般盛装，潇潇洒洒迎来早春季节，情传万里，一派生机。一年之计在于春。新柳轻舞，新绿如歌，是新的春天第一场好戏。

二月柳，以美醉人，以情动人，让人发自内心的喜爱，也引得文人雅士诗文如流，赞叹不已。难怪大诗人贺知章对它倾满怀之情，吟出了千古绝唱：

碧玉妆成一树高，万条垂下绿丝绦。

不知细叶谁裁出，二月春风似剪刀。

　　春天催发了二月柳，二月柳也敞开襟怀献身春天。古都长安灞陵桥边二月柳，是人们心中的温情柳。友情亲情相分袂，折柳相赠远行人，它惋惜离情伴泪流。杭州西湖二月柳，柳浪闻莺。莺歌柳浪唱新绿，美景伴歌吟。无数村镇、公园、河畔、道旁，成行、成列、成片的二月柳，更是美得壮观，美得有气势，给人们以无尽的愉悦和信心，激励人们敢为天下先，创造新的华彩。

　　二月柳是美丽的，美在它总是领时尚之先，最先融入春天，最先为春天增光添彩。但二月之后，柳树同样也很讨人喜欢。柳树的巨大家族，置身于广袤大地。它们不计较苦辣酸甜，不在乎风霜雨雪，忠于足下乡土，乐于安守岁月。在数千年蹉跎时光中，柳树为人们装点江山，美化家园，抗御灾害都是不遗余力。它奉献的柳芽茶、根枝皮叶的药疗、柳棍柳枝的物用等等，可以说全身是宝。柳树是人类亲密的朋友，是林木大家庭中宝贵的一员。正因为如此，当年隋炀帝杨广拍板开凿大运河，接受大臣建议在河边栽种柳树。后来他看到运河两岸绿荫如盖、娉婷摇曳、美艳绝伦的柳林带，心中快慰至极，爱怜之意油然而生，当即颁旨，赐柳树与己同姓"杨"。从那时起，柳树即享受皇恩殊荣，贵称为"杨柳"，而且一传至今。

　　二月柳，娇美如诗，却爱播大地，毫不吝啬；杨柳，虽拥有皇姓，却乐得委身于万众之中。它们纯朴清雅，活跃多情，永远不知疲倦地舞动着，是天地间百看不厌的画卷。

2017.4.1

春湖水冷鸭自游

春风里，阳光下，水波中，十来只身披洁白羽毛的鸭子，轻松自得、旁若无人地游游荡荡。这世上，它们除了快活还是快活，无忧无虑。

窗外的状元湖，春寒料峭中的容颜身姿，我看着就打着寒噤，尽管我冬装依然。但是，不知谁家养的这些鸭们，却如孩子般嬉戏水上。古人说，春江水暖鸭先知，也许是连蒙带猜。倒是春湖水冷鸭何惧，才是实景实情。

我们这古老的县城，城市化的热浪，洗刷了许多的曾经。旧城新郊，家养鸡鹅鸭几乎绝迹。在这个稠密人口环居的湖面，竟出现了久违的鸭群，新鲜又有趣。我多么乐意送上一份愉悦，伴它们漫游清波之上。

这些鸭，广阔湖面任驰骋，但是它们不，它们很少直穿湖心。这些机灵的小家伙，多是沿着湖边游逛。波动它也动，浪行它也行。湖边水浅，它们游一截，少不了伸颈水下呶一番，或撒嘴向岸边枯草荒枝的脚下嗝一阵。这是它们顺路打尖或就餐，遇鱼吃鱼，遇虾吃虾，遇饭吃饭，遇粥吃粥，潇洒。它们从不带着吃喝上路，那烦。过去农村有云，家有陈稻一仓，不养扁嘴一双。养鸭本钱大。不过临水而居的人家爱养鸭，鸭爱在水中觅食，主人每天给它一顿晚餐就行。鸭吃了晚餐，夜里好下蛋。眼下这些鸭的主人，就很会算计。

越快活越要找快活。湖面上风大了，鸭们讨厌大风，爱寻背风的湖湾，小住一会儿。先是扎猛子，再是扑扑水，有的还立起全身，引颈向上，扇动羽扇般雪白的翅膀，跳一曲水上芭蕾。鸡们有时互啄，鹅们有时互嘞，但鸭们在一起却是称兄道弟，和和气气，它们的小日子过得惬意。

这些鸭友们，生活还很有节奏，很会保养。每每中午，阳光暖洋洋的直洒下来，它们就登上湖中小岛，在菜地边角处的空地上，一个个伏下身子，把头顺向脊背埋进双翅之中，闭上眼静静地午休。要不是距离太远，或许还能听到它们轻微的呼噜声。这时，世界不去惊扰它们，它们也许忘记了世界。

如人类一样，爱午睡的，时间有长短。鸭也是，有的先醒了，挺直身，张开翅膀，爽爽快快地扇着，同时伸长老颈，张开大扁嘴，旁若无人地嘎嘎嘎嘎高唱起来。一瞬间，它的伙伴也都醒子，也都以同样身姿，开怀高唱，此起彼伏，虽板眼单调，却嘹亮而欢快。

瞬间的休息，让鸭们积蓄了新的精神和力量，更加兴奋，更加活跃。它们相邀着，继续着水波上的游乐，继续着生活中的寻觅。

春光下的状元湖，因为有了这些纯洁、灿然又欢快的白色小精灵，灵气悠悠，闲情悠悠。

2016.1.13

伟大，在微小中辉映

微小，有时也辉映着伟大。

广阔无边的大草原，被铺天盖地的大雪覆盖着。一位身强力壮的中年牧民，正在他的蒙古包里里外外忙个不停。他非常高兴，家里很多母羊下了崽。大羊和小羊，都咩咩咩地欢叫个不停，好一番兴旺景象。

这位牧民凭经验，发现一只有着大熊猫黑眼圈的可爱的羊崽，喜欢乱跑乱走，好像对眼前的新世界很好奇，要多看看，找点乐趣，并不乐意与母亲在一起。那位母亲呢？粗心，也玩心重，只爱自己溜达。儿子跟不跟它在一起，找不找它要奶吃，都无所谓。

渐渐地，中年牧民发现熊猫眼小羊不大好动了，不时还要躺一会儿。他意识到这小羊肚子饿了，力气也小了。他几次把那羊妈妈拉到小羊面前，把小羊放到羊妈妈肚子下边，想让小羊吃奶。可这母子俩是糊涂蛋，妈妈放手就走开，小羊也是脱手就溜到一边。眼看小羊真的要挨饿了。

怎么办？中年牧民很焦急。猛然间他似有所悟，赶忙开着自家货车，向远方急驶而去。大约二十分钟后，牧民把车停在另一个蒙古包前，接着下车快步走进去。不一会儿，牧民又高兴又小心地搀着一位扎着白色头巾，身穿蓝花长棉袍的老奶奶走出来，扶她坐进车里。然后，货车又急速地回到了中年牧民的家。

蓝花袍奶奶坐在小板凳上，双手接过中年牧民抱来的熊猫眼羊崽。老人满脸笑容，双手轻轻举起小羊崽，乐滋滋地端详着，就像在欣赏自己幼小的孙儿，接着又亲吻羊崽一下。随后老人轻轻地摇了摇小羊，好像在逗着小家伙，让它开心。小羊崽很享受奶奶的爱抚，一点不乱动。不一会儿，老人开始哼出轻柔的小曲，同时一只手呵护着，让小羊睡在怀里，另一只手的食指在羊崽的小嘴里面上上下下轻轻揉动。小羊似乎很舒服，张着小嘴任奶奶的指头在里面转悠，有时还伸出小舌头，舔舔奶奶的手指头。老人慢条斯理哼着小曲，那根手指头继续着该干的活儿。中年牧民找来羊崽的妈妈，给了它一把草料，羊妈妈安闲地品着美味。然后，牧民站在一旁笑眯眯地看着老人的一举一动。

接下来，就是见证奇迹的时候了。不到两分钟，奶奶双手捧起羊崽，轻轻放到地上。那小羊好像早就想好了该去做什么。它连走带跑地到了妈妈身边，探头到妈妈肚子下面，仰起小嘴有滋有味地吮吸着妈妈的乳汁。羊妈妈呢，也一动不动地在尽着母亲的责任。

这真是不可思议又令人惊喜的一刻。扎着白头巾身穿蓝花袍的老奶奶，只是举手之劳，转瞬之间就创造了意想不到的奇迹。试想，这位可敬的老人，一生为多少小羊崽健康成长奉献了爱心，给多少牧民家庭带来了欢乐啊！蓝花袍奶奶，您真是草原上一位伟大的羊奶奶。

我从电视节目中看到了这平凡又精彩的一幕，我很感动。

2016.1.10

思绪随着雪花飞

　　齐天大圣翻着跟头，从凌霄宝殿旁的马厩驭风踏云，火急急赶来凡界，要大显神威统领华夏猴年的季节。它一不留神，搞得动作太大了，竟搅动天庭，带来了洋洋洒洒一场大雪。真是"隔牖风惊竹，开门雪满山"。好一个银装素裹的世界。

　　看着满天飞舞，又无声无息落下的白雪，缕缕思绪也随之飘逸。忽然想起一个笑话。不知是何朝代，时值三九，猛的来了一场"燕山雪花大如席"的雪灾。急匆匆赶路的秀才、芝麻官、财主、叫花子，四人先后来到一家屋檐下躲雪。面对纷纷扬扬的大雪，秀才忽发诗兴："大雪纷纷坠地。"芝麻官不示弱："都是皇家瑞气。"财主挺挺大肚子："下他三年何妨！"冻得上牙砸下牙的叫花子惊炸了，指着三人吼道："放你妈的狗屁！"

　　对于雪，人们各有所思也很正常。羊去猴来的这场雪，对我们江淮地区来说确实是正好。它不像美利坚的"怪兽雪"，也不像我们北国的"霸王雪"，而是潇潇洒洒，平平和和，适可而止。这是江淮人的运气。

　　又想起了20世纪50年代初，那时我们无为的冬天比现在冷多了。一个冬天肯定要下两三场大雪，大街上往往全部被雪盖得严严实实。一些小巷子则是被雪堵死，寸步难行。气温总在零下10摄氏度以下，屋檐下比擀面杖还粗的冰冻瘤子长长短短，随处可见。小朋友们堆雪人、打雪仗，冻成了红萝卜一样的小手，抓着冰冻瘤大口嚼着咽下肚，肚子冰凉得一惊又张着嘴哈哈大笑，真是玩得欢天喜地。绣溪公园水面结上厚厚的冰，大人小孩嘻嘻哈哈在上面走、跑、跳、滚，不亦乐乎。这番雪中取乐的情景，可惜已离我们而去，也许永远不再回来了，因为地球渐渐变暖了。

　　人们对雪是有感情的，就像一首歌中所唱，雪是"春天派出的使节"，"滋润着返春的麦苗、迎春的花叶"。雪给人以美，给人以情，给人们新生活的丰盈。

《红楼梦》里有雪天"琉璃世界白雪红梅"的精彩描述。大观园中十数位才女，面对美丽如银的雪景，一口气串起四十多联（首）吟雪诗，可谓是对雪的赞美到了极致。这也是古典文学作品中绝无仅有。当然，她们是为了舒畅胸怀，也为了显示才华。不过其中确有大实话，如香菱、探春们赞扬雪"有意荣枯草，无心饰菱苗。价高村酿熟，年稔府梁饶"，着实说出了雪的功劳。古今同理。

假若是大雪、暴雪、狂雪真正成了灾，人就要遭罪。就如那个叫花子，大雪果真断送了他的生路，多么令人扼腕。难怪他大骂不讲良心的秀才、芝麻官，尤其是那个肥财主。不过这是笑话中言。我们今天如遇雪灾，肯定会周到、有力、有效地应对，同时会唱响另一个侧面的关于雪的颂歌。

洁白晶莹的雪，我们和大地一起欢迎您。雪染枝头，百花齐放。雪亲大地，万物丰饶。瑞雪兆丰年，瑞雪乐猴年。

2016.1.24

曾经的恶疾与头脸眼

一个简单的事实：走出家门，总会遇到各种各样的人。人们的共同特点，都顶着父母给的头、脸和"心灵的窗户"眼睛。它们虽有或亮丽，或一般的差异，但都是与生俱来的自然状态。对每个人来说，头脸和眼睛又是十分重要的"面子工程"，因而显得"神圣不可侵犯"。

可是在早已远去的那个国弱民穷的年代，人们的头脸眼却常受侵扰乃至破坏，甚至变得面目全非。记忆中，确有三种恶疾，曾让头脸眼大受其害。

恶疾之一是头癣。头癣是生在头皮上的癣疮。头发之中，藏污纳垢，癣疮滋生了，丛丛块块，奇痒难熬。挠抓之后，毒液血水洇开，腥臭难闻，癣疮趁势扩大地盘，直至占领整个脑袋。笑话说，"不是耳朵挡之，秃到肩膀子"。面对此疾，农村人只知用菜油拌和香灰搽抹，城里人会买些药膏涂敷。也有凭着"秃十八，癞十九"的老经验，说人长大了会不治而愈。好不容易等到癣疮痊愈结痂脱落，那惨然的脑袋则乌发尽失，变成土红色大疤连小疤的"破皮球"，被称之为"秃子"或"秃头"。

恶疾之二是天花。天花是一种病毒引起的烈性传染病，一经接触和飞沫传染，就会发热、头痛、呕吐，全身酸痛难忍。接着浑身上下暴发许多豆状脓疱（称为"过痘子"）。全家则陷入极度紧张与慌恐之中。迷信说这是仙姑下凡作法，而仙姑娘娘绝对得罪不得。家里需关门闭户，磕头祭祖，而且吃喝要断油去荤，行止要谨慎，严禁笑闹。家庭主妇还得去庙堂烧香拜佛，求回一张写有神仙咒语的小纸条（叫"仙单"），烧成灰，和水给患者口服。患者经过一二十天的磨难之后，就会浑身结痂。脱痂后全身尤其是脸面上，原本油光平整的皮肤，到处是吓人的大大小小疙疙瘩瘩的肉坑——痘疤。人们看脸说话，称其为"麻子"或"麻脸"。

恶疾之三是土灶闷烟制造的糜烂眼。前两种恶疾，是农村多，城市少。

糜烂眼则全发生在农村。那时农村，除了少数富户住房高大宽敞、通风以外，百分之九十以上的农家都住着矮小黑暗的土房草屋。这种简陋的房屋，一到烧火做饭，那没有烟囱的泥土灶门，就向屋内猛灌浓烟，熏得人呼吸不畅，咳嗽不止。坐在灶门口烧火的人——绝大多数是女孩，则首当其冲。她们往往被浓烟熏得一把鼻涕一把泪。怎么办？不管干净不干净，只好手背揉，胳膊擦，撩起衣角使劲揩。日子一久，明亮玲珑的眼睛，变得眼睑糜烂，角膜红肿，眼珠发浑，视力下降，看人看物要偏着头，撇着嘴，乜斜着眼睛，才能看出个头绪，久而久之，就患上了糜烂眼，受害一生。

三个恶疾对头、脸、眼的严重伤害，全因那个贫穷、愚昧和无医无药的旧社会所致。尽管这些伤害无妨举止劳作，也极少危及生命，但却真真切切让无数天真活泼的孩童、风华正茂的青少年，尤其是如花似玉的女孩们，时刻被痛苦缠绕，生命的质量大打折扣，永远失去内心的自信与阳光，与尴尬的面貌、凄惶的心态相伴一生。

"明船纸烛照天烧。"如今，秃子、麻子、糜烂眼早已尘封于历史，对现今的人们尤其是少男少女来说，应该是很值得庆幸的，但又不仅仅是庆幸。

2017.9.12

无由不在情怀中

红，是一种极为寻常的颜色，但是在华夏家园，它却有着十分尊贵的身份——中国红。

红，来自自然，在社会生活中，红，却独有自己的属性。研究者认为，红色有着积极的、活跃的和奋斗的内涵，有着高度的庄严肃穆和燃烧着的激情，有着存在于自身的一种结实的力量。中国红，表明聪明智慧的中国人，对红色的认知和理解、尊崇和宣扬达到了极致。

中国红，从历史走来，一直是华夏民族向往繁盛和幸福的不变的精神寄托。即以不远千年的五代为例，老祖宗为欢庆新春，首创了"新年纳余庆，佳节号长春"的大红春联。此后每逢春节，中华大地千家万户，必然虔诚而隆重地张贴红艳灿烂的春联。那悦目的色彩，吉祥的联语，让人间充满喜庆和笑颜。大红春联，这中华文化耀眼的艺术珍品，早已成为一个伟大民族艰苦奋斗、自信乐观、向往美好的红色宣言；成为一代又一代中国人心中悠远厚重的红色意识流，走进每一个万象更新的春天。今天，中国红早已蕴含着灿烂的中华文化，走出国门，为世界人民所欢迎和喜爱。

中国红，总是与百姓岁月真诚相伴，社会生活的方方面面更是不可或缺，有时甚至成为重要角色。曾经的世世代代老规矩，谁家闺女出嫁了，大红的衣裙装扮着俏丽，大红的盖头掩藏着春情，大红的花轿轻荡着美满和兴旺。到了现代，有情人终成眷属。那九十九朵鲜红欲滴的玫瑰，就成了相爱的人，倾心的表白。还有那让人眼花缭乱的喜庆装饰和红灯、喜字、窗花、红包、花炮，等等，红得多么火热尽兴、激动人心。红，因其赤诚、奔放、热烈、多情，从来都是婚姻殿堂神采飞扬的主唱。至于中国红在各种场合的靓丽身影，就不胜枚举了。

我们中国人讲中国红，必然要想到鲜艳的五星红旗。与普通的红色不同，五星红旗以世间最美丽、庄严的红色，宣示着独有的深刻含义。请看矗立天安门广场的人民英雄纪念碑背面，毛主席亲撰周总理亲书的碑文：

三年以来，在人民解放战争和人民革命中牺牲的人民英雄们永垂不朽！
三十年以来，在人民解放战争和人民革命中牺牲的人民英雄们永垂不朽！
由此上溯到一千八百四十年，从那时起，为了反对内外敌人，争取民族独立和人民自由幸福，在历次斗争中牺牲的人民英雄们永垂不朽！

这字字千钧的碑文，从高度概括的中国人民百年革命史，尤其是中国共产党领导的新民主主义革命史的经典表述中，精辟地揭示了是无数革命烈士的鲜血染红了五星红旗。由此，应该联想到，中华先人起步洪荒开拓耕耘这片大地付出的心血，万里长城建设者献出的血肉之躯，开创古丝绸之路的先辈留下的骸骨，郑和率众七下西洋沉入万顷波涛的生命，随戚继光荡涤倭寇靖我海疆为国捐躯的戚家军将士……五星红旗上，也有他们的热血光华。更应该联想到新中国成立七十年来，在抗美援朝和对外自卫作战中，在社会主义建设和改革开放时期，万千优秀中华儿女献出的宝贵生命，五星红旗上同样有着他们血染的风采。

五星红旗是我们伟大祖国的象征。五星红旗无处不在。珠穆朗玛峰上有她的壮丽，浩瀚的宇宙有她的娇艳，奥运会上有她的辉煌。及至在世界各地，五星红旗播撒了多少阳光、友爱和昂然正气。五星红旗，飘扬在广阔无垠的碧空，也飘扬在十四亿中国人的心中。到天安门广场瞻仰一次庄严的升旗仪式，是多少人的心愿，为的是向五星红旗送上深情的问候和无限的敬意，为的是感受祖国的富强和伟大，为的是汲取不断创造新生活的动力。"五星红旗，你是我的骄傲。五星红旗，我为你自豪……你的名字比我生命更重要。"这是中华五十六个民族的共同信念。五星红旗，是中国红最高贵、最典型、最神圣的代表。

中国红内含着奋斗和牺牲，内含着胜利和喜悦，更内含着厚重的历史和丰美的未来。中国红，与华夏家园命运相连，与亿万人民爱心紧扣。酷爱中国红，崇敬中国红，为中国红增色增辉，是华夏民族情怀中永远唱响的亲切、快意和自豪的心曲。

2019.12.10

听来的故事

几个八十来岁的老同学，本打算相约回母校看看。我按约到了集合地点。正待前往母校。一帮先到学校的打来电话，说市负责人来校调研，校长正忙，没空接待我们这些闲佬。于是大家就地小聚。

老同学到一起当然话多，但讲的总是熟知的，有趣的话题，老师啊，同学啊，三句不离老本行。聊到那个特殊年代，有位同学讲了一个故事。

某校当时有位教导主任，姓卢。这位卢主任满头银发，学者风度，很有水平，学生都很尊重他。

卢主任有个女儿小卢，长得非常漂亮，当时正在学校读中师。读中师的学生，一般都在十六七岁，正是风华正茂，情窦初开的青春季节。这些俊男靓女之间擦出初恋的火花，也就不为鲜见。与小卢同班的一个班长，姑且称之为小班吧，刚入学初见小卢，就惊艳不小，小心脏猛的砰砰跳起。在以后的日子里，经过朝夕相处的班级生活，他们熟悉了，了解了，小班对小卢渐生爱意。小班相貌堂堂，脑子灵，点子多，又有班长身份的优势，他不仅敢于向美女示爱，而且真的俘获了美女的芳心。

进入爱情进行时，那势必要往前走了。小班鼓动再三，小卢思量再三。一天，小卢见父亲在家，未忙什么事情，心情也不错，鼓起勇气向父亲讲了小班对自己的追求。女儿是父亲的掌上明珠，父亲当然想把女儿培养成才。他希望女儿抓紧时间，集中精力好好学习，毕业后能出色地工作，到那时再谈婚姻也不迟，于是很关切地说了一句："你还小，现在不能谈朋友，读书要紧。"父亲话语简单，女儿却知道分量很重。

小卢很单纯，把父亲的话对小班说了。小班心里一咯噔，有点着慌。但很快，他若无其事地点点头："知道了，再说吧。"

小班心里一直不平静，脑子也一直在转动。他想，瞄上小卢，是自己幸运。

119

这么漂亮的美人儿，只要一松手，就可能永远丢失了，这活着还有什么滋味？偏偏那小老头从中作梗，成了绊脚石，还真是个大麻烦。小班一时没了主意。

天无绝人之路，"文化大革命"来了。小班先是不知所以，后来听听看看，广播、电视、报纸、满天飞的传单，讲的都是打倒这，打倒那，批判东，批判西，而且都有好听的称呼——"革命行动"。他懂了：斗有权的，斗历史不干净的，斗老家伙肯定不错。

学校翻腾得像一锅粥，停课闹革命了。小班搬掉绊脚石的机会也来了。他花三个晚上写了一叠揭发那个白发老头，还可能是他以后的老泰山卢主任"反革命修正主义罪行"的材料，署名是时髦的××革命造反队。小班把揭发材料送给了校"文革"领导小组，受到了表扬，被封为拥护"文革"，敢斗牛鬼蛇神的"革命小将"。不过他心里还想得到一个称呼——牛鬼蛇神卢老头的宝贝女婿。

不用多说，卢主任被打倒了。小班只用了吹灰之力，就把求爱路上的绊脚石搬开了。父亲倒了，小卢心里的天也塌了。她又惊吓又悲哀，六神无主，痛不欲生。小班就按预定的计划，及时送上劝慰和关心，还有比蜜甜的柔情。小卢感动了，感动得倒下，倒在了小班温暖的怀里。小卢不仅爱小班爱进骨子里，而且很感激这个好男人，为自己昏暗的生活撑起了一片蓝天，给了自己一个信得过的靠山。多么精彩的一出英雄救美。

卢主任理所当然地被安排去农场劳改了。卢主任死了。小班如愿娶到了卢主任的女儿，终于抱得美人归。有情人终成眷属。这是大团圆的怪胎，这是怪胎的大团圆。

事情的发展有些莫名其妙。小班就在和到手的美人同床共眠的幸福时刻，却突发一种怪病，睡倒就做噩梦，一惊一身汗，醒了就头痛，痛得脑袋发炸。奇怪的是，这种病，大医院小验方都无法治好，一拖就是几十年。现在，小班成了班老。贤惠的妻子一路悉心照顾，他却感受不到半点幸福，沉重如铅的愁云总压得他难以喘息。他活在人间，过着鬼的日子。他是人，却顶着一副鬼模样。

当年，小班很自夸自己夺美计谋天衣无缝，布下的迷局多么精巧：卢父至死不知谁把自己送过奈何桥，卢女到老不明谁下毒招让自己成了丧父的孤女。当初，小班总爱窃笑，有时睡着笑醒了。不过以后他老是被病魔折磨着，心里也老是装着一个不解的谜：多么大的一个世界，为什么没有一个神医能治好自己的病。这谜，让他一想起来就暗自流泪。

这故事令人唏嘘，它没有腿，据说还在传。

2016.3.7

师者有瑕亦可亲

老师，是崇高的，但不必是完美的。我念书不多，也谈不上什么学历。但是我很感激教过我的那些老师。这些老师的人品、水平和敬业精神，都给我留下难以忘怀的印象和深刻的影响，成为记忆箱笼中的珍藏。

端详着不同阶段的师生合影，回味着学生时代的校园生活，总念叨着当年老师对我们的好，也连带记起了一些老师有趣的特点和习惯，可称之为白璧微瑕，但瑕不掩瑜。

新中国诞生不久，我读小学五年级，宣老师做班主任，还教语文。宣老师四十来岁，中等个子，偏黑的面庞，朴实得像个农民，从部队上下来的。他教学非常认真，讲课讲得到边到拐，生怕我们听不懂。他对学生和蔼可亲，从未大声批评过谁或发个什么火。我们学生都觉得宣老师很可怜。不知是生活不宽裕，还是过于马虎，他衣着不端，甚至有几分邋遢。到腿肚子以上的长筒棉袜，他有时竟把袜帮穿到鞋底下，顺地踩。宣老师总是面带愁容，又爱眯着眼睛，好像有打不完的瞌睡。即使大白天，我们去办公室，往往就能看到他一手夹着香烟，一手拿着当时普遍用的蘸墨水写字的蘸水笔，一会儿改作业，一会儿头一点一点的闭着眼打瞌睡。所以我们的作业本，常常有被烟火烧焦的小洞，有被蘸水笔划破的红色细痕。同学们起先是好奇，觉得有趣，时间久了，都习以为常。我们内心很尊敬这位质朴又有点马虎的老师，所以班级纪律也还好，并不让老师怎么操心。

无为初级乡村师范，是解放后新建的，我小学毕业考了进去。学校那些老师，在我看来个个有本事，个个了不起。刚进初一，连老师教我们地理。连老师估计有五十多岁，头发花白，古铜色的圆脸，很胖，比京剧《沙家浜》中的胡传魁还胖。连老师上课不看书，但讲的内容我们在书上找得到，也能记得住。他的最大特点是，讲课生动有趣，我们爱听。教太阳、地球、月亮三者的关系，他一拍大肚子，"大家看，这是太阳"；伸出右拳，"这是地球"；伸出左拳，"这是月亮"。接着一番转身绕拳的演示，同学们在轻松愉快的笑声中，接受了老师传授的知识。他教外国地名，总爱用简单通俗的话来比说，教我们好记住。"布拉格，布一拉就看到一个个格子"；"不来梅，梅花不爱到这地方来"；"俄斯特拉发，小秃子屙屎，一用劲就抓头发"。当时，大家笑出了眼水，过后，我们一生不忘。连老师爱吃零食，衣服口袋就是杂货店。快上课了，他边咬油条边走到教室门口。上课铃响，他马上把吃剩的油腻腻的油条揣进大棉袄口袋，毫不含糊，然后坦然走进教室。学生们看了窃窃地笑。他故意脸一板："少见多怪，上课。"接着是师生同时哈哈大笑起来。

　　读中师，在黄麓师范。教我们课的老师，可以说都"过劲"（很有本领），但却各有习惯动作或口头语。教地理的蒋老师上课时，爱把某些重点地方重复说一下。如，"记住，这个乌克兰来个乌克兰"；"西伯利亚流入北冰洋有三条河，三条河来个三条河"；等等。教达尔文主义基础的王老师课堂提问，在无人主动回答时，他会突然拍着讲台喊一声："科代表！"于是课代表同学像装了弹簧一样立马弹起回答。随后王老师会用手指点着："这孩子这孩子，你会回答，就要举手嘛。""这孩子这孩子，下次要注意。"时间长了，"什么来个什么""科代表""这孩子"也就成了同学之间戏耍的开心话。特别是教教育学的林老师。这位老师瘦瘦的身材，白白的面皮，言谈举止显得尤其忠厚老实。林老师讲课声音不大，爱带一句口头禅"那是的"。比如他说"学校各项工作，必须坚决贯彻教育方针。——那是的，一定要贯彻教育方针"；"老师对学生要坚持正面教育，——那是的，必须坚持正面教育"；"课堂教学想引起学生的兴趣，就要贯彻生动性原则，——那是的，贯彻生动性原则十分重要"；等等。我想，林老师是在用"那是的"来强调某句话的重要性，但讲的次数太多了，就成了口头禅。林老师的课教得也很认真，但就是缺少生动性，干巴巴的，没劲。对林老师的口头禅，同学们渐渐产生了兴趣，有些人边听课边记，看老师一堂课讲多少个"那是的"。记得有个同学一堂课曾记了二十多个"那是的"，一下课就忙着对同学们讲这个统计结果，免不了都要嬉笑一番。平时讲话，也有人偶尔冒出一个"那是的"，引得大家哈哈大笑。后来有人说考教育学答卷时，也写上"那是的"，这就不妥当了，不知林老师发现了没有。

　　当小学教师了，回到了母校。一次听仁老师的二年级数学公开教学。听着听着发现，仁老师有一个习惯，喜欢在讲课或读题中，插上维持课堂纪律的话，很有趣。比如他读例题："第××页第×题说，送肥下乡支援农业——李小宝坐好，别靠张大玉身上——高明明送肥12斤——有的同学不要东张西望嘛——王红星比高明明多送4斤——现在都很好，要保持下去——王红星送肥——别忙拿笔，要想好——是多少斤？"这真是十分奇特的语言方式。有意思的是，学生习惯了，能听懂题目。仁老师的话刚落音，学生竟也算出了结果。

"清越而瑕不自掩，洁白而物莫能污。"上面所记几位老师在日常生活、教学活动中表现出的特点和习惯，当然不是"玉类"，摒弃了更好。不过，就是存在，也无伤大雅。因为这些与他们的品德、精神和事业心毫无关联，也无伤害，更不妨碍他们在学生心目中的师者形象。想想时下，有些老师却养成乐于学生送礼、家长请吃、接受金卡、走家长门路获取个人名和利等"特点"和"习惯"，就太不应该了。因为这些老师以污损自己的品德、修养作代价，换取非分利益，实在可惜，真的亏了血本。而这些"特点"和"习惯"，也许成为留在学生心灵中的污点，永远抹不掉。

2016.3.6

老师，请您擦干净学生的座位

座位，是学校里学生与之最密切，也是最需要的好伙伴。上课了，学生跨进教室，必然要坐在座位上，面对老师，汲取知识的营养，接受人格、品德的熏陶，憧憬未来之路的奥秘和美好。

座位的作用，人人皆知。但是在同一个教室里，几十个座位，因前后之分，中偏之别，其作用的差距还真不小。前面的、居中的座位好，受欢迎，都想要。两边的、后面的座位，则总想避之。

一些家长望子成龙心切，对自己的孩子进校入班后的座位十分在意，都想给孩子弄个靠前居中的座位，好在优势的座位，接受优势的教育。家长知道，想如此，就要找老师，尤其是找班主任老师，送上要求，送上"心意"。于是各有各招。不过万变不离其宗，都少不了一个"钱"字。

某些老师收到家长的"心意"后，教室里就出现了这种状况：不该坐前面的学生，跳到了前面，不该在中间的学生移到了中间。同时，也就有学生的座位挪后了，挪偏了。

本来可以制订规则，合理调配妥善处理好学生座位，却出现了不正常的变动，让学生们（哪怕是小学一年级的）于朦胧中闻到了异味，揣测到了某些家长的暗举，意识到了某些教师的贪欲，也想到了丑恶和鄙视。老师的作为，刺伤了学生的心灵，污染了教室的空气，座位变得不干净了。

老师，请您擦干净学生的座位吧！从何处下手？首要的、关键的是老师要擦净自己脑子里的污迹。这是关乎师德的大事，小觑不得。

很多伟人、大师在这方面讲的、做的已经很多。孔老夫子有言："其身正，不令而行，其身不正，虽令不从。"如果一位老师，竟有意从学生头上获取非分之财，当然是"己身不正"，那就无法引导和号令学生了。老师的一个重要美德是"奉献"，向学生做无私的奉献。鲁迅先生做了多年的教师，他有极深沉的表述："在生活的路上，将血一滴滴地滴过去，以饲别人，只自觉渐渐疲弱，也以为快活。"大文艺家田汉，曾是一代师表徐特立的学生，家里很穷却酷爱读书而又无钱买书，徐特立便把自己的购书折借给田汉，任他选购，徐老付款。徐老自慰地说："我平日最喜爱贫苦的学生。"人们并不要求老师一定要掏自己的腰包来资助学生。能做的当然高尚，不能做的也无可厚非。但是决不能把学生当作挣钱的工具。否则得了金钱，却玷污了灵魂，那就愧对了"老师"这个庄严的称号。

当今时代，教育受到前所未有的重视，老师也受到前所未有的尊重。老师身在教育园地，必得自尊自重。环顾高尚多彩的教育原野，我们有很多的优秀教师堪称楷模，值得好好学习。卜延荣，是温家宝总理于2011年8月28日，在河北张家口，为千余名农村教师作报告时，列举的一位扎根山区农村学校近四十年的老师。他不仅多次拒绝到条件更好的地方工作，而且自1990年以来，右侧肢体偏瘫，仅靠左侧肢体站立，用左手拿起粉笔写字，坚守讲台二十年。卜延荣，忘我为孩子，执着为事业，生活异常清苦，精神却是多么高尚。与他相比，某些只图私利而伤害了学生，也伤害了自己的老师，应该汗颜，应该猛省。

应当说，作为教师，安心从学生那里得到邪门的钱财，是很短视的。民间有传："一日为师，终身为父（母）"。学生心目中的老师，好，则堪当此言。不好呢？那就自损人格了。我们的老师要时时记住这一点：你的言行品格，是会长留在学生心中的。人们多么希望，每一位老师都受到学生永远的爱戴。全国名师，北京市第一实验小学原副校长，特级教师王企贤曾讲过这"一件小事"：一次，他写了一张便条，要一位青年教师，去请一位清华大学教授来作报告。青年教师嘴上不说，心里却不信这么个便条能请来教授。待到教授家，只听教授说："几十年前，我是王老师的学生，听他的话。几十年后，我仍是王老师的学生，听他的话，决不迟到！"后来，人们问王企贤："你怎么能让毕业那么多年的学生不忘记呢？"王企贤回答："没别的，不论言教身教，我没有给他们留下破绽。"

"我没有给他们留下破绽"，说得多好！话说回来，老师从学生身上觅取金钱，这是一个破绽。怎么办？只有思想上明断是非，以高尚的师德律己，才会不给学生留下破绽。行动上呢？我想说：

教师，请您自觉地擦干净学生的座位。

2011.10.30

一位犹太母亲的教子经

年届花甲的沙拉是一位犹太母亲。她20世纪30年代随父来到中国上海，长大后在中国成家立业，育有三个子女。二十年前，中以建交，沙拉带着孩子回到祖国。在故国的数年日子里，沙拉被以色列的家庭教育深深地触动和感动。回到上海后，她就此写下一本书，其名为《特别狠心特别爱》。我读该书，也很受触动和感动。现摘其要者与大家分享，希望对我们的教育有所裨益。

邻家大婶的训斥

沙拉说，她去以色列，怀有一个异想天开的念头："听说犹太人的教育观享誉全世界，我想去以色列取教子经。"

刚到以色列时，沙拉还像在中国一样，成为孩子的"电饭煲""洗衣机""清障机"，把孩子照顾得无微不至，而孩子们在家都是一动不动地等着妈妈伺候。来串门的邻家大婶发现了，不由心直口快地训斥起沙拉："不要把你那种不科学的母爱带到以色列来，别以为生了孩子你就是母亲。天下父母没有不爱孩子的，但是爱孩子要有分寸、有原则、有方法。"

沙拉渐渐地发现，以色列家庭的孩子无一例外地参与家务劳动。而且越是富裕家庭的孩子，越是被"狠心"的父母推出家门体验生活。在以色列"富可以过三代"。沙拉评论说，中国人觉得爱是爱，教育是教育。而以色列人认为爱本身就是一种教育。

那位以色列大婶继续给沙拉"上课"："你必须让孩子们认识到，他们是家庭的一员，他们对家人应该负有责任，应该在力所能及的范围内，分担大人的负担。当孩子找到价值感、尊严感时，他会主动学习，效率会更高。

而一个无责任感、无价值感的孩子，尽管坐在书桌旁，却可以心猿意马地不做关于学习的事情。"沙拉说："在犹太人看来，一个连做饭都不会的人是没有资格做学问的。"

子宫图和篝火图

通过自己的亲身体验，沙拉脑海里常常跳跃着两幅鲜活的画面：某些中国父母爱孩子的"子宫图"，犹太父母爱孩子的"篝火图"。她说中国父母从孩子出生之日起，对孩子的负责、呵护的做法和感情，除了用"子宫"这个画面来形容外，再也找不到其他更恰当的表达方式了。即使孩子走过幼年，父母内心还存有一个虚拟的子宫，照管着孩子的一切，让孩子产生依赖心理，久而久之孩子就被培养成平庸无能的人。

犹太父母爱孩子的画面则像一幅篝火图，没有固定模式。父母用篝火点燃孩子的人生和前程，遥望着他们，像一轮新的太阳从地平线升起。

但是，子宫图和篝火图并不矛盾。沙拉说，应以子宫之爱为出发点，在孩子的旅程中点燃篝火，点燃孩子生命深处的生存技能和生命素质。但是很多中国父母却缺少这种篝火之爱，使大包大揽的溺爱成了影响孩子成长质量的"雷区"。

雷区之一，一些没有主心骨的中国家长，把音乐、美术、武术、舞蹈、书法、外语等错当成素质教育的主要内容，而完全忽视了孩子的为人处事、价值坐标的建立。沙拉说，孩子的品格、孩子对知识与职业关系的理解，孩子的人生理想以及付诸实践的能力，才是"素质教育"的明确内涵。

雷区之二，习惯性满足孩子的各种要求。在很多中国家庭，长辈对孩子是一味的物质娇宠和情感娇宠，要钱给钱，要物给物，认为给得越多爱得越深。直接导致幼儿和青少年不知道劳动的价值，养成好逸恶劳的习惯。这就对孩子未来的生活产生了严重的负面影响。

雷区之三，对孩子的过度抚养和关怀强迫。一些中国的妈妈们过度介入孩子的生活而不肯撤退，孩子的想法则成了泡影。关怀强迫是说妈妈们反对其他人对孩子的生活和教育提供任何意见。只有她们自己才最了解孩子，最关心孩子。沙拉指出，这实际上是对孩子的一种心灵侵犯，也是对孩子成长需求的一种忽略。对这些，孩子越不适应，家长越是去过度保护。这样长期恶性循环，孩子就会缺乏独立性、坚韧性、耐苦性和艰难意识。

特别狠心特别爱

沙拉介绍说，在教育问题上，犹太家长直捣教育的初衷——让每个孩子长大后生活得更好。她通过长期观察和实践，总结了犹太家长爱孩子的理念和方法，归纳出七个字"特别狠心特别爱"，愿与天下父母分享。她说，这七个字，不仅仅是传递给一般家庭的教育参考，更是给富裕家庭的爱子攻略。

其一，在有偿机制中爱孩子。"有偿生活机制"是犹太人生存教育的一个精华。它取得了很好的实际效果，不仅使犹太子孙精明富有，更使他们无论漂泊于世界任何一个角落，都能如鱼得水地展开他们的事业。以色列的家庭教育有句口号："要花钱，自己挣！"父母告诉孩子"必须通过自己的努力，才能换得你想要的东西"，他们认为"再富也不能富孩子"。犹太父母说，金钱教育绝不仅仅是一种理财教育，在很大程度上还是一种品德教育。比如说，让孩子练习摆地摊，就会使他们品尝到生活的真实味道，更会激发孩子们树立人生理想的愿望。犹太父母重视对孩子培养的长线投资，支持孩子读博士和博士后，目的不是让孩子拿一张文凭，而是帮助孩子拥有实现美好人生的能力和素质。沙拉观察了几代中国父母，只重视孩子的学习成绩，而不把孩子的生活能力放在心上。结果只能当"孩奴"，最后培养出"啃老族"。

其二，延迟满足。这是以色列亲子教育的重要方法之一。以色列家长常跟孩子沟通对话，听孩子们谈对延迟满足的理解。他们告诉孩子，如果你喜欢玩，就必须去赚取自由时间。但这需要你获得良好的学校教育和优秀的学业成绩。此后，你就可以找到很好的工作，赚到钱，你也就有钱、有时间去玩自己喜欢的东西。"延迟满足"，让孩子学会忍耐，让他知道这个世界不是为他一个人准备的，他所要的东西并不是唾手可得。"延迟满足"增强了孩子对被拒绝的心理承受能力，培养对成功至关重要的逆商。同时，还可以磨炼孩子的意志，使孩子在学习方面变得更有耐心。

其三，学会放手。沙拉介绍说，犹太思想家朱特比有一句名言，被犹太家长珍藏在爱子教科书中："让孩子自己的事自己解决，如果父母过分呵护孩子，反而使孩子失去信心。这样的孩子长大以后，绝对没有独立的人格，更不可能有出色的成就。"犹太名人马克思也曾说："人要学会走路，也要学会摔跤，而且，只有经过摔跤，他才能学会走路。"

以色列父母十分在意对孩子的呵护、扶助把握分寸，总是适时撤退一步，学会放手。以色列的孩子读到小学高年级后，家长绝对不会盘旋在孩子头顶，虽然他们总是在关键时刻出现。他们更多是在暗中守卫孩子，但不会超越自己的职能范围。

　　沙拉，这位犹太母亲，用敏锐的观察，深沉的思考和卓有成效的实践，辛勤耕耘着自己的"一亩三分地"——把三个儿女培养成出众的人才，又写出了《特别狠心特别爱》的教育诗篇。人们品尝着她丰收的快乐，同时又会受到哪些启迪呢？

2012.12.22

又见青弋江

参加芜湖市作协组织的采风活动，我来到了睽违已久的青弋江畔。

六十年前，出差芜湖，曾到青弋江边游逛。青弋江，发源于黄山北麓，经泾县到芜湖汇入长江。我看到了小江与大江的亲密交汇。在苍老又略显孤寂的中江塔下，青弋江西侧是低矮的连片民房，东边是庞杂无序的市区。江面大小木船或拥挤地停靠着，或缓慢地游荡着。那情景，既是一种来自远古的朴实和积累，也是一种对未来的模糊与苦涩。

现在，又见青弋江，我年已耄耋。经过宽阔整洁的通衢大道，进入青弋江边弋江区芜湖国家高科技开发区青年创业园，由政府用巨资打造的座座高楼展现眼前。我们一行三十来人，在半天时间里，进进出出，楼上楼下参观了多个单位。目光所见，都是朝气蓬勃的年轻人。一处处规模不等的电脑方阵中，一张张年轻的面孔，正全神贯注地耕耘，静默无声，却轰轰烈烈。

这些年轻人是时代的幸运儿。国家顶层设计，"大众创业，万众创新"的重大战略，各级政府的切实措施，为他们提供了优越的环境设施，优越的政策鼓励，优越的金融扶持，优越的服务保障。年轻人只要扛着一个智慧的脑袋前来，就会有一幕幕精彩的好戏上演。难怪北京中关村的科技大户们也纷纷来此，与年轻人共同奋发打拼。

参观欢乐芜湖众创空间。展示栏上，乳白色灯光映衬下，排列着对开版面多幅彩色动画角色造型。我凑上去细细品味。无论是怒气冲冲的英姿侠女，还是状态诡异的机器人；无论是风姿绰约的古典美人，还是凶猛霸气的怪兽；无论是山川草木，还是风暴雷霆，都美艳逼真，精妙入微。

这是很有规模的动漫创作高地。我向一个女孩打听后，知道这些精彩的动画形象，已经与它们的故事一道，走向了市场并大受欢迎。她对我说："我们总是创造最好的，所以很忙。"姑娘脸上洋溢着自信和美丽。

来到"着迷集团"。迎面走来一位向我微笑、身着紫红色长袖衬衣的帅哥。一问，知道他是集团当家人，叫吴明明，池州人。他告诉我，大学毕业就成立了"着迷集团"，主要搞电子高科技开发。他的团队已获多项国家专利和多个部门的奖励。

吴明明指着接待厅里巨轮和舵盘的装饰组合告诉我，"着迷集团"就是一艘航船，正在乘风破浪前行。我立刻想起刚见到的一条标语：

人生只有走出来的美丽，没有等出来的辉煌。

很巧，在吴明明的办公室靠西南一列弧形玻璃窗外，我一惊，看到的正是修茸一新的中江塔，魁伟明丽。青弋江两岸，各种现代化宏伟建筑，气壮山河。我不由想到宋词中的名句："弄潮儿向潮头立，手把红旗旗不湿。"曾经老态龙钟的青弋江，已华丽转身，勇立潮头，雄姿英发，欢波向前。

2016.5.2

超凡的"小松鼠"

　　"三只松鼠"——芜湖市的全国知名坚果类电商企业，在无为设立分部了，这是件大好事。"三只松鼠"的主人张燎原，六年前创办了这个企业。当年他和四个合伙人仅有一百万元家底，现在已有职工三千多人，年营业额高达五十多亿！与傻子瓜子同被誉为安徽的"两张改革名片"。真是"松鼠英雄"。

　　不由得想起市作协组织采风，参观"三只松鼠"总部的情景。在风和日丽的轻松愉快中，我们走进了芜湖弋江区高新技术开发区三只松鼠有限责任公司。与摆谱、豪华、板着面孔的某些大企业门厅不一样，这里迎接我们的，是门厅正面墙上"三只松鼠"的大幅卡通形象，生动又滑稽。我觉得像跨进了幼儿园，新颖又有趣。我们走过一方贴满各种小幅松鼠画面和许多格言式生意经卡片的墙壁之后，乘电梯上了楼。

　　步出电梯，吃惊不小：百多台的电脑方阵，悠悠然悄无声息，但年轻的双眼和年轻的双手都在不停地转动和跳动。我凑近一台电脑问话，小主人小声告诉我"在接洽业务"。原来，这里是现代商业的营业间——他们在网上做生意。我就不解了，这么多电脑这么多人，按上班八小时计算，每人每天要做多少笔生意？每个工作日这里总共要做多少笔生意？不过四顾之后，很快得到了答案。一条挂在天花板上的横幅上写着："宁可错接一万个客户，决不放过一个买主！"原来，他们要在瞬息万变的网络世界中，抓住每一个商机，厉害又神奇。接着陪同参观的人，指着一块巨大的电视屏幕说："请你们注意那屏幕上的数字，每一分钟就变动一次，适时显示经营的实绩，不会有半点含糊。"我又觉得新奇，双眼盯着屏幕片刻，看到了一面大型电子钟年月日时分小字下面的大数字，眨眼就是千万元千万元地增加。"这是精确到每分钟的营业额"，有人介绍说。我又想到，以每分钟实绩计算，那一个月呢？一年呢？算起来确实有几十个亿。这太不简单了。据介绍，"三只松鼠"已经实现了从"买全国"到"卖全国"的目标。只要客户需要，"松鼠"就可以把国内任何地方的产品送到他的手上。再下一步"三只松鼠"还要走向世界，在国际市场大显身手！

站在电脑方阵这虚拟世界的门口，我有一点疑虑，于是轻声问单坐一边的一位小姑娘："您是在做生意吗？"她目光不离电脑："我是人事部的。"然后头一偏："那边都在经营业务。"她是指那边的电脑方阵。我又问："如果有人操纵电脑做私活，玩游戏怎么办？"回答是："不要紧，若放走了业务，三十秒钟后，总控制室就会发现，就会受到责问。"我深信不疑。我还向这个姑娘了解了员工工资待遇和住宿等情况。应当说公司的举措和安排，都是员工们可以接受的。

继续了解"松鼠"。下到一楼，我们来到货物配送车间。这是网购的关键环节。在数百平方米的大厅里，曲折有序半人高的水平传送带，缓慢地移动着。为数不多的工人，从各个接口把按同一规格包装好物品的小纸盒缠上透明胶带，推上传送带传到出口处。两位工人则轮流按几盒一组码放整齐，送上大货车。我走到传送带旁，拿起一个小纸盒看看，标签上注明"送苏州统一配送中心"。我明白了，"小松鼠"参与的是统一经营的大合唱。什么叫优势互补，什么叫强强联合，由此端倪可见。

从物品配送车间出来，跨进最外面的大厅。这里停着装满货物的三辆大货车。十多个工人，正在给靠里的两辆车卸货。我围着三辆车转了一圈，知道它们装的都是"和田红枣"。很清楚，这是"小松鼠"在大批量地"买全国"，而前一个车间则是供货给各地客户——"卖全国"。

参观"三只松鼠"，我们看到了网络的周旋与实物的运动，有机结合，高速高效，令人叹服。

据介绍，"三只松鼠"已经魔幻般地织起了营销网络。上游联结着百万农户和两百多家供应商，下游则对接七千多万消费者，共同在这个电商平台上收获着享受和效益。"三只松鼠"，当之无愧成了广阔无垠的电商大舞台上，演技出众的明星。

2016.5.2

地球村里

村前转转开心取乐
村后转转提气养神
山说，欢迎都往高处走
水说，最好是所欲随心

走进井冈山

怀着久久的期盼，在高大庄严又灵动昂扬的井冈山红旗雕塑下面留影以后，急速飞转的车轮，送我走进了井冈山。

景色，太优美了；史迹，太丰富了；故事，太感人了。虽然行程匆匆，但我总想尽情地采撷……

井冈山寻"井"

井冈山闻名中外，为亿万人所景仰。游览井冈山，我被她的雄奇、险峻、秀美和惊天地、泣鬼神的光辉历史深深地吸引。瞻仰她、拜读她、领悟她。走遍茨坪、茅坪、大井、小井，脑子里竟然冒出一个问号：这井冈山的"井"从何而来？

因为在所到之处，在偌大的范围，并未见到一口如一般所言的那种水井。我纳闷：既无井，又怎么叫井冈山呢？经过一番探寻，才知道了其中的缘由。

据说远在清朝，从广东兴宁县来了蓝、黄两户客籍移民，落户这个无名之地，以种药、种茶和用竹麻制纸为生。这里群山环绕，四周高中间低，其状如一口巨大的天井，恰巧村边有一条小河，客籍人说"河"为"江"，因此蓝、黄两家居然自命所居住的地方为"井江村"。村上人口逐渐多起来了，有的村民把房屋建到了山上，于是"井江村"改称为"井江山村"。有趣的是客家老乡又爱把"江"说成"冈"，"井江山村"变成了"井冈山村"。后来，人们发现崇山峻岭之中，类似"井"字形的村子越来越多，如大小五井、上中下井等，也就出现了众多的"井冈山村"。日子一久，本地人外地人都爱称这一带为"井冈山"。

井冈山雄踞罗霄山脉中段湘赣边界，群峰耸立，谷崖无数，地形极为复杂，范围又非常宽广，因而号称五百里井冈。群峰有利隐蔽、御敌，众"井"有利战备、生活。当年毛泽东决定在井冈山建立革命根据地，确实是极富战略眼光的选择。

1962年3月，朱德同志重返井冈山，亲笔题赞井冈山为"天下第一山"。这个"第一"，不是指她的占地面积，也不是指她的高度，而是指她为中国革命所做的巨大贡献，和在中国革命史上所创造的十数个第一。这里曾经有：我军第一块军事根据地，我军第一支工农武装——中国工农红军第四军，我党创建的第一个红色政权——茶陵县工农兵政府，我军第一次在连队建党——支部建在连上，我党制订的第一部土地法——《井冈山土地法》……我国第一座"最值钱"的山峰——井冈山主峰，成为第四套人民币百元纸币背后图案，与中华大地其他山峰相比，井冈山的价值当然是群峰之冠了。

井冈山的英名和她拥有的众多第一告诉我们，九十年前在这里上演的无数惊天地、泣鬼神的革命故事，为新中国的诞生，奠定了必胜的基石，不仅显得无比神圣，而且依然是共和国航船破浪向前的强大动力。

朱毛会师圣地龙江书院

说井冈山革命根据地，就必然要说朱毛会师。而说朱毛会师，就必然要说龙江书院。因为朱毛会师井冈山的确切地点，是宁冈县龙市古镇的龙江书院。

走过半月形泮池上的状元桥，具有古典气质的龙江书院就在眼前。我的第一印象是，这个书院绝非等闲之地。跨进高高的门槛，就可以看到右侧墙壁上的文字，介绍了书院的来历。

清道光庚子年（1840），湘赣边界的茶陵、酃县、宁冈三县客籍绅民经过集资择地，选定了背靠五虎岭，面临龙江河的风水宝地，创建了当时三县客籍最高学府——龙江书院。这个书院规模宏大，造型壮伟。其面阔38.16米，进深53.40米，占地2037.7平方米。院内房屋有70多间。正面大厅叫"明道堂"，后院是两层构架，楼上就是有名的文星阁。此阁四面空灵，可凭栏远眺，远近景色，尽收眼底。阁前小天井中有古丹桂两棵，金秋季节，花香醉人。

1928年春夏之交，龙江书院迎来了她历史上最光辉的时刻。中华历史上亘古未有的两位人杰——毛泽东和朱德在这里相会。1927年9月9日，毛泽东在湘赣交界发动了声势浩大的秋收起义，后因敌强我弱和经验不足，起义受挫。毛泽东在全面分析了革命形势和主客观条件后，率领经过三湾改编的不足千人队伍，于10月27日上了井冈山，建立了革命根据地。再说南昌起义后，朱德、陈毅率部队向广东潮汕进军失利，即于1927年12月设法与毛泽东的部队联系，复又听说井冈山根据地重建了党的组织，壮大了武装力量，并且开展打土豪分浮财的游击战争，初步形成了武装割据的局面，就下定决心上井冈山。

毛泽东1965年5月下旬上井冈山时回忆，他得知朱德要上井冈山的消息后，高兴得两次亲自下山迎接。第一次只接到萧克带领的一支小部队。第二次毛泽东得知朱德已于4月26日到了龙市，便率一个团的队伍直奔龙市迎接。

1928年4月28日，朱毛会师了！两双巨大的手紧紧相握，两支工农武装欢声振天。在群情无限激动的时刻，毛泽东和朱德并肩跨入龙江书院，登上了文星阁。随行的有陈毅、王尔琢、宛希先、袁文才、何长工等两支队伍的领导人员。

毛泽东和朱德在欢快的气氛中，认真商讨了两军会师后的有关重大事项并做出决定：一、两军合并建立中国工农革命军第四军，即红四军。二、立即召开红四军党代表大会。三、举行一次胜利会师军民庆祝大会。紧接着红四军党的第一次代表大会在龙江书院召开，大会选举毛泽东为红四军军委书记。同时完成了各级党代表、连以上干部和各级士兵委员会的干部配备。

5月4日，在龙江河东沙洲广场，两万多军民隆重聚会，庆祝两军会师和红四军成立。陈毅主持大会。当他宣布红四军诞生、朱德任军长、毛泽东任党代表、王尔琢任参谋长、陈毅任士兵委员会主任时，全场欢呼，掌声雷动。新组建的红四军，有三个师九个团，总兵力17020人。从此，中国革命就有了主力军。

在龙江书院宽敞、庄重的正厅明道堂，我看到讲台下面摆列着四行七排二十八张黑灰色双人课桌，气氛肃穆而凝重。原来在朱毛会师前，毛泽东以远见卓识，于1927年11月在这里创办了根据地第一期红军军官教导队，培训学员一百多人。他们每天三操两课，学政治学军事，为武装割据和红军队伍的发展壮大，培养了一批领导人和骨干力量。

古老的龙江书院为中国革命立了大功，上述有着灿烂光辉的史实，使它获得了无比崇高的荣誉——朱毛会师圣地，我军军政院校的摇篮。

向您致敬：光荣的龙江书院。

动人心扉的井冈山歌谣

身处井冈山，无论是在史迹胜地、翠竹丛中，还是在欢腾起伏的山道上，总觉得有一种歌声在陪伴着我，震撼着我。是的，这就是动人心扉的井冈山革命根据地的红色歌谣。让我们共同欣赏几首。

"打败江西'两只羊'"

在与"朱毛会师圣地"龙江书院相邻的井冈山会师纪念馆，我看到这样的介绍：井冈山革命根据地的创建和发展壮大，引起了国民党反动派的极大恐慌，于是纠合江西两支反动部队，一是九师师长杨池生所部，另一是二十七师师长杨如轩所部，共五个团的兵力，于1928年6月上旬，对根据地进行了第一次"会剿"。他们采取"分进合击"战术，向湘赣边界大举进攻。得知敌情，毛泽东、朱德召开军事会议，研究对策。毛泽东说："我们是为穷人打天下的红军，现在敌人从永新向我们进攻，我们一定要打个大胜仗，吃掉两只羊（杨），让人民高高兴兴地过个端午节。"

6月23日，在朱德、陈毅的直接指挥下，在人民群众的配合下，红四军以不足三个团的兵力，投入反"会剿"战斗，不仅夺取了永新县城，而且歼敌一个团，击溃敌军三个团，伤亡敌军数百人，缴获七八百支枪，两杨大败而退。这是井冈山根据地创建以来，红军取得的最大的胜利。军民们无比兴奋地唱起了自编的歌谣：

> 不费红军三分力，
> 打败江西"两只羊"。
> 真好，真好！
> 畅快，畅快！

这歌声简洁有力，形象生动，又蕴含着巨大的鼓舞力量。

黄洋界上高唱《空山计》

在晨光中，我步入黄洋界。进得大门，在人头涌动中，跨入黄洋界战史展览室。看着看着，一张对开报纸大的白纸上，墨迹很淡的"黄洋界空山计"唱词映入眼帘。我立刻抄录下来：

> 我站在黄洋界上观山景，
> 忽听得山下人马乱纷纷，

举目抬头来观看，

原来是蒋发来的兵。

一来是，农民斗争少经验；

二来是，二十八团离开了永新。

你既得宁冈茅坪多侥幸，

为何又来侵占我的五井？

你既来就该把山进，

为何山下扎大营？

你莫左思右想心不定，

我这里内无埋伏外无救兵。

你来、来、来！

我准备着南瓜红米，红米南瓜，

犒赏你的众三军，

你来、来、来！

请你到井冈山上谈谈革命。

    黄洋界保卫战，是一场空前惨烈的战斗，发生在1928年8月30日。湘赣两省敌顽4个团的兵力，趁毛泽东率队下山接应在湖南桂东的红军尚未返回之际，向井冈山北大门黄洋界，发动了对根据地的第二次"会剿"。毛泽东对此早有预料，行前命令守卫黄洋界的红三十一团一营，注意和地方武装团结一致，全力保卫井冈山。为迎战来犯之敌，井冈山军民筑起五道防线，除枪炮等火器外，竹钉阵、篱笆和铁丝网、礌石滚木、大刀长矛等等都派上了用场。经过一天的鏖战，红军动用唯一一门小炮打击敌人。他们仅有三发炮弹，前两发发射成了哑弹，最后一发炮弹很争气，击中了山下敌指挥部廖家祠堂。在猛烈爆炸之下，敌人丢下满山遍野的尸体和枪械，惊恐万状，连夜撤退。毛泽东率领红军大队在返回井冈山途中，得知黄洋界胜利的喜讯，随口吟出了《西江月·井冈山》的名篇："……黄洋界上炮声隆，报道敌军宵遁"。

    黄洋界之战，红军取得了保卫井冈山根据地的重大胜利。在群情振奋之中，红军战士们模仿京剧《空城计》中诸葛亮的一个唱段，自编出一段《空山计》。不过，当年诸葛亮所唱，是一种独守空城，故作镇静的无奈，而红军战士这种以胜利者姿态的讴歌，则充分表现了幽默乐观的革命英雄主义精神。但，它绝不只是激战后的休闲消遣，而是对顽敌的蔑视和对新胜利的期盼。

我走过黄洋界上红军战士的壕堑，抚摸着红军作战用过的火炮，又在黄洋界纪念碑前留影。离开了，但红军那壮怀激烈的歌谣，却留在了心田。

"红米饭　南瓜汤"

当年，井冈山根据地的条件是极为艰苦的。红军战士的生活之苦，今天道来，仍然令人难以置信，令人心酸和落泪。

参观中，我看到了这样的介绍："敌人严密经济封锁，根据地军民生活常常处于困难之中"，"每天吃的是南瓜和红米，有时红米也吃不上。到了冬天，许多战士还穿两件单衣"，"两三个人合盖一床破线毯，有的甚至垫的是稻草，盖的还是稻草"，"伤病员很多"，"药物非常缺乏"。要改变这种状况，一靠在对敌斗争中获取各种物资。二靠打土豪分田地，艰苦奋斗，发展经济。三就要靠广大红军指战员的坚强意志和不屈的精神。红军中官兵一心，风雨同舟，大家没有任何怨言。战士们还"黄连树下弹琴——苦中作乐"，自编出了令人赞叹的歌谣：

> 红米饭，南瓜汤，
> 秋茄子，味道香，
> 餐餐吃得精打光。
> 干稻草来软又黄，
> 金丝被儿盖身上，
> 不怕北风和大雪，
> 暖暖和和入梦乡。

这是多么崇高的精神境界！

我被井冈山的红色歌谣强烈地震撼着。它直白、平实、简单，甚至有几分土气，还可能没有上板的唱腔。但是这歌声，确确实实展现着不屈的灵魂笑对艰苦卓绝的风采，颂扬着横扫强敌决不言败的气概，传承着中华民族披荆斩棘永远向前的精神。

2007.10.28

澳门印象

　　我们祖孙三代数人，早晨五点起床，稍做准备即出门。七时乘广州旅行社大巴，开始了澳门一日游。到了拱北海关，经验证，步行不远，再由澳门关口检验后，就真正进入了位于珠江口西侧与香港相对的澳门。

　　有趣的是，当我在停车场登上"广之旅"那辆车时，却发现一位面生的导游小姐笑着说，广州的旅游车进入澳门后，可继续开行，但必须换上澳门的车牌、司机和导游。这是否叫"改面不换头"呢？

　　天气晴朗，气温偏高。澳门旅游开始了。导游小姐用可以听得懂的普通话开始了旅游"序曲"。老习惯称"广州城、香港地、澳门街"，可见澳门范围之小。开车不到三小时，即可游遍澳门、氹仔、路环三岛。对内地游客来说，澳门有着近在咫尺的欧陆风情和浓得化不开的中国传统。与灯红酒绿的香港比较，澳门如同一杯安定怡人的凉茶。

　　澳门保存有四百多年历史的旧城区，是中西文化交流的精髓，极具地域特色和历史价值。因此，2003年澳门成功进入《世界文化遗产名录》，成为我国第三十一处世界文化遗产。我想，到此一游还真值。

　　第一站，车子在金莲花广场停下。首先让人惊喜的是，一下车就看到了我国中央政府在澳门回归祖国之日，赠送给澳门特区政府的巨型金莲花雕塑，它高高地矗立在广场中央。这座金莲花雕塑，与香港金紫荆花雕塑的模式和高度相似，可以说是一对姊姐花。这座金莲花自花茎以上，花托、花瓣、花心有多个层次，不仅庄重美丽，而且内涵丰富。在金色的阳光下，在中国外交部驻澳门特派员公署大楼金色幕墙映衬下，显得更加金碧辉煌，而且气象万千，显示着回到祖国怀抱的澳门是何等的充满活力和无比神圣。

澳人心目中的妈阁庙

澳门地方小，景点却很多。只是每处景点几乎都是艺术的"微雕"。我们游览了孙逸仙大道临海高19.9米青铜观音塑像，游览了集古典城楼、城墙、山道于一身的渔人码头，来到澳门名点作坊"嘴香园"品尝特色食品。接着导游小姐告诉我们，下一站是富有盛名的澳门妈阁庙。

妈阁庙，又叫妈祖庙，在澳门半岛最南端紧靠西海岸的西望洋山山冈上。远远望去，自下而上有四座庙宇依山而建，最下面的一座就是妈阁庙。此处导游给三十分钟自由活动。孩子们在下面随意地看着，我连忙进入第一座庙堂。入口处有色彩非常鲜艳的帆船。庙内大殿上摆放着帆船模型，与慈祥端庄的妈祖塑像同时受祭。这个庙堂很小，只有一般三间平房瓦屋的规模。在慈眉善目的妈祖像面前，信徒们是人挤人的踊跃，争先恐后地敬香跪拜。室内挤不下的，就在门外走廊上或是院墙脚下烧香磕头。

我在拥挤不堪、香火冲天的妈阁庙内，寻到了这样的介绍：妈阁庙，著名古迹，建于1488年，俗称天后庙。传说这位阿妈是福建莆田人，又名娘妈，能预言吉凶祸福，深受人们的爱戴。她死后显灵海上，帮助商人、渔民消灾解难，化险为夷，被尊为幸运之神。据说是几百年前，一帮莆田商人，船行至此处海面，突遭风暴，情势极其险恶，大家惊恐之中，一起跪求妈祖娘娘保佑。果然妈祖马上显灵，驱走恶魔，海上立刻风平浪静，大家一路平安。事后，这些商人建造了这座庙宇。妈祖庙常年香火兴盛，每逢春节，香客就如潮水一般。特别是农历三月二十三日妈祖诞生日及其前后多日，庙前广场会搭起大棚和舞台，上演颂扬妈祖的神戏，更是热闹非凡。

在妈阁庙上面，顺山势所建三座神庙，最上层是观音庙。因时间很紧，就未及一一观瞻了。

在赌场里就餐

参观过妈祖庙，已是正午，该吃午饭了。导游小姐领着我们驶过三岛东边2.5公里长的澳氹大桥，从澳门半岛到达氹仔岛。车在一家五星级的宾馆门前广场停下。此馆又叫"希腊神娱乐园"，紧靠大门台阶前有一组巨型希腊神话雕像：引颈长啸的群马拥着高大凶悍长发长须的神主，正待出征，周边众仙女正弓腰曲背牵衣扯裙，盛装随行。多头多位喷泉，水柱喷涌，显得壮美而气势不凡。

进了大厅，听候导游安排。有趣的是大人和小孩分开就餐。小孩们列队上二楼向左转，进入儿童餐厅。大人们上二楼则要向右经过一道安检关口进入成人餐厅。我很诧异：这是为什么？此时导游轻声说："去成人餐厅要经过一个赌场，所以不准小孩进入。请你们相互跟着向前走，中间不能停步也不要说话。"大家一听，既新鲜又有点紧张，几乎是目不斜视地到了就餐的地方。

成人餐厅是自助餐，主食有米饭和面点好几种，菜肴是肉类多、蔬菜少，没有鱼，水果中西瓜供应最多。

吃过饭，人们零零星星地出去了，气氛也松懈下来。我故意放慢脚步向外走，趁机把赌场看了个大概。这个赌场有好几十平方米面积，除中间通道外，摆满了如台球桌大小的赌桌，操盘的都是统一着装的年轻姑娘。她们分别站在那些赌桌长边中央出牌，参赌者坐在她们的对面和两端，围桌下注。未翻牌前，赌注的数量和前后排序可随意调整。待操盘人翻开如扑克一样的牌，众赌客是输是赢，一目了然。操盘人随即用带长柄的小耙子，把桌面上的赌注推的推，钩的钩，很快"摆平"，下一轮又再开始。让人好奇的是，赌客都是毫无显贵之气的老百姓，又以老奶奶和中青年妇女居多。再就是整个赌场都是"动手不动口"，没有一点人声，赌风还地道的"正"呢。

在澳门这个举世闻名的赌城，我算是亲眼看到了一点"赌"的皮毛。至于像拥有三千多员工的葡京大酒店那个超级大赌场，一年向澳门政府交纳相当于数千亿元人民币的赌税，其赌博的规模、刺激、玄机和残酷，常人是肯定想象不出来的。

忽有异想：导游把我们安排在赌场内就餐，是否有一种无声的诱赌作用？假若是游客口袋里有几个"那话"（钱），又对赌博有一种习惯性爱好，再加上对澳门赌场的好奇，也许会留下"一显身手"，或是转身再返以求"捞他一把"，那就极可能滑入深渊。想到此，甚至觉得某些业者让我们赌场用餐是"用心险恶"了。

大三巴和大炮台

遵导游之命，下午一点十分上车，经过三岛西边蔚为壮观的海上长虹——

五公里长的友谊大桥，返回澳门半岛。

到了重点游览项目大三巴牌坊，这是最具澳门特色的标志性建筑。导游说，这里可以活动一个小时。游客很多。我和孩子们先走到牌坊正面台阶上留影，接着我就开始欣赏这个交融着中西方文化特色的历史遗迹。

大三巴牌坊是澳门八景之一，被誉为"三巴圣迹"。1637年，葡萄牙人建成了天主教圣保罗大教堂，后遭两次大火，教徒们疑为天意，故未再建，留下了这个高大壮阔的教堂前壁。这个牌坊共有五层。十根圆柱分别间隔着一层三个门洞和二层四个神龛，自第三层起，两端边线向中轴收拢，到第五层顶端即构成三角形。第三层及以上四五层，没有门，其正中分别是圣婴、圣母和象征上帝的和平鸽雕塑。顶尖凌空立着一个十字架。建造工艺非常精致，也很庄严。不过总有疑虑：这牌坊如此高大，却显单薄，何以历数百年狂风暴雨而不倒呢？

穿过牌坊的一层中门，我向北走到牌坊背后，看到一组巨大的钢架平台严严实实地支护着牌坊，这才知道牌坊久经时日屹立不倒的原因。再北走约五十米，有一排不起眼的地下平房。下了台阶，有几小间地下室，其中一间是一个神父的墓地，一间堆着杂物，还有一间是工作人员的休息室。这里的冷落和凌乱，太让我扫兴。

看看集合时间未到，我快步到了紧邻的大炮台。这是一个山头，临海一溜排开二十二门各长约两米、炮膛后身直径约两百毫米的重炮，卡在一米多厚的城墙垛间，很有浓重的火药味。看了游览介绍才知道，原来17世纪时，荷兰人远道而来，也想染指澳门。葡萄牙人不容，凭借这些威猛的火炮，摧毁了荷兰人美梦。当年这些侵略者，也是狗交恶斗啊。

似曾相识的老城商业区

顺大三巴前的台阶下坡不远处，是老城的商业区。这里的特点是"三小一多"。所谓"三小"：商店门面小，都是一楼一底一间半间的；道路小，像大三巴右街、大炮台街、炮兵马路，都是小巷石板路而且很短；整个商业区范围小，可称之为袖珍商业城。所谓"一多"，就是人多，因而非常热闹。随便怎么看，这里都很像我记忆中家乡旧县城的街景那样亲切。商店经营门类当然多，其中突出的是旧家具店占的比例不小。这些旧家具看来都在百年以上，大的气派庄重，小的精巧玲珑，做工堪称一流，洋溢着浓厚的中华文化气息。可以说这里是中式古旧家具博物馆，边走边看，美不胜收。

商业区边的一条正街不过四米宽，开行着中巴公交车。道路口没有红绿灯，只有斑马线，也无公交停靠站，乘客随处招呼一下就可上车下车。估计也许是这里空间小，有点特殊。我们经过的干道都有规范的设施和严格的管理，人和车都自觉地照章行路，决不违规。

下午四点多，登车返回，一切手续如前，紧张而愉快的澳门之旅结束。

2008.10.3

二游故宫

一

多云的天气，25℃的温度，正好出游。这一天，拿着小辈特地预购的门票，我第二次游览了故宫。20世纪60年代第一春，我已游过故宫。两次间隔整整五十年。

可以说，一游故宫，是看个好奇，看个新鲜。这一次事先看了游览资料，现场听着导游介绍，当然要尽量欣赏。

故宫，是我国最大，保存最完好的古建筑群，也是全世界众多皇宫中的大哥大。我们今天能看到这样浩大、宏伟、精美的古代宫殿，要感谢一个人，他就是明朝开国皇帝朱元璋的第四个儿子朱棣。朱棣于1402年夺印掌了皇权，成为明成祖，年号永乐。这位皇帝在南京待了十几年后，决定迁都北京，并于永乐十五年（1417）决定在北京建造皇宫。四年后（1421），朱棣移驾北京登上了金銮殿的宝座，成为这个金碧辉煌的皇宫中首位皇帝。

故宫地处北京的中轴线上，建筑布局极为端正，极为讲究，极为严整。故宫之大，大得惊人，占地面积达七十三万平方米，建筑面积是十五万平方米，房屋九千多间，大小院落几十个，周围建有十多米高的城墙，城墙四周有高高的角楼，城墙脚下有五十多米宽的护城河。因为有多重护卫，可以说这个皇宫是固若金汤。

午门是故宫的南大门，进了午门向北，即为端坐京城中轴线上的六大殿，是故宫中最重要、最宏大的建筑。前三大殿依次是太和殿、中和殿和保和殿，用现在的话讲，都是皇帝管理国家大事的政务区，叫前朝。后三大殿顺序是乾清宫、交泰殿和坤宁宫，是皇帝的生活区，叫后廷。后廷之后是御花园，最后面是皇宫的北大门神武门。

前朝三殿边侧有藏书楼和皇帝接见文武百官的场所如文华殿、武英殿等。后廷三殿两旁分别为东六宫和西六宫，是嫔妃们生活的地方。

整个故宫，有一个威严又神秘的名字——紫禁城。古代天文学认为"紫微垣"星座的"紫"代表天，而皇宫又是严禁擅入的圣地，所以取名"紫禁城"，显示了宇宙与皇权至高无上的结合。辛亥革命让皇权倾圮。20世纪20年代以后，紫禁城成为闻名中外的游览胜地，称为故宫——过去的皇宫，成为回归人民的中华瑰宝。

二

我第一次游故宫，记得只花两毛钱买了一张门票。那时游客很少，一个售票窗口，一个游客入口足以应付。现在，仅南面午门前，售票窗口就有十几个，入口也增加到八个，而且人流如潮。票价也肯定高多了。

我从天安门东侧进入，过端门，经安检，跨入了故宫南大门午门，进入故宫也就是紫禁城。顺着主干道，来到太和门，向北一望，首先是一个面积四万多平方米的正方形院落，平坦广阔，是故宫第一大院。这里的地面，全用灰砖按长边直立拼砌铺成，稳固坚实，称为"海墁"砖地。大院北边靠近太和殿坐基一线，异样造型的金水河，如一张巨大的弯弓，顿显鲜活与灵气。

在大院和金水河烘托下，太和殿更显峻伟庄严。信步而行，突然觉得脚下异常，一步不稳，几步不稳，差点崴了脚踝。稍做俯视，才见这巨大院场地面灰砖，已普遍碎裂，更有许多拳头大小的坑洼。心头一颤，故宫啊，您确实已经很老很老了。也是，近六百年来，特别是到了近现代，每日数万、十数万、数十万双脚，都从这里踏过，就是铁石身板也会伤痕累累啊！但是，人们心中尽管痛惜，脚下还要继续践踏，无奈啊！

太和殿，是最值得一看的大殿。踏过金水桥，就要登上故宫中最巍峨、最壮丽，也最高最大的太和殿了。在宽阔、坚实、洁白的三层汉白玉须弥座上，庄重、威仪、挺拔的太和殿，令人敬畏。投足之际，我发现叫作"踏步"的大理石台阶，都铺上了紫黑色硬塑踏板加以保护。以后所见的其他各大殿南北台阶也都保护得严严实实，这当然太有必要了。

置身太和殿前，立刻感受到它的不凡之处。太和殿面阔十一间，内有六根金柱，天花有盘龙藻井和轩辕宝镜，显得阔大、宏伟、精美。殿内外拥有大量特制神兽仙禽、日晷、嘉量等特殊的陈设。最为重要的，这里就是四方拥戴、八面钦仰的金銮殿。每一位皇帝的"天子"生涯都从这里开始。当他们往高达两米的楠木宝座上一坐，就表示"受命于天"，天子的权力就正式地合法化了。正因为如此，游太和殿的人很多。但是实在遗憾，大殿正门虽大开，但临门拉起了半人多高外罩橡皮套的铁链，游人一律不准入内，两旁所有门窗都关得严严实实。这一来大殿门口挤成了人堆，都要争看金銮殿里面的气派与奢华，很多人还高举手机相机，朝大殿内拍照。由于人多挤来挤去，站立不稳，照片拍得都很艰难。不知从何时起，故宫各大殿都不准游人进入。这对保护古建筑倒是非做不可的好事。

回想我第一次来参观，真是自由自在。那时，各个大殿都敞门入场，除了金銮殿小范围拉起半人高的红绳围栏不能进入外，其他地方都可信步来去，不受限制。记得在坤宁宫，我走进了皇帝结婚专用的喜房，四壁金幔红帘，充满喜庆气氛。特别是那张又大又宽的婚床上，喜帐、枕头、垫被、盖被，都是黄色绸缎制成，上面绣满了玩乐嬉戏、姿态各异、不可胜数的幼儿形象，十分惹人喜爱。现在仅仅是大殿门外简介牌上的文字，给你一个空泛的印象，让你做任意的想象而已。

三

参观钟表馆和珍宝馆都得另买门票。展室面积都很大，展品有上千件。除了巨大的展品，如钟表馆两层楼高的铜壶滴漏等大件头之外，其他都是一品一个与人等高的玻璃柜，柜与柜之间有约三十厘米的距离，既方便品赏，又规整有序，在偏暗的灯光下，还有几分神秘诱人。

五十多年前，我第一次看这两个馆，也买了票，票价一角。记得最清楚的是，在狭小的展室内，所有展品都裸放着、紧挨着，伸手可触。但各处立着的小标牌上清清楚楚写着：请勿动手 损坏赔偿。服务员、讲解员也随时提醒要爱护文物。通道很窄，参观者迈步都十分小心。我印象最深的是在钟表馆，见到了那些制作精美，色彩缤纷，式样各异、大小不一的西洋钟表，确实是一种美的享受。

最让我开心的是，讲解员在一路解说中，走几步就会开启一台钟，让我们亲耳聆听调门各异、轻柔悦耳的钟声。在一台约二十厘米高、状如小小亭院的座钟前，讲解员开动了机器，立即看到伏在树枝上一只翠鸟，立起身，张开小嘴，轻快地叫了几声，钟面上也应声显示出几点钟。

走了几步，讲解员又开动了一台类似舞台台面约六十四开版面大的钟。那台前左右上方各挂着一个小铃铛。机器启动了，只见里面将出、相入两个小门，同时走出两个小指头大的人，一点一点移步台口，举起手中的小锤，同时敲响小铃铛，敲了几响，门头上时针也指向几点。工作结束，他们又缓步退场。

随后，讲解员又领着我们看一台轿形小钟，四根玻璃立柱支撑着轿顶四角，小巧的圆形钟面，就挂在轿子的正门。他说，这叫"水法钟"。机器开启，只见四根玻璃柱内细细的水流呈螺旋形欢快地转动，同时响起好听的乐曲。正听得入神，时针到点，一切停止如初。真让人眼界大开，喜爱不已。可惜这些表演，现在看不到了，因为钟表们都成了陈列柜中的摆设，失去了生机，人们只能观其外貌。但我想，若是借助现代技术，做一个各种珍奇钟表运动的视频，让参观者又看又听又欣赏，岂不是更好吗？

在珍宝馆，我边看边寻找着一个金盆。五十年前，我来参观，讲解员指着架子上一个精制的黄金脸盆给我看。这盆有六七十厘米的直径，中间卧着一条金龙，昂首翘尾，很有生气。讲解员说，这金盆可贵重了，只有在皇帝的龙子降生时，才用它端水给皇子洗澡，平时贡着，谁都不准碰一下。这次二进珍宝馆，我都连金盆的影子也没有看到，很有些遗憾。

第二次游故宫，上午十点钟入场，下午五点多钟出来，除中途休息了两三次，几乎都在不停地走动，边走边看。可是还有很多地方未跑到。尤其是宋朝大画家张择端的《清明上河图》真迹限期特展却来不及看，而且也许再也看不到了，真是太可惜。这次参观后不久，央视报道，故宫城墙上的四个角楼也对游人开放了。看来，我有可能要三游故宫了。

2015.12.24

再访天坛

　　北京的秋天是一年中最美的季节。正巧，那天天气晴朗，又无雾霾，在蓝天白云下迈步，很是爽气。这是时隔五十多年之后的2015年金秋，我第二次走进天坛公园。时近正午，进入天坛的北大门，立刻感受到高高的宫墙大院里，这个古老的公园在丽日之下，花草纷繁，古柏森森，洁净典雅，充满俊美安详、舒适宜人的气氛。游客不是很多，但先先后后也络绎不绝。有那么三五处，绿树丛中或方或圆的空地上，人们或是欢快起舞，或是舒心歌唱，好一派升平景象。我知道，那些歌者舞者，八成是附近的离退休人士。这正好体现了天坛公园身兼名胜欣赏和群众娱乐二任的特点。1960年，我第一次慕名信步天坛，只见满目零乱凄冷，满地乱草垃圾，林中堆放些杂物，树上拴着许多骡马，没有围墙，行人乱窜。古建筑凋敝陈旧，没有生气。如今，天坛变得太漂亮了。

　　天坛与紫禁城同样是明永乐皇帝朱棣所建，地处老北京外城的东南部。在北京众多古建筑中，显得最美丽最神奇。它占地270万平方米，是故宫面积的3.6倍。明清两朝500多年中，这里上演过500多次天子祭天的仪式，也就是皇帝们的"最高国务活动"，其中当然不乏滑稽可笑的虔诚和虚伪。

　　二游天坛，我自北向南顺序看了分别被围墙分开的"三宝"。第一宝即为祈年殿。这个巨伞状耀眼的蓝色琉璃瓦三重飞檐圆形大殿，连汉白玉基座在内，占地5900平方米，高近40米，曾是京城最高的建筑之一。大殿内圈四根金柱代表四季；外围两圈各有十二根圆柱，分别代表十二个月和十二个时辰，它们相加，又代表二十四个节气；内外三圈柱子总和则象征天上的二十八宿。祈年殿的圆攒尖顶、多重斗拱、雕龙藻井天花等智慧的高超和工艺的特殊，分外美丽、崇高、庄严、肃穆。登临大殿，真如置身天界一般。这里是摆放先皇们牌位的殿堂，尤显神圣。祈年殿是我国古代木构技术的辉煌典范。

　　所谓第二宝，是皇穹宇。从祈年殿向南，走过长长的通道，跨进成贞门，就到了一座直径五十米左右环形围墙围起来的院落，内有一座圆形单檐攒顶的小殿，建造和装修工艺也很精美。这就是皇穹宇。殿内有一石座，平日安放"皇天上帝"牌位。皇帝祭天前一天，必须到此烧香，行跪拜礼。皇穹宇院内建筑有十分奇特的声学效应。殿前正中一条约一米宽白色石板路，铺着三块长方形大石板。若依次站在这些石板上各击一掌，就可先后听到一、二、三声回声。所以这些石板叫作"三音石"。还有，若是两个游人分别站在环形院墙东西两边，一人在此贴墙轻声细语，另一人在彼侧耳贴墙就能听得清清楚楚。如同打电话一般，十分神奇，妙不可言。这神奇的院墙，就是闻名天下的"回音壁"。

　　继续南行，就到了第三宝：圜丘。这才是真正的天坛，是皇帝祭天的圣坛。在古代，人们对洪、旱、风、火、雷、电、震、瘟等各种灾难，无法抵御，也无法做出科学的解释，只得归结于神灵之力，而天帝就是诸神之首。因此，几千年来人们对天的崇拜长盛不衰，而且把祭天作为一项重要的国家制度。明清两朝皇帝，在冬夏双至日，都必到天坛行祭，下跪行礼，念祭文，祈祷上天赐福。可见这圜丘也即天坛，比祈年殿重要得多。圜丘即圆丘，是一座底盘直径估计有六七十米的三层汉白玉垒砌的石台。经过工匠的精心设计，它充分体现了封建秩序中的阴阳学说。数字一、三、五、七、九被看成阳数，而且以九为最大，代表天。所以圜丘所有各层次的梯道、栏板、铺地石的数量，都是九的倍数。其中心有一圆形石块，称为"天心石"。皇帝祭天时登临此石，就真的成了人间和上天对话的唯一代表。

　　我凭着游览的感悟，觉得祈年殿、皇穹宇和圜丘确实是三宝。它们有机组成了享誉世界的天坛古建筑群，统一在封建社会"天帝至高无上"的观念中，统一在封建皇帝叩拜上天、祈福大地的行动上，如今更统一在中华古建筑的伟大、高妙、神奇和庄严里。我是外行，愿试说这三宝的各自特点：祈年殿唯美的艺术形象精美绝伦，因而成为享誉世界的中国天坛标志；皇穹宇是声学原理在古建筑上奇巧运用的稀世杰作；圜丘则是把阴阳学说的数字含义体现到了极致。这三宝的完美组合，充分显示了封建皇权、神圣天帝、奥秘大自然三者和谐相融，从而构成封建帝王们祈求的太平天下。不过，这种意念如今仅存于历史，令游客感慨不尽的是这座古建筑群超凡的精美、古雅、崇高和伟大。

2016.3.2

天坛古柏，别样的挺立

　　步入北京天坛公园，在拜读夺天工之巧，宏伟奇幻胜迹的同时，都会对那些参天古柏发出钦仰和敬畏的慨叹。在天坛主干道西侧园区，挺立着对祈年殿、皇穹宇和圜丘形成森严护卫的3800多株古柏。它们成行成列，上接碧空，下荫大地，四季葱翠严整、古朴昂扬又神圣不可侵犯。这样的人造古柏群，这样巨大的阵势，不仅在中国，在全世界也可能是绝无仅有。天坛是国宝，这群雄并立的古柏何尝不是国宝！

　　这些古柏，与天坛三大建筑同时诞生在京华大地。几百年的经历中，它们曾享受着最高规格封建礼仪的顶礼膜拜，也承接着日月光华的照拂和岁月尘流的冲濯，更饱尝着风霜冰雪的雕琢与磨砺。令人崇敬的是，它们依然葳蕤焕发，群威群势昂然。就单株而言，都是躯干粗壮，劲健挺拔，冠盖接云，翠色耀眼。其中佼佼者——一株需三人合抱身形伟岸的桧柏，尤其引人注目。它被护以齐肩直径三米多的圆形铁栅栏。这是古柏群中唯一重点保护对象。简介牌上介绍，它叫九龙柏，已有五百多岁高龄。我与其他游人一样，围着它，迈着轻慢的脚步，仔细地端详着它古铜色的身躯，竟然发现奇迹：这位古柏老爷子，全身遍布纵向沟壑，真如众多的神龙绞缠密绕，钢打铁铸般合力向上，奇哉伟哉。一些游客神情沉稳地对着这神树，不断向前轻推双掌。一打听，说是感受这位柏老爷子透出的气息，以获得它的庇护。我想，这种神化的举动，应该是表达人们对古柏的景仰和挚爱，当可理解。

　　最让我震撼和感动的是，离九龙柏不远，一株出土就长着两根树干的连理古柏，向南倾而未倒，树冠早已折断。它们那十来米长，各有一庹胸围的身躯，与地面约呈三十度夹角，分别被一米高的粗铁叉支撑着，尤显坚实稳固。根部被砖石水泥块护压着与大地骨肉相连。这不屈的古柏，在安详和沉默中长出了许多蓬勃向上的枝杈和翠绿的树叶，显示出不屈的壮美和对未来永不放弃的追求。谁看了，都会为这顽强的生命而赞叹。我不知道，何年何月，狂风暴雨摧残了它的根基令它行将倒毙。我也不知道，何年何月，人们想方设法科学施救，挽古柏于既倒。但是我看得清清楚楚，人们对这古柏倾注了大量心血，这种感情珍贵而崇高。而古柏回报人们的是，不惧摧残，永远奉献着绿色的灿烂。这形象，这精神，实在是别一种挺立和昂扬。

我在古柏的行列中轻步穿行。在中华天坛的神圣之地，古柏们尽忠职守，默默地接受历史的塑造，也默默地辉映着历史的光彩。它们装点着历史，也书写着历史，甚至创造着历史。阵阵轻风从林间飘过，应该是大地向古柏们送来的深情问候，抑或是古柏们在吟诵着古往今来的缤纷故事。无论哪种，天坛古柏将永远被尊崇被褒扬。

2016.1.20

漫话王府井

王府井，是北京一条繁华的商业大街。到过北京的，人人都知道，不管是中国人，还是外国人；未到过北京的人，很多人也知道，不管是中国人，还是外国人。王府井天下闻名。

初识王府井

我结识王府井很有年头了。20世纪60年代第一春，在县教育局当教研员的我奉命到北京，进入国家文字改革委员会、中科院语言研究所和教育部三家联办的"普通话语音研究班"学习。三月下旬一天，乘火车到达北京的当晚，坐公交车从城南永定门向北，穿城而过出安定门到研究班所在地和平里，中途就经过了前外大街、大前门、天安门广场、东长安街、王府井。在以后的四个多月里，好多次到过王府井，闲逛、买东西或是路过。

当年王府井给我的印象是，街道百多米长也不太宽，商店多，商品多，大街上、店堂里的人更多。乍从县城到了那场合，就觉得王府井真正是热闹。脑子里一直记得那王府井百货公司，有几个楼层，简直是商品像海洋，顾客似潮水。长到二十来岁，第一次见到这样大的商店，又稀奇又高兴。我楼上楼下跑着看着，不知不觉花掉了半天时间，看个心满意足。再有那个东安市场，一进大门就是店面连着店面，柜台接着柜台，很挤杂，光线也不太好。左看右走走不完，像是个大迷宫。还记得，因为好奇，在东来顺涮羊肉店，我神情定定地看着师傅切羊肉片的情景。他左手牢牢把握着肉块，右手紧握宽大锋利的钢刀，飞快地切削着，一瞬间，刀下就是一大沓薄如纸片的羊肉片。那种专注，那种力度和速度，那种效果，真叫我大开眼界，叹为观止。令我惊异的是，师傅右手大拇指头，竟是异样的粗大，相当于常人的一个半多。

我知道，这拇指是师傅操刀的着力点，长期的功夫，使它变形了。涮羊肉好吃，师傅该吃了多少辛苦啊！

大街心里南北对开的公交车和其他车辆，车头连着车尾，真是车水马龙。在大街向北靠右拐弯处路边，还立了一个一人高铁架，架着一面直径八十多厘米的圆镜。起先我好奇，大街上放个镜子干什么？谁还在这里对镜"贴花黄"？后来问家在北京的同学，才知道这凸面镜，是让南北对开车辆的司机，在远处就能从镜子中看见前方是否来车，以便减速慢行，防止擦碰，保障畅通。我乘车往返王府井，喜欢靠镜子这边坐，向镜子里面看。

在王府井我买过几样东西。在百货公司买了一件白色暗条短袖香港衫，它成了我在京城应酬场面的礼服。穿在身上，似乎提了一点档次，有点自鸣得意。正如我们家乡民谚：乡里佬大摆架子，全靠一件大褂子。买了一个灰亮色塑料钱包，这钱包结构有点新颖，长约一尺，迭三折，分三四个层次，横竖有七八个大小口袋，储物可观，又便于随身揣放。我买它却完全是好玩，因为我根本就没有什么钱、证、票向里装。这个钱包我一直留存到30多年后才不情愿地扔掉了，因为它已经挺硬又开了许多裂口，既无用处又难看，留着就是垃圾。还有，我在利生体育用品商店买了一双黑胶底、咖啡色浅帮力士鞋。这鞋的特色是鞋底与鞋帮相连处有一轮白色的胶线，很好看。买来后，因为我实在偏爱，这鞋也就承受了少有喘息的劳役之灾，时间不长，就和我永别了。此外，还在百货大楼买过两次水果糖和糕点。那是极为艰苦的年代，我们县里偶尔有些极粗劣的糖果糕点，还要凭票才能买到，而一般人很难搞到那些票，想买也买不到。北京的糖果糕点又多又好，还随便买，这好买不买就是孬子了。我第一次买了两斤水果糖，寄给一个在杏花泉小学教书的同学。他写信给我说，计划粮不够吃，夜晚肚子饿得没法备课改作业。我于是买了水果糖，给他"慈善"了一下。后来他说："那真是雪中送炭，太得济了。"第二次是研究班结业，要回家了，买了些水果糖和面饼之类的糕点，算是给家里人的见面礼。我当时的月工资是27.5元，买了上面所说的物品，总共不过花了半个月的工资。因为家里人口多，生活担子重，遇有开支，我都是掐指算了再算。买上面几样小物品，也还真是"看在王府井面子上"。

有一点至今难以忘怀，就是王府井或京城其他地方，如饭馆、景区、公交车上，营业员、服务员都是和气待人，周到服务，始终如一。购物或接受服务的过程，让人享受更让人感动，体现了真正的"首都水平"。

后来，我曾几次去北京，但再未涉足王府井。理由很简单，一是老地方，不必再去了，二是舍不得牺牲"钱老爷"。

华贵的商业宝地

今年，一个秋阳明丽的下午，我又到了王府井，这是五十六年后与老友的再晤面。这一次，老伴同行。出了地铁，登上王府井连着东长安街的南口，靠左侧向北进街，不远，就看到一座高楼的侧边墙上三个蓝底大红字：王府井。首先感受到的当然是人，太多太多的人，不停地流动着的人！向街里步行不远，横竖几道半人高不锈钢栅栏映入眼帘，气氛十分紧张。可是走过之后，顿觉轻松了，自在了，可以信步闲庭了，原来王府井成了步行街。那些不锈钢栅栏，就是保护这步行街的。好，这正合我意，逛王府井，看望"老友"，不用担心行路的安全。

王府井，还是那南北走向，还是那商店林立的架势，还是那样热气腾腾，一些老招牌还是那样热眼。但略做端详，就发现街道宽多了，店面漂亮了，有些还很有新潮模样。王府井书店、工美大厦、成龙国际影城等高楼大厦颇具现代化气派。特别是这里成了步行街，真正是购物、游玩、休闲的福地了。

正在我考虑从哪里看起的时候，听到小喇叭吆喝："欢迎乘坐电动车游王府井，游王府井附近街道，三十分钟兜一圈，看的景点多，边游边介绍，有趣又轻松。"价格是每人二十元。我一听，里面有"介绍"，肯定会了解些门道，又节约时间，两人就上了车。很快，两节头共十二排四十八坐带凉棚的电动车缓缓启动北行。

导游小伙子开始介绍了。他简洁流畅的介绍，让我对王府井有了很真切的了解，这是我第一次听说，很有趣，也很难得。王府井不是一般的商业大街。她有着久远的历史、高贵的身份、华丽的层次和浓郁的京味。王府井大街始建于元朝至元四年，至今已有六百七十多年历史。当时皇族看中这块风水宝地，纷纷在此兴建私家府邸，连带着商业逐渐兴起，遂被称为"十王府街""王府大街"。为何又叫"王府井"呢？因为随着经营所需，民生必备，水是必不可少的。某王乐作善举，掘井一口，因地命名，贵称为"王府井"。时间一长，连带这条街也被叫作王府井。但因数百年时事变迁，此井竟遭废弃直至湮灭，徒留王府井的街名，一传至今。解放后根据有关图志，得知王府井这历史名街确实有一口井。井址身存何处呢？1998年，大规模改造王府井大街，终于在街西边北端"中华老字号懋隆黄金"店门前地下发现了这口古井。

于是在平着地面的井口，盖上铸有铭文的铜圆盖，护以围栏，作为王府井大街的标志和历史文物保护起来。

游车缓缓地行，小伙子慢慢地说，我对王府井也有了更多的了解。

解放后，北京成为新中国的首都，地处首都中心的王府井，理所当然成为商业繁华地带，更是北京面向全国和全世界的一个重要窗口，因而受到中央政府的高度重视。王府井百货公司（或北京市百货公司），就是在新中国成立不久，于1954年由中央财政拨专款兴建的，其古朴典雅的民族风格，成为北京地标性建筑，被誉为"新中国第一店"而享誉世界。为了提高王府井商业服务档次，周恩来总理直接过问，从上海南京路四家最好的理发店，挑选骨干力量来京，组建成了王府井的"四联理发店"即如今的"四联美发"。这里的"中国照相"馆，也是遵照总理的指示从上海迁此，与前门外的大北照相馆成为一流水平的姐妹店。一路上，我也看到了很熟悉的有着浓浓京味的北京老店、名店。如东安市场、同仁堂国药店、东来顺涮羊肉店、全聚德烤鸭店、中华老字号同陞和布鞋店、利生体育用品商厦、新中国儿童用品商店、吴裕泰茶馆、瑞蚨祥绸布店，等等，而且还有明显是引进的天津狗不理包子店。可以毫不夸张地说，在中国商业经营这支巨大的队伍中，它们就是排头兵，在国内外，都是"高山打鼓有名在外"！

令人难舍的遗憾

三十分钟已过去，一个圈子兜过来。这一路除王府井之外，还走马观花，经过了灯市口、老舍纪念馆所在地丰富胡同、隍城根、五四广场（当年五四运动学生队伍首聚之地）、老北大红楼、北京饭店等地。行程结束，下车，但我还有一个心愿，想要细细地看看王府井百货大楼。

怀着拜望老模范的心情，走到百货大楼前，看到了全国劳动模范、王府井百货公司优秀售货员张秉贵的半身塑像。老张身着西服，梳着背装，笑容满面，栩栩如生。塑像齐肩高基座正面是陈云题词："'一团火'精神光耀神州。"基座背面刻有老张的荣誉称号、姓名、生卒年代和立塑像单位：全国总工会、商业部、北京市政府、北京市总工会。我依然记得当年媒体的介绍。20世纪80年代，张秉贵可是王府井百货大楼的大名人。他是糖果专柜营业员，每天面对大批顾客，从上班到下班，忙得没歇时，常常是小腿站立到粗肿起来。他对顾客总是笑容满面，热情真诚，耐心周到。他工作效率高。面对排着长队的顾客，动作利索，做到"接一、问二、关照三"，就是为第一位顾客取货包装的同时问第二位顾客买什么糖果买多少，并请第三位顾客挑选品种，尽量让顾客少花时间等候。他技术过硬有绝招。他熟知所有糖果的产地、原料、味道、特点、适合对象，经他介绍顾客总会买到满意的糖果。顾客选定了糖果后，他立马能按顾客所报斤两，伸手抓货入包过秤，不差分毫，叫"一抓准"。顾客买一种或多种糖果，他最后报账收钱是"一口清"，不错角分。有的顾客抱着的小孩见了糖果就闹着要吃，张秉贵总是主动递上两个好吃的先让小孩乐起来，待这顾客买好后再笑嘻嘻地扣回。带孩子的父母夸奖说，张师傅想得周到做得更暖人心。顾客满意而去的时候，他总要说一句："您走好，欢迎再来。"时间一长，人们都称赞张秉贵这种"一团火"精神。

看着张秉贵塑像，想着张秉贵精神，接着就要进入百货大楼了，但油然生出一种异样的感觉。这大楼门前是"门前冷落车马稀"，与对面大小商店顾客盈门的热闹场面形成鲜明对比。"不对劲！"我推开玻璃大门，走进店堂，一下傻了眼。当年多姿的货架、缤纷的商品，人头攒动的顾客，说说笑笑的气氛毫无踪影。代之而在的是不宽的走道两边，有许多四方形玻璃小房间，里面全是金银珠宝。顾客购物，需进小间挑选，气氛严肃冷峻，让人不敢多说一句话，不敢多走半步路。顾客也很少，一个小间摊不上一个顾客，好像营业员比顾客还多些。

往二楼三楼继续走去，都是专营部，分别经营女装、男装、床上用品、男女皮鞋、儿童用品。各类专营货品当然丰富，档次也很高，但是适合各类顾客采购的面比无所不包的"百货"那就窄多了、小多了。像当年张秉贵经营糖果那种顾客排队、温馨惬意、欢声笑语的场面已彻底消失。

走着看着，我劲头不大，兴趣不高。心里想，这"新中国第一店"好像有些变味了，张秉贵那种感动千万人的"一团火"精神看不见了，那种以千万"百货"吸引千万人欢欢喜喜逛百货大楼的场面没有了。这是否是王府井留给人们的最大遗憾呢？我想，若是在优良的传统商业模式中，巧妙地植入现代化的商业理念，传统与新潮结缘，专营与"百货"联袂，高档与普惠相配，也许能找回这"新中国第一店"的万紫千红，甚至是更加光彩夺目，妩媚动人。

2012.12.24

趵突泉水 "涌如轮"

住定了宾馆，我们老小四人轻轻松松跨过马路，来到了趵突泉公园，请一位女士先为我们在大门外拍个照。

这是一次意外的旅游。两个外孙女，外地读书十几年，今年很巧，一起在我们这里过暑假。老伴乐得忙吃忙喝没歇时，忽然觉得，不能老让孩子待在家，也该带她们出去玩玩，她们当然积极响应："好"。一商量，确定目标，去山东，游一游"两山二水加一孔"——千佛山、泰山、趵突泉、大明湖，看一看孔圣人。

考虑到不能受拘束，节奏也不能快，决定自主游。真是高科技时代。两个孩子叽叽咕咕地在手机上七点八点一番，很快拿出了旅游详细日程安排。乘车、住旅馆、行止时刻和各项费用全都一目了然。下一步是人到事就成，太方便了。

第一站是济南，第一个要游的景点就是这举世闻名的趵突泉。

我最早知道"趵突泉"是在小学地理课上。记得老师说，那奇妙的趵突泉有三股泉水，从地底下向上直冒，一年到头不停地冒、冒。冒出一个永不枯竭的大水潭，冒得世人争相看，冒得世界出了名。真是太奇妙了。

后来读《老残游记》，书中说老残"到了济南府，进得城来，家家泉水，户户垂柳，比那江南风景，觉得更为有趣"。这才知道，原来济南是个泉水之城，趵突泉在其中最出众最有名。

跨进园区，最要看、最抢眼的，肯定是"泉"了。走了几步，就见到了金线泉、柳絮泉。据说在这个占地十公顷的公园里，有二十多个名泉，如马跑泉、白玉泉、漱玉泉、无忧泉和趵突泉，等等。这些泉组成了趵突泉群，是济南四大泉群中的老大哥。我一路见到的几个泉，显然是人工修饰过，形状不一、大小不等的泉口，泉水不息地涌动着，用各自的情状，展示生命的美丽。泉水们有的向一端轻柔地顺流，有的向四面悄悄地展开，有的是水波欢跃，有的如锦丝飘逸。有趣的是一处泉口用青石框定的"圆日"和"月牙"，深情相依，泉水静静地从"月下"潜入"日心"，很是禅意朦胧，爱意绵绵。

边走边看，缓步慢行。杨柳依依，亭榭楚楚。许多小孩儿嘻嘻哈哈，好奇地蹲下来，用肉肉的小手，轻拨泉水，晶莹的水珠欢快而飘忽。大人们似乎总想探一探泉中奥秘，指指点点，看看评评，乐在其中。

走着走着，前面人流渐密，人声嘈杂。我很诧异，趋前一看，这略微开阔的园中场地，竟是人碰人，人挤人。再走几步，恍然大悟，已经到了趵突泉！

四面一看，首先是迎面而立的"观澜亭"很引人注意。这不大的古亭中央，伫立着一通二米高的石碑，上镌繁体楷书"观澜"二字，两边亭柱上有一副金字楹联，绘声绘色地把"天下第一泉"介绍给游客们：

> 三尺不消平地雪
> 四时常吼半天雷

观澜亭左右水面各立一座一人高的石山形碑刻，左是"趵突泉"，右为"第一泉"，亭角高挂两盏大红灯笼，亭前临水摆放了一大片盆栽红花，场面煞是古雅、喜庆。

再看水面。观澜亭前约200平方米的水潭中央，有三股并列、直径各有一米多的环状水波往上直翻，一刻不停地翻，就像三朵巨大灵动的水晶花，充满张力、活力，而又那么奇巧诱人。只见水头不停地上蹿着，似乎可闻"噗嘟"之声。这就是康熙皇帝巡幸济南，观赏此泉时，高兴得开了金口，赞为"天下第一泉"的趵突泉。

趵突泉，是一处历史悠远的天下名泉。其历史可上溯至商朝，至今已有三千五百多年，是古泺水之源。"鲁桓公会齐侯于泺"就在此。史书、方志都十分形象生动地描述其特点。或说其"泉源上奋，水涌若轮，觱涌三窟"，或说其"平地泉源觱沸，三窟突起，雪涛数尺"。

曾巩，曾经的济南（齐州）"市长"（太守）。这位江西老表，是宋朝著名文学家、唐宋散文八大家之一，以文学家的智慧和才情，对济南的山水名胜尤为钟情。一日，在观赏了治下这奇突的泉水之后，得知其尚无定名，只是由人们随意呼之为"槛泉""温泉""三股水""瀑流水"等等，既乱又俗，于是依其跳跃奔突之状和"噗嘟""噗嘟"之声，命名为"趵突泉"。

此名象声、似形，立受称赞，很快传遍天下，传到今天。

　　趵突泉太美了，那水气如霞，袅然如烟，泉池清幽似梦，波光潋滟如银。曾巩不由得诗情激荡，一首七律《趵突泉》脱口而出：

　　　　一派遥从玉水分，暗来都洒历山尘。
　　　　滋荣冬茹温常早，润泽春茶味更真。
　　　　已觉路傍行似鉴，最怜沙际涌如轮。
　　　　曾城齐鲁封疆会，况托娥英诧世人。

　　诗中，对趵突泉的泉水之源，润泽万物之功，似镜如轮之态，史上地位之显，更似尧帝两个爱女、舜帝二位夫人娥皇、英女的绝世之美，都描述得十分形象生动。可见曾大人对这趵突泉是一往情深，推崇备至。

　　趵突泉，是人们心目中的宝泉、圣泉。趵突泉公园，是新中国诞生后颁定的国家首批重点公园，如今更是国家五A级旅游景区特色园林。游览趵突泉，一睹其玄妙的容颜，是无数人的期盼。今天，既非休假，也非节日，此刻又是下午三时以后，游园的人依然络绎不绝。趵突泉边，更是人多得难以挪步。我很兴奋。因为对它虽已知姓知名几十年，但直到今天才身临其境，当然同所有游客一样，饱览胜景之后，肯定要以观澜亭和趵突泉为背景拍照，留下纪念，带它回家，以慰情怀。我先给两个外孙女摄下合影，外孙女再给我和老伴拍了照片。在众多游客的拍照、说笑、品评，甚至是你呼他喊的随意、快慰和几分忙碌的气氛中，我们如愿地离开了趵突泉。我在心里默诉：再见了，趵突泉！今日与君一别，也许此生不再相会。您多保重。

　　接下来，我们的小队伍，参观了公园内多座殿、堂、苑、馆。三圣殿，供奉着唐尧、虞舜、夏禹三位圣人，门外廊柱上有这样一副楹联：

　　　　趵突腾飞三泉歌唱尧舜禹
　　　　中华昌盛万代长明日月星

　　这是说腾飞的趵突泉和爱泉、观泉的人，都要感恩华夏先祖，感恩中华家园，也祝愿趵突泉同我们的中华大家庭一起如日月星辰永远昌明。在泉水自然地质展览馆，我获得了关于泉城泉水的一些科普介绍。比如泉城七十二泉的分布、各处泉水的状态特点、泉城的地质构造和泉水的成因，等等，文字、图表、电声视屏都显示得清清楚楚。对游客们来说，这个展览很有必要。有趣的是，展馆外的楹联别有特色，让人读来忍俊不禁。

佛脚清泉飘飘飘飘飘下两条玉带
源头活水冒冒冒冒冒出一串珍珠

联句形象通俗，加上叠字巧用，给人留下泉水清雅、活泼、柔美、玄妙的生动形象。我想，若是记住了这副楹联，泉城泉水之美也就记在了心间。

时间比较紧，不多久要闭园了。我们抓紧参观了园内易安旧居，拜谒了中国伟大的女诗（词）人李清照，随后仍从东门走出了趵突泉公园。因为刚才看到的趵突三泉，虽不停地在水面跃动着三朵巨大的水花，既显示其存在，又满足了人们爱泉赏泉的心愿，但是却消失了曾经的"三窟突起，雪涛数尺"的珍奇和精彩；又回想起多年前，报载因为天大旱，趵突泉泉源断绝，只得求助于自来水给它注入生机，所以心中总怀着对趵突泉一丝莫名的牵挂。在刚才的展馆里，我读到了这样的内容：地质勘查和科学研究告诉人们，济南之所以有众多的泉水，是因为地下有特殊的熔岩地层，埋藏和运动于地下岩层孔隙中的地下水，在适宜的地形及水文地质承压下，自然涌出地面而形成。我猛然悟出，如果泉水这种"自然涌出地面"的生存和运动的条件，受到人为的影响和干扰，比如城市建设或公园改造，改变甚至损坏了泉水的自主自由，泉水就难免会转移，抑或消失。趵突泉，您是否已经受到了追求时髦的人为"美容"和"厚爱"的伤害？

值得庆幸的是，今天我能目睹趵突泉水的欢腾和跃动。它总算给了我一个"笑脸"。我衷心祈祷这天下第一泉能再现往日舞动的身姿，让人们聆听它从历史走来的"噗嘟""噗嘟"脚步声，与它一起欢乐地生活在阳光下。

2017.7.8

游"三孔"

游过济南两水一山——趵突泉、大明湖、千佛山、泰山，当然要游曲阜，看当地人所说的"三孔"——孔庙、孔府、孔林。

初秋时节。早饭后，两个外孙女陪护着我和老伴从泰安出发，坐小车，走公路。不到两个小时，只见一座庄严、坚固、精致，颇有中华传统城垣特色的古城矗立在前面。

古城墙下，漂亮、清雅的护城河，夹岸而立翠翠依依的垂柳，垂柳下净洁的白石栏杆，与护城河相配相衬，怡人又温馨。曲阜到了，小车驶过平铺的石桥，进入曲阜城内。

曲阜，在中国历史文化名城队伍里太老资格了。从中华始祖黄帝在此降生，炎帝在此建都算起，已有五千多年历史。后来，周公旦受封于此，并且立国为鲁。曲阜因此成为一代又一代齐鲁乡亲，回首相承的千秋万代之总根。但是，曲阜漫长的历史之路，一路风光不衰，以致辉煌环宇，最最关键的，还是因为这里出了一位中华至圣孔老夫子。曲阜，是孔子的曲阜。

住进了预订的旅社。服务员很热情,得知我们的来意后,告诉说,游"三孔",方便,今天下午游孔庙孔府,明天上午游孔林,从近到远,不绕路,不费时。又说，这里隔一条街就是孔庙，孔庙紧连着孔府。心中有底了，很好。

一看孔庙

小憩以后，我们先出城，再来到不远的一道城门外，进得此门，就是孔庙。站在城门前，仰望着城门头上横列楷书四个大字：万仞宫墙。心中肃然。寻思，这四个字肯定独有其意，但是我毫无所知。后来向旅馆一位老年员工请教，才知真谛。当年有人夸子贡学问强于老师孔子。子贡说，学问犹如这宫墙，自己这道墙仅低矮及肩，老师这道墙高有多仞，留下了"夫子之墙'数'仞"之说。明朝学者胡缵宗敬奉孔子的学问高如"万仞宫墙"，并制成石额嵌砌于此，知晓天下。清朝乾隆皇帝出于对孔子的尊崇，又加上皇帝之威，硬生生拆下胡书，换上人们今天看到的乾隆御笔"万仞宫墙"。这是进入孔庙前的一个小插曲。

走进孔庙，犹如走进了皇宫。孔庙历史悠久。孔子逝世后的第二年，即公元前478年，鲁哀公决定把孔子生前自住的三间小屋立为祀庙，供人们拜祭孔子。以后历代王朝不断改建、增建、扩大范围，直到清朝成为今天我们看到的模样。孔庙与北京故宫、承德避暑山庄，同称为我国三大古建筑群。孔庙完全仿皇宫制式，布局宏阔，结构严谨，气势雄伟，占地十四万多平方米，有殿、阁、坛、堂、庑、斋宿、碑亭、门坊总计四百六十多间。孔庙，是封建皇帝尊孔、祭孔的圣地。史称，从汉高祖刘邦开始，到清乾隆时期，有十多位皇帝御驾前来。由皇帝派代表前来致祭的，有近二百次之多。

我专注地巡看着，一处处、一件件，能看的都细细看过。从颂扬孔子对中华文化巨大贡献的金声玉振坊开始，经过六门、一阁，再到杏坛，及至主殿大成殿。建筑学上的高超与精美，史学上的博大与精深，彰显着两千年前一位睿智的伟人，或者说一位布衣塾师老爷子，为华夏民族创造的灿烂文化和宝贵精神。

大成殿，取名于孟子的"孔子之谓集大成"之说。作为孔庙主体建筑，是历代皇家和平民祭祀孔子的主要场所。初建于宋，后因雷火之灾，几毁几建。今天的大成殿，是清雍正时重建。雍正皇帝特允按照皇宫模式建造，所以与北京故宫太和殿、泰安岱庙天贶殿并称为东方三大殿。

大成殿的超凡之处，一为大殿四周廊下二十八根整石雕成的龙柱。前檐十根，均为深浮雕，刀法刚劲凌厉，雕刻玲珑剔透，盘龙腾飞，栩栩如生，是罕见的石刻艺术珍品。两山及后檐的十八根八棱八面水磨石柱，每面浅刻九条龙，每柱七十二条龙，总计相等于传说中龙的总数一千二百九十六条。郭沫若曾赋诗曰："石柱盘龙二十株，大成一殿此龙殊。"二为大殿内正中巨大雕龙贴金神龛里，端坐着高达三米多的孔子塑像。老人家头戴十二旒之冕，身着十二章之服，手执镇圭，一副温而厉、威而猛、恭而安的神态。塑像前有一制作精良、高及其膝的牌位，上著"至圣先师孔子神位"。大成殿，是整个孔庙最重要、最核心的内容。说句笑话，京城的金銮殿上，虽有宝座，却是天子常换，辛亥以后更是空对时光。大成殿上的孔圣人却已端坐两千多年，而且与山川同永。老人足可"笑问诸皇，能与本素王相比么？"老人家身旁，有复圣颜回、述圣孔伋、宗圣曾参、亚圣孟轲"四配"，还有闵损、有若、冉求、朱熹等十二哲时刻陪奉，聆听教诲。孔圣人与众生、徒如此朝夕相伴，永不分离，也真是其乐融融。大成殿里走一圈，里面没有权欲和霸气的异味，没有悭吝和欺诈的邪气。有的是浓重的古国文化气息和深厚的华夏人文情怀。

二看孔府

看过孔庙，接着看孔府。今天的孔府并不是孔子的故居。孔子逝世后，其嫡系长支后裔，仍然住在老人留下的矮小简陋的旧房子里。后来的帝王们对孔子的社会地位不断提升，封号越加光芒耀眼，也对孔子嫡系后裔长子系列非常关注，颁赐封号，营造府邸。到了宋仁宗宝元年间，敕封孔子嫡系后裔中的长子为衍圣公，并准其代代相袭，同时大规模兴建孔府。今天的孔府占地达七万多平方米，各类用房四百六十三间，规模十分了得。有意思的是，明朝开国皇帝朱元璋一激动，不但敕令为孔府扩建房舍，还下旨孔府有权比照皇宫设置官署机构。于是孔府主体建筑就形成前官衙，后内宅两大部分。整个府第飞檐彩绘，富丽堂皇，不仅是国内规模最大、最豪华的私家府邸，更是绝无仅有的官衙与民舍合体的贵族庄园。孔府有万亩良田收租，皇帝钦命二品大员率六厅众多官尉负责管理，千万户民为之服役。孔夫子老人家一人的伟大和神圣，带来了家族的巨大福祉和无比荣华。这一切，孔府大门外一副对联，恰好道出了这个"圣府"所以非凡的缘由：

与国咸休安富尊荣公府第
同天并老文章道德圣人家

此处加一个小注，上联内"富"头缺一点，意即"富贵无顶"；下联内"章"中一竖通头，意为"文章通天"。此联是大学者纪晓岚所撰，可谓用心良苦。

三看孔林

我们今天看到的孔林，也是孔子身后才有的荣耀。老人家逝世当初的安葬，既没有高高的坟茔，更没有墓碑。秦汉以后，孔子学说逐渐被人们推崇，尤其是受到皇帝们的重视，孔子墓地也就不断被修整、扩建。现在这个以孔子墓地为中心的孔氏家族陵园，尊称为"至圣林"，习惯称"孔林"，设有殿、亭、门、坊六十余座，碑碣数千块，坟墓十万余座，树木十万余株。墓地垣墙长达十数里，高三米多，厚五米，占地二平方公里，比曲阜古城还大得多。是我国规模最大，年代最久，保存最完整的家族墓地。有人说，这个墓地，是一个储藏丰富的自然博物馆，也是孔氏家族一部编年史。

我们坐着电瓶车进入孔林。一路上只见坟墓丛丛，青碑冷冷，林木森森，游人寥寥，空气肃杀又有些恐怖。与园林外面相比，真是"阴阳两界"。我想，若不是十来个人坐车游览，只三两人徒步园中，很可能凄惶却步。

来到孔老夫子墓地，这是孔林内专设小区。进入洙水桥坊，走过约百米长的甬道，直径约三十米、高约五米、环基圆穹、坚实宏大的孔子墓即在眼前。紧贴墓庐挺立着篆书"大成至圣文宣王墓"巨大墓碑。墓前，有石雕香炉和石砌祭台，香烟缭绕，鲜花正艳。墓地周边青松翠柏护卫着，气氛庄重肃穆。墓地两边，各竖立起一人高的标牌。

右为：

孔子（前551年—前479），名丘，字仲尼，我国古代伟大的思想家、教育家、儒家学派创始人，世界十大文化名人之一。孔子受到人们的尊崇，被誉为"圣人"，死后葬于此，孔氏族人尊为"始祖"。

左侧，在"心香传薪火　鲜花奉先师"的标题下，分行书写着：

这里
长睡着
一位老人
他是中华民族共同心理的构筑者
他是东方特有思维方式的引路人
这里寂静沉默
而又超凡脱俗
面对一个已沉睡千年的思想者
就让鲜花香草寄托追思吧
奉上你我对圣贤敬慕崇仰缅怀之情

两块貌不惊人的标牌，内容简单得不能再简单，语言朴实得不能再朴实，却道出了千百年来，人们景仰孔老夫子，学习、传扬他的学说和精神的共同心声。

游过"三孔"，感慨尤深。孔子，三岁时父亲去世，十六岁时母亲又撒手人寰，成为孤儿。面对人生旅途，他踏平坎坷，穿越荆棘，取得了做人、治学、立世的伟大成功。孔子不愧是中国传统文化集大成者，他承袭和再创造而留给后世的精神财富，不仅属于炎黄子子孙孙，而且已为世界各民族共享。

"三孔"属于孔子，孔子属于世界。

2017.11.20

孔庙看"杏坛"

杏坛，早就听说，是孔子讲学处。教书育人，十分神圣，古今同理。孔子在杏坛设馆课徒，开中华教育之先河，当然尤显神圣。到曲阜之前，就想着一定要看看杏坛。

跨进孔庙，连过十道门、坊、阁，终于在大成殿前院，见到了重檐之间挂着"杏坛"竖匾的杏坛。这个杏坛是一座独立的方亭，有七八层楼高，重檐，金色屋顶，十字交叉屋脊，四面歇山，内顶嵌有金色盘龙彩绘藻井；其下有十二根八棱方柱和四根粗大的楠木圆柱分内外两圈，坚实地支撑着；再分别围以汉白玉和红木制双道栏杆。整个杏坛，端庄、精致又有几分神圣。杏坛内立一高约二米的石碑，碑文曰：

杏坛赞

忆昔缁帷诗书授受与有荣焉
轶桃轹柳博厚高明亦曰悠久
万世受治杏林何有

御笔

其意极赞孔子在艰苦的条件下，潜心以诗书授徒于杏坛，业绩辉煌，超桃压柳，功耀万世。否则人世间怎么会有这广受崇敬的杏林呢？这不寻常的《杏坛赞》与"杏坛"竖匾，均出自清高宗乾隆皇帝之手，足见杏坛是多么显赫与荣耀！

不过，这肯定不是当年孔子讲学的杏坛。这个杏坛是宋代孔子四十五代孙"移大殿于后，因此讲堂旧基，除地为坛，环植以杏，取杏坛之名"。建筑豪华，地位神圣，且内置清帝之碑赞，与"忆昔缁帷"的简陋，差距太大，时差太远了。

史传曲阜城内确实有孔子设坛讲学的杏坛，那不过是杏树下的陋室而已。当年，孔子设坛讲学地点有多处，自家居室的杏坛，仅是其中之一，且已不存。大成殿前的杏坛，完全是对孔子授徒讲学历史功绩的崇敬和纪念。

孔子一生以很多时间、很大精力投身教育。他从三十岁起直到七十三岁终老，三度设馆教学，先后有十多年时间。他在长期游说、流亡各国期间，也十分重视对随行弟子的教育。他从当时社会需要和对社会发展的前瞻考虑，亲自设计了教学内容：礼、乐、射、御、书、数六艺。学生为孔子整理的《论语》计十卷二十篇五百一十二条，表明孔子的教育内容、教育方式，全面又丰富多彩。孔子创造的，关于立志、学与思的结合、虚心、笃实与好学、启发思维、因材施教、时习温故的教育理论，是中华教育宝库中开拓性、基础性的珍宝，至今仍为举世效法和赞颂。

孔子办学，坚持"有教无类"的重要主张，学生不论家庭贫富，他都乐于接纳。每生每年学费（旧称束脩）仅是十条咸肉。与现在类比，不过是两三百元罢了。家境极为贫困的学生颜回，竟然被孔子培养成一个大人才，就是"有教无类"最好的证明。

由于高尚人格、渊博知识和辛勤乐教，他的学馆大受欢迎。史称直接得到他教育的有"弟子三千"，其中"七十二贤人"尤为出众。他的不少学生曾出仕各诸侯国的大夫、卿和统领军队的将军。更值得一提的，孔子学说得到两千多年来的传承，及至今天受到全世界的推崇，无论是他的嫡亲学生，或是后代的"间接"学生都功不可没。

杏坛，不愧是中华五千年教育史上的第一课堂。

2017.12.26

孔府拾趣三四五

　　曲阜孔府，不是孔子当年清贫的老家，而是宋仁宗为孔子嫡系后代长子、长孙建造的府邸，同时对他们敕封并可世袭为"衍圣公"，故又叫衍圣公府。孔府的宏大、豪华、致密、精美，可谓天下无二。孔府中，许多细部微节，或构思卓荦，或举措惊世，却又显得古奥雅妙，意趣盎然。现拣三五，可谓孔府拾趣。

缺笔异画的大门联

　　孔府大门坐北朝南，门前左右两侧是八字粉墙，立有一对约两米高的雌雄石狮。门头高悬大明重臣严嵩手书蓝底金字"圣府"匾额。按传统规仪，大门两旁明柱上还张挂着一副蓝底金字对联。联曰：

　　　　与国咸休安富尊荣公府第
　　　　同天并老文章道德圣人家

　　对联内容很清楚，是说孔氏家族与国家共荣，有享不尽的尊荣富贵；同天地相永，文章道德彰显着高贵的圣人之家，充分表达了祝福孔府永远昌盛的良好愿望。但这对联还另有特别之处：上联中的"富"字头上少了一点，下联的"章"字中，一竖异常地上延到"曰"内。是两个错别字吗？非也。

　　要知道书此联者，清代大文豪纪晓岚是也。纪大人当然不会写错别字。只是他在精心思考对联内容的同时，还用"缺笔异画"的技巧，在字形上突出了对孔府的美好祝愿："富"上缺一点，寓意是"富贵无顶"；"章"中一竖上延，意则"文章通天"。确实是既巧又俏，当然也更有趣。纪晓岚，

171

不愧是大家啊！

无独有偶，济南趵突泉中所立的"趵突泉"石碑上，那"突"字头上也少了一点，它去哪了？那一点被泉水冲飞到大明湖了。不信你看大明湖大门头上，那个正书"明"字偏旁"日"内就多了一笔成了"目"。这一少一多，告诉你，趵突泉水多么丰沛，冲击力多么强大，大明湖又是多么肚大能容。简直把两水写活了。同样让人领略了中国书法艺术的高超与精妙。

奇怪的内院独一门

走进孔府第一进院落，穿过第二道"圣人之门"，可见一座富丽庄重的宫门独立眼前。这就是门头高悬着明世宗朱厚熜亲颁"恩赐重光"匾额的重光门。

重光门，是四柱三间三楼屏门，因檐下有四个垂莲柱，又叫垂花门。是孔府现存最早，式样最古朴的一座建筑。别看此门不大，地位却特别高：平时中门紧闭，一干人等进出，只能从两边绕行。只有帝王临幸、喜庆大典、迎接圣旨和举行重大祭祀活动时，才在十三响礼炮声中开启，或迎接帝王进入，或衍圣公出此门接入圣旨、行祭如仪。

讲解员介绍，来孔府游览的现代国家领导人中，有位最高级别的负责同志，曾在大家的掌声和欢笑声中，徐步从中门进入。另一位政府最高级别的负责同志，则在大开的中门前，停留片刻，复又转身从旁边绕道而行，也引起一阵欢快的笑声。此后再无人从此门走过。

其实，在今天来看，孔府已是文物保护单位，是旅游地点，重光门也早已是普通的门，谁都可以随便进出。只是碍于传统规制，加上管理者为加强保护，不会随便打开此门。于是即使想从重光门里走一趟，也无法"越雷池一步"了。

作为私宅内院公共通道的一道门，在旧式深宅大户人家不会少见。但是像孔府重光门这样地位独特、身份显赫、功能特殊者，天下也许仅此一家。

"坐冷板凳"的由来

在孔府大堂和二堂之间，有穿廊相连。穿廊两边靠墙处，各有一张三个座位的靠背木长凳。这是当年为在此等候进入二堂办事的人专设，很普通。

却说明世宗朱厚熜嘉靖年间某日清晨，身为太子太师、八十二岁的当朝重臣、被尊为"阁老"的严嵩，满面惶恐，急匆匆赶来孔府，要求面见六十四代衍圣公孔尚贤。这就怪了，这大明天下，一人之下、万人之上的严阁老，为何屈尊来此呢？

原来严嵩这位"江西老表"，以六十二岁高龄入阁，把持国政二十年。他纠集其子严世蕃等一干爪牙，专干贪污受贿、吞没军饷、残害忠良的坏事。最后终于东窗事发。嘉靖皇帝龙颜大怒，降旨严查，其子严世蕃被杀，严嵩也被弹劾。天降大祸，严嵩焦急无奈，只好来到孔府"走后门"。这老头想得也对，因为孔尚贤是他的亲孙女婿。看在嫡亲长辈份上，这位孙女婿应该想办法，拉老爷子一把。另一方面，作为当代衍圣公的孔尚贤，在皇帝心目中独享尊贵。若是他亲自向皇帝求情，皇帝心一软，网开一面，严老头也许逢凶化吉，遇难呈祥。老头想得很美，一屁股坐在穿廊的长板凳上，等候好事到来。

严嵩罕见地来到孔府，早有家丁禀报孔尚贤。其实，严老头罪孽深重，孔尚贤早就心知肚明，也早就拿定主意：让老头坐等吧，决计不与谋面。孔尚贤深知，此人罪大恶极，国人皆曰诛之。若为此等坏人向皇上说情，等于为虎作伥，必然坏了孔门家风、坏了孔府声誉，上对不起祖宗，下对不起子孙。若是皇帝龙颜不悦，后果更不堪设想！

严嵩坐在那板凳上，时间一刻一刻地过去，心中的热望一分一分地减少，三个时辰下来，屁股下的板凳竟变得冰冷冰冷。老严嵩自知无望，只好没趣地蹒跚着老腿，走出了孔府。满怀热望而来的老严嵩，竟然把一条板凳坐得冰冷，痛哉，奇哉。从那以后，孔府穿廊里的这长板凳，就被叫作"冷板凳"。这一传开，人们也把类似现象讥为"坐冷板凳"。后来，社会上还戏说无职、闲职、虚职的人是"坐冷板凳"。这些，老严嵩当然不会知道。

追补一句，严老头终于被明世宗革了职，家产全部充公。最后，这老头儿孤零零地躺在凄冷的破草棚里离开了人世。

反贪说《猿壁》

孔府是天下第一大家，房屋布局也有些特殊，前面的大堂二堂三堂是官署，后面部分则是内宅，即生活区。由三堂进入内宅，迎面有一面高二米多、宽三米的木板照壁，遮护着内宅的私密。不一般的是照壁朝里一面画了一幅不多见的彩画，名叫《猰壁》，画面中画了一头形似麒麟的怪兽。在暗八仙（即不是八仙本身，而是八仙所用物品，如韩湘子的竹笛、铁拐李的酒葫芦等）的背景上，这怪兽身披彩鳞，脚踩元宝，圆瞪双眼，神态张狂高傲，正张嘴要吞下太阳，贪心之大，一目了然。据介绍说此兽叫"猰豸"，贪得无厌，不过最后只落个坠海而死的下场。过去官衙也有此画，告诫为官要廉洁奉公，否则绝无好下场。

孔府内宅画出这幅巨画，目的很明确，就是警示孔氏家族，世世代代要"清廉自尊""守法自律"，永远不得贪赃枉法。确实很有意义，也确实用心良苦。但是我发现一个问题，此画所绘"猰豸"，《后汉书》中说："獬豸，神羊，能别曲直，楚王尝获之，故以为冠。"由于獬豸的刚直正义，被制成"獬豸冠"，用作古时法官戴的"法冠"，意在法官应学习獬豸，秉公执法。因此，《猰壁》中的怪兽，只能是"猰"。宣扬拒贪反贪，势在必行，功在千秋，但是不能丑化好人，冤枉獬豸。《猰壁》的文字解说应再行斟酌才是。至于"猰"字，《康熙字典》里面并无它的踪影，疑为孔府自创，可能是说"贪赃枉法者即为禽兽"。面对"猰壁"，可发一笑。但这"笑"的后面，应该是深沉的思考。

超豪华的管理和服役人马

孔府占地面积七万多平方米，各类建筑四百六十多间，是典型的官衙与内宅合一的贵族庄园。

说是官衙，因经皇帝恩准，孔府得以仿照朝廷六部，设立办事机构六厅。负责六厅工作的都是朝廷命官，用的是帑银，吃的是皇粮，计有八十多人。其中三品二员，四品四员，五品六员，都比七品芝麻官县官职位高得多。比照今天，孔府官员，起码在地厅级以上，直到省部级和国级。这六厅，分别是：

管勾厅，负责征讨田地各种税收和筹办祭祀用品；

典籍厅，负责管理书籍、培训礼生和掌管典章制度；

知印厅，负责保管印信，办理签押公文和一切印务；

掌书厅，负责管理文书档案、起草文告、信函等各类文书事项；

司乐厅，主管祭礼乐舞，培训乐生、保管乐器和碑刻；

百户厅，负责护卫林庙、保管礼器、管理林庙户人、祭礼时筹办牺牲和礼器。

六厅职责分明，管理严细，为天下私家绝无仅有！当然，总管六厅，统领一切大权的，肯定是孔府最大的头头、当朝一品大员衍圣公。

支撑这个巨大家族必须有坚实的经济基础。这就是孔府遍布数省的庄田。孔府主要有两种田产。其一是皇帝钦赐和外族豪门捐赠的田地。其二是自置、垦荒、投充和夫人陪嫁等田地。鼎盛时期，孔府共有田地三千六百大顷，合一百零八万亩，分布在鲁、豫、冀、苏、皖、京、津五省二市三十多个县。这么多田亩的地租，是何等巨大和丰盈。这些地租，就是孔府的金山银山，就是孔府主人享受奢华生活不竭的原动力，惊人也吓人！

孔府家大业大，人多事更多。怎么办？它拥有一支非常庞大的专业"户人"。这就是洒扫林庙的庙户、做田交租的佃户和承担各种杂役的杂户。朝廷特准所有户人不编入地方保甲，也减免其应承担的朝廷徭役，专门负担孔府派发的劳役。有资料说，孔府最多时有庙户四千八百多人，佃户一万零二百多人，杂户人数就多得没有确数了。因为杂户类别太多，可谓应有尽有，包括屠户、猪户、羊户、牛户、笤帚户、挑祭户、鸭蛋户、菱角户、香米户、船户、祭猪户、祭羊户、桃户、青菜户、年花户、烧水户、司茶户、运水户、喇叭户、花爆户、吹奏户。杂户承担杂役与佃户种田一样，往往一人顶户头，全家都要辛勤劳动才行。涉及人数，谁也说不清。摆摆孔府的管理和服役的庞大队伍，也让一般的小家小户，平民百姓，长长见识。

部长级的志愿者

这也是天下难得一见的奇事。1956年国家文物局局长王冶秋到曲阜，检查文物保护工作，发现孔府藏有大批私家档案，且存储不妥，管理粗放，引起他高度重视。当即决定，组织精干力量做"志愿者"，帮助整理。

很快，故宫博物院副院长等专家到了孔府，整理档案和文物。随后文物局又转请国家档案局组织专家小组包括装裱工继续整理。同时批拨五十立方米香樟木为之制作档案箱。

1960年国家档案局局长曾三到曲阜检查档案工作。他指示："要片纸不丢，只字不损，把档案保护下来。"又加强了人员力量。1968年到1972年春停止了此项工作。1972年夏继续进行。直到1987年，共整理出档案九千二百余卷。尚有部分破卷残页待继续整理。

一个私家档案，竟然先后受到两位部长级领导的重视，由国家级专家亲自动手整理，有那么重要吗？确实重要。孔府档案记录了孔府从明代嘉靖年间（1534）至1948年四百余年的政治、经济、文化、思想、宗族方面的情况。

不仅是研究历代衍圣公府的重要资料，更是研究我国封建社会的珍贵原始资料，具有很高的历史价值。孔府档案也是中国文献档案学的一个特有的典型范例，在档案史上占有重要地位。原来如此。

为整理好孔府档案，专家们煞费苦心，保证了这些档案的系统性、完整性、科学性。他们按《千字文》文首两句定下了"天、地、玄、黄、宇、宙、洪、荒"的编排顺序。八个字又分别涵盖了八个历史阶段，即明代、清代、民国、北洋军阀、国民党、敌伪时期、解放战争时期，前后跨度为四百年。

每一个历史阶段中，都分细目把档案归纳为17个类别。其中就有袭封、祀典、宗族、家谱、官员、租税、刑讼、财务、文书，等等，明白又周详。一个私家档案，整理保护到如此程度，也只有孔府一家，可称天下一绝。唯其如此，当然也很有趣了。

参观孔府，面对种种趣事，面对孔府的无上权享、官衔地位、浩大财富、丰繁档案史迹等，不禁沉思，皇权的宠崇和制约，使孔学沦为了"皇学"（典型如董仲舒的"独尊儒术"）变得超凡的堂皇、奢华、高高在上，完全违背孔学的本质和初衷。但是皇权的威严威力，在存续发展孔学上，却又是不可取代。不过从历史的发展来看，一旦孔学回归平常、回归平民、回归学术，肯定会更繁荣，更有绵延恒久的强大生命力。

2018.1.23

乐登泰山

"喂喂，听到吗？我现在在泰山顶上的南天门给你打电话。我好高兴啊！告诉你，让你也为我高兴高兴。"2017年5月17日下午3时，在两个外孙女陪护下，我和老伴登上了泰山。按捺不住内心的激动，我掏出手机，连忙给女儿、女婿和几位老友打电话。说心里话，那一刻，连我自己都觉得非常意外。此时的我，已是年到八十，竟然登上了"五岳之尊"的泰山！

一

此次旅游，登泰山是既定项目。那日早八点半，我们乘高铁从济南到泰安，住好旅馆，随后就去登泰山。早就听说登泰山有两条路：一是按传统老路全程徒步攀登。二是乘汽车、坐缆车登上山顶。不用说，全程徒步攀登，以我和老伴的年龄和体力，还是放弃为妙。只是，徒步攀登可以看到的岱庙、红门宫、经石峪等众多恢宏、绝佳的景点，当然也都放弃了。我们在家就决定走第二条路。

我们在天外村广场乘汽车上山。上山的中巴接二连三。我们坐在车上，轻松、安全、快当。中巴钻峡峪、闯悬崖、过树林，上坡、下坡，不紧不慢，不烦不躁。但是，我却觉得有点遗憾。因为这仅仅是赶路，根本看不到任何风景，单调又乏味。车行二十多分钟后，到了中途站中天门。一下车才知道，这里其实是中天门的山脚，还得徒步跨上好几百级台阶，才能上到真正的中天门。这太出乎我预料。早知如此，我可能不做此行了，因为怕走坏了腿脚，那就是个"蹲屁股灾（瘫残）"了。但是，没办法，此刻已无退路，只有跟着下车的人流，走向那让我头痛的台阶。

考验我两条老腿的时候到了。望着曲曲折折、段段节节，看不到尽头的台阶，我得好好斟酌一下，决定自己的走法。因为平日在家，上三五层楼台阶时，膝盖处就不太自如，抬腿动脚都要轻慢一些。现在"重任"在脚下，更不能掉以轻心了。想好了，迈步了。我扶着半截砖墙护栏向上走，以减轻腿脚的负担；两脚交替着上跨几步，再改为一脚跨步，另一脚顺势跟上，轮流减压；每跨十来个台阶，就停下休息一会儿。就这样慢慢地走，效果还算不错。外孙女很细心，分别紧跟着我和老伴，缓步而行。上下台阶的人很多。青年人说说笑笑，蹦蹦跳跳，边走边乐。年纪大的人没多少潇洒，话少，走得认真，有拄拐杖的，还有叫苦叫累的。大概半个小时过去，我们甩掉了那些枯燥烦人的台阶，顺利地跨上了中天门。腿脚还老实，没闹情绪，我很高兴。我们已经取得了阶段性的胜利。

中天门并没有什么门，有一个靠着山脚的小集市，很热闹。这里的殿堂古迹都围上一人多高的蓝色铁皮。听动静，里面好像在施工。我们在路边树荫坐下来，吃了自带的食品和水果，休息了一会儿。

因为泰山顶这个大目标的吸引，坐空中缆车的有趣和轻松，我们老小心情很好，脚步轻快，走进了缆车。

二

登山的缆车我坐过多次。在齐云山坐过，一车坐两人，像是软梯，上去，下来，很短很快。在黄山坐过，从山北脚下上北海，车厢特大，一车装二三十人，坐的少，站的多，那距离也就像北京人的口头语"说话就到"。昨天上午，在千佛山也坐过。我们步行到山腰"千佛山"石碑处，照过相，决定再上。于是乘滑道车到了山顶，看了鲁班庙，舜帝殿，俯瞰了济南美丽的全貌，再乘两人小缆车顺势而下，波澜不惊。

眼前这中天门到南天门两站之间的缆车路线还真不同寻常：一是起讫点都离地面太高。那大立柱上吊的缆车，离地面估计总在五十米以上。靠南天门那头，可能高达百米，而且缆绳几乎是垂直状态，陡得吓人。二是距离太大，我看总有三四里。坐这样的缆车心里还真有点"玄"。但是越"玄"越乐意坐，因为新鲜，难得。我们四人分坐两个八座位的车厢离开了站台。刹那间，身子一沉，心头一紧，真有点无依无着的失然。随着缆车平稳地缓缓前行，也就很快适应了。禁不住向窗外看去，天气真好。上面蓝天白云，风和日丽，高远辽阔。下面万千绿树，碧波轻荡，翠色无边。远处，以南天门为中心的群山起伏多姿，向两边展开，宛如无垠的绿色海洋上，跃动着的巨龙，尽显风流。近旁，成串彩色的缆车，一如五颜六色的巨大吊篮，身姿绰约，在蓝天绿地相映的半空中悠闲进退。尤其是那一长排紧握两根缆绳，拎起两列缆车的立柱，高入云天，坚如铁塔，稳如泰山，威武雄壮，帅气好看，又显得百倍忠诚尽职。整个缆车运行的巨大空间，天然与匠心巧合，画意与诗情相应，生机无限，壮美无限，享受无限。与此前坐中巴感觉完全不同，这是登泰山的一个意外收获。

三

半个小时过去，我们终于愉快地到达南天门站。跨出缆车，实在抑制不住内心的激动。若不是外孙女到我这里过暑假，若不是有她们陪护，我和老伴此生根本不可能登泰山。所以一激动，就忙不迭地给女婿女儿和亲友打电话，让他们也享受享受我们这意外的惊喜和畅快。后来女婿对我说，他接到电话，立刻想到真正是"老泰山登上泰山了"，说得我们都会心地哈哈大笑起来。我们笑的是，他巧用了一个典故。古时尊称年长的老人叫"丈人"，因称妻父也是"丈人"。晋朝某人娶妻，妻父姓乐，某人即恭称为"乐父"。后人仿效，但改为"岳父"。意为妻父是山岳一样，可亲可靠。很巧，东岳泰山上有个"丈人峰"，民间又借此转称妻父为"泰山""老泰山"或"泰山大人"。于是人人都知，妻父拥有"丈人""泰山""岳父"三个高等级称谓，太风光了。当然，其中"岳父"的"岳"，也因此而特指泰山了。

顺着栈道，我很快到了南天门。细细地看着这座三层一顶、黄瓦红墙宫殿般神圣的天上之门。一层拱形门头楷书着"南天门"三个大字，两边对联云：

门阔九霄仰步三天胜迹
阶崇万级俯临千峰奇观

联语中的"三天"意为高空。这副对联告诉人们，建于元朝，至今有七百多年历史，海拔一千四百多米的南天门，多么高峻、庄严、神圣。它身处九霄，"天门一长啸，万里清风来"；下延万级台阶，山川锦绣尽收眼底，何其壮哉，伟哉。到此的游客都对它心怀崇敬，纷纷站在它的面前，留下愉快、难得的镜头。南天门，我知道它，那是太早了。刚记事，就听大人们说到它。

比如说："那么难办的事，交给我，叫我坐南天门，我才不干哩！"比如说："他现在坐南天门了，一朝权在手，便把令来行。真浪！"后来渐渐听出点门道：原来人们把"担大任""办大事""有实权"的人，比喻为"坐南天门"。可见"南天门"在社会上的名气有多大，在人们心目中的地位有多高。但是那时我根本不知道这"南天门"在什么地方，长的什么模样。今天有幸挨着南天门，站着，看着，还同它一起照相，能不高兴吗！

四

还要继续行程。脚步轻松，所见也很新鲜。高大的汉白玉跨街牌坊上，"天街"二字赫然入目。泰山顶上这条百米长街叫"天街"，也真名实相符。这是坐北朝南横贯东西的半边街。街北是两三层的门面房，旅游商品名目繁多，生意兴隆。街南矮墙护栏外，则是广阔的山野风光。街上人流如潮。我们边看边走向天街东头一座无名小亭，坐下来休息。

意外地出现了一个小插曲。忽见七八个黑人青年，在一名中国姑娘带领下向我们这边走来。亭子里坐满了人，他们就随意地坐在街边矮墙上，有的还蹲上了墙头。这矮墙外就是山崖，他们却毫无顾忌。一个黑大个向我挥挥手笑着，满脸善意，于是我起身邀他合影。领队女孩忙用我的手机照下泰山天街这张"中外黑白"二人照。我又忙向那女孩打听，知道了这位黑人青年叫希拉，是科特迪瓦一名中尉军官。他是和同事到中国旅游的。这些黑人青年，能到我们中国泰山一游，还真是幸事。

休息好了，离开天街，顺着山路折向北面。这是一段约百米长，平坦开阔的大路。右手是山下的千沟万壑，左手是高高的山崖。这山崖往北顺势上升得很高，直至泰山极顶。路边的标牌告诉我，已跨入了泰山玉皇顶地界。标牌说："泰山玉皇顶（形成于约25.5亿年前）为肉红色粗斑片麻状二长花岗石""岩体主要出露于泰山主峰一带。由于岩石的硬度大，抗风化，其上镌刻了大量气势恢宏而珍贵的石刻作品"。我就近选录一首无名氏大作：

> 下列群山谷万道　霞瑞重重绝顶高
> 独判天涯第一尊　洞天深影无人到

泰山，这五岳之首，本来就至高无上，加之戴上了"玉皇顶"这举世无双的巨大皇冠，更是威仪天下，当然四方敬仰，八方朝拜。自秦始皇，到汉武帝，直至清乾隆皇帝，还有以孔子领头的各代名士和无数黎民百姓，对这位东岳之神的叩拜，莫不虔诚至极。而且这一拜，从古至今，已达两千多个春秋。世上千峰万岭，谁能企及！

又是意外，又见台阶。这台阶规整、开阔，一级同时能容七八个人跨步，也很高远，从下向上望，台阶密、人很小，估计有好几百级，有点望而生畏。这是奔向泰山之顶的最后一程。一般人到了南天门，到了天街，就算登上了泰山顶，随之满意而返，不再前进，省得自讨苦吃。我也在犹豫，不愿挪步。老伴却坚持要上："好不容易来这么一次，当然要上。你不上反正我上！"她态度坚决，说着头也不回跨上台阶。外孙女为难了，是上去还是停下？想想爬中天门台阶的成功经验，我一攒劲，上！只是比老伴要慢得多。用了近半个小时，终于进入山顶的"西神门"，到了碧霞祠。

五

碧霞祠，是闻名全国的道教重点宫观，建于宋朝，供奉着东岳大帝泰山的女儿碧霞元君。此君是中国民间广受尊崇的女神，信众习惯昵称她为"泰山奶奶"或"泰山娘娘"。碧霞祠整座建筑巍峨庄严，气势恢宏。据说它正殿的瓦、檐等件，都是铜铸的，殿前左右耸立的"泰山天仙金阙碑""泰山灵佑官碑"和一些附属建筑物上的构件也是铁打铜铸，尤其是明洪武年间重修此祠竟用去黄金四千九百多两。试想，在几百年前的古代，在泰山绝顶，建造这样宏大的殿宇，是多么了不起。确实是高山建筑的杰作。大殿正堂上方，端坐着华衮加身，慈眉善目的碧霞元君高大塑像。难得一见的是，大殿内外，墙壁、桁条、屋檐挂满了歌功颂德的赞语、楹联，气氛非常热烈，又十分神圣。我想，这应该是各地道观，无数信众，敬仰碧霞元君心意的表达。

站在碧霞宫，极目远眺，正如杜甫所言"会当凌绝顶，一览众山小"。齐鲁大地，辽阔、丰饶，多姿多彩，是太美的享受。不由得想到，泰山，居众山之首，为之岱宗，是名山中的老寿星，地位崇高，身份显赫，形成独特的泰山文化，成为世界自然和文化遗产。亲临一游，亲身感悟，确实是人生之大幸。

泰山文化是很有影响的。在我们县城，老祖宗就曾经建有百姓和信众拜祭的东岳庙，曾经的县治所在地，有名为东岳镇和泰山镇，现在的鼓楼小学也曾叫泰山小学，如今在城内仍然有泰山社区。有趣的是，城北伸向护城河边藕塘中的三角形小小的半岛，竟被呼之为泰山头，一叫千百年。我想，人们真诚地对泰山文化的宣扬信仰和崇拜，恐怕在全国其他地方，还会有悠久而广泛的显现。与其他众多名山大岳相比，这是属于泰山的无与伦比的荣耀。

应该算是心满意足了。一天的泰山之游，收获当然丰富，感慨也很多。不过，回到最关实际的切身感受，在乘坐汽车缆车的同时，经过两三千级台阶徒步上下的考验，我和老伴的腿脚没有受到些许的损伤，一切如常，这是很让我庆幸和得意的。泰山之游，是我们献给自己八十岁生日的厚重大礼，更是泰山给我们八十岁人生的深情慰藉。

2017.7.19

精彩与疯狂的尼亚加拉

尼亚加拉大瀑布，位于北美洲五大湖区，与南美洲的伊瓜苏瀑布、非洲的维多利亚瀑布，同称为世界三大瀑布。游尼亚加拉瀑布，是我美国之行的重点项目。

初夏时节，早上七点四十五分，在纽约唐人街乘团游大巴出发，除中途午餐小憩和两次停车"方便"之外，都在赶路。下午七点多，四百五十公里行程结束，车在尼亚加拉河中间临近大瀑布的山羊岛停下。

导游小杨前一刻在车上，已对尼亚加拉大瀑布作了简单介绍，并说看大瀑布分三步：第一步，进"风之洞"在陆上看。第二步在河滩上看夜景。第三步乘游轮在水上看。

一下车，我们都快步来到"风之洞"景点买票。这个"风之洞"是在山羊岛紧贴瀑布一端，人工凿开，垂直向下，直达尼亚加拉河谷的电梯通道。入口处按三十人一批进入两部电梯，瞬间下降五十米，走进不大的沙盘展室，看尼亚加拉大瀑布的地理模型。

回想1950年读小学六年级，在地理课上，知道了北美洲的五大湖和这个大瀑布。现在看这个沙盘，当然很兴奋。五大湖身处美国纽约州和加拿大安大略省边界，自西向东依次是苏必尔湖、密歇根湖、休伦湖、伊利湖、安大略湖，是世界上最大的淡水水域，有北美地中海之称。五大湖中，密歇根湖位置靠南，归属美国，其他四湖为美加共有。

尼亚加拉大瀑布是一个自然界的奇迹。在伊利湖的东北角，有一条五十四公里长的尼亚加拉河与安大略湖相通。奇怪的是，在这没有崇山峻岭的湖滨平原地带，尼亚加拉河奔流到中途，却变魔术似的出现了一个举世闻名的大瀑布——尼亚加拉瀑布。这个迷，早由先人探查得一清二楚。一是尼（亚加拉）河从伊利湖出发行到中段，河面由二三千米宽收窄仅千米。二是尼河所带巨大流量到此挤涌至极。三更巧的是，尼河在此突然90度急转弯，而且河面从海拔一百七十米的断崖，猛跌下五十多米深的大峡谷——尼亚加拉峡谷。于是理所当然，人们就看到了奔突咆哮地动山摇的尼亚加拉大瀑布。

大自然的造化无穷。就在尼河即将拐弯下跌成瀑的河面，岿然立有一个状如山羊的山羊岛。总称尼亚加拉的大瀑布，被山羊岛和另一段崖岸一分为三：自南至北，属于美国的美利坚瀑布、美加共有的新娘婚纱瀑布和马蹄形瀑布。其中马蹄瀑最大，有六百七十多米宽。山羊岛原叫高特岛，又叫公羊岛。"风之洞"，就是山羊岛上的人工杰作。

看过大瀑布地理模型，又进入小小电影放映厅。在这里，用十来分钟，简要地了解了尼亚加拉大瀑布的开发历史。大约17世纪，法国人发现了尼亚加拉大瀑布，视为世界奇观，人们蜂拥而至。"进化论"创立者达尔文、大作家马克·吐温都来过，他们对这个大瀑布都极力赞美。很多开发商争先恐后在瀑布区建房经商，吸引游人，大赚其钱。很快，瀑布两岸和山羊岛出现了高高矮矮许多房屋，挤挤杂杂，乌烟瘴气，社会秩序混乱不堪。19世纪末，美、加两国联手整治，提升开发水平，完善游览设施。一番艰苦工作之后，瀑布区面貌彻底改观。

沙盘和电影让人们认识了尼亚加拉大瀑布，也吊足了游客的胃口。接着进入着装室，领取黄色塑料雨衣和塑料凉鞋并穿好，走过约三十米的隧道，沿河岸右行四十多米，空中已弥漫着密密的水雾。再踏上河沿曲折高低的红色木栈道，下一段台阶，再下一段台阶，就靠近了美利坚瀑布。瀑布飞扬的雨雾越来越大，要不时抹去脸上的雨水，才能睁开眼睛。幸亏有雨衣凉鞋，不然会全身湿透，还寸步难行。我们紧扶栏杆，小心迈步。到了离瀑布最近点，抬头望去，只见几十米外，三百二十多米宽的美利坚瀑布，状如千万匹白色骏马齐头并进，从五十多米高的悬崖，不顾生死，排山倒海，直下河谷，翻过河边无数嶙峋杂乱的巨大石块，跳入了尼亚加拉河。在持续如闷雷轰鸣声中，狂风暴雨，简直要冲向整个世界。场面惊人、喜人，也吓人。北岸的加拿大城镇建筑，似乎都在上下飞翻的雨雾中晃动，好像对这巨瀑也畏惧三分。只有无数灰翅白肚的海鸥，天不怕地不怕地寻找自己的乐趣，或在空中冲上窜下，肆意飞舞，或在岸上乱石草丛，煞羽静卧，自在休闲。来自世界各地的游人与我一样，在饱览美利坚瀑布惊心动魄景观之后，带着惊喜震撼的巨大满足，从深深的河谷乘电梯返回地面。

丢掉水淋淋的雨衣，塑料凉鞋则留下做纪念。略整行装，忙登车看下一个节目：瀑布夜景。这里纬度偏高，日照较长。已是晚八点多，但日光欺住了灯光，远近还有白昼的余威，可以一览无余地看清周围环境。

就我们置身的美国这边而言，瀑布区的尼亚加拉河岸大面积的陆地和山羊岛，政府硬性规定，不准住家，不准开餐馆，不准开旅社，更不准摆小摊。所见是繁茂的树木、花草、道路、必要的旅游设施和少量的公务房、商店。整体环境，开阔清雅，舒爽宜人。

大巴开出山羊岛，在河岸公园停下。我们下车后，快步向靠近大瀑布的河岸走去。这段河岸很解人意，降下了高度，向河谷倾斜下去，形成大面积的坡地。人们既可从一边宽阔舒缓的水泥台阶下到河边，也可从另一边随着碧绿如翠的草滩，走向河沿。这里是正面观看大瀑布的最佳位置。不经意间，成百上千的游客，说说笑笑，涌到了河边长长的护栏，尽情地观赏千米外的大瀑布。

夜幕降临了，在美加两岸无数彩色灯光照耀和装饰下，大瀑布的主力军，面宽近七百米的马蹄瀑，如红蓝白绿巨幅彩绸，从五十多米高的崖顶飞落河谷，那么豪放、舒展、漂亮，大气和霸气里尽显异样风采。朦朦胧胧的水雾和欢叫不停的海鸥，更增加了瀑布的奇幻和诗意。阵阵晚风，随意地吹拂，人们不住地赞叹，不断地拍照，为的是要把这难得一见的美景留在身边，永久地珍藏。我忽发奇想，想看看瀑布上面的羊山岛，但因站位太低，距离又远，根本无法看到。美利坚瀑布和新娘婚纱瀑布也因这一侧崖壁遮挡，无缘晤面。但是够了，一个小时前，瀑布的疯狂、震撼，此刻已幻化成阔大豪放、多姿多彩的画卷，就足以让人久久的回味。

看过大瀑布夜景，南行半小时，在预订的一家加拿大旅馆住下。第二天清晨，下雨，风也不小。五点多上车，到尼亚加拉河下游与安大略湖连接处，看过安大略湖水上风光，看过河湖交汇处的17世纪法国古堡，大巴逆行，再次到达瀑布区。

很好，雨止，风停，白云在蓝天上悠闲地游逛。按导游指点，下车即走向崖岸边长长的水泥栈桥。闸口按每批七八十人进入四座高高挺立的电梯，然后下沉50多米到崖脚码头。出了电梯，每人得到一件带头套的蓝色塑料雨衣，就快步登上"雾中少女"号小游轮四面带栏杆的平面船顶。没有座位，都是你挤我、我挤你的站着。"雾中少女"启航逆水向大瀑布前行。河水不停地翻腾，船身不停地摇晃，人们在嬉笑声中开始了不适应的紧张。

迎过两三艘回头船，我们的"少女"就进入了大瀑布的领地，此时所见，是比美利坚瀑布还大一倍多的最阔大、最霸气、最疯狂的马蹄瀑。它已失去了夜景下的舒展和美丽,唯我独尊地统治了这个水上世界。它的六百七十多米宽的巨大弧形瀑面,带着尼亚加拉河近九成的水量,好像无数白色巨龙,前赴后继,从高得吓人的河的断面悬崖飞身而下,猛冲到谷底水中,无休止地掀起滔天巨浪。满世界的浪花,变成非常密集的大雨点砸下来,砸到水上、船上,砸到人们的头上、脸上、身上。小游轮继续开行,船身越发猛烈地颠簸。人们百倍紧张起来,不断发出破音的呼喊、狂笑,释放内心的惊叹和恐惧。大家都手忙脚乱了,要把雨衣裹严全身挡住雨水,要踩稳双脚防止跌倒,更要眯缝着眼睛抢看瀑布怎样的惊炸、狂暴。有的人还挣扎着单手举起手机拍照。"少女"号钻进了瀑布狂风暴雨丛中,猛烈摇晃,几乎失控。最惊险的时刻到了。整船的"蓝衣人",不是东倒西歪,就是前俯后仰。大家此时最大的企求,就是能紧靠栏杆,或是能有一只手插进人缝把栏杆抓住。但是,绝大多数人却只能伸手互抓,互拥互挤,你叫我喊,丑态尽现,引得互相险中作乐,苦中大笑。

我上船较早,一看船面一无所有,立刻意识到行船的风险,和老伴牢牢抓住了船边栏杆,这就避免了挤晃和惊恐,不仅一直站得较稳,还在狂风暴雨中拍下了几张照片,很是得意。

"雾中少女"号终于有惊无险,调头返程了。渐渐远离马蹄瀑风狂浪高的险境,人们的情绪渐渐平和,气氛变得轻松了。怀着空前的喜悦和激动,大家掀掉雨衣头套,露出水淋淋的脸面,有说有笑,非常开心。我四下望望,发现瀑布水面有好多艘小游轮穿梭来去,场面很热火。再一看,最有趣的发现是这些小游轮分属两类:游客穿蓝塑料雨衣的"蓝衣船",游客穿红塑料雨衣的"红衣船"。立刻想起,尼亚加拉大瀑布、尼亚加拉河身在美加边界,旅游生意当然是两国都要做。这可是一笔巨大的财富啊。水上观瀑,美国在南岸码头开出了"蓝衣船",财源当然如蓝天一样广阔;加拿大在北岸码头开出了"红衣船",旅游生意肯定是红红火火。

一个世界闻名的大瀑布,因为人与自然的联袂献演,给了人们陆上、夜晚、水上三个不同角度尽情欣赏的良机,十分难得。人们感叹着大自然的疯狂,也领略了大自然的精彩。这疯狂与精彩的亲密相融,正是尼亚加拉大瀑布的稀世绝唱!

2019.9.2

戏说纽约有"四怪"

纽约，是全球化大都市，因为联合国总部坐落于此，又被称为"世界之都"。2019年春夏之交，我的美国之游，在纽约待的时间最长，看的街巷景物也最多。一些从未见过或出乎意料的景观现象，引起了我的兴趣。现在就来聊聊，戏称为"纽约四怪"吧。哪"四怪"？下面就一一道来。

第一怪　楼梯挂在屋墙外

初到纽约，最惹眼的是林立的高楼。走在嫌窄的大街上，就如走在两边壁立成崖的大峡谷中。用我乡家话说，看那入云的高楼，就会"抬头掉得帽子"。这些大楼，体态相异，各有姿色。共同的特点是，雄伟坚固，工艺考究，装饰精巧。在曾经的地理课堂上，老师讲过美利坚合众国当初经济发展、国家富裕的三大支柱：钢铁工业、汽车工业、建筑工业。现今到纽约一看，还的确如此。就建筑业而言，与这个帝国同步成长的凝固又荣耀的历史中，纽约就是最丰富多彩的缩影，这尽人皆知，无须赘述。我要说的是纽约楼房建筑中的一件怪事：随处可见楼梯挂在临街楼房的外墙上！细细看过，这些楼房是"巨人"中为数不多的矮子，一般面阔十来间，高十来层，临街一面从二层到顶层，都紧贴门窗建有带护栏的平台。每层平台一端斜向上一层都装有楼梯，远看就像多个叠加的字母"Z"。这种挂在外墙的楼梯，七八十厘米宽，容一人通行，都是角钢和钢筋焊接而成。

我很纳闷，为什么要在屋墙外安装楼梯呢？若是为进室内，走一楼的正门就行。若是为到二楼以上各层，室内肯定有楼梯。这屋墙外挂楼梯完全是脱裤子放屁，多此一举啊！还有，临街挂着这么个楼梯并不好看。尤其让人心里不踏实的是，存心偷盗的人，略施手脚，攀上这楼梯，破窗破门而入，拿这拿那，不是探囊取物吗？最叫人心生畏惧的，美国是全民持枪，假如某户有了仇家，这仇家携枪报仇，夜深人静爬上楼梯，一层一层向室内砰砰叭叭横扫一气，里面还会留下活人吗？我还真是想不通，屋墙外安装这楼梯，真是太奇怪了。

一次在大街上，身边两个中国同胞在闲逛闲谈，就靠前指着那些楼梯向他们请教"其何以故？"答曰："是救火的消防通道。"原来如此！

疑问有了明确的答案，心头疙瘩却未解开。因为这种屋墙外的楼梯，一影响市容，有碍观瞻。二存在安全隐患。三消防车完全有能耐取代。或许有人仗义："人家高兴这么做，与你个外来游客没半毛钱关系，你岂不'和州官管的宽'？"说的也是。

第二怪　地下一层冒半截

一般建高层楼房，都有地下一层，称之为"负一层"。地下一层与地上一层的分界是地平面。这就是说，在整个高楼的地面之上，是看不到地下一层的。漫步纽约大街，不意发现这么个有趣的现象：很多大楼临街一面，可以看到地上一层之下，竟然冒出了地下一层半人高的墙体。墙体上多有精致的横约80厘米，高约30厘里的窗户。也有在这半人高的墙体外边，挖一个1米深的长方形地槽，装了门，铺上了台阶，直达大街，俨然成了地下一层进出的通道。

这本属于地下一层的房子，怎么向地面冒出了半截呢？又是纽约一怪。后来我们到费城旅游，住在一户家庭旅馆。这是一间状如巨大火车厢叠加的房子，地下一层，地上三层。与纽约那些高楼一样，这个地下一层也向地面冒出了半截。

我们中国的许多楼房，也都有地下一层（甚至多层），只是都严严实实地待在地面以下。可是纽约的地下一层却"冒半截"，这是为什么？多处看了以后，我想出了可能的理由，这样的地下一层也许更利于居住，因为既增加了采光和通风，又有了便捷的通道。这应该是一种比较科学的建筑思维，独有特色。我也许是少见多怪了。

第三怪　马路牙子包钢板

现代城市街道惯常的建筑式样，都是中间宽，做主干道，两边窄，做人行道。人行道比主干道略高。在有着小小高差的人行道外沿，一般会砌上统一规格的水泥或石料做成的细细长长的"马路牙子"，很常见，也很好看。可是，纽约的街道上，这"马路牙子"长相有点特别。

有必要先说说纽约的钢铁。钢铁工业不但给美国带来无法估量的财富，也是国家建设中功居首位的大功臣。就纽约而言，不仅钢铁处处大显身手，而且可谓是"大肆挥霍""奢华至极"。随便看看吧，大大小小的门窗、台阶和扶手，楼梯和栏杆，物架和桌凳，半人高的隔离桩、隔窗墩，前面说过的屋墙外挂的消防通道楼梯，统统都是钢铁的。还有更高档的，市区郊区大大小小的桥梁从头到脚都是钢铁。比如从陆地通向曼哈顿岛的布鲁克林大桥，它那支撑桥身的超高、宽大、厚实的两组双门高架和众多手腕粗钢缆、桥面及左中右三道半人高的墙式护栏等，全是钢铁，固然挺拔坚固、雄伟昂扬，但也显得臃肿夸张，太以势压人。其他如地铁车厢，地铁站的轨道、立柱、台阶、各层楼梯、支架、地板、地面进出口围栏、齐胸高近一米直径粗大的垃圾桶也都是钢铁。摆出了上面五花八门使用钢铁的所在，你应该觉得，纽约用钢铁，真是用得多了点。若是适当改用一些钢筋混凝土或木材构件，也许能省下可观的钢铁。但是纽约不，因为钢铁太多了，该用的地方用，不该用的地方还是要用。这一来就出现了前面所说与众不同的纽约的"第三怪"：马路牙子包钢板。此话怎讲？

在纽约，你随意上街逛逛，就会发现，大街上水泥路牙子外侧，都紧紧裹着一层钢板。说钢板而非铁皮，就是有一定厚度、结实坚固，不怕重压。那些马路牙子上的钢板铁褐色，略呈弧状，牢牢地粘在人行道水泥路牙外侧。可以肯定，这些马路牙子的钢铁外壳，是百十年前城市建设之初，就与马路的施工同时铺装到位的。及至今天，马路牙子的这些钢铁外壳，没有开裂，没有罅隙，没有卷坍，更没有脱落，都是紧密牢固尽职如初，不能不说质量极优。由于马路建设者的决策，整个纽约市的马路牙子，究竟用了多少钢铁，一般人无法知道，但肯定是个巨大数字。

不过就我的观察和思考，纽约马路牙子所用钢铁外壳，完全可以省掉。因为在其他很多城市，那些用水泥或石料制作的马路牙子，根本没有用钢板外包，多少年过来也都完好如初。在我看，纽约的马路牙子包上的这些钢板，不仅是"过度包装"，而且也就显得很怪了。不过怪虽怪，人家财大气粗嘛。

第四怪　地铁轰鸣炸脑袋

这可是纽约四怪中最大的"怪"！纽约拥有地铁的历史很早，1904年就有了第一条地铁。100多年过去，纽约地铁虽有很大的发展，给人们的出行提供了极大的方便，但也并不尽如人意。原因很简单，纽约地铁资格老，但老态未变。如今，世界上先进的地铁设施、工艺乃至管理已经做到快捷、舒适、安全、高效。纽约地铁却如此的容颜苍老，声形呛人。

在纽约，我第一次坐地铁，怀着很大的好奇心。未进站，心里想，纽约地铁一定很高级。进站了，找好乘车站位，专心等着列车到来。不一会儿，竟感到脚下的地面和头上的顶棚微微震颤，同时传来了低沉如闷雷般的轰鸣声。有点怪，这是为什么？莫名中，列车来路那端，射来一束由弱到强的亮光。很显然，列车来了。就在一瞬间，亮光牵引着列车，向我逼近，同时带来意想不到的巨大轰鸣。整个车站，充斥着猛烈刺耳的声音，轰隆咣啷，哗啦踢哒，轰隆咣啷，哗啦踢哒，令人惊悚，加上车站四面八方地震般的震动，叫人心神不安，脑袋炸裂。紧接着一阵金属强锉狠锯竭力撕裂的尖厉声直刺心脏，是刹车。车停了，我在不适应中，迈着尽量踩稳的脚步，进入车厢，听凭重复出现的锉锯撕裂般机器启动声和轰隆咣啷行车声，被带往目的站。这地铁车厢是一节节大铁箱，座位和立柱以及手扶横杆，都很合用，只是光线较暗，缺少显示行程的信号。车厢里偶有大声诉苦、要钱，或拉琴卖艺的乘客。大家都习以为常。初坐纽约地铁，与我在广州、北京、上海、香港、合肥乘坐地铁的舒适轻松相比，是天壤之别。哎呀，千想万想，没想到老美这最发达的资本帝国大都会纽约，地铁是如此地既让人想亲近又让人心烦，真是出乎意料，奇怪得不可思议！

纽约地铁，存在着太多的遗憾。比如说脏，仅就地面而言，有的站台，连片的口香糖黑迹，几乎盖满了所有地板砖。比如说不安全，这是多方面的。一是所有站台铁轨边沿，没有护栏或屏门等防护设施；二是狭窄，一般站台仅容两三人并行，若是人多，就会拥挤并有跌入轨道槽之险；三是有的入口阶梯直连下面很窄的站台，站台又直连地槽，没有缓冲之地。如遇旅客多，一拥而入，那是多么可怕。再如有的地铁站内墙脚边，偶见乞丐蒙头而卧，一睡三四天，一动不动，生死不明，也无人过问。倒是让人路过时不免有些警惧和不解。

"纽约地铁炸脑袋"确实是"怪"。但是更让我感到怪的是，这个炸脑袋的"怪"，怎么就会目中无人，日复一日地存在着，而且年复一年地"怪"下去，以至城市和居民都见怪不怪？按常理，这个世界第一富裕大国，对百年老地铁加以更新改造，花点钱，完全是小菜一碟；还有，这个世界第一科技强国，让百年老地铁旧貌换新颜，也肯定是小儿科。可是为什么能办不办呢？思来想去，只可解释为，治国的精英们，为了美利坚合众国世界性的权和利，把本领和美钞用在了更重要的地方。这区区地铁之"怪"的"小菜"和"小儿科"就被忽略了。我之所"怪"，算是杞人忧天了。

补上一句，就在结束纽约之行时，媒体传言，纽约向中国厂家订购了若干地铁车辆。蜕变就要拥抱纽约百年老地铁？这也许是纽约人和游客的地铁佳音的小小序曲吧。

2019.11.9

闲逛华尔街

游过纽约利伯蒂岛上著名的自由女神像，太阳还高挂西天，决定去不远处的华尔街走走。

这个华尔街，我知道得很早。那是20世纪50年代初，抗美援朝时期，我先读小学后读初师，学校在时政教育中，经常提到"华尔街"，印象很深。华尔街到底是个什么模样呢？不知道，就觉得很大、很凶、很神秘。

现在到了纽约，当然要看看华尔街了。很快，到地点了。华尔街在纽约核心区曼哈顿岛的南端。我们从街西一条横道踏入，一路闲逛。乍一见面，还真有点不大相信自己的眼睛，这闻名世界的大街，除了两边入云的高楼，显示出一种高峻、挺拔、威严之外，其他真不值一说。它很短，只有五百来米长，用家乡笑话说，一泡尿就能尿到头。它很窄，街左走到街右，数数仅十来步。没有明显的人行道、主干道之分，没有车辆通行。地面更是其貌不扬，或见馒头状肉色石块铺起，或见大块小块、浅色深色沥青块掩盖，就像打了许多补丁。走着走着，又见当街横七竖八躺着好几坨半人高、多面体、不规则的大铜坨，随意中带着几分野气，谁都没奈其何，明摆着是大力士路障。路边还有带篷的小售货车凑热闹。整条华尔街让人觉得逼仄、闷气，而且光线幽暗，还有点不太雅观。

这街为什么叫华尔街？正如资本主义发展经历一样，它也紧连着资本主义国家争斗、发迹的历史。三百多年前，荷兰人首先入侵曼哈顿岛，在该岛南边荒地上建起一个小镇，竟仿照他们的国都命名——新阿姆斯特丹。接着荷兰人花了相当于现在十来斤猪肉的钱——二十几个美元，从印第安人手里买下整个曼哈顿岛，开始了殖民统治。为防御印第安人和英国人入侵，荷兰人在小镇北边打下成排的木桩做墙。墙边那条小路就叫"墙街"。英国人眼红了，打跑了荷兰人，拆除了木桩墙，道路重修了，名称依旧，还叫"墙街"。

只是英国人一张口，讲英文，就成了"华尔街"。后来，美国人闹独立，打跑了英国人，逐步把这里开发成金融一条街。但街名还一以贯之——华尔街。可见，这条不起眼的小街，命运有多曲折，资格有多老了。

其实，逛华尔街，看它并不咋的的街容街貌倒不重要，了解它街名的由来，也只是寻找一点乐趣而已，最紧要的是要知道街边如悬崖并列的那些高楼，为什么而存在。华尔街从头到尾一百二十个门牌标示的摩天大楼，所负重任都非比寻常。诸如各大财团开设的大银行、证券公司、股票交易所，保险、铁路、航运、采矿、制造等许多大公司的总管理处，还有为金融业服务的高档机构和设施，美国十大银行中一半以上的总部，都在这里。一句话，华尔街的这些大楼，都是美国大垄断集团和大金融机构的神圣领地，资本主义世界金融市场的主角。这些大楼里处于美国社会上层极少数的金融巨子，每天驱使着大约十万员工为之效力奔波。在这条小小的华尔街，大亨们握有全美乃至全世界大部分财富，也就把握着国运，是美国政府的后台老板，同时也操纵着美国和西方的经济命脉，在世界经济发展中起着举足轻重的作用。

纽约证券交易所在华尔街11号，是华尔街金融王国最突出、最典型的代表，也是全球的唯一。全世界主流媒体几乎每天都要提到它，各国的当家人和金融界人士无人不知。我眼前的这个"11号"，在众多高楼中，却是个意外的矮子，只有七层。它的第二层之上，矗立着古典风格的八根圆柱门廊，再架上巨型等腰钝角三角形楣顶，其内雕饰着象征维护世间清明廉洁的大理石群像。整座大楼的面容，典雅而充满霸气。这座交易所建成于1903年，至今已有一百一十多年历史。两百年前，随着资本主义的成长，股市应运而生，二十四位股票经济人在华尔街的街头自发组成证券交易协会，股票市场日益显示了强大的生命力，因此堂而皇之地进入了纽约证券交易所，俗称纽约股票市场。今天，它已经成为世界最大的股票市场，有近三千家公司股票在此上市，其中包括二百五十多家外国公司的股票，全球五百强企业大部分也在这里挂牌上市，股价总额往往有数兆美元之巨。

这里得插几句。"股票"是资本世界的骄子，它应运而生，蓬勃发展，席卷全球。金融等各业的巨子们，为追求最大利润，把资产以股份化形式化整为零，变成股票，以可控的数量抛向市场，以共享股权并获得赢利吸引股民购买。这样，巨子们就可以吸纳大量资金，发展产业，赚取更大利润。企业巨子也好，股民也好，共同追求的都是"钱"。追求永无止境，股市也就长盛不衰。

纽约股票交易所的股票行情，牵动着世界千万金、政、商、军、工、农各界人士的心，左右着美国及世界的经济形势。谁是这股票行情的领头羊？为首有三：道琼斯股票指数、纳斯达克股票指数、标准普尔股票指数。以道琼斯股票指数为例，它是一百多年前名为"道"和"琼斯"两个股票经济人，从对资本主义市场供求关系和价格指数的分析中，抓住了股票指标行情运作的基本规律，创建了"道琼斯股票指数"这个股市的重要标杆，也即观察资本主义市场变化的晴雨表，极具权威性。长期以来，道琼斯指数，每天都要获取全美数十家垄断性的工业公司、铁路公司、公用事业公司的股票价格，进行深刻的分析，形成当日权威的股票价格平均指数，即道琼斯股票指数。其他各类股票价格，以此为参数，购进或抛售股票，可操胜券，主动立足于股票市场。"纳指"和"标普"的能耐也雷同。

现在来具体看看纽约证券交易所的现场。每逢开市日，佩戴着会员证的交易人，走过戒备森严的岗哨，进入一楼交易大厅。大厅里十七个瓦灰色高高的马蹄形交易台上，数百面显示屏幕前，很快围满了人。屏幕上股市行情瞬息万变，人们一边紧盯屏幕，一边手握纸笔纪录计算，投入到紧张激烈炒股之中。此时，现场人声鼎沸，万头攒动，遍地纸屑，气氛杂乱又喧嚣，成为这闻名于世的证券交易所一大景观，也是媒体常见的镜头。有趣的是，游客可在附近博德街20号索取免费参观券，到交易所二楼玻璃隔墙的瞭望桥上，一饱股市交易的眼福。

华尔街确实是汇集了全美乃至世界金融业的精华，这精华中最精彩的地方就是纽约证券交易所。因为在这里，金钱的变种——股票，才具有无与伦比的活力。金融巨头们，以股票为武器，进行买、卖、涨、跌、吞、吐、盈、亏、胜、负的攻防之战，斗争激烈、尖锐，甚至残忍，虽然不见枪炮杀戮，却有流血牺牲。因为股票如愿暴涨者，巨利进了腰包，或可富甲天下。股票失算暴跌者，身家消耗殆尽，也许跳楼自杀。概而言之，在纽约证券交易所，"私"字可以膨胀到无穷大，越大越荣耀；"钱"字则是人们心中的唯一，越多越霸气。但从整个世界来看，股市躲不开政治风云、战争杀伐、自然灾害、阴谋家的诡异，因而也充满着变数甚至灾难。或进天堂，或下地狱，甚至身不由己。财神，并不是对每个搏击于"股市海洋"的人来说，都是大慈大悲的观世音。

华尔街值得一看的，还有两处。一是离纽约证券交易所不远的纽约联邦储备银行金库。这是一座与众不同的建筑，是由深浅相间的藕色巨大石块构成。三层以下的窗户都用大号网状钢筋封闭，全身就是钢筋水泥筑成的高大坚固的堡垒，很是神秘。金库地上十多层，地下深藏二十五米。这里存放着万吨黄金，分属于包括美国在内的近百个国家和地区，是世界最大的黄金储存地。金主们之所以把黄金都存放这里，是为了安全和流通方便。同样有趣的是，游客到此可循专道进库参观，那真是大开眼界。只是参观时，照相机、录音机等任何电子器材都不得带入。

值得参观的另一处，是与纽约证券交易所隔街相望的华尔街26号联邦大厅。这是一座古希腊神庙式的大理石建筑，同样在巨型等腰钝角三角形门头下，是临街八根圆立柱走廊，下接数十级台阶，阶前的街边，华盛顿全身塑像高高挺立，英俊挺拔。1789年4月30日，他就是站在这里宣誓就任美国第一任总统。现在这里已成了博物馆。从华盛顿到特朗普，美国走过了二百三十多年。人们纷纷站在华盛顿塑像下留影，尊敬之意洋溢心头。但是，就今天华尔街在美国的身份和价值而言，与华盛顿当年在此的初衷肯定大相径庭。不过，这位老总统，似乎很乐意为华尔街站岗放哨，而且永远不知疲倦。

2020.3.30

不是白宫的"白宫"

世界知名的建筑，美国参众两院所在地——国会，坐落在华盛顿市内一个海拔二十几米的山丘上，所以又叫国会山，或者说国会大厦。

沿着平缓的登山坡道步行不远，就看到了浓荫环绕的非常开阔的国会山广场。丽日下，坐东朝西，长约二百三十多米，宽过百米，占地二万三千多平方米的国会大厦映入眼帘。最抢眼的当然是大厦正中主体建筑——耸入云天的巨型皇冠圆顶和顶上巍然屹立的"自由之神"塑像。再就是从"皇冠"两肩伸展开来、宽大挺拔的两院办公楼。北面是参议院（上院），南面是众议院（下院）。大厦自下而上，是多层次组合，且四面巨柱环立，全身洁白无瑕，在广场白色地面和周边浓荫映衬下，整座建筑宛如巨型精致的象牙雕刻艺术品，雄伟、明丽、高雅又很庄严，令参观者赞誉有加。国会大厦向来被视为美国国家的象征，成为美国电视中政治新闻报道的最佳背景，也是理所当然。

这里说件趣事。华盛顿的总统府也是一座外观全白的建筑，故称白宫。国会大厦也是通体洁白，规模、造型却远胜总统府，以致外界误称它是"白宫"。但此"白宫"是假，彼白宫才是真，不能让真白宫受错名的委屈。所以以此为文题，也算是"以正视听"吧。

说到美国国会大厦，知情人都会想起一位伟大人物——美利坚合众国开国总统华盛顿。是他于1793年拍板兴建这项工程，并亲自为大厦奠基。个中原委，还得回顾一下历史。

哥伦布于15世纪末发现美洲大陆以后，欧洲的英国和西班牙、荷兰、法国殖民者高兴得不得了，大发横财的机会到了。17世纪初，英国的清教徒和移民坐着"五月花号"航船，首航五个多月到达北美洲，后续人员，于是如潮涌来。

英国人下手又快又狠。他们赶杀当地印第安人，占地为王，实行分而治之之策，建成十三个殖民地（即美国独立时的十三个州），大肆掠夺财富。若干年代过去，出现了很有意思的现象，英国殖民地的臣民，多是早期跑到美洲的英国殖民者后代，都属欧洲大陆日耳曼人种分支盎格鲁·撒克逊人，同祖同宗。但是在巨大利益面前，同祖同宗也成了你死我活的仇敌，该压迫该剥削都照样干，没有半点"谦让"和"照顾"。强压之下，被殖民的资本家、庄园主、平民百姓不堪忍受，决计反抗压在头顶上的狠心"本家"。十三个殖民地的反抗者在1774年召开了第一次"大陆会议"，向大英帝国呈上抗议奏章并拒买英货，只是根本无效。于是1775年5月第二次"大陆会议"上，决定发动起义，用枪杆子赶跑讨厌的"本家"英国殖民统治者，建立独立的新国家。

我们家乡有个说法："三个人张虾子，也得有个人掌板（领头）。"这十三个殖民地的臣民闹起了独立，但群龙无首，总得有个头领吧。大家一致推举来自弗吉利亚的乔治·华盛顿为起义部队总司令，这无疑非常正确。因为华盛顿不仅是当地最大富翁之一，有着丰富的军事经验和非凡的领导才能，而且英俊健壮，具有坚韧不拔的性格。在整个独立战争期间，他指挥卓越，忠诚效劳，不怕艰苦，屡立战功，还廉洁奉公，不要一分钱报酬，全尽"义务"。因此，华盛顿在十三个殖民地享有巨大威望。

在华盛顿的领导下，起义军节节胜利，1776年7月4日，在临时国都费城的独立宫通过《独立宣言》，宣布建立美洲第一个资产阶级共和国——美利坚合众国。7月4日就成了美国国庆日。起义部队越发英勇战斗。决定性胜利的时刻来到了，1783年，英国殖民者彻底战败，承认美利坚合众国独立。随后在纽约华尔街议会大厅，在华盛顿主持下，议会制定了联邦宪法。1789年4月30日，华盛顿当选美利坚合众国第一任总统。

接下来，要处理一个重大问题，国家永久性的首都定于何处？经过激烈讨论以后，还是华盛顿拍板，选定东部靠近大西洋的波托马克河畔十六公里见方、村舍散落其间、灌木丛生的无名荒原，作为建都之地。随之设计和施工紧张地进行。与此同时，华盛顿还在在建的首都确定一座山丘，兴建国会办公大楼，并亲自为之奠基。这就是现今挺立的国会大厦的基础。其时是1793年。1880年，新的首都初具规模，国家机关由费城迁入。遗憾的是华盛顿已于此前一年，在弗吉尼亚的温恩家中病逝。悲痛中的人们一致决定，把崭新的首都定名为华盛顿，以表示对这位开国总统永远的纪念。

再说参众两院——国家最高权力机关——国会大厦的建造情况。这项工程，可以说一是几经曲折，二是持续时间太长。

所谓几经曲折，说的是1793年华盛顿亲自奠基后，时隔七年建成大厦北翼，十四年后建成大厦南翼。两翼之间中央穹顶主楼还是空白。正待建造中央主楼时，羽翼渐丰的新国家美利坚合众国，迫不及待地施展拳脚，发动了吞并当时是英国殖民地的加拿大的战争。虽然英国战败，再次承认美国独立，但中途英军偷袭并占领了华盛顿，已建成的国会大厦两翼和其他一些建筑，被英国人付之一炬，而且英国人竟然还保住了加拿大这块殖民地。史称这是美国第二次独立战争。

1819年，国会大厦工程继续进行，直到1826年，大厦的两翼和中央主楼才告竣工。由于合众国的家庭成员，从开始的十三个州，以后增加至五十个州，进入国会的议员和工作人员所需办公用房、办公设备都大大增加，再加上其他原因，所以大楼多次进行改建和扩建。比如，大楼两端加盖了宏大的翼楼和两院办公楼；大厦的四面扩建了多层次平台，不仅增加了许多可用房间，而且使整座建筑有了坚实壮观的基础。尤其是把原来嫌矮嫌小如一个大头盔的中央主体冠顶，全部改用铸铁构建，升高扩大为三个层次。第一个层次环绕着数十根巨大圆柱，第二个层次由众多漂亮的弧圈楣头长窗相围合，顶托着第三个层次的巨大皇冠和皇冠上挺立的五米多高自由之神塑像。最后呈现给人们的国会大厦的整体形象，正如本文开头所说，是美不胜收。

2008年，大厦东广场的地下，建成了规模很大又很豪华的三层访客中心。这里有专门为来访客人服务的接待厅、展览厅、电影院、餐厅、礼品店等众多设施，大大增加了大厦的适用性。国会山的全部建筑，建造时间前后跨越二百多个年头，这是一个曲折艰辛的过程，更是一个创造完满的过程。

在美国，国会大厦不只是一个非常重要的国家机关，同时也是一个非常有名的旅游景点。参观是免费的，参观券可以网上预订、电话预订，本地人还可从所在选区参众两院议员办公室得到，十分方便。我们是从网上预订的。

参观的人很多，都在大厦东边地下访客中心入口处排队。上午八时半检票入场。我们排了二十分钟的队后，经检票，安检，进入地下内厅，即解放大厅，复制的自由之神塑像正面相迎。这里很宽敞，设施也很完备。我们是团游，为赶时间，没有观看电影简介，经第二次安检并凭参观券登记后，随着人流顺着楼梯几经转换，上行到大厦主体建筑巨型"皇冠"门外。在这里，又一次安检，领取耳机并戴上，排成两路纵队，由一位黑人男士导游领进"皇冠"大厅。据说此处保安很严，入口处架有机枪，不过我没有看到。

皇冠大厅是我们参观的重点。跨入大厅，阔大、高昂、金碧辉煌的景象让人惊叹。这个大厅，可容纳二三千人，高达五十多米。大厅的墙面在人们视线上下位子，悬挂着多幅巨大的油画，其内容分别展现了美国早期的开拓、发展以及美国独立战争的场景，着重点是对华盛的歌颂。在油画以上的部位，是多层次的环形图案和人物群像组成的描绘历史故事的浮雕。在高高的穹顶，有一个直径数米的大圆。导游介绍，圆中分内外两圈，绘制的是最初十三个殖民地众多臣民祈祷、护送华盛顿升天的彩画，制作精美，色彩艳丽，形象生动，堪称杰作，是这座主体建筑中，最精彩，最有意义的作品。它的作者是意大利裔美国画家布鲁米迪。络绎而来的参观者的仰视与称赞，是对这位画家永无休止的褒奖。

导游继续介绍，这个大厅除了常年接待游客以外，还有重要的职能：为逝世的美国总统、国会议员、军事英雄以及杰出公民举行国葬仪式。到访的国家元首和特别来宾的欢迎仪式，以及重要历史事件的纪念活动，也在这里举行。

导游还介绍，皇冠大厅建成之初，曾准备把它作为华盛顿的陵寝，以供国人凭吊。但是家人执意把华盛顿安葬在家乡，他们要永远陪护着这位传奇的英雄。在这个世界独一无二的皇冠大厅，我邀请导游黑人小哥愉快地合了影，留下一个难得的纪念。

由中央大厅进入旁边的侧厅。在大厦竣工初期，侧厅是两院开会的地方，后来两院迁至新建的大厅，这里就成为有名的雕像厅。国家规定，分别由每个州议会，选定两名对国家对社会有卓越贡献的人，并制作成青铜或大理石雕像，送到国会大厦，永久展出。这当然是非常有意义的决策。由于各州踊跃响应，国会收到一百多座雕像，雕像厅已无法安置，所以参观入口处的解放大厅和公众参观区以外的地方，也有雕像安置。

这些雕像的主人，都有一个精彩的人生。他们当中有科学家、"电视之父"、登月宇航员、著名教育家、律师，还有女权主义者、部落酋长、二战时期犹太人保护者，等等。

我想重点介绍两个人物。

海伦·凯勒，在襁褓中因病而变得又盲又聋。但是她顽强对待人生，刻苦学习知识，学会了手语、说话和盲文，是美国第一位大学毕业的耳聋盲人，成为作家、讲师、残障人福利和其他社会公益事业活动家。我知道，海伦·凯勒已经成为很多伤残人学习和崇拜的偶像，很有世界影响。

罗尔·瓦伦伯格，一位瑞典外交家，第二次世界大战期间，他通过外交途径，帮助解救了数万名受到纳粹占领军及其匈牙利帮凶威胁的犹太人。

国会大厦两翼的参议院、众议院大楼均可以参观，而且办好必要的手续，还能在两院会议期间，入内旁听。不过我已经没有机会了，因为归期已到。

2020.7.23

走进联合国

很高兴，初夏季节，风轻气爽，到联合国总部一游。

高高飘扬的联合国旗

联合国总部，耸立在纽约市中心著名的曼哈顿岛东侧，横跨纽约东河两岸。总部有四大主体建筑：秘书处大厦、大会大厦、会议楼和图书馆。我们参观的是会议楼和大会大厦两处。秘书处大厦形似巨大长方体，高三十九层，端庄雄伟，是联合国总部标志性建筑，近五千人的办公重地。它和图书馆都不对外开放。之所以说此处是总部，因为还有十六个联合国专门机构，如粮农、教科文、世卫、知识产权、世贸等等，分设在罗马、巴黎、日内瓦、伦敦诸城市，工作人员有四五万人之众。

快到联合国总部，本可看到临街的一百九十三个会员国国旗迎风招展，可惜太阳未露脸，没有升旗。到了大会大厦北端入口处，按规定，我们都是一只手腕戴上约二厘米宽的橘红色纸圈，另一只手拿着参观券，进入游客专用的边门。门厅里十多位黑人男女安检员，分站在两处半人高不锈钢管通道边，面带笑容地收取门票，并对游客探查全身，检测金属皮带头和皮鞋，然后大家鱼贯而入。

游览起步的地方，是面积不大的广场。放眼一看，左手树荫前的地面，立着一个直径约1.5米的紫铜地球模型。奇怪的是，它已经炸裂出一个七十多厘米见方的大窟窿，四角还有四条大裂缝。大窟窿里面可见一个也裂开的小球，其状甚惨。

"破地球"对面的高墙边，是一米多高如长方形桌面的水泥台，上面立着一把放大的左轮手枪模型。制作者极有创意地把储放子弹的轮子，顺枪管拉长成紧贴在一起的五根管子,然后在枪口位置把这些管子绕成了绳结。这是件世界知名的艺术品。

这两座模型,是会员国赠送的礼品,很形象地表达了联合国的宗旨:保护地球,反对战争。

更引人注目的是,院内正前方高高飘扬的联合国旗。这旗杆超高,估计在三十米以上,顶端那面天蓝底色,印着白色麦穗护卫、经纬线交织的地球正北立面图案的旗帜,轻柔、高洁、自在地荡漾在碧空。它已经不知疲倦地飘扬过了七十多个春秋,是世界和平、进步的象征。

幸会八位秘书长

在一阵清亮的女高音歌唱声中,我们跨入不大的接待厅。寻声望去,大厅一端一位女士正在钢琴伴奏下,尽情地歌唱,数十位游客或坐或站地欣赏着,就如街边群众自娱自乐的演出,唱的看的都很随意。另一侧是一尊如真人大小的青铜塑像。我一看就知道是南非共和国开国领袖曼德拉。他站在那里,笑容可掬,两臂略张,两手举起,掌心向前,宛如正在欢迎络绎而来的游客,形象生动逼真。我走上前,端详着,并拍下照片。这位伟大的黑人英雄,受到全世界尊敬,因为他为了南非广大黑人兄弟姐妹自主和独立,与英国殖民者和白人种族主义者进行了数十年殊死斗争,终于取得建立南非共和国的最后胜利。这尊塑像肯定是南非赠送的宝贵礼品。

信步向里面走去,不远,又有惊喜的发现,右手边一方洁白墙面,自左至右,张挂着已卸任的第一至第八任联合国秘书长大幅半身彩照,依次是:赖伊(挪威)、哈马舍尔德(瑞典)、吴丹(缅甸)、瓦尔德海姆(奥地利)、德奎利亚尔(秘鲁)、加利(埃及)、安南(南非)、潘基文(韩国)。因是当任,照片尚未入列的第九任秘书长,是葡萄牙人古特雷斯。联合国秘书长,是联合国机构首屈一指的重要职务。荣任此职者,可谓天之骄子,人中英杰。八位当中,我熟悉一些的当然是吴丹、潘基文。印象中他们多次到中国,而且是我们亚洲人。另有两位秘书长可以略说几句。第一位赖伊,任职正逢联合国总部基建工程时期,付出了很多辛劳。第二任哈马舍尔德,任期内因公殉职,甚为不幸。联合国总部图书馆,即以他的名字命名,以示纪念。

我们国家,对秘书长们履职,一向很支持。八位已卸任的秘书长尊容,陈列于此,供人们观瞻,实在是他们个人和他们的祖国永远的荣耀。但是当选这个职位很不容易。联合国秘书长的确定有三个基本要求：一是安理会五个常任理事国一致推荐。二是非常任理事国任此职者，要在各大洲做适当的面上考虑。三是必须由联合国大会选举产生。不过在实际运作中，也充满着曲折和斗争，这就不是本文能说清楚的了。

和平进步催生世界最大的"国"

参观活动是每三十分钟安排一批，半个小时后，负责接待我们二三十个中国人的中文导游来了。这是个与我同高，身着西服，头梳分装，约莫四十来岁的英俊男士。一见面他就用中文自我介绍：我是美国人，英文名叫……中文名叫胡……大家叫我小胡好了。人们轻声笑起，气氛也很轻松。

进了边门，一张大幅联合国总部全景图展现在眼前，小胡开始了讲解。第二次世界大战行将结束之际，同盟国为了建立战后世界新秩序，防止战祸重演，决定筹建联合国。1945年4月25日，中美苏英法等五十个国家在美国旧金山举行了联合国制宪会议，通过了《联合国宪章》。无产阶级革命家董必武，当年曾是中国政府代表团成员，并在《联合国宪章》上签字。在多数签字国批准宪章正式生效后，1945年10月24日，联合国宣告诞生。这是人类历史上划时代的重大事件。1946年2月14日，联合国第一次大会，在英国伦敦召开，决定接受美国国会邀请，将联合国总部永久性地址设在纽约。七年后联合国总部建造工程竣工。1952年10月14日，联合国第七次年度常会在新落成的大会堂举行，这是联大在此召开的第一次大会。

我们置身的纽约联合国总部，占地面积约十八英亩（合一百一十亩）。这座宏伟多姿、造型别致、环境清雅的世界性伟大工程，是会员国政府和人民爱心和智慧的结晶。就建筑设计而言，来自美、亚、欧、澳各洲十一个国家顶级建筑师，组成了工程设计委员会，承担了全部设计工作。美国的沃里斯·哈里森担任总建筑师。初期，他们提出五十多个方案，经过反复评比分析，最后集众家之优，设计出大家满意的方案。当时周密科学的设计，现在看来，也是无可挑剔。小胡特别告诉我们，中国著名建筑学家梁思成，是参与这个工程设计的成员之一。我听了感到格外的得意。

联合国总部工程的建材和用品，都是从很多国家和地区精挑细选的。美化环境的缤纷多彩的花草树木乃至喷泉池内的鹅卵石，也是很多会员国、地区和社会团体以及个人捐赠的。建设资金当然是会员国交纳的会费，也有热心人士的慷慨捐助。

全部工程完成以后，各会员国纷纷向我们这个星球上最大的"国"，赠送了精致、独特、极富寓意的礼品，有各种材质和形态，也有技艺出众的绘画。参观过程中，随处可见。但我四处寻望，却未见到我们中华人民共和国的礼品。我记得那是极有中华特色的巨型宝鼎。心里一急，忙问小胡。小胡很理解，拉着我到一个窗口，手一指："你看，在那里，那里有两个国家的礼品。"我眼力好，目光越过远处穿过联合国总部的东河边，当年国家主席江泽民亲自赠送联合国的中华大鼎，身形庄重地挺立在蓝天绿地之间。只因不能擅自行动，我不能亲近端详，但是已经很有满足感。中国宝鼎雄踞联合国，向世界展示了一个东方大国悠久的文化和无比的尊严，值得自豪啊！

楼道里惊心动魄的展览

跟着小胡，我们登上了三楼。在宽宽长长的楼道中，我发现主人真会办事，把楼道变成了展厅。墙边安排了展柜，墙壁挂上了展图，展品丰富，目不暇接。小胡就像陪我们逛街，边走边指这指那，说上三五句，不浪费时间。我印象最深的是日本广岛、长崎二战中遭到美国原子弹轰炸的那些展品。一幅当年实地拍摄的黑白照片，定格了原子弹爆炸腾空而起的蘑菇云。难以想象蘑菇云下，数十万生灵瞬间的消失，多么诡谲，多么可怕，多么惨烈！再看看从现场收集来的实物。一件式样别致的牛仔蓝无袖连衣裙，被烧得焦碎零落，破烂不堪。奇怪的是，当时大火猛烧，这件布衣应该成了灰烬，怎么还留有依稀可见原形的碎片烂条呢？我猜想，原子弹爆炸时，身着连衣裙的年轻姑娘肯定被烈焰烧得狂嚎乱滚，企图灭火求生。但是爆炸的原子弹夺去了她春花般的生命，连衣裙却因她身体遮掩，侥幸留下了目不忍睹的残身。70多年过去，这件残破不堪的连衣裙，竟然成为联合国珍藏的文物，在倾诉着对不该殒命的美丽的女主人的追思，更是在向世界宣告，人类生存的挪亚方舟——地球，应该永远拒绝战争杀戮，拒绝核爆炸的残暴与疯狂！对此，联合国当然知道：重任在肩。

安理会——久仰久仰

很快，小胡领我们进入一个会议厅。他说："这就是联合国安全理事会开会的地方。"安理会,在电视上常见面,名气很大,今日终于晤面,久仰啊!我们从外走廊进入,站在类似看台的台阶,正好面对下方主会场。于是我首先邀请小胡,居高临下,以主会场为背景,来了一个合影。接着听小胡解说。安理会会议厅,是个巨大的长方体空间,看不到窗户,灯光不太明亮,显得幽暗又神秘。这个厅,是由挪威人负责装修的,正面巨幅壁画也是挪威画家创作的,主题象征着对未来和平和个人自由寄予希望。壁画下的主会场,是人们熟悉的两个大弧圈加当中一竖的座位安排。紧靠案台的内弧圈是联合国主席、秘书长和安理会成员国常驻联合国代表席位,外弧圈是相关副代表和工作人员席位。当中一竖的长桌两边,则是联合国工作人员落座的地方。我们这边看台上有近三百个座位,供听会的公众和采访的记者使用。考虑还真周到。

安理会,是联合国很重要的机构,也是联合国唯一有权采取行动来维护国际和平及安全的机构。它由十五个理事国组成,其中主要角色,当然是地球人都知道的中美俄英法五大常任理事国。其余是十个非常任理事国,由联合国大会选举产生并定期更换,就不细说了。

既然身负重任,安理会也就很忙了。它每年虽只举行两次定期会议,但是安理会主席、联合国大会、秘书长、任一理事国若有建议和要求,或是觉得和平受到威胁,安理会随时可以开会,无论白天黑夜。

"五个常任理事国一致"的原则,是安理会一切决议、行动的前提。若是"老常"们所思所想、所代表的利益、求取的目标相异,会议的进程往往曲折艰难。尤其是正义与邪恶,霸道与民主,私利与公正相对立时,安理会会场也就成了没有硝烟的战场。"五常"各自享有的一票否决权,更可能成为让历史或进或退的魔棒。所以安理会会议历来都被看重。这座会议楼中,还有经社理事会和托管理事会两个会议厅,都不在我们此游之列。

世界大家庭的大会堂

接下来是最后一个节目:参观联合国大会堂。这是一座巨冠状的独立建筑,同样四面不见窗户,但是十数层楼高的穹顶上,如璀璨群星的灯光,把整个会堂照耀得十分敞亮。我们照例从外走廊进入大会堂梯形台阶。只见对面高高竖起的巨大长方形橘黄色壁板中央,悬挂着与联合国旗一式的联合国徽,醒目又庄严,壁板两边是开会时公告信息用的显示屏,壁板下方就是不大的半圆台阶式主席台。每逢举行大会，大会主席当然端坐中央，联合国秘书长、主管大会事务的副秘书长则分坐右、左两旁。主席台前是位置低一点的代表演讲台，中国国家最高领导人曾在此发表过演说。主席台对面是场面阔大的代表座位区，有一千三百多个座位。前区在略微上斜的地面，后区在梯形台阶上，再靠后还安排了三百多个新闻媒体人和公众人士的座位。大会堂的全部墙裙、墙裙上面的墙壁、地面、座椅，分别饰以天蓝、牙黄、水绿和面白的色调，清雅悦目。

这个属于全世界的大会堂，从整体上看，确实阳光、宏阔、华美，气概不凡。

在这个大会堂里，联合国每年要从9至12月举行一次年度常会，会期一般三个月，审议世界上最紧迫的问题，议题往往有一二百个。必要时还可举行联合国特别会议或紧急会议。一百九十三个会员国每国六名代表，有约一千二百人参加大会，另有万名记者到会采访，可谓空前的热闹。大会议案表决，按代表人数，一般问题超过半数就可定夺，"重要问题"则要达三分之二多数才能通过。这其中当然也充满着尖锐复杂的斗争。

置身在这个大堂，我不由得想起两件事。第一件，1971年10月25日，第二十六届联合国大会，恢复了中华人民共和国在联合国的合法席位。恢复我国在联合国的席位，按常理，大会上超过半数代表同意就有效，可是某超级大国咬定是"重要问题"，必须达三分之二多数会员国同意才能通过。经过长期艰苦斗争和等待，现在，新中国终于胜利了！当时，我任教无为一中，大家吐气扬眉，兴奋欢乐的场景，还记忆犹新。这当然要感谢全力支持我们的第三世界国家，尤其要感谢非洲各国。毛主席有句名言，是非洲黑人兄弟把我们抬进了联合国。

第二件，1950年6月25日，美国打着联合国旗号，发动侵略朝鲜的战争。绑架联合国来壮声势？当然无用。请看当年毛泽东主席在给美国总统杜鲁门的信中是怎么说的：

杜鲁门先生，你好疯狂。你背着联合国的招牌，先发动了十五个国家的帮凶军，向中朝人民宣战。炮弹落到中国的土地上，逼得中国人民不得不出兵和你较量。现在两年多过去了，我看你没有什么了不起，大不了一个外强中干的纸老虎。我断定你是要失败的：

1.你是侵略战争不得人心。2.战线太长运输不便。3.兵员不足，士气不高。加拿大是一个连，土耳其是一个排，菲律宾是一个班。

我毛泽东一个号召，一个村就有一个连！现在我代表中国政府宣布：希望杜鲁门先生再增加15个帮凶，我让朝鲜人民军休息，让中国人民志愿军和你战斗到底，你来也好，不来也好，短时间叫你跪下投降！

正如毛主席所料，中国人民志愿军和朝鲜人民军团结战斗，英勇杀敌，疯狂的美国佬被打得退回到开战起点"三八线"，乖乖地坐下来谈判，承认"在错误的时间，错误的地点，打了一场错误的战争"，阴谋彻底失败。美国卑劣地玩弄联合国这张牌，倒是让联合国历史上留下了屈辱的一页。

历史演进到今天，联合国绝大多数爱好和平与主持正义的成员，越来越意识到必须坚持联合国宪章宗旨和原则，个别霸权主义者利用联合国推行强权政治的图谋已步履维艰。联合国在人类和平与发展的伟大事业中，日益发挥着重要作用，这个历史的大趋势，已不可逆转。

无法弥补的遗憾

结束游览。因为天气不好，临街的会员国国旗没有升起，本想在我们中国国旗下照个相，就不可能了。隔几天，天气好，又特意去实现这个心愿。可是到现场一看，傻了眼。那面本该迎风飘扬的五星红旗，被升旗用的绳子紧紧缠绑在旗杆上，根本未打开，这是升旗手的严重失职。我很不快，这简直是对我们中国国旗的大不敬！也很无奈，这个情况向谁去讲，又怎么纠正？我只得带着遗憾悻悻地离开。

2020.4.12

濡须河畔

濡须河不倦地絮语连年
说故事也说欢乐和哀伤
只因终生相守相知
点点滴滴都是对故乡的爱

古城新飞越

　　五月下旬的一天上午，天气晴好，微风轻拂，我造访了北京—福州高速铁路无为站——我们无为县的高铁站。

　　友人开车，十多分钟就到了城东新区车站所在地。这是我第一次与"无为站"亲密接触，十分高兴。

　　多年前就知道，国家要兴建北京至福州的高铁，而且要经过我们无为。这多叫无为人高兴！后来又说，高铁要擦我们县城而过，也就是说，我们县城就要有高铁了。无为人，尤其是无城人，就更高兴了。好消息又来了，说是，县城东郊福渡镇要建高铁车站。无为人，尤其是无城人，很快就会直接享受高铁，当然是特别高兴了。如今，宏伟的蓝图变为活生生的现实，我能不高兴吗？羊年喜洋洋啊！

　　钻出小车，站在站前广场，挺挺腰，扩扩胸，举目四顾，那真叫爽！坐东朝西，上下两层（相当于民居楼房十来层），有着白色边框、哑光玻璃幕墙衬底、宽阔气派大门的巨大长方体站房，端庄大气，新颖简约，帅气十足，叫人喜爱。站房正面顶檐，面向县城的三个红色隶书大字"无为站"，尽显我们无为人的昂扬精神和豪放气概。千年古城，已然越发年轻。

　　站房的正、背面，各有两部巨大的风雨护罩中并列组合的电梯和步行梯，斜向伸至空中站台，恰似站房张开巨大的双臂，欢迎着它的宾客。整个站房为旅客服务的面积包括人行梯道在内，有一万三千多平方米，在县级站中，显得较为宽敞。站房内，一层主要有候车厅、售票厅和旅客服务区，二层是电机房和办公用房。

　　据说，这个新站房是按照地市级规格设计建造的。无为是县，站房本当要小得多。得亏县领导大力争取，才得到照顾，放宽尺度，做成了现在的大模大样。

站房的前后面，都是平整、开阔的车站广场——这是一般新建车站更加方便旅客聚散的合理布局。站前广场地砖已铺好，灯柱林立。站后广场也快完工。广场以外，是成排成行的树木和绿化带，荡漾着绿肥红瘦的意韵，舒爽宜人。站前广场隔着道路的对面，宣传栏长廊，已梳妆停当，摆好架势，正待张贴丰富多彩的宣传内容。

来到站房北边高铁高架下面，那景象很是令人振奋，实在壮观。七路纵队的巨大钢筋水泥立柱拔地而起，雄壮威武，齐刷刷挺向空中。我兴奋地仰望着，真是"抬头掉帽子"。只见这些立柱巨人默默地、忠实地全力托举着人行梯道、站台和高铁巨龙般的身躯。这巨龙向南北两方延伸、延伸。我知道，它一头驰向合肥、北京，另一头跨过长江，穿越皖南、江西，奔向福州。

令我惊喜的还有：我们无为站因为是坐落在地势较低的平原地带，所以它的站台和四条行车线（正线二条，到发线二条），都建在站房顶部。站台总长四百五十米，能充分满足旅客在站台上行动的需要。站房的四道电梯与步行梯组合，紧连站台，为旅客上下列车，提供了十分便捷的通道。这种结构，使无为站成了京福高铁安徽段独具特色的空中高架站。

高铁无为站让我感到了我的家乡无为跨进高铁新时代的幸福。不由得回想起无为过去的交通。解放前无为的交通是"拆烂污"，不值一提。解放后，为了解放大军胜利渡过长江，解放全中国，也为了人民群众的生产生活，以无为县城为中心，有了两条公路：北通巢县的无巢线；东至二坝，西南连舒城军埠的军二线。但是公路上是蒙着帆布的卡车当家，又颠又脏，班次又少，车票还很难买。到了严冬季节，无为巢县边境草鞋岭上陡峭曲折的公路，一旦冰雪覆盖，往往交通阻断。必须铺上厚厚的山茅草，汽车才能如蜗牛般爬行，却又险象环生，乘车的人提心吊胆。若是洪水季节，军二线也会被淹得七断八截，不能通车。水路有每日一班的小火轮跑芜湖，隔日班跑襄安、西河。只是轮船太慢，比在岸上步行快不了多少。汛期水大，怕船行浪涌，砸坏堤埂，破圩成灾，轮船要停开。冬季水枯，船底贴河底，想开也开不动。后来公路状况逐年有所改观，路况好了，正宗的公交车多了，缓慢的水路轮船就淘汰了。只是出门仍然难避"慢""烦"。比如坐汽车从无为到合肥，一百二十多公里的路程也得小半天。再如出远门到北京、到福州，或者到其他地方，要想快捷一些，那八成得先坐汽车到合肥、芜湖或者南京，才有幸挤上火车，在铁路上跑。但是那种跑，并不痛快，因为太费周折了。无为人外出或外地人到无为，是一路烦得头痛。

　　说起铁路，无为的历史是那样的苍白。我们无为地处肥美的长江三角洲，又在南京、合肥、芜湖等大中城市地脉交汇点。这些城市都拥有铁路，我们无为却与铁路无缘。始建于1935年的淮南铁路南线，铺到了长江边我们的邻居和县的裕溪，可是直到四十年后的1975年，才向西延长十三公里到了无为的二坝镇。但那一小截不能算无为的铁路，完全只为方便旅客就近过江到芜湖。况且那个小站竟然叫"芜湖北站"，与无为、与无为县城根本不沾边。作为百万人口政治、经济、文化和教育中心的无为县城，何时有自己的铁路和车站，是无为人太久太久的期盼。

　　现在好了。麦地里不讲稻（倒）话——不说过去了。请看吧，高铁不仅通到了我们无为县，而且高铁车站就挺立在我们县城的东大门，这是激动人心的真实！这是荡气回肠的真实！我想象着，从我们这里高铁通车之日起，全国列车运行图和相关火车站售票厅屏幕上，就会有"无为"的名字了。有谁进出"无为"吗？从人工服务或自动售票机上就会买到带有"无为"印记的车票了。列车进出"无为"，就会从亲切的语音提示中听到"无为"二字。对我们每个人来说，只要你乐意，跨进无为高铁站，买上票，坐上火车，或独自小憩一会儿，或拿出手机上上网，或与旅友聊聊天，再不然看看各处的风景，只花三个来小时，就会跑完七八百公里路程到达福州，去三坊七巷探幽访古。若是去北京，吃早饭登车，一千多公里的距离很快退居身后，下午就可以到王府井逛中国第一百货公司，随后轻松地去全聚德品尝烤鸭。当然，也可以随意转乘其他线路，前往你有兴趣的地方。不费时，不劳神，真正称得上轻松愉快走四方。

　　我们把高铁"无为站"转了一圈，又回到了站房正门。但是大门紧锁。我知道京福高铁7月1日就要通车了，我们的车站已做好一切准备，现在是临战前的封闭管理。时间一到，就会开站迎客。我从玻璃大门向站内看去，又是一阵高兴。候车大厅里，蓝色座椅方阵，虚席以待。售票厅内各种电子显示屏，都已在履行职责。请看屏幕：无为站欢迎您，日期、售票时间，1至4号售票处，等等；侧墙屏幕列表的列车运行安排：时间、始发、终到、开点，等等；还有"诚实守信，持票上车"的宣传标语，都是一目了然。一字排开的四台自动售票机，也默默地待命，只要时间到了，伸手操作，它就会真诚地为您服务。很巧，站房南端隐蔽处一个小门开了。几个年轻人正在办公。我们进去询问了几句，知道高铁确实是7月1日开通，6月1日就可以在网上购票。我们决定到时要买票，首乘无为到合肥的头班车，满足久已的心愿，留下美好的记忆。高铁无为站现在是万事俱备，只待良辰一到就大显身手了。

高铁就要开通了，这是无为的大喜事，这是无为的新发展。按捺不住兴奋的心情，我们拍下了几张与无为站的合影，作为宝贵的纪念。返回时，再望一眼亲人般的"无为站"三个字——它真帅！

京福高铁，是祖国大地上又一条腾飞的巨龙。高铁无为站，是无为大地上的明珠，是无为人的骄傲。无为人分享着改革开放的红利，也将为改革开放奉献更多的聪明才智。

2015.9.17

此生一大快事

日新月异神州美，百业兴旺福万家。

濡须古城迈大步，高铁瞬间到京华。

这是一桩实现了多年愿望的大好事。每每想起，依然是抑制不住的兴奋和感动。2015年初秋的一天，我平生第一次从我们县城，从我的家门口坐高铁到北京。高铁，此前我已多次乘坐，但那是在别的地方，司空见惯，并不稀奇。这一次，却是特新鲜、特宝贵，也特开心。

2015年7月1日，北京至福州高速铁路正式开通，中途站之一我们无为高铁站也投入运营。一个百万人口的大县终于结束了不通火车的历史，一个古老的县城终于跻身高速铁路宏伟的现代化行列，破天荒啊！

这家门口的高铁，我当然要坐一坐，而且要尽快坐！

外孙女在网上订好了车票，告诉了我乘车的时间与车次。9月13日那天一早，吃过早饭，带上简单的行装，打个的，一路轻松，十分钟就到了城东高铁无为站。对这个家门口高铁站，我已非常熟悉。开通前，专程参观过两次。开通后，接送孩子们，也来过几次。但是今天与它还有初次见面的兴奋。

在服务员的帮助下，我和老伴凭身份证很快拿到了车票。我双手郑重地拿着车票，凑近眼前，细细看起，内心又是一番激动。这张比扑克牌略小的车票正面，淡蓝的底色上，赫然打印着黑色的文字："无为站 G352—北京南站"，这表明我马上登上高铁就可以直达北京了，这是多么的真真切切，多么的实实在在！

车票票面上还自上而下排印着乘车日期和时刻、车厢号和座位号、票价和车坐等级、我的身份证号和我的名字。车票的背面照例印有详细的"乘车须知"。

这是一张极为平常的高铁车票，但在我，却有着特殊的意义，因为它是无为站发售的，我在家门口买的第一张高铁车票。说实话，我最看重的是车票上"无为"两个字，多带劲！心里想着，要永久地珍藏它。

凭车票与身份证接受安检，就进入了候车大厅。这个候车大厅，悦目宜人，只是并不大。正厅内，有四组蓝色座椅，可容两百多人入座候车。大厅左边是为旅客服务的设施如小卖部、水炉和洗手间等；右边是两间两组的四个闸门。从这里旅客可以分别按上（北）行线、下（南）行线乘电梯或登台阶而上，进入空中站台登车。到站旅客下车出站则另有通道，不在大厅之内。

广播报告检票了。我们年纪大优先检票进闸，乘西边电梯登上西站台，站在黄线标定的位置。坐这班车的旅客不太多，有一百多人。我第一次站在这空中站台，举目四望，辽阔舒心，一个成熟的金秋，散发着醉人的香韵。

在殷切的期盼中，由黄山北开往北京的G352次列车进站了，洁白漂亮的和谐号停在我身边。待下客以后，我们走进10车对号坐定。这列车既是老友又是新朋啊！因为我对它已很熟悉，但现在在家门口，看着它，坐上它，还是从来没有过的新鲜和满足。

9时19分，列车正点开发。北京之行开始了。车速当然很快，可以说是风驰电掣。9时30分到达巢湖东站，9时48分到达合肥南站。接下来是蚌埠南站、徐州东站、曲阜东站、济南西站、沧州西站、廊坊站，14时40分到达终点站——北京南站。和谐号全程开行时间是5小时21分钟。无为紧连北京城，多么精彩的速度。

回想1960年，我第一次去北京，从无为到芜湖再到南京的大卡车、普客列车行程不计在内，单是从南京坐火车，就花了20个小时，即一个整夜，一个白天，还加一个晚上才到了北京。20世纪80年代，我去北京，从合肥出发，也花了10个小时。再说更远的过去，那就更惨了。1954年秋季开学，我们20个无为初级乡村师范毕业生，因为年龄小、个子矮、搇（wà）不到黑板，不能当教师，被保送到黄麓师范读中师。我们原打算从县城坐小船或步行到含山的东关，然后坐火车经巢县到炯炀河，再徒步18里到洪家疃村学校所在地。这个计划，在当时已经是最捷径，最讨便宜了。但是当时发大水，淮南铁路被淹。学校于是安排一艘双桅大木船，装上带队的大学长徐必武同学和我们20人走水路（现在想想真不可思议，这个很有风险的航程，学校领导竟然无人到场负责，也没有一个家长护送）。大木船清早从仓埠门码头出发，经濡须河转入一望无际，无风三尺浪的巢湖，颠颠簸簸，天黑才到了炯炀河。上岸后我们连夜赶到学校。多么艰难的旅程！如今坐高铁，从无为县城到巢湖（巢县），仅需10分钟，只是抽支烟的工夫。我们无为乘上了这样的高铁翅膀，肯定好运连连，宏图大展。

在和谐号鼓足劲飞奔向前的舒适轻快中，我除了短暂闭眼休息和吃午饭之外，都爱时不时看看窗外一闪而过的景色。从江淮大地，到齐鲁山水，到华北大平原，看到的城镇和农村都是充满生机，一派丰饶景象。30多年的改革开放，祖国面貌一新。不过我觉得，就农村而言，最美的景色还数我的家乡。我从列车启动开始，目光所至，我们无为田野上远远近近都是漂亮的楼房。你看，它们那白得耀眼的墙体，红瓦或黑瓦盖顶，而且造型精巧，姿态各异，在丛丛绿树，块块碧水和将要成熟的秋庄稼映衬下，充满诗情画意，美得让人"爱一饱"。继续向北的其他地方，农村都是砖墙瓦顶的平房，很少有楼房。那些画面，与我们县农村相比，还差那么一点档次。当然，这比几十年前遍地草屋、庵棚式的农居，要好出百倍。

在列车上，我听到了众多的无为腔东扯葫芦西扯瓜，这车似乎是"无为人专列"。有一位看来已是这条线上的常客，不拘小节且有点旁若无人。他大着声音在广而告之：京福高铁开通的短短两个月下来，铁路上就发现我们无为站，每天经停南来北往27个车次，上下旅客有二三千人，而不是预计中的一千多人。有时上下旅客比合肥站还多，在省内众多车站中居第四位。如遇年节，我们无为站客流量肯定会大大增加。他加上一句：无为高铁站小了，不扩建不行。

好，这确实是个好消息。我很得意：我们无为人就是不简单，既勤劳苦干，又有不凡的经济头脑，更有神通广大捕捉人脉和信息的本事，揽月捉鳖，走遍全国，走向世界，无所不能。因此进出无为站的无为人，全年约在200万人次。现在的无为站确实挑不动这个重担，扩建势在必行。

听听想想，又是一番心潮澎湃。我，一个跨上耄耋台阶的老人，只花五个小时，就完成了从家门口直达北京的大跨越，高兴啊。美梦已成真。

2015.10.20

溜达溜达，如何

溜达，是很惬意的事。比如在繁杂的事务以后，在紧张的筹划之前，放下疲惫、浮躁，出去溜达溜达，给心灵放个假，还真是不错的选择。或者，春意撩人，秋色爽心的时候，出去溜达溜达，也许偶遇能滋润心田。

苏轼说"天下之乐无穷，而以适意为悦"。更多的溜达，并不需要什么理由，也不必在意什么时机，只要自己乐意，就可信步而行。

我素来爱溜达。隔一段时间不溜达那么一回，就觉得一件该做的事没做。

一

那是多年以前一个初夏的下午，我出门溜达。此时，身心放松，头脑也还轻闲。我从北一环向西慢慢逛，不知不觉到了西门车站下坡的护城河沿，浓荫下的石板小路上。这石板小路是新修的。我太清楚了，这地方，曾经是旧城墙脚下杂草丛生、难以立足的陡坡，陡坡下面就是护城河。后来有穷苦人家靠坡临水搭建了一些棚户小屋，景象十分杂乱凄凉。现在住户全部迁走了。经过治理，陡坡修得平缓适度，而且栽了树，树下修了路，成为人们休闲的好去处。走在这幽静清雅的小路上，很是新鲜惬意。

高高低低、曲曲折折地走了好一会儿，眼前豁然开朗，早就听说但此刻才首次照面的新建植物园，靓丽地展现在眼前。迁居北环以后，我就未到这边来过，此刻，我很惊诧，这里不是我记忆中的小南门荒滩和冷清的农场吗？怎么就像一个孤寂的老婆婆变成了一个大美人？

我满心喜欢，一来劲，轻步走上了如北京颐和园中玉带桥模样的绣溪桥。放眼四顾，只见南北很宽，东西更长的水面，波光粼粼。这水面，由浅浅的扁担圩和宽宽的护城河组成，北依犹如绿色巨龙般从西郊到南郊的一环公路，南接非常开阔的浅坡，浅坡又直达南二环。坡地水岸边是曲折有致的木结构栈桥，或伸进水中，或蜿蜒左右。坡地之上，可见大面积的绿地，是百多种花草树木的热土和家园，分别有木本、藤本、草本花木和竹类观赏区。我熟悉和不熟悉的各类高大乔木、低矮灌木，繁多的竹类、异样的花草，千姿百态，又有鸟语关间，蝶影嬉戏，真是美不胜收。偌大的园区水陆面积估计不下千亩。在寸土寸金的城郊，兴建如此规模的园林景观，确实是立意高远的大手笔，可发一赞！

我溜达着，欣赏着。由于建设者的精心布局，花草树木间，宽窄不一的灰砖路、石板路，弯弯绕绕，把点缀各处形态各异的亭榭、桥梁、观景平台，连成一气。各观赏区内包含着多处大大小小的水面，与起起伏伏的陆地，既相隔相让，又互通互融，灵动多变，相映成趣。整个园区，显得开阔舒畅又含蓄别致，且丰富多彩，明丽宜人。

从南北多个通道出入园区的众多游客，或是穿园而过的路人，三三五五，说说笑笑，神情和悦，步态安详。这正是对植物园的最好奖赏，也是植物园收获的如愿和满意。我们这个千年古城，又添新景，一发年轻了，漂亮了。

我看看想想，眼前这美丽的景色，比杭州西湖能差多少呢？一不留神，脑子里跳出一句"观景何必到西湖？"回到家，我兴致浓浓，以《初游城南植物园》为题，哼出了一首小诗："万花千树伴亭榭，碧波小桥通幽途；鸟鸣蝶舞人更爽，观景何必到西湖！"我当然知道，我们的植物园与杭州西湖相比，肯定有太大的差距。但是这无妨，我们会用对家乡深情的爱，把这差距减少到最小。说我们的植物园犹如西湖之美，又有何不可呢？家乡可喜的变化，令我心怡然。一次溜达，收获了一个意外的惊喜和一幅新丽亲切的家乡风景画。

二

溜达着，也许思想的窗户，会被所见的事物开启，领略着它们的神采与内心，因而受到启迪。一次，我在溜达中看到一段残废的沉浸在水中的河埂，头天露出了一小块埂面，想不到隔一天埂面上竟然冒出了一丛如返青麦苗般翠嫩翠嫩的小草。我佩服这小草的本领。再一想，觉得这小草的种子才真有能耐。不是吗？小草的种子长期潜埋在水里，不仅未被淹死，反而是做好充分准备，只待有露出水面的机会，就奋力钻出土层，长出嫩苗，在阳光下乐呵呵地生活着。种子的生命力是多么顽强！

不禁联想到文学大师夏衍。夏老先生有个散文名篇叫《种子的力》。说的是人的头盖骨致密、坚固，人们无法用机械力按纹理打开。只好把植物种子放进去，给予温度和湿度。最后发芽的种子，以可怕的力量，硬生生按纹理把头盖骨撑开了。尽管这些嫩芽，十分柔弱，两个指头轻轻一捏就成了水，而头盖骨无论如何是捏不碎的。但头盖骨确实败给了这些嫩芽。这就是种子的力。种子是不可小觑的，只要它有生命的内涵和外界哪怕极其微小的机缘，就会顽强地创造出生命的灿烂！于是，我又想到了浩瀚沙海中的胡杨，黄山峰崖上的迎客松和巢湖边银屏峭壁上的白牡丹。它们都是种子伟力永远豪迈的颂歌。种子，令人敬畏。种子，多么神圣。溜达一得，何其快哉。

三

迁居到北环以后，一些过去熟悉的地方，我偶尔也溜达一下，犹如拜望故人。一天，溜达到老城东北角的仓埠门，一条水泥路从城内太平巷直穿仓埠门，通向城外华林桥河沿。其实这城内与城外早没了城墙的界限，仓埠门也早就成了志书中的文字摆设和如我这般年纪"老无城们"，唤不回的记忆中的街坊邻居。

不经意间竟然与历史邂逅。那是一个酷暑的下午，突然间满街的人像"叶条子"（蝴蝶）扑，惊恐万状，到处乱窜。

有人凄厉地高叫："鬼子来了，赶快跑啊！"父亲连忙招呼家人："不好了鬼子来了，赶快跑，什么东西都不要了，快快，快跑！"我们一家老小八九口人很快出了门。父亲的想法是不能走大路，那里人多，目标大，危险也大。他领头，"赶快出仓埠门，过华林桥，沿华林河绕到鹦子塘昌金家去。"这个昌金，是我家亲戚，一个地道的乡下农民。如能跑到他家，也许会躲过一劫。

那时我家租住的房子在后新街，离仓埠门不远。我们的行动还算迅速，出了后新街，顺太平巷直接向东，出仓埠门，过华林桥，很快折向北，借着半人高华林河埂的掩护，沿华林河外埂脚向北疾走。偏西的烈日下，这是一支多么可怜的跑反[1]队伍。父亲是个文弱书生，加上患个"慢支"，边跑边

（1）"跑反"，指为躲避兵乱或匪患而逃往异地。

喘气。十五岁的大哥双腿残疾拄着双拐，由十三岁的二哥陪护着。母亲抱着一岁的弟弟。裹着小脚的奶奶，靠着拐棍支撑着。七岁的我因慌着从澡盆里爬起来，只得光着屁股，算是"轻装"前进。

突然，仓埠门城头上枪声大作，叭叭叭，子弹纷纷从我们头顶飞过，落在右边的河里，发出扑哧扑哧吓人的怪声。我回头一瞥，仓埠门城头上膏药旗下站了好几个鬼子，因为背着阳光，显得鬼影幢幢阴气逼人。鬼子们正端着枪向我们开火。父亲忙喊："一齐弯下腰，沿河埂脚跑！"若是弯下腰，左边不太高的河埂，确实有点保护作用。但是奶奶满腔怒气，也是万般无奈地大声说："我这老骨头哪弯得下腰？你们快跑，不要管我，打死算了。"她拄着拐棍，高一脚低一脚走着，实在无法弯腰。这场合，虽谈不上冒着敌人的枪林弹雨，但死亡确实随时在威胁着我们一家老小。

幸好，我们紧跑急走，不多远就进入了河埂边一小片长满高粱、玉米的杂粮地。脚步慢下来，喘气的喘气，擦汗的擦汗。奶奶看看儿子孙子，"老祖宗保佑，还好，还都没遭害。"父亲忙说："不能停，趁天没黑，赶快走。"也就在这时，枪声莫名其妙地停了。我探头看看，仓埠门城头上那几个小鬼子，无声无息不见了。叫人惊恐万状的这次跑反，竟然结束了。后面的过程，是一家人跑到昌金家过了一夜，第二天返城回家，都平安无事，就不必说了。

仓埠门，今日可巧，你我在历史的隧道里不期而遇。你一定会和我一样，还记得当年日寇是何其凶残；面对凶残的日寇，我等弱国之民又是何其悲惨。你还会和我一样，心中有个未解的谜团：那一天，那几个凶残的日寇，为什么没有继续向我们一家老小扫射就消失了？当然，这绝不是侵略者的仁慈。但，那又是因为什么？

历史终于告诉了我们事情的真相。《无为县志》记载，经过八年抗战，在日本宣布无条件投降的1945年8月15日，驻无城日寇接受了国民党政府的密令，拒绝向共产党领导的无为县民主政府投降。于是8月17日，我新四军第三师三支队发起猛烈的攻城战斗。一小股日寇残兵败将，此时根本没有招架之力，决定弃城逃跑。逃跑之前，小鬼子在城内大肆抢劫并抓人为他们做苦力。得到动静的老百姓只好出城跑反。仓埠门城头那几个鬼子狂暴地向我们开枪，其实是他们临死前放的挺尸屁，很快在新四军的追击下就溃败如丧家之犬。可以肯定，这些恶贯满盈的豺狼，不是做了新四军的俘虏，就是死在新四军的枪口，见了五殿阎王。

想想七十多年前，我们全家大难不死，化险为夷，真得感谢新四军。否则若是小鬼子继续朝我们开枪，或是冲下仓埠门城头向我们扑来，这一家大小会有什么样结果，还用得着多说吗？

仓埠门，已经离我远去的我心中的老友，你见证了我人生中的那一次性命之险。今天，我在你曾经生活过的故地溜达，步履轻捷，心情闲适。我告诉你，这里早已是一派百业兴旺、和畅景明的崭新气象，我们的国家空前强大了，人们正享受着太平盛世的安宁岁月。

溜达着，闲情逸致。溜达着，其乐无穷。朋友，有兴趣的话，溜达溜达，何如？

2016.11.4

古城宝地杏花泉

杏花泉，千年古城无为县一个温馨又美丽的地名，一眼闻名遐迩又充满诗意的名泉。其址在省级文物保护单位米公祠内聚山阁之北，墨池之南的坡地上。据说远在宋朝之前，此处还是一片旷野，就有一股常年汩汩渲溢的清泉，其状欢跃清莹，其味甘甜爽口。恰好附近有一株百年杏树，逢春时光，杏花灿烂，泉水淙淙，景色极美，先民即爱称此泉为杏花泉。可是令人扼腕，不知何时泉水消失，杏树老去，只留下"杏花泉"一个空名。

历来文人多雅趣。一千多年前宋朝崇宁年间，大书画家米芾知无为军，兴建了明珠景观——宝晋斋和墨池。从此，一斋墨宝耀千古，一池墨水醉天下，且有投砚亭点缀其间。到了两百多年前的清代嘉庆时期，无为州知州顾浩，亦十分钟情为山川增色。他从民间得知历史上曾经的古杏树和古泉之后，决心恢复其古貌，于是在墨池西南角坡地上种植一丛杏树，又于树丛中掘得一股清泉。杏花朵朵多俏艳，清泉汩汩润心田。面对这般瑰丽悦人的景色，顾浩欣喜不止，赋诗一首：

老圃开生面，清泉出墨池。
不因疏浚力，安能涌流时？
细眼多于藕，浮花瑞若芝。
根源仙杏共，应以杏名之。

复用古名称其为"杏花泉"，并勒石于侧。从宝晋斋到杏花泉，宋、清两朝米、顾二位县（州）官先生创造了独具特色的文化成果。为纪念米芾，无为人把宝晋斋、墨池、投砚亭、杏花泉组成一体，尊之为米公祠，成为今天的省级文物保护单位，也是江淮大地著名景点，令古城无为大为增色，让海内外人士倾慕不已。

五四运动推动了新文化运动的发展。1926年，有着"党外布尔什维克"称号的青年革命家胡竺冰，与共产党人卢光楼等有识之士，在米公祠近旁创建了为平民子弟服务的"义务小学"。1927年3月，北伐军一部到达无为，受到热烈欢迎和拥护。北伐军宣传队进入义务小学，又察看了附近的宝晋斋和杏花泉，建议"义务小学"最好改为"杏花泉小学"。从此，校与景珠璧相连，校冠景名，互恰互融。"杏花泉小学"这极富美景诗意，又很有地域特色的校名诞生了。有意思的是，杏花泉小学，与当年孔老夫子为弟子讲学的地方杏坛，正好同姓同门，也算是一种古今之缘。

至今，杏花泉小学已经走过了九十个春秋，作为县重点小学，杏花泉深孚众望，光彩照人。凭着厚重的历史和卓著的奉献，她坚实鲜亮、与时俱进地挺立着，成为我们这个百万人口大县基础教育战线的一面旗帜；成为这面旗帜下，遍布大江南北、国内国外杏花泉学子心中的骄傲。

据估算，杏花泉小学在九十年的历史中，培养的小学毕业生有三万多人。这个数字，相当于我们县城解放初人口的百分之六十，今天人口的八分之一。因学校规模是全县最大，她承担着城内普及初等义务教育任务的三分之一甚至一半。杏花泉小学使这些孩子获得了最初的素养教育，打下了生产、生活能力起码的也是必要的基础。从这里走出去的学生，成年后遍布县城的各个行业、各种工作岗位，为建设美丽无城奉献青春、奉献一生。评定、赞扬杏花泉小学的业绩，这是首先必须充分肯定的。

同时，值得大书特书的是，杏花泉的学生中，涌现出很多杰出人才，成为耀眼的明星。这里只能略举几例，以显其卓尔不凡。

周恩来总理赞扬的小发明家。1958年，第一次全国少年科技作品展览会在北京举行。杏花泉小学六年级学生许章运，在吕光第和卢遇周两位老师辅导下，创制的"人工降雨器"入选参展。敬爱的周总理亲临现场参观。在"人工降雨器"旁，总理仔细听取了许章运的汇报，又看了实际操作，高兴地夸赞"是很好的创意"。总理握着许章运的手说："与你握手很光荣，因为你的手是劳动的手啊！"接着总理与许章运等参展小选手合影留念。许章运，一个十几岁的孩子，他的科技创造受到了全国人民爱戴的周总理的赞扬，这是杏花泉小学极为宝贵的永远的荣耀。

书赠母校"桃李杏花香满园"的院士。2010年金秋，阔别母校六十多年，1947届毕业生卢强，惠临杏小校园，感念母校培养，惊喜母校崭新美丽的容颜，欣然留言盛赞。这位中国科学院院士，是中国顶尖的电器工程专家，国家重点基础项目首席科学家，多个国家重点项目和攻关计划负责人，电力系统国家重点实验室主任。同时，他在芜湖市设有研究基地，为家乡建设奉献才智。这位令人尊敬的院士，当年小学毕业，只是他成长中的一小步，而他奋力前行，迈出了许多的大步。从小步到大步，他的人生，是多么光彩的一条大路，也带给了母校无限的欣慰。

古龠考古成果举世惊叹的音乐家。杏花泉1966届毕业生刘正国，酷爱音乐，十岁登台吹奏竹笛，被县广播站录音全县播放。以后深造，成为古龠考古学家，音乐理论家，作曲家，教授，国家一级演奏员，国家专利七孔笛、九孔龠发明人，教育部学位中心学科评估专家。承担了教育部、文化部和国家级多个重要科研项目，数度荣获上海市哲社论文、论著政府大奖。20世纪90年代，他对出土的八千年前古骨管吹奏乐器，潜心研究，推翻了权威观点，正确定名为"龠"并吹奏出天籁之音，成为古龠重辉中国第一人，中央电视台为之拍摄了专题片。他还应邀赴欧亚美十几个国家讲学、示范演奏，享誉世界。

其他如党和国家高级干部陈作霖，中国人民解放军少将孙明树和陈学斌，经济学家、博导、中国对外经贸大学校长施建军，医学生物专家、教授、博导邢峥，胸外科学医学专家强光亮，全国政协委员、教授、博导蒋惠园，等等，都是从杏花泉小学走出去，后来成为国家栋梁之材。"文革"结束，恢复高考，全县考入大学少年班的优秀学生中，在杏花泉读过小学的人数最多。这些都理所当然是杏花泉的光荣与骄傲。

杏花泉小学，不愧是一所历史名校。1959年，学校被评为全国文教系统社会主义建设先进单位，校长刘亚洲光荣地赴京参会领奖。这是校史上骄人的一页。到了新世纪的2013年，杏花泉小学又荣获安徽省少年（幼儿）教育工作先进单位称号，成为校史上新的里程碑。

杏花泉，以乳汁般的泉水滋养着杏花泉小学，一年又一年。杏花泉小学以长期奋斗和卓越的奉献，回馈着杏花泉水的哺育，一代又一代。

光阴荏苒，古城人爱古泉爱入心田。为保护杏花泉水，改革开放的年代，人们在泉眼处修建一井，聚泉井中。岁月更新，井内泉水时时清明可鉴，井外杏花年年娇艳喜人。它们和宝晋斋、墨池一起，与杏花泉校园清亮的钟声和琅琅的书声，正好相映成有声有色的美丽画卷和悦耳动人的乐曲，成为远近独具风情的佳境。

2017.5.10

藏书楼藏着的故事

创建于1922年的无为县图书馆，是安徽省最早的县级图书馆，至今已有近百年历史。其馆舍就是米公祠。

图书馆建馆之初，得到了社会人士的关爱和资助，藏书尚为可观。据邢容钦著《无为旧闻琐话》记载："县图书馆藏书，有：清刘秉璋家有钦赐木刻《图书集成》，为某军阀劫去部分，余书……移交县图书馆。邑孝廉卢秋浦藏书，约三万余册。逝后，均售于图书馆。余外舅之藏书，亦归县图书馆，据目集者云，运走图书，有二十八箱之多。近人李叔威君亦曾捐赠图书若干。"解放前夕馆藏图书在八万册之谱。新中国成立后至"文革"前，馆藏图书已达十七万册。

县图书馆的藏书中，有线装古籍近四万册，其中善本五十二部六百二十五册，诸如明宣德年间金粉书写的《妙法莲花经》、明胡宗甸著《省身集要》、清印《古今图书集成》《四部丛刊》《四部备要》《江南通志》、乾隆版《无为州志》、嘉庆版《无为州志》等都十分珍贵。另藏有历代名家法帖、古今字画、碑刻拓片，近现代各类画报、杂志、报纸。馆藏图书之丰富与珍贵闻名遐迩，为世人所重视和喜爱，亦为全省县级图书馆所仅见。

书库是藏书重地。县图书馆的书库在很长时间内，与办公室、阅览室等一样，都是类似民居的砖瓦平房。解放后曾全面整修，书库面积约一百五十平方米。到20世纪60年代，房屋多有损坏。书库雨天渗漏，墙角潮湿生霉，书籍多有受潮霉损。为保护图书，每当夏秋晴朗天气，搬晒图书都是十分繁重的任务，但却不是根治之法。

1962年，时任馆长巫纪崙得知，馆员方六岳之嫡孙方时生与副省长张恺帆很有旧谊，决定试着向省里打报告并同去合肥面呈张省长，请求拨给专款建设新馆舍。在张恺帆同志的关心下，获得八万元兴建馆舍专项经费。这在当时，真是破天荒。

自1964年起，历时两年，1966年新馆舍建成。建筑面积一千零八十平方米。其结构形如飞机：中间是上下两层，可视为机身。两侧是一层，即为机翼。正面大门第二层门头，也呈飞机图案造型，居中是张恺帆手书端庄遒劲的“无为县图书馆”六个大字。其内由大门台阶起，至门厅、地面、过道和墙裙均为磨化石铺就。门厅地面居中大圆圈内，用黄铜条精心嵌制了仿米芾大白菜画造型，既有历史厚重感，又有俊逸悦目的人文情调。这幢钢筋砖混结构馆舍，坚实、规整、新颖，是当时县城很有时代感和地标性的建筑。不久，“飞机”两膀上面又加了第二层。同时在前院两边增建了房屋，还增加了设备，整理了环境，旧貌换新颜的无为县图书馆新馆舍，又领全省县馆之先。新馆二楼全部用作书库，比原书库面积扩大了近5倍，通风干燥条件也大为改善。至此，所有图书都安居其中，得到很好的保护。这座被称为藏书楼的主体馆舍，标志着县图书馆进入了一个新的发展阶段。

馆藏图书进入新楼书库之前，还有一段有惊无险的小插曲。1966年秋的“文革”初期，破“四旧”如火如荼开展起来。所藏十七万册图书，因建新馆都堆放在院前九间平房内，如一旦被破“四旧”的红卫兵发现，则不可避免被当成“封资修”“黑货”销毁，造成无法弥补的重大损失。

馆长巫继崙感到情况十分危急，决心带领方时生、倪锦文、朱大刚和请来帮忙的县文教局胡文生、桂兴云等六位手无缚鸡之力的“秀才”，奋战两天两夜，把所有图书搬运进刚建成的新馆二楼库房，加上大铁锁。又假造声势，骑着门缝，交叉贴上两条“无为县文教局图书馆革命造反派封”的封条。这个假象，竟然吓退了几次闯进图书馆破“四旧”的红卫兵和造反派，馆藏图书终于未受任何损失。但是十分遗憾的是，新馆门厅地面黄铜条嵌制的大白菜画被当成“四旧”挖除。留下的那个空圆圈，在无言地诉说着历史上的“黑色幽默”。

20世纪80年代，无为县文物管理所成立，与图书馆分占米公祠南北两头。但因场地太小，房舍严重不足，馆与所的工作、业务又互有干扰，各自事业发展受到严重制约。县领导决定另建了图书馆。今天，这些藏书，早就离开了20世纪60年代所建藏书楼，迁入新世纪建成的，规模更大的，现代化的县图书馆，继续为广大读者服务，为现代化建设服务。当年飞机造型的图书馆包括藏书楼，已定为县级文物保护单位，将由县文物所赋予新的使命。

2017.5.18

稀世珍宝宝晋斋

宝晋斋碑刻现收藏于无为县文物所宝晋斋展厅内。文物所前身为县图书馆，此馆始建于1922年，为安徽省首家县级图书馆。馆址就是北宋崇宁年间，大书画家米芾知无为军时所建宝晋斋。

米芾（1051—1108），曾名黻，字元璋，别号鹿门居士、中岳外史、海岳外史、襄阳漫士，于北宋崇宁三年（1104）至崇宁五年（1106）知无为军，历时两年半。在任期间，他把收藏的晋代大家王羲之的《王略帖》、谢安的《八月五日帖》、王献之的《十二月帖》等珍贵法书勒石陈列于宅邸内，自己欣赏和供人临摹学习。命其宅名为"宝晋斋"，制成匾额，悬挂门首。同时他还书写了"宝藏""墨池"两帖，勒石立于大门两侧。一时间，慕名至宝晋斋观瞻碑刻藏品的人士趋之若鹜。

米芾作为一代书画大师，首开变藏品为展品之先河，对无为文化发展和书画艺术传扬，不仅功在当时，且惠及后世，不愧为千古流芳的一件大好事。

米芾还在斋前凿有"墨池"，池中建"投砚亭"，池北立"丈石"又名"拜石"，每日必抱笏拜揖。因为米芾任职无为期间，政德昭彰，万民敬仰。其离任后，县民即将宝晋斋冠名为米公祠，以作为对米公永远的纪念。于是米公祠成为集书法碑刻、园林风景、人物纪念于一身的独具特色的历史胜迹。

光阴荏苒，在漫长的历史岁月中，由于种种原因，米公祠碑刻难免遭到兵灾伤损，也偶得修葺和增益。两宋期间，无为军后守葛佑之和任无为通判的曹之格，先后根据米芾拓本，对损失的进行重刻，并增加了晋人法书和米氏父子墨迹多种。及至明清，也曾两次重修宝晋斋。其中州守张琨玉亲自楷书"宝晋斋"勒石，并传至今。光绪年间知县丁峻新建米公祠二楹，又搜集米公遗刻"墨池""白菜画"存入斋内。

1922年，无为县以米公祠为基础，建立了全省第一个县级图书馆。从此，米公祠、县图书馆两位一体。宝晋斋及其碑刻成为其中的重要组成部分。

新中国成立时，宝晋斋碑刻仅存三十六通，房舍也破旧不堪。1950年，早就投身革命的知名人士王试之担任了馆长，大力整修馆舍。同时，面向社会，广为征集民间各类碑刻，幸得居住无城的庐江籍人士、晚清四川总督刘秉璋私宅遗存历代名家书法碑刻一百零五通。县文化部门和王试之馆长经过认真规划，将碑刻嵌砌入馆舍回廊，定位与人体同高，碑面与墙面平齐，碑面全部加黑，阴刻字身宛如新凿。整装完毕，碑刻面貌一新，尤显端正、严谨、清秀、高雅。参观者近如县民、专家学者，远如境外各地宾客，都十分赞赏。

整修后的米公祠（图书馆），三进平房馆舍，自南向北依次是宝晋斋阅览室和碑刻回廊，办公室和借书处，书库。各幢馆舍前后都有院落，设有花圃。二、三进平房中间有通道相连，院西有拜石。第三进平房后面是一个小竹园。整体环境很有江南园林风貌，是全城最漂亮幽雅，讨人喜欢的场所。县人民政府首任县长潘效安特撰《嵌修无为碑刻序》。他说此举是"供人民观摩以保存古代文化"，"非敢谓兴复名胜不过聊作引导之先驱耳"。米公祠连同国宝级的宝晋斋碑刻获得新生。

宝晋斋现拥有150多通书法碑刻。这些作品分别出自唐宋元明清五个朝代数十位书法大家之手，如钟绍京、米芾、苏轼、黄庭坚、赵佶（宋徽宗）、文天祥、赵孟頫、沈周、董其昌、祝允明、刘墉、梁同书等。他们的作品，是中华书法中的精品。但米芾最初收藏于宝晋斋的晋代二王一谢书法碑刻早已不存，非常遗憾。

1966年进入"文革"时期。当年秋，红卫兵走上街头大破"四旧"（旧思想、旧风俗、旧文化、旧习惯），县图书馆当时新建二层楼馆舍刚刚竣工。施工拆下的众多碑刻全部堆放院中。若红卫兵若闯入馆内，就会被当成"四旧"而彻底毁灭。形势极为严峻。时任馆长的巫继嵩当机立断，带领馆员方时生、倪锦文、朱大刚采取紧急措施，请来建筑工人，关上馆门、昼夜施工，三天内把150多通碑刻全部砌入平房墙壁内，粉上石灰，外观毫无破绽。施工刚结束，红卫兵就闯进馆内破"四旧"。但查无所获，只得无奈退去。巫继嵩等同志以对国家对人民高度负责的精神，甘冒极大的政治风险，保护了这些古代书法碑刻，实属英雄之举。

进入改革开放时期，县委县政府把加强文化建设摆上议事日程。20世纪90年代后期，在参照史料基础上，进行规划设计，重建了米公祠，总面积达一万七千平方米。县图书馆也迁至新址。如今，米公祠（即县文物所）内，米公祠、聚山阁、杏花泉井、墨池、投砚亭、宝晋斋、藏书楼等构成一个典雅、幽静、文化底蕴深厚的人文胜地和美好景区。遗憾的是，宝晋斋碑刻，还码放在案台，没有嵌砌归位，时日迁延，难免压裂破碎，需尽快妥善处理。目前所展，只是拓片。人们期待着千年古县这些悠远的文化精品尽快显露尊容，得到更好的呵护、传承。

2017.5.30

无为龙船独有的美

中华宝船龙船，承载着端午佳节，从遥远的荒原古岸行来，用丰厚和精彩滋润着人们的心田，而且永远。

榴花如火，莲花飘香，过端午，庆佳节，又是一回欢乐的享受，又是一回享受的欢乐。记忆中，少年时代，人们最看重的是端午节重头戏——我们千年古城独有特色的龙船和划龙船。

我们县城东边的护城河，从锁埂到仓埠门河面，是连江通海的主航道。入夏涨水，河面又直又宽。锁埂南头非常开阔的水面，更是难得的龙舟大赛场。长长的锁埂埂面宽平且直，埂边坡度平缓，恰好是天然大看台。还有锁埂对面东门大桥和南门大桥之间长长的河滩，也是观看的佳处。因此，这里历来是端午节划龙船最理想的主赛场。

端午下午，人们饱食节日美餐之后，几乎是倾城直奔锁埂，远近农村的人流，也从四面八方涌来，都要争看一年一盼的热闹、刺激、精彩的龙船大赛。

欢乐的锣鼓声由远而近，人们禁不住你呼我喊："龙船来了，龙船来了！"很快，就会看到，来自上下九连大圩，来自西河、永安河的二三十条龙船，在水手们七上八下的船桨随意划动下，缓缓进入预备地点——锁埂南端河边。各条船上，水手们穿戴着各自统一颜色的短衫短裤和头巾。人们按这些着装颜色惯称参赛船叫"大红船""老黄船""天蓝船""月白船""草绿船"等等，都是随便起名，只为互相说着方便。

此时，一定要细细看看我们无为的龙船。与别地龙船不一样，我们的龙船不仅有逼真气派的龙头，长长的船身后面，还有一个向后高翘长约两米的龙尾，龙尾中下部穿插着一把长如大橹伸入水中的船舵，舵把掌握在舵手手中。这掌舵人有一个特别的名字——"带招"。龙船要舵干什么？这是无为人的智慧，后面再说。经过精心油漆装扮的龙船，都很漂亮。龙船后面高翘的尾巴和那长长的船舵，更显得威武雄壮。其他地方的龙船尾巴又短又小顺水拖，缺少"龙"的气派，当然也就没有舵手了。

一般的划龙船比赛只有一种：在规定水面进行直道比赛，就像体育场上的百米赛一样，照直不打弯赛个快慢了事。我们无为赛龙船，除了直道赛，还有更难更好看的绕圈赛，习惯都叫"转芦柴墩子"。

赛前，人们会在锁垾南头宽阔的水面，用长长的芦柴杆牢牢地在水中央插成一个直径四五十米的环形芦柴墩。每根芦柴顶端都有一面三角小红旗，芦柴墩中心则插上一面高高飘扬的大红旗，增加了比赛气氛又很热闹。

"转芦柴墩子"的比赛办法是，众多参赛龙船通过抓阄，分成两船一组，进行淘汰赛。总要经过多轮比拼，前三名花落谁家，才见分晓。因为太紧张激烈了，人们特别爱看。

人人期盼的，激动人心的时刻到了。竞赛号令响起，一组两只龙船，从二十米外直道起点处出发，争相紧靠芦柴墩呈环状前行。每船二十四位划桨人埋头操桨，起落一致，拼命猛划；船中仓的锣鼓手点头弓腰，一手打鼓，一手敲锣，用锣鼓点统一号令，指挥行动。锣鼓声音疾如狂风骤雨，催得水手屏气用力，简直无暇喘息。最值得看的是船尾的带招人，他眼盯前方，双手握着舵把，既要让船身适度内倾以增加速度，又要严防船身内倾过度而翻船；既要防止与对方的船身或芦柴墩发生擦碰，又要时刻确保方向正确。船偏内侧急驶，带招却手扳船舵身偏外侧，用恰当的戗劲，保证船身平衡，奔向终点。动作精彩又惊险。比赛激烈地进行着，每船都要按规定围着芦柴墩飞转四圈。船上的水手们不顾一切拼搏着号叫着，岸上成千上万观战的人，坐的、站的、蹦的、跳的，甚至挥着双手呐喊助威。赛场内充满激烈竞争的火药味，赛场外人们都毫无顾忌地尽兴狂欢。

最后，优胜名次红花有主。获胜龙船的龙头，被披上大红布叫挂红，船长则接过漂亮的锦旗高高举起，得意地向四方摇晃展示。欢庆的锣鼓声、欢呼声、爆竹声又一次热烈地响起。

"转芦柴墩子"之后，是龙船的直道竞赛，同样也有少见的精彩。直道竞赛经常见到，人们很熟悉，不必多说。单说一下我们无为龙船上带招人在直道比赛中的出色表演。在这种竞赛中，带招人第一要确保船行最佳直线，尽量以最快速度冲达终点。因此他必须始终保持眼光、目标、船头、船舵在一直线上。特别是插在水中的舵头，不能有丝毫偏斜。第二是及时给龙船加速。这是绝技。带招人要密切观察，在船身笔直向前，水手动作特齐的时候，猛喊"全体注意"，马上抓紧舵把，双脚腾空上跳又猛地落下，形成一股重力砸向船尾，船头瞬间翘起，在惯性作用下，船身就会猛地向前加速滑行三五米。如此全程来个三五次，船行当然更快了。有本领的带招高手，为龙船加速，会取得很好的竞赛效果，因此既受人们的喜爱，又受人们的尊重，甚至被当成英雄。端午划龙船，因为参赛龙船多，一般要安排三个下午的赛程。

聪明的无为人把端午节划龙船玩到了极致，表明无为人虔诚地崇尚古老的端午文化。又一个端午节来临。端午节欢乐万家，端午文化香飘天下。

2017.4.12

吆喝也曾滋润着古城

吆喝，是半个世纪前，我们县城九街十八巷飞扬着的，响亮又讨人喜欢的叫卖声，也是那个时代市井文化特有的韵味和风情。说白了，吆喝滋润着古老的城市，市民的生活里不能没有吆喝。

吆喝，在清晨响起

告别夜的静谧，新的一天开始了。各种音色音量的吆喝声，与轻悠的晨风，与欢乐的鸟鸣一起到来。你听——

"卖油条咧，膨脆大油条，回炉大油条，油炸锅巴，狮子头！"这"回炉大油条"是昨日留下的，今日回锅再炸，更加酥脆好吃。学生们借此笑说留级生是"回炉大油条"。

"卖五香蚕豆啊！"

"卖山芋哎，炕锅边山芋哎！"这"炕锅边"很有意思，就是有贴锅烤煳的厚皮、冒着汁液、又香又软的山芋，很好吃。

还有"卖烧饼咧，葱花咸烧饼，洋糖素烧饼！"

叫卖的人，有年纪大的，有年纪轻的，最多的是十几岁的大男孩。也有女人，但很少。卖油炸类、卖烧饼的，臂弯里挎着一个直径二尺多的浅口圆形藤条篮，上盖油布。卖蚕豆、卖山芋的都是用小木桶装着，盖上厚厚的棉纳头挎在臂弯里，这些人，都是赶早跑很多地方找生意。一条小巷小街，一早上往往有三四班人吆喝。吆喝的声音多半是大声呼叫，也有拖长字音先喊后唱，也有自定调门以唱代喊，都各有特点。时间一长，居民们听声音就知道是谁在吆喝。

那时，虽说我们县城有"九街"，真正的商业繁华地带，只有城中心的大十字街和与之相连的附近街面。茶馆酒店都在这些地方，一些小食品摊点也多挤扎其间。小街小巷千万住户，若想买点心小吃之类，必须跑很多的路，这太麻烦了，尤其是早晨杂事多，时间也不允许。还有些确是市民需要的小玩意儿，即使上了大街也没有，只有靠"吆喝"来满足。于是"吆喝"的行当应运而生，而且融入了市民的生活。用现在的话说，这是送到家门口的人性化服务，暖人心啊！

清晨的吆喝声，此起彼伏。刚刚苏醒的城市，顿显生机。

小学生们走出家门，买上一根回炉大油条，猛咬一口，屁颠屁颠上学去了。

老奶奶刚跨出门，就喊："称二斤山芋，要炕锅边的。"早餐就会搞定。

年轻的妈妈脸没洗头没梳，抱着娇儿出门就忙着招手："买烧饼，买烧饼。快给我两个洋糖素烧饼。"接着诉说缘由，"这小坏蛋，还没睁眼，一听到喊卖烧饼，就猛地翘起，吵着要吃洋糖素烧饼。"

不紧不慢的老爷子，拿着空碗，到了门口，叫着卖五香蚕豆的名字说："昨天怎没来？叫我好等。"回话："半路上蚕豆卖完了，就回家了。"老爷子递上碗："来三盏五香蚕豆。"接着说："我是老户头，明天从我家先卖吧！"买的竟然向卖的套上近乎。

早晨的吆喝中，还有挑着担子卖各种蔬菜的，特受家庭主妇欢迎。

不过种种吆喝，也不全在早晨。饭前饭后，上午下午，大致按季节，叫卖着桃子、杏子、菱角、花香藕、蒲荠果子（荸荠）、鸡头果（芡实）、梨子，等等。谁卖随时来，谁买随时有。

吆喝也不光为"吃"

当然，过日子，不仅仅是个"吃"，吆喝也不光是为了"吃"，还有许多其他家务小事，需要得到帮助和解决，这就使得吆喝的内容更丰富了。

剪刀和菜刀的锋口钝了，豁口了。吆喝来了："磨剪子噢铲菜刀！"那清亮的唱腔，与《红灯记》中磨刀人唱的一模一样。听到声音，开门出去，立马满意而归。

雨伞坏了，铁锅通了，陶瓷碗裂损了，主妇们会耐心地等着吆喝的人上门修理。好了，忽地传来吆喝声："补锅补碗啰修理洋伞啰！"这是外地口音，他把"洋伞"说成了"颜伞"。被称为桐城蛮子的这位外地师傅，四十来岁，黑黑的瘦瘦的，很精干。他技术好，态度好，要钱也不多。小巷里热闹起来。

大人小孩把要修的铁骨破布伞（时称洋伞）、破锅、破碗顺序摆在摊脚边，"蛮师傅"也不多话，一门心思用针线、钳夹、熔化的铁水、瓷泥和铁钉等等，一件件地修好（具体修法早已无用，故不赘述）。那时生活水平低，家常用品坏了，都是花很少的钱修好再用，所以这位师傅很受欢迎。我记得他每年都要到我们县城来几次，全城的人都很熟悉他的吆喝声。

各种类型的吆喝还很多，下面再举两种。

"卖锅箍子噢！"过去家用老式大口铁锅，与木锅盖之间有缝隙，煮饭跑热气，饭不易煮熟。北门城外王二公村农民，会用捶得非常柔软的新稻草，精巧地扎成擀面杖粗，大大小小环状锅箍，进城叫卖。主妇们爱买了放在锅沿，使锅与盖之间密不透气，煮饭又快又香。锅大锅小，按尺寸自选，包你满意。这锅箍，街上大小店家从来不卖。有想买的，只有等候"吆喝"送上门。

"碎铜烂铁拿来卖钱呐！""鸡毛鸭毛拿来卖钱呐！""旧书旧报纸拿来卖钱呐！"这是被称作"鹅毛挑子"的人，走街串巷吆喝收废品。这在今天，也好理解。

此外还有应着花季，吆喝卖白兰花、栀子花的，就不细说了。

最紧要的吆喝

家家户户的生活，除了一般的小买卖离不开各种各样的吆喝外，一些特殊的事情或者叫难题，比如，淘米水和吃剩变质的饭菜、灶膛里烧的草木灰，甚至一家大小几口人的大小便，怎么办？自家处理吧，还真束手无策，必须得请"吆喝"来帮忙。

"可有猪水卖呀！"中前午后，换猪水的来了。那时，家家户户或厨房里，或院子拐角，或大门内侧，总有一个不大的陶钵，储放淘米水和变质不要的饭菜，名叫"潲水"。听到这种吆喝，自有人开门招呼。换猪水的挑着一担木桶进门，先滗掉钵子上面的清水，然后用手捞捞，论量付钱，将其倒走挑回家喂猪——称潲水为猪水，原来如此。

"可有粪换呐！"在各种吆喝中，这种吆喝最让居民尤其是家庭主妇留意。谁家房间的马桶、屋旁的茅缸储物可观，有些"警示"的时候，她们会更加急在心头。"换粪的"及时到来，理所应当受到欢迎。肩担空粪桶换粪的人，在留下一把麦秸或稻草以后，马桶、茅缸很快被清理一空。"可有粪换"名副其实是各取所需。城里人换得的秸草可以烧锅，农村人换得的粪可以肥田。

"换粪"的吆喝，有三个时段最吃香。第一是久雨、久雪刚放晴，第二是除夕之前的日子，第三是过了春节三天年的初四、初五。这第一和第三是积物太多急待清除，第二是为了春节期间"出口"有充裕的储存空间。现在想想，那年头市民家里没有抽水马桶，街上极少有公厕，各家处理"出口"秽物，还真有说不出口的急难啊！"换粪"的吆喝，真是"大救驾"了。

还有"可有灰换呐！"这是农民用秸草换取居民灶膛的柴草灰。同样是必不可少的吆喝。

她的吆喝最难忘

童年时光，大街小巷的许多吆喝声，并不多么悦耳，但记忆中都是美好的。其中有一个人的吆喝，最难以忘怀。

西门大街有一位老奶奶，吆喝最勤，也独有特色，全城人都很熟悉。

老人五十多岁，常是一身玄装，小大脚（旧式裹小脚后来又放大的半大脚），身材偏矮，略长的紫铜色的脸，一看就知道很"结杠"（专指老人身体壮实）。老奶奶常年是挎着装满早点的竹篮，从西大街向东，大街小巷随意走。她一声吆喝能响半个城，而且她不是喊，是唱。那曲调当年真是男女老少，耳熟能"仿"。老人的唱词是："卖膨脆大油条，卖油炸锅粑，狮子头，糖蔴花。"曲谱是"咪来哆来咪哆来，咪来哆咪来哆，来咪啦，来咪哆"，最后紧接一句道白："牙膏袋子换油条！"20世纪50年代初，我们读初师的音乐老师卢光张，曾在学校晚会上自拉自唱表演这个吆喝节目，全像，引得同学们又叫好又鼓掌。

这位老人十分勤劳，早晨卖了早点，下午又要卖香油（菜油）。她一手拎着小油桶，一手套着放有舀油勺、木杆秤等用具的竹篮，同样是用唱腔来吆喝："来咪来来哆——卖香油噢噢！"人们对老人家境毫无所知，却很同情她，都是尽可能买她一些东西。稍可欣慰的是，老人戴着银耳丝、银手镯，还有银戒指，说明她自食其力，生活不是太艰苦。这位老人以独有的唱腔来吆喝生意，是当时市民生活中的唯一，也是那段市井文化中的唯一。

可以这样说，对我们这个古老县城而言，那时候面对规模小、网点少、服务有限的商品市场，如果没有了一年四季遍布大街小巷的吆喝，也许就筋血不活，成了残废。千万市民的生活，可能是忧烦多多，甚至是一塌糊涂。

吆喝，不是豪言壮语，不能登大雅之堂，却增添了城市的生机和活力，是广受黎民百姓欢迎的亲切和温馨。历史这样说，吆喝，曾经不可取代。

2016.8.4

说说护城河上石拱桥

回览历史，七十多年前，我们这个县城，是一座中国传统城池模样。出了城门就是如锦似带的护城河。东南西北门的护城河上依次有东津桥、九华桥、大安桥、迎恩桥。但是从祖辈起却都叫东门大桥、南门大桥、西门大桥、北门大桥。另外，东门和北门之间还有小东门外的通济桥、华林桥。通济桥百多年前就无影无踪。

这些古老的青石拱桥，都有着稳固坚挺的墩基，极富张力的拱券和弧度悦目舒缓的桥面，是内刚外柔造型典雅的艺术杰作。东、南、西三座桥，都是三拱。北门大桥和华林桥只有一拱。

诸桥当中，最繁忙、最热闹的是东门大桥。因为这里的濡须河段，是县城外联的水上通衢，下通长江，上达县内西南集镇。河面巨舸舢板云集。全县稻米麦棉油菜籽外运，竹木煤炭和百货南货内销，都在这桥头城墙脚下宽阔的河滩上集散。大桥外，有私人开办的无为至芜湖每日一班晴通雨阻的汽车客运，加上无为在商贸、交通等方面对芜湖的依赖和需求，客流量很大。秋收季节和腊月皇天，这大桥两边更是千商聚会，万人涌动，人气特旺。

东门大桥在解放军渡江战役中还有过重大贡献。1949年春，每当傍晚总有解放大军从县城西门进城，避开闹市区，经体育场、绣溪公园，出南门转向东门大桥，直奔长江边。这是步兵。解放军的炮兵全走大街，因为通行顺畅。当用树枝草叶伪装的大卡车，拖着身穿绿衣的大炮，行近东门大桥时，一个揪心的疑虑摆在大军面前：东门大桥是否能承受大炮车的重压？试着过了几辆炮车后，大桥竟稳如泰山，军民皆大欢喜。

南门大桥离县城近一里路，背依县城，前有一字城关隘护卫。桥北紧靠一座临河的庙宇，叫南门大桥楼。这些都给大桥平添了几分险要，几分神秘。当年太平天国部队曾到过无为，后经南门大桥而去，并在一字城外分路口立石碑作路标。此石碑解放后收藏于南京太平天国史馆。这是南门大桥与太平天国难得的一缕情缘。

北门大桥景况凄清。出城过了桥，脚下是两边水塘夹着弯弯长长而且极窄，又是半边高半边低的堤埂，大风天、雨雪天叫人举步维艰。走过堤埂是一片常年泥屎糊烂的洼地，被恶称为"老母猪街"。上坡的小街有不多的住户和小店，叫下草城。旁边荒坡上有牛集、小猪行与柴草行。北门大桥也有值得纪念的历史，1931年7月29日，中共无为县委书记夏子旭和两位战友，不幸遭国民党反动派逮捕，被残忍杀害在这座大桥上。古桥承载着英灵，与景仰永远同在。

最惨最可惜的是西门大桥。1938年日寇轰炸无城，古城惨遭破坏，西门大桥被炸成乱石堆。大路不通了，人们自发地在大桥旁建起简易的木桥，以供通行，习惯都叫它小桥。那时，国民党县政府根本不想再造西门大桥，干脆铺上石块和黄土变桥为路，切断了护城河。随后，从西到北到华林桥，护城河被分割成七断八截的死水潭。这实在是县城生态环境的一个重大创伤。

千年古城在不断进步，城市的面貌也日新月异。护城河上古老的石拱桥现出了新的模样。东门南门两座大桥，在老桥旁拼上钢筋水泥桥，两桥连体拉平达20米宽，可称为鸳鸯桥。北门大桥改建成双拱平面桥。早就消失了的西门大桥，路面已加高加宽，成为县城西向交通的咽喉。改革开放以后，新建了书香四溢的九孔状元桥，形似玉带的绣溪桥。特别是通济桥，从历史走来，更显舒展阔大的华美身姿，堪称芝城佳景。如今这些古桥，虽真身隐去，但灵魂仍在。它们立足一环，紧连二环，四通八达。不停的人流和飞转的车轮，正日夜为古桥们吟唱着古老而年轻的生命之歌。

唯一保持原貌的华林桥，有幸成为县级文物保护单位，随着护城河环境的全面整治和美化，已经再现历史的光华和鲜活。

2016.8.4

从舌尖上溜掉的美食

　　点心，古人指临时充饥或饭前饭后休闲享用的小食。唐时称之为"点心"。宋人庄季裕在其所作《鸡肋篇》中，说得具体又有趣。某位正坐在金銮殿上的皇帝，忽言肚子有点饿，又不便甩袖退朝充饥。一位近臣立即取出怀中蒸饼递上去说："可以点心。"真切地道出了"点心"所指和"点心"的作用。我们县城，历来点心很多，油炸类、蒸煮类、烧烤类、米粉类、麦面类，不下数十种，全是舌尖上的美味。都说"无为人会吃"。从老祖宗那里起，无为人就增加了"点心"的功能，或是早餐、早茶的必备，或是招待客人的佳品。点心虽不比正餐重要，但生活中肯定不能少。

　　由于时世变迁，风物月异，许多新品种点心登台了，也有不少传统点心，从舌尖上溜走了。我们这地方消失的点心，就有油炸锅巴（糯米做巴掌大三角形，与油条一样，临街炸制，论块出售，随买随吃）、油炸糍粑、油炸麻花、油炸狮子头、烙侉饼、蒸米糕、糯米饭渣（zhǎ）肉卷，扳指头数数，何止二三十种。

　　舌尖上溜掉的点心里面，我拣记忆中最好的说几样，但愿美食家们不会咽口水。

油炸小饼

　　"老无城"都知道，六十多年前，在我们县城好吃的点心中，籼米面做的油炸小饼是最受人们青睐的点心之一。当年小饼做得最好的是草市街北头皇华坊的马家小饼店。

　　马家做小饼很讲究。先说做小饼外皮。用上好的籼米淘净、晾干，磨成细米面。接着下锅翻炒。待闻到一丝炒面香味时，马上倒入开水，和拌翻揉成足球大小的米面团，再迅速切分成小块，一阵揉搓之后，案板上整整齐齐摆出了一条条茶杯口粗的米面长棍，这是做小饼外皮的坯料。做小饼时，将面棍随手揪成乒乓球大小的小面团，揉压成圆片，只待放上小饼心了。

再说这小饼心。马家的小饼心，独有特色。春夏秋三季是用五香米粉（我们方言叫"渣（zhǎ）黄"，蒸渣肉也用），配上钓鱼钩大小的小河虾（我们方言叫"小弯寸"），用胡椒粉和猪油炒拌即成。冬季则用萝卜做心。把新鲜萝卜洗净，切去辣味很重的青绿色尾部，放入大锅，略加一点水烀烂后，装入白棉布口袋，扎紧袋口，放板凳上捶打挤压，除去萝卜的辣水和多余的水分，取出后其状如结冻的猪油般融软洁白，没有茎丝，再调入盐粉葱花，加上猪油即成。以上两种小饼心，都是传统做法，很有市场声誉。

有了饼皮、饼心，很快就做成一个个茶杯口大、圆圆的、白白的米面饼。师傅把它们一批批放进烧滚的菜油锅里，经过一番跌宕沉浮的油炸，适时捞出沥干油水，放进盘子。那黄灿灿、香喷喷的小饼们，真叫人眼前一亮，口中流涎。此时若享用一下，那小饼皮是清、香、酥、脆，五香米粉和小虾心的醇香鲜辣，萝卜心的清嫩柔润，都非常可口，老少极爱。

马家小饼店的小饼只供早市，小中时（上午十点多钟）即停。一人最多只可买二三十个，以防有人趸购加价转售，坏了马家声誉。每日自天亮起，远远近近来买小饼的人就很多。店门前三五个、十来个人的队伍，总是延至小饼售罄才消失。

马家小饼做工精细，味美价廉，在城内独成一家，无人可比。只是数量有限，住家户都能买到，而一般大小茶馆里的食客，是很难吃到马家小饼的。

近来偶见小摊卖油炸小饼，但用材、工艺和味道，实在不敢恭维。当年的美味，再难寻觅。

蒸粉团

这是城内名档茶馆，如中和楼、一品轩、福胜园、沈同兴用米面蒸制的特色点心。

蒸粉团做法并不复杂。大约按五比一的配比，用糯米面和籼米面加水混合揉透做外皮。糯米面多一些，爽滑好吃。籼米面硬性，用一点以支撑粉团，使其圆而不瘫，好看好拿。粉团里面的心很讲究，是用鲜肉泥、鲜虾仁，加山粉（山芋粉）混和作料，细细调稠调匀，稀而不溏正好。

有外皮有内心的粉团做成了，像一个个圆卜隆冬的白色小皮球。接着师傅摆出装有洗净糯米的张簸（没有细眼的圆盘形竹器），把"小皮球"们放在张簸里面轻轻滚动一遍，使其全身粘满糯米粒，这叫上粉。最后放进蒸笼，大火蒸透。

拿好分寸，掐定火候，揭锅了。蒸笼盖一开，师傅口吹手挥，催得热气略散，你会看到满笼屉的蒸粉团，全身糯米饭粒晶莹剔透，尽显珠光宝气。此时师傅又拿来一个装有红粉液的小碗和一根小棒，用小棒在碗中轻搅几下，再向粉团上面逐个点去。结束了，只见所有粉团脸面上，都有一个耀眼的漂亮的红色小圆点，很是喜庆热闹可爱，逗得你不能不爱，不能不吃。

进茶馆喝早茶的人，十之八九都爱叫上一份蒸粉团。当跑堂伙计把一盘刚出笼的蒸粉团放上桌面，茶客们会立刻尽兴地品尝起来。那从外到里，糯软绵爽、鲜融香腻的感觉，从舌尖直达心窝，是百吃不厌，越吃越爱吃。这蒸粉团一年四季都讨人喜欢，不过尤以刚上市的新米蒸粉团最为得宠。

葱花烙蛋饼

这是最有节令特点的点心，只从大年初一供应到正月十五。每逢全年365日中最喜庆亮丽、最欢乐祥和的一天——正月初一，就是葱花烙蛋饼隆重上市的日子。

春节第一天大清早，城中心大十字街的路边，就会出现独家专做葱花烙蛋饼的小摊子。这摊子由两部分构成：一是小水缸状的炉灶。灶膛上架着一张大口径平底铁锅，锅上面盖着与平底铁锅一样大小的铁板锅盖。锅盖上面围一圈10厘米高的铁皮。炉膛和铁皮圈内均有烧着的木柴。铁皮圈上沿有三根长铁丝扭成的襻，让人可将带火的锅盖随意拎放。另一部分是炉灶边不大的案板，放置需要的食材和用具。摊子旁陆续来到的老少顾客，已排起小小的队伍。

师傅开始做蛋饼了。只见他动作麻利地先向一个釉钵内打十来个鸡蛋，放一把切碎的葱花，加上点盐，用竹丝刷把快速搅匀。再把炉内和锅盖上的柴火拨旺，向平底锅内浇上菜油并刷遍锅底。紧接着，拿出事先炕好的比如今光碟略大的面粉烙饼夹袋，用竹片轻轻拨开袋口，倒入适量的葱花蛋液，放入锅中。如此，瞬间锅底放满了蛋饼，师傅给饼面又刷上菜油，就连忙把带火的锅盖盖上平底锅。很快，蛋饼在上下热油相煎和两面火烤中，刺刺啦啦，响个不停，蛋饼香味也渐渐飘出。三两分钟后，师傅拎下"火盖"，那满锅金黄镶着翠绿的葱花烙蛋饼，就带着热气腾腾的香味，被师傅铲放在片片干荷叶上，送到排队等候的食客手中。于是下一锅又开始了。

买到这一年才尝到一次的葱花烙蛋饼的人，当然不胜欣喜。有的盯着这宝贝眉开眼笑，有的则双手捧到嘴边，咬上一口，虽烫得龇牙咧嘴，也不失笑意。因为这葱花烙蛋饼真好吃，又是春节才上市，所以很多人家除夕年饭过后，就安排好大年初一清早赶买这稀罕点心的活计。领受这"重任"的人，即使是小孩，为了解馋，也愿意不睡懒觉，起早前往。为的是早排队，早买到，早尝新鲜，早享受那份独有地方特色的新春快乐。好花谢得快。过了正月十五，想吃葱花烙蛋饼，只能待来年。

火烘鱼

火烘鱼，我们县城的又一鲜。落叶的树木露出光秃秃的树枝，寒冷不客气地掌管着大地的时候，人们料想中的美食火烘鱼登场了。卖火烘鱼的摊子不多，全城也只三两家。最吸引人的是大十字街南侧烟酒店门口那家。

每日下午，居民们开始做晚饭的时候，卖火烘鱼的摊子出现了。一个半人高的案板上，左手放一架四面透光的小纱橱，内放相关食材。右手摆一个架着铁花册[1]的黄泥熏炉，桌子下面有一袋杉木锯末。这是卖火烘鱼的全部设备和材料。

摊子摆布停当，开始熏制火烘鱼。摊主先把熏炉撒上厚厚一层锯末，点火烧起，直至形成"熟火"——看不到火头，只有锯末好闻的袅袅轻烟，即架上铁花册。是时候了，赶紧烘鱼。鱼块已经在家初步加工过。做法是把鲜活的三五斤重鲤鱼去头尾，取中斜削成薄薄的鱼块，放入五香卤水中浸泡腌制，两小时后起出装入盆钵，带到摊子上。摊主当街完成的最后一道工序是在熏炉上烘鱼。他动作娴熟，数块鱼块同时摆上铁花册，一手用小扇轻扇炉门，放大火力，一手用筷子夹着鱼块左右调整，上下翻动。很快，玛瑙色鱼块的五香味，四面飘逸。此时，正好人们纷纷回家用晚餐，街上人多起来。这香气扑鼻的火烘鱼，引得路人不禁驻足一看，更有人陆陆续续上前购买。买到

（1）"铁花册"，是方言，就是铁制多孔的炕板，有大有小，有方有圆，专门用来放在炉火上，烤肉块、鱼块。

火烘鱼的，腹中正空就当作点心，三口两口吃个痛快。多数人则兴致浓浓带回家，配上蒜泥米醋，或是用作下饭，或是用作下酒，细嚼细品，多么美哉悠哉。

开春后，天气转暖了，鲜鱼难以保鲜，加工困难，火烘鱼也就悄然下市了。

油炸小饼、蒸粉团、葱花烙蛋饼和火烘鱼这些美味点心，是我们地方饮食文化中精彩的小角色，曾带给人们爽口舒心的享受，很讨人们的喜欢。但是它们毕竟已然从舌尖上溜掉了。唯一可解释的原因是，这些小玩意儿成本嫌高，费工时，产量小，而获利又少，追求本小利高的现代市场大舞台不带它们玩了。很可惜，当然，也很无奈。

2016.6.24

曾经的芝城一景

我们县城，因曾盛产紫芝，又有芝山，故别号芝城。芝城南门外大街环城河边，曾经有座不知建于哪个朝代的大桥楼，面南临河，紧连三孔石拱桥而挺立着。它分上下两层。下层叫大桥洞，洞内是长条青石铺成的大路。上层是庙宇，它没有大名，老老少少，开口闭口，都叫它"南门大桥楼"。

这庙宇，有一个盖着黑瓦，四角翘檐的传统大屋顶。东西北三方都是开有两个小窗的墙壁。正南面比较讲究，下半截是矮墙，上铺木板，可供人入座，外侧有护栏；上半截全是可开可关的花格窗扇，有利采光，便于观景。楼的东侧，建有仅一人宽带雨棚的楼梯。

楼内面积有五六十平方米，分南北一隔为二。南面三分之二处是佛堂，紧靠隔板有一架半人高长几，上面有一尊趺坐而不知尊姓大名的金身大佛，两旁黄色佛帐低垂。大佛脚下与长几相接处是香案，摆放着香炉、蜡台、铜磬、香烛盘、签筒、醮板等佛事用品。香案前地面放有三个厚厚的圆形红拜垫。佛堂靠南的桁条下，吊着几个盘香架。两边墙上除几副楹联之外，挂满歌功颂德的锦旗。佛堂北面三分之一隔板处，有左右两道小门可进，估计是卧室和灶间。记得这里总住着一二个身穿袈裟、剃着大光头的和尚。

小时候，我喜欢到这大桥楼来玩。我爱闻浓浓的香火味。那香真多，香炉里烧插香，地面上烧碗口粗、二三尺长的柱香，屋梁下吊挂的是宝塔形盘香。特别是香案上的香炉里插有许多叫"大香"的小木棒（据说是珍贵的檀香），点燃熄火后，青烟袅袅，阵阵异香飘飘荡荡，风一吹，能传老远老远，谁闻着都舒服。这里一年到头香火不断，佛气腾腾。还有，我爱看大人们烧香拜佛、摆醮、求签和和尚诵经等佛事活动，很有趣。这里平日香客不断，年节或农历初一、十五，香客更多。那种程序、神态和气氛，叫人敬畏又不知其所以然。

我到大桥楼最开心的是，这里风景好。这背靠古城、面向南天、临河连桥而立的建筑，本身就很奇特别致。上得楼来，看左右，长河如带，水波涟涟；参差岸柳，轻摇曼舞；樯帆比肩，轻舟片片。看前方，广阔无垠，毫无遮拦。蓝天上朵朵白云，阵阵飞鸟，任意翔游，任你遐想；草屋茅舍，点缀田野，蛙鸣鸡唱，苗绿穗黄，秋金冬银，尽收眼底。更远的地方，是扬子江托起的绵绵青山，如影如幻，神秘诱人。尤记得往往在年后开学，老师爱出个"春天来了"的题目叫我们做作文。我会一咪溜就登上这大桥楼，边玩边看。回去一提笔，就是"和暖的春风吹遍大地，田野的麦苗随风起伏像绿色的波浪"。第二年又是如此。我一根筋掉进了框框，有点应付差事。老师倒不在意，有时还批语表扬。

还得说说大桥楼下面大桥洞里的长条青石路。它不太宽，走人、走猪牛羊、走骡马等畅通无阻，也行运货坐人的独轮车。路面上轧了深深浅浅的车辙。走道两旁的墙壁上嵌着些大块碑刻，字画都很模糊，我不认得，也未去认。现在想想，它们也许是宝贵的文物。靠墙脚架着很矮的长石条，可让行人坐下歇脚。我也爱到这地方。那是炎夏时光，三两人一起，到了就各占一段石条，打个赤膊一躺，冰凉。南来的穿堂风，走路的人来风，轻悠悠地贴身抹过、抹过，真舒爽。我们也就会睁着眼睛讲笑话，闭着眼睛打呼噜，好好享受一番。

这远远近近唯一一座临河的大桥楼多好。可是因为它有碍大道之行，待拓宽的公路反对它，20世纪50年代初，就从大地上消失了。几十年来，我脑海中，总不时叠印着它发黄的老照片，南门大桥楼，这独特而富有历史韵味的芝城一景。据民间传言，此楼为明朝所建"九华楼"。

2016.3.23

"掀起你的盖头来"

电视台要拍我们无为县老城墙专题片。两位年轻的记者约我一谈。这是个有意义的话题。我们的老城墙，史籍中确实载有它的"身世"。不过以我八十岁的人生经历而言，老城墙也有未入"经传"的故事。

来到东一环华林桥对面碧桂园工地，一段老城墙遗迹处。只见南北向的这段已无堞垛的半截城墙，西边是内侧，盖上绿色塑料防护网；东边是外侧，被浓密的树木杂草遮掩着。二百多米长的墙体，似乎顶着一块巨大的绿盖头。我联想到已经远去的老城墙的身姿，和它日渐苍老淡然的故事，不是也被岁月之尘的盖头遮盖着吗？

无为人惦记着老城墙，电视台要做老城墙的节目，懂得人心哪！为了一座古建筑，为了它的故事，也为了人们心中一份难以割舍的感情，摄像机的镜头和记者的敬业之心，真诚地邀喊着古老的城墙"掀起你的盖头来……"

请听历史说话。无为城墙历史悠久。清嘉庆《无为州志》载，"宋初改镇为军，创营壁垒，两淮用兵，乃筑垣墉"，垣墉就是城墙。府志也说，"州城径自宋立军垒壁始。"照算我们的城墙已有不少于一千二百岁的高龄。及至明初知州夏君祥督葺成城，始建六座城门和城楼。大东门名"楚泽"，楼曰"明远"；小东门名"东津"，楼曰"倚云"；南门名"薰风"，楼曰"九华"；西门名"大安"，楼曰"稻孙"；北门名"镇淮"，楼曰"迎恩"；东北门名"仓埠"，楼曰"庆丰"。以后缺乏维修，局部有所倾圮。一百多年后的明嘉靖辛亥（1551）、壬子（1552）间，为防倭寇入侵，巡按御史吴百朋接受乡人意见，历时四年，对城墙进行了大规模的整体修建和加固。"城址入土尺二寸，外垒石三层，砖甃至顶。计高二丈二尺有奇，周一千四百九十一丈三尺有奇，楼座六，窝铺十二，相距各若干步，遂为城之定式。"由此可知，六座城门和城楼相沿未变，古城墙框架一直传至20世纪50年代初。现存的这段古城墙，应该就是明城墙的遗迹。明城墙最大的缺憾是"表里不一"。其外由砖石砌成，而内里完全是黄土堆衬，显得单薄不坚固，屡有塌损。清顺治年间，城墙西南段曾崩损一百四十余丈，又有多次修护。到了清嘉庆二年（1797），州守顾浩"倡捐缮修，屹然巩固"。

我们走上前，拔开树丛杂草，察看着眼前这段城墙遗迹的外侧，也就是墙体正面，发现多处明显分段，有左右相接痕迹。各段的建材不一，有的下石上砖，有的全是小片砖，也有单一石块到顶，且工艺比较粗糙。可能是当年先人修建城墙，资金不足，材料难筹，施工也缺少严格的质量要求。不过能做得如此，也算是尽力了。

进入民国时期，古城墙只是一种凋敝的存在。抗战开始，1939年，无为县的国民政府，据说为了在日寇轰炸时便于城内居民疏散，将城墙拆矮半截，六座城门楼也悉数拆除。这还真叫"政府无能，殃及城门"。颇有意味的是，1940年秋，日军占领无城后，为了据守保命，竟然强迫民众流汗出力，对城墙进行了修整。不过由于中国人民持久顽强的英勇斗争，日本鬼子最后无条件投降了。可笑的是，他们指望保命的城墙根本没派上用场。

前述点滴，史志可稽。以下文字，是我对老城墙的一些记忆。

抗战胜利后，解放战争时期，统治无为的国民党反动政府，害怕解放军攻占无城，拉夫派工，强迫老百姓大规模修建城墙。修好的城墙头堞垛排列整齐，城墙内侧，黄土垒至碟垛下一米处，形成面宽约二米的马道，用于战时布兵。六道拱券城门，装有粗壮杉木拼成的双扇城门，昼开夜关。城门内两侧立有四方尖顶木岗棚，二十四小时有县常备队站岗。那架势，还真有点守必固、攻难克的味道。可是1949年1月21日，据守城内的一小撮反动派，听说我党地方武装要攻打无城，吓得连夜弃城逃跑了。人民军队不费一枪一弹解放了县城。那身姿挺拔壮实、充满古韵的城墙，则完好地保留下来。

解放后，城墙失去了传统意义上的防卫作用，成为并非民生之需的摆设，而且当时根本没有"保护文物"的意识。于是人们在无知和"爱材"中开始了对古城墙的"废物"利用。最先打城墙主意的，是我当年读书的无为初级师范。学校初创，设施严重溃乏。1952年春，开学后两个多月时间里，每到课外活动，我们全体同学（四个初师班、八个轮训班，计六百多人），从学校所在地体育场东边，沿着绣溪公园里的道路，到小南门，即现在南一环沿护城河一段城墙所在地，搬运城墙砖。每班都安排七八个"大力士"，用各种工具敲、砸、撬、扳，把城墙砖一块一块拆下来。其他同学就搬、抬、挑、扛，往学校运。

那一带城墙砖全是明代古砖，每块约有四十厘米长，二十厘米宽，八厘米厚，又大又沉。力气特别大的男同学一次可以挑两整块。力气一般的，只能扛一块。我等矮小男生和女同学，每次只能搬半块，不到两里路程，还得歇个五六次。拆城墙、运城墙砖虽然辛苦，但是学校用它们建成了1500平方米三层楼的男生宿舍和老师房间。当时，这楼还是县城里少见的大建筑。师生都很得意。

1954年发生特大水灾，古城墙还立了一个大功。那年夏天，进入雨季后，"天潮"大，也就是雨水没日没夜地下着，下得人睁不开眼；"地潮"也大，山区、岗地积存的水，无休无止地涌出塘口、河堤，漫到了城墙脚下。长江水势超过历史最高水位。我们县城已经面临洪水的严重威胁。年轻的县人民政府果断决定，动员全城人民赶快行动起来，加固城墙，确保城内两三万居民和财产不被洪水吞噬。当时场面是全民出动，热火朝天。在政府安排下，拆了城墙附近的一些民房，立柱、桁条用来打桩，挖掉大片菜地取土，加固加高城墙，真是不惜一切代价，尽了一切力量。经过两个星期的苦战，城墙上低矮的地方升高了，单薄的地方加厚了，豁口的地方补严了，人们的安全感大大增强了。

8月1日，长江无为段上游土桥的安定街江堤溃口，汹涌的洪水铺天盖地而来，很快大地一片汪洋，无城成了一座孤岛，也像大海中的一片荷叶。水位太高，胆子大的人竟坐在城墙头上洗脚。形势太紧张了。但是有了城墙的保护，加上县政府早就调进了大批粮食、煤炭、油盐和各种日用品，百姓们情绪稳定，生活安定。不过县领导仍高度警觉，安排人力，日夜严守，真是城墙加人墙，确有金汤之固，确保万无一失。好在老天有眼，不再下雨了。一个星期后，洪水渐渐退去。全城人民终于安全度过了大汛。这真是天大的幸事。现在回想，若不是城墙的保护，洪水涌进城来，全城居民十之六七难逃活命。那是多么可怕的惨景！保卫无城人民安全度过百年不遇的特大洪灾，是人民政府领导下无城人民战胜特大水灾辉煌的一页，也是古城墙在新中国留给人间最后的美好记忆。

大水退去以后，开始了恢复家园的建设，拆搬城墙砖的越来越多了。单位搬，住家户搬，进城返乡的农民有空筐空桶，也顺便带上半块一块。还有人在拆得面目全非的城墙上下盖房子、栽树、种菜。1958年"大跃进"，各方面更是"刮锅打底"地拆搬剩下的城墙砖。这种不花钱的建筑材料不要白不要啊。后来，因为实施旧城改造，古城墙的地基上，出现了环城公路，也算是对历史的一个交代吧。

现在，除了当年粮食局靠着城墙盖仓库，难得保留下来的这段半截头古城墙之外，作为整体古建筑，无为县的千年古城墙，已经尘封在历史之中。

注目现存的这段古城墙，内心不由得对先人的功绩与辛劳，送上敬仰和爱意。

寻觅历史中的古城墙遗脉，难免有些许的痛惜与愧疚。

且以这篇短文备忘录之。那个盖头嘛，即使不掀起来，无为古城墙的前生与后世也已很清楚。

必须肯定，如今畅达、规整、漂亮的绕城一环路，理所当然会给沉埋于路面之下的古城墙根基，送上感谢和慰藉。相信它肯定知道，我们古老而年轻的城市，总是在向着美好迈出潇洒的方步。因为，历史可以有遗憾，但脚步不会停留。

2018.5.14

闲说"三山六水一分田"

孩童时代，听说我们无为县城内，有"三山六水一分田"，很好奇，于是东跑西走地看看，也就有所了解。七十多年时光远去，现在再翻老底，一来寻个乐趣，二来为有兴趣研究无城历史的方家，提供一点参考。"三山六水一分田"历存异说，现就我所知，仅算一说。

所谓"三山"，一是现烈士陵园西边曾是坡地，古时出产一种菌类植物紫芝，史称千年前，人们即以坡为山称作芝山（无城也雅称"芝城"）；二是现芝山路西旧时的荒坡上，有一块状如端坐黑熊的陨石。老辈十分珍爱，叫它铁山。三是现老年大学处，过去紧靠城墙边，有个林木茂密的小山包，人们惯叫张家山。

其实，无城地处长江下游冲积平原，弹丸之地，根本无山可言。所以，"三山"之说，略显牵强。

说到六水，最著名的是锦绣双溪和墨池，即三水。再就是最早的孔庙故址（现实验中学内）有二水：一是半月形泮池；二是泮池之北有左右二井，被形象化称为"龙眼睛"。剩下的一水，或说是老城北边占地面积约二三百平方米的吴家塘；或说是原无为师范和县幼儿园坐落其上的潘家塘。

再说一分田。无城人都叫作六亩田。即现农文化广场到临湖路一带，紧连吴家塘，有连片大小不等的田块，与几处草房民居相依为命。

"三山六水一分田"，乍听都以为是指无城地形地貌的几个类别和各占的份额。实则是就自然景观而言，而且它们所占面积很小。由于代代相因，让人觉得这"三山六水一分田"，加上壮观的城墙、典雅的米公祠和雄伟的西寺宝塔等古建筑，相互辉映，确实秀色如画。

从儿时所见，到如今的现实，"三山六水一分田"都有变化。先说"三山"，芝山早不见山和紫芝，只留下一个空名；铁山虽是天上掉落的宝贝，却孤身荒野。1958年大炼钢铁，有人要砸碎冶炼，但它却刀枪不入，状态依然。后被移置文物所后院花坛内"待业"；张家山成了荒坟野冢集中地，一片凄凉。解放后，在此先建了窑厂、接着办职业中学，现在改为老年大学，成为老年人的乐园。

"六水"中，唯有锦绣双溪，一向鲜活，但早先环境凄荒、凉亭破旧，水边被垃圾侵蚀。如今的绣溪，经过精工打扮，变得妩媚动人。墨池既是古貌生辉，更是遐迩钦慕。此三水都是全城人掌上明珠，心中最爱。泮池呈半月形，略带禅意，却是附近主妇常年洗涮的"大盆"，后来被填。现池为重建。"龙眼睛"名气很大，实为两口无井圈、无井台、荒草掩盖了井口的孤井。因为水质好，取水方便，人们争相光顾。后来一中（现实验中学）扩大校园，"龙眼睛"早无踪影。那个潘家塘，听老辈说，早先是菜市场边居民洗汰用水处，清末大户潘鼎新建造公馆，占塘私有，塘中垒岛建亭，独家享受。解放时，亭子已破败欲坠。1958年在此新建无为师范，学校搭桥拆亭在岛上建办公室，我任教师范时就在里面办公。后扩建操场，又拆房填塘。新世纪到来，这里矗立起教师进修学校和幼儿园，旧塘新篇，亦为利民之举。

至于"一分田"，与另外"一水"吴家塘一起，早被铁山路、农文化广场、九洲花园和临湖路所取代，成了老城中繁华的新区。

旧时代的"三山六水一分田"，在惨淡的沧桑中，只能听凭风霜雨雪的蚕食侵袭。今天，旧县城早已华丽蜕变，面貌焕然。

"谁不说咱家乡好！""三山六水一分田"如今有存有废，亦当不怨不悔。值得珍视的是，它们毕竟镶嵌在古城历史中，闪光在一代代无城人的传说里，确实充满着人们对这片热土至诚至亲的大爱。

2017.12.26

我的无为初师

　　无为初师，我教师职业萌芽的母校。六十多年来，提起她，心头总有挥之不去的亲切感和诸多美好记忆，总觉得当年的无为初师是一所很好的学校。

废墟上的崭新校园

　　新中国诞生之初，无为县政府面对百废待兴，首先创建了安徽省无为初级乡村师范学校，县长周骏兼任校长。1951年秋季开始招收小学毕业生和同等学力者（具有小学毕业学习能力的人），培养三年，充任小学教师，以应教育园地急需。这确实是远见卓识之举。这批学生共两百名，绝大多数是无为籍，也有少数来自庐江、巢县、含山三县。我恰好小学毕业，有幸首批入学。学校还办了每年一期的轮训班，学员先是转岗的土地改革和水利建设工作队队员，后来是社会青年。1955年秋，无为初师改为无为一初中，即现在的无为一中。其时，1956届初师学生仍然学习到如期毕业。前后六年，无为初师培养了两千多名合格小学教师。他们奔向饥荒的城乡教育园地，迎来了人民教育美好的春天。附带说一句，首届1951年入学的学生中，小学毕业生并不多，大多数是失学青少年，如农村放牛的、拾粪的、做田的半大孩子，手工业的学徒，女同学中还有"童养媳"。无为初师给了这些青少年成长成才的人间正道，让他们拥有了美好的人生。

　　无为初师的具体位置，是在距今天美丽的绣溪公园不到百米的县体育场和西大街之间，曾经遭受日寇轰炸的大片废墟上。当你进入学校南大门，登几级台阶，就可以看到一组新建筑。在不太大的广场北端，面南而立的学校办公室，五大开间平房，白墙红瓦，拱券门窗，墙体曲折有致，正中一间向前突出，屋檐折成等边尖角伸向空中，其下是大门。门头大理石匾额上镌刻"办公室"三个端正挺拔的绿色大字，县长兼校长周骏亲书。这办公室据说是西班牙风格，别致又气派，全县仅有。当时县领导们都还挤在昏暗破旧的城隍庙里办公，可见县政府对我们学校的重视。广场两边，各有两座前后独立的单班教室。新校舍稍显简单，却是破败的县城里，最规整的崭新校区。

新校区两边，都是残存的老祠堂，东边用作教导处、总务处、大厨房、教工餐厅、女生宿舍。西边安排了教师房间、男生寝室。学生宿舍里，女生有上下铺木架床，男生睡大通铺。图书室、仪器室、校医室都只是巴掌大一间屋。饭厅和会堂就是办公室前的广场。没有自来水，吃用都是井水。也没有电，照明都用煤油灯。

有趣的是用于指挥作息信号的，是一口半人高的铁铸大钟，架在校园南边拐角处大木架上。五十多岁、身材矮小、脊背微弯的王老，总是准时拎着小闹钟，扛着大木槌，敲响大钟，浑厚低沉的钟声立刻传向四方，还真有点古刹钟声的味道。

我们进无为初师，一个最现实的目的，就是享受学校免费供给的伙食。一年级时，经班集体评议，每人每月可领到五角、一元、二元不等的生活补助费。要知道，那时鸡蛋只卖二分钱一个，猪肉也只有三四角钱一斤，这样的补助费就很可观了。到初二就没有了，估计是学生多起来，学校担负不起了。学生都享受免费医疗。剃头、洗澡学校也免费提供。家庭困难的学生，寒暑假可以申请留校护校，学校提供伙食，我曾几次被照顾。初创的学校各项设施还很不足。来自穷乡僻壤、贫困家庭和小家小户的学生们，却觉得很不错了，个个满心欢喜。但是随着学校的发展，校舍和设备都迅速增加。到我们毕业时，学校已经很有规模了。

初识德智体美

我们首届入学开四个班，冠以"智德体美"的班名，第二学期改为"德智体美"的顺序。那时国家还没有颁布教育方针，从班级命名看，学校显然已经考虑到，必须对学生进行德智体美全面发展的教育。

政治思想教育当然抓得很紧，其中最突出的是专业思想教育。学校一方面上好教育专业课如教育学、心理学、语数音体美自然等各科教学法，组织到小学见习和实习等，另一方面经常举行专业思想教育报告会，学习优秀教师事迹，看苏联电影《乡村女教师》。学校在品德纪律教育上，有一个很有效的做法，每星期六课外活动，各班在班主任主持下，举行民主生活会，开展批评和自我批评。同学们都求上进，思想单纯，有话就说，民主生活会效果很好。这也使整个校园风气很正，学校的社会声誉也非常好。

文化课也就是智育教育，无疑是摆在十分重要的位置。我们学习的课程门类多，除语文、数学外，还有物理、化学、中外地理历史、动物学、植物学和学校卫生。老师很负责，我们也很用功。因为有严格的升留级制度，学不好，就有留级的危险。

我们每周有一节课外活动的劳动课，一座约一千五百平方米的三层楼男生宿舍，就是我们劳动课扛城墙砖砌成的。离学校很近的小南门城墙，都是明朝城墙砖筑的，城砖又大又重。体力强的大男生敲、砸、撬下来以后，大家就搬运。力气大的一次也只能扛一块。体力弱、年龄小的或是扛半块，或是两人伙抬一块。劳动课培养了大家的劳动观念，这在解放初期，尤显重要。只是当时根本不懂什么"保护文物"，古城墙被拆毁，太可惜了。

音乐、体育课老师技艺出色，又很敬业，而且课外活动开展得丰富多彩。初一时，卢光张老师既教体育又教音乐。他精通胡琴、风琴，教唱歌，教跳舞，自拉自唱表演京剧。卢老师教我们许多经典歌曲，如《翻身道情》《妇女自由歌》《志愿军战歌》《歌唱祖国》等。卢老师教的集体舞，同学们跳到了大十字街，大受欢迎。音乐课外活动，有器乐演奏队、合唱队，节日都有文艺联欢会。学生中涌现了许多文艺人才。1951年元旦，我们班女同学吴某和男同学俞某在全校联欢会上，演出了刚学会的陕北爱情歌曲《崖畔上开花》男女对唱，那种"哥哥呀""妹妹呀""结个哟婚"等等，在"男女授受不亲"的封建意识很浓的当时，真是全校惊喜，又让人大开眼界，也给大家留下了一生有趣的记忆。1952年国庆晚会上，在抗美援朝战场受伤转业的朱荣老师，指导校合唱队演出了完整的《黄河大合唱》，我们都是平生第一次聆听，感到惊奇、精彩、震撼！想不到我们中国有这么好听、豪迈、让人热血沸腾的歌曲。从那时起，我们不仅爱唱，也记住了冼星海、光未然两个伟大的名字。

体育教育影响面更广，更受学生欢迎。三年间，卢光张老师总是认真上好每节体育课。即使下雨天，他也走进课堂讲体育理论和体育故事。在他的指导下，学生的早锻炼和课外活动，一直十分涌跃。春秋两季全校运动会，必不可少。卢老师还组织了校篮排球男女代表队、武术队，培养尖子运动员。他指导吕慎寿同学穿草鞋练长跑，在全省运动会夺得万米赛跑第一名，《安徽日报》载文称赞吕是"草鞋将军"。县里开运动会，我们初师代表队屡夺冠军。校女篮打遍芜湖地区十八个县无敌手，光荣地受命代表地区参加省赛，成绩骄人。女篮主力队员任腊云被选入省队，最后成为安徽师范大学体育教授。

还有，学校举行诗歌朗诵晚会，那真是南腔北调，花样百出。教导处郭善霆主任的巢县话诵读，邢容钦老师的无为话表演，苏光全同学的庐江话展示，乐坏了大家，笑煞了全场。

当年无为初师校园里充满团结、紧张、严肃、活泼的气氛，可谓是一个阳光、向上、欢乐的大家庭。

多好的老师！

很幸运，跨进无为初师，遇上了人生中很好的老师。退休后，我曾在笔下倾诉着珍藏心底的恩师情。他们是《一代名师》中的邢容饮钦老师，《再一次仰望》中的孙文熙老师，《我们的百岁老师》中的卢光张老师，《时地迢遥更精彩》中的黄杰老师。

其实，值得称颂的老师何止这几位！比如数学老师崔家璇、俞宗源和李先驹，比如我初三的班主任、物理老师卢伯岳，语文老师曹士模，他们亲近学生，教课好懂易学，深受学生欢迎。还有教地理的吕连三老师，胖胖的身躯，花白的头发，教课从来不看书，随讲随画地图，爱说故事打比方，把中国地理、世界地理讲"活"了。

这里着重说说让学生十分尊敬又感到奇妙有趣的杨尚模老师。杨老师高挑身材，架着一副眼镜，春秋季节，爱穿一套藏青毛哔叽中山装，尤显儒雅帅气。他教心理学和教育学，总是用浅显又颇有吸引力的讲解，让我们学懂学好。杨老师上课极为守时，堪称典范。该他的课了，小预备铃三响刚停，杨老师肯定是右手五指叉托着与肩齐平的点名板、教科书、备课笔记和粉笔盒站在教室门口。上课铃声结束，他走进教室，师生互礼后，点名、上课。

最让学生注意，也是最精彩的时刻到了。杨老师的教学步骤十分严谨，每节课最后都会"一、二、三"地归纳重点加以强调。每每在他还剩两三句话时，下课铃响了。于是他讲完话，恰到好处地发出口令："下课。"干净利落，比其他任何老师都做得精准，漂亮。同学们都纷纷称奇，因为杨老师从来不戴手表。一次，杨老师在课堂最后也是"一二三"地做小结。同学们边听边留意下课铃声。可是他讲完了"最后一点"时，铃声仍然未响。大家兴趣来了，倒要看看杨老师接下来讲什么。只听他依然平缓地说着："现在……"

谁知"在"字刚落音,铃声响起。杨老师微微一笑:"下课!"真是太准了。杨老师跨出教室,同学们一齐哈哈大笑。这笑声充满着对杨老师的信服和尊敬。

后来,有同学问杨老师,"那天'现在'后面如果没有打下课铃,准备讲什么话"?杨老师不经意地笑笑:"没什么考虑,下课铃已经响了嘛。"如此奇妙、高超的"守时",真是冰冻三尺非一日之寒。当时我们还知道杨老师画一手漂亮的国画,后来更知道他是我省书画界的一位大家。这样的老师确实了不起。

还有一位范治民老师,是当时县城里中西双兼的名医,在西大街开有自己的诊所。估计是学校的聘请,他关掉了病客盈门的诊所,当了我们的校医,并教"学校卫生"。范老师四十来岁,个子不高,身材偏瘦,精力充沛,说话极风趣,对学生很亲热。学生都爱往校医室跑,有病的看病,若是小小的皮外擦伤,他会说"红汞碘酒,自己动手,搽了就走";没病的串门子,与范老师咸咸淡淡说说玩玩。

范老师上课我们很爱听。"学校卫生"简单明了,一周一堂课的内容,他提纲挈领地很快讲完,剩个十来二十分钟,就叫学生看课本,提问题。这可好了,范老师回答问题时,不但讲清了道理,有时还连带讲起了故事。渐渐地我们听上了瘾,只要范老师一进教室,就有人说,"范老师,课本我们自己看,你就讲故事吧。"大家"好好好"地响应着。范老师往往板着脸故意卖关子:"不讲不讲,不能老讲啊,哪来那么多故事讲。"忽然又一笑:"好吧,好吧,先上课,上了课再讲故事。"不一会儿,真的就讲起故事来。

时间一长,我们知道范老师当过法医,一肚子刑侦破案的小故事。记得他说过一个案件,某男突然死亡,家人非常奇怪。死者生前身体很壮实,死得很突然,但是找不出什么破绽。侦破人员一筹莫展,只得请来范老师。范老师到场后,了解到死者之妻作风败坏,即细心查看死者全身,终于在其浓密头发掩盖的头顶处,摸到一个铁钉圆圆的钉帽,说明某男是被铁钉钉死的。原来那妇人早有歹心要除掉亲夫。刚巧这日死者喝了一气闷酒,倒头就呼呼大睡,妇人便趁机下了毒手。案情终于大白。我们听得又紧张又有趣。

期末考试快到了,老师们都轮流上堂辅导复习。范老师上堂了。他很简单,每人发一张复习提纲,然后说:"这提纲上十个问题,你们在书上找出答案记住。我在里面选五个题考你们,这不难吧?"同学们立刻鼓掌连声叫好。范老师说:"'学校卫生'是一般性常识,好懂好学,不必多花时间复习,还是让你们在语文、数学上多用功吧。"等到考试结束,"学校卫生"的得分大都在九十分以上，无一人不及格。

当年无为初师的老师们很敬业，师生关系十分融洽。至今，年已耄耋的我们，谈起当年那些老师，还都心怀感激，赞不绝口。

"豪华大餐厅"里菜饭香

无为初师的学生，享受着学校提供的在今天也算难得的生活待遇。就伙食而言，每天是一稀两干（即早吃稀饭，中晚都吃干饭）。那时刚解放，老百姓生活还比较艰苦，农村能吃两稀一干，城里居民有个一稀一干就很不错了。

我们的伙食真是高级享受。早餐虽说是"稀"，但很稠，稀饭可以用筷子挑起来吃，顶饿。后来星期三、五早餐还喝豆浆，吃大油条，叫增加营养。夏天的晚餐有干饭，还有绿豆稀饭。菜当然很好。早餐正常吃炸黄豆，又香又烂很爽口，间或也有蚕豆米炒腌白菜或酱菜。中晚餐餐都有荤，鸡鹅鸭、猪牛肉和鱼等等，分别同白菜、萝卜、鲜藕、豆腐、粉丝、茭瓜、大青豆等配对轮流"表演"。这种菜在那时城乡人家，只有年节或办大事、来贵客才会有，我们在学校却是天天吃，真是吃得"张胡子不认得李胡子"。逢到节日，还加一样荤。印象中，菜饭很可口，对正在长身体的我们，真是胜过了雨露甘霖。

入学头几天，我回家，父母问学校情况。我一讲，他们连声说，这个学校好，这个学校好。说到一日三餐，天天有荤，还喝豆浆吃油条。父亲笑得好开心，拿我开玩笑："你这是小狗掉茅缸里没嘴吃了（趣说好吃的太多了吃不完）。"那时我们家穷，一日两餐都搞不全，吃荤菜是奢望，不敢想。母亲说我是"从糠箩跳到米箩了，不过苦日子了"。

初一时吃饭，是件很有趣的事。吃饭地点是"豪华大餐厅"——老师办公室前的广场。大地做餐桌，清风徐徐吹，太阳高高照，麻雀看热闹。进餐有规定的程序，简单但严格。广场地面按四个班画上互相间开的四个约一米宽二十米长的长方形石灰线框框。吃早饭了，学生分班按二路纵队，站在石灰线框同一端的饭桶边齐声唱歌，然后听班长招呼，依次盛稀饭进入各小组在石灰框边固定的位子，饭碗都放地上。各小组值日生把从厨房领来的大盆菜，分到各人地上的菜碗中。这时学生会生活部长大声发令："全体立正！"随之小步跑向站在办公室门口的值日老师："报告，早餐准备就绪！"老师立即点头。生活部长即转身面对同学，吹响急促的哨音，大声喊道："全体注意，蹲下，开动！"于是一场早餐"歼灭战"，"呼噜呼噜，嘁嚓嘁嚓"地进行着。午餐晚餐也都照办，决不马虎。这样的就餐方式，在当时或以后，都是绝无仅有，很有点"军事化"的味道。

雨雪天，大风天，炎热的暑天，学校会通知都在教室就餐，那就谈不上什么程序了。一年后，学生人数大增，广场里面建了道路、花圃，教室就成了长久的餐厅，"豪华大餐厅"退出了历史舞台。

县城有一所老资格的无为中学。中学学生家境似乎都不错。县里开大会，无中的队伍有大校旗、五彩旗，打洋鼓吹洋号（即军鼓军号），学生清一色制服，脚穿白力士鞋，气派又漂亮，太浪了，真是拉风。我们无为初师的队伍就差多了，尤其是学生着装是一杂二土。人们好像都知道，师范学生都是穷家子弟，进初师是为落个肚子饱。所以社会上流传着"要拉风进无中，要吃饭进师范"的戏言。我们听了都不以为然，但是却刻苦上进。县里开运动会，我们学校总分都是第一，就是例证之一。

徒步百里看拖拉机

读无为初师的第二学期，也就是1952年上半年。4月的一天，传来一个很惊喜的消息，学校决定组织我们到普济圩国营农场看拖拉机。

拖拉机，我们原先从没听过，更没看过，解放后才知道了它。语文课上，学习了新中国第一个女拖拉机手梁军的课文，知道拖拉机是先进的农业机械，是耕地能手。看苏联电影《幸福生活》，苏联集体农庄有好多拖拉机。一望无边的田野上，耕地、下种、收割，拖拉机们跑跑、转转，很快搞定，太神奇了。

很快，听说普济圩也有了拖拉机，都想一睹为快。只是未料到，校领导对学生的呼声这么重视。

现在想想，即使如今的学校，也不会做出这"全家出游"的大动作。普济圩在离县城约有一百里路的长江边，对岸就是铜陵，全是土路，只能步行。这四个班二百人出行，生活安排不容易，若遇天气突变、有人生病等，那就很麻烦了。

学校的决定，让大家像过节一样兴奋。爱管闲事的同学不断传来小道消息：这次参观计划用三天时间，厨房准备香鸡蛋、蒸馒头做干粮，组织身强力壮的大男生做服务队，等等。至于个人做哪些准备，我有点稀里糊涂，反正大家怎么办我怎么办，大家往哪我往哪。

学校定下的三天日程是，星期五出发，星期六参观，星期天返回。一个星期四的下午，没有上课，我与几个同学在校园闲逛。走到厨房外，里面飘来阵阵香味。不错，师傅们正在卤鸡蛋、蒸馒头。对了，明天星期五，一早就向普济圩出发，兵马未动，粮草先行。我们几个又是一阵兴奋。

正走着，迎面碰到体育卢光张老师。他照例一身球衣，胸前挂着口哨，脚下是回力鞋。卢老师是此次行动总指挥，正前前后后地忙着。我们照例是"卢老师好"过后，就走开了。突然，卢老师一声喊："王惠舟，过来。"我忙应着，返身到卢老师身边。卢老师说："到普济圩来回二百多里路，你怕走不动，就不要去了。"这太突然了，我心一沉，慌了，忙说"我不怕，我走路过劲得很，我要去！"卢老师笑笑，"嘴真硬"，又弯下腰把我的小腿肚捏捏。我故意挺挺劲，想不到卢老师摸摸我的头说，"腿是有点劲。要去就不能装孬啊！"小小的虚惊结束。说实话，当时我14岁，在同学中年龄算小的，个子也不争气，很矮。卢老师确实是怕我吃不了那个苦。

校园里一派喜气洋洋，同学们都满心欢喜地等待着明天到普济圩看那新奇威武的拖拉机。

万万想不到，晚自习时，班长大声发话："同学们注意了，学校刚才通知，明天不去普济圩了。朝鲜人民军代表团到了无为，县政府明天上午在体育场举行欢迎大会，全校老师同学明天吃过早饭整队前往会场。"

那时，全国最大的事情就是抗美援朝，保家卫国。现在朝鲜人民军代表团到了我们无为，县里开大会欢迎，这太必要了。到普济圩看拖拉机，仅仅是一个学校的活动，当然要让路了。班长的宣布，让大家感到很意外，但是谁也没说半句怪话。

第二天的早餐就大杀馋虫了。每人两个香蛋一个大馍，外加稀饭，都吃得眉开眼笑。早饭后，迅速整队到体育场开会。大家在家门口见到朝鲜人民军，听他们讲打美国鬼子的故事，真是很难得很高兴。

没过多久，县城小南门外的小农场也来了拖拉机，惊动了远远近近。有好几天，看拖拉机的人像潮水一般。我们当然都去看了，平生第一次啊！

更没想到，又没过多久，拖拉机跑乡下，跑县城，倒成了人们常见的老朋友。

我的初师毕业实习

崭新、快乐又很享受的初师岁月，过得太快了。1954年五一节后，进行教育实习，我们就要毕业离校了。

初二下学期，我们每周有两课时到小学听课，叫"见习"；初三上学期，继续见习，同时老师抓紧教了小学语文、数学和音体美自然常识各科教学法，这都是马上当小学教师的入门之法。现在又要实习——登讲台上课了，这是"大姑娘坐轿子头一回"，同学们又高兴、又紧张。

我们首届初师毕业班一百五十人（提前毕业、病休、留级减少五十人），接受实习的是杏花泉、绣溪、鼓楼三所小学的二至五年级。实习课程以语文、数学为主，还有常识和音体美。少数大同学还实习班主任或少先队辅导员。

实习任务分配下来，我与同班翁贤达同学分配在绣溪小学，教三年级语文，课文题目是《曹宪波见到了毛主席》，两个课时。老师对我说，"翁贤达年龄大些，要教课，你与他一组，只参加试教、听课。"还有好几个同学，同我一样，也当配角。后来，这些"配角"因年龄小，个子矮，被保送黄麓师范读中师，共二十人，这是多么感人的关爱！

任务一定下来，就忙着备课了。翁贤达首先熟悉教材，再请小学老师具体指导，最后参照教学参考资料，写成详细教案。所说详细教案，是除写出教学目的、教学要求、教具准备、教学步骤等内容外，教学过程中老师的每一句话都要写出来。可以说是文化知识、思想教育、心理学和教育学原则，还有学生特点和教学方法的综合运用。

翁贤达真有两下子，两天写出了《曹宪波见到了毛主席》两个课时的详案。接着，教案在本校指导老师和小学科任老师面前顺利过了关。

试教了，就如排练节目，这很有趣。前后三天时间，我俩除了吃饭睡觉上厕所，真的就粘在一起了。在哪里试教？我们跑体育场南边下坡芭茅棵边，跑西园菜地旁，跑绣溪公园的树下或凉亭里。一句话，只要偏背的地方就行。开始，有人好奇地看着，我们有点不自在，抬脚就走。后来，干脆不管他。那几天，四处都有同学们试教的"游击队"。大同学中早有谈恋爱的，现在实习试教，"一脚踢到他们兜里"，正好结对互当师生，也顺便来个"暗渡爱河"。

我们试教第一天，我当班长，和翁老师顺序喊道："起立""老师好""同学们好""坐下"。上课了，翁贤达边看教案边向着我讲课。板书了，小瓦片就算粉笔，地面就算黑板，他随讲随写，一点不马虎。需要学生朗读课文，回答问题，当然喊的是"王惠舟"，我该读就读，该答就答。他也挺像老师，每次都是"请坐下"，接着指出优缺点。最后是老师布置作业，下课了，师生依次喊："起立""同学们再见""老师再见"。

第二天又试教了一天，翁贤达渐渐少看教案，讲得也越来越轻松。下午他不知从哪弄来一块手表戴在手上，手表在当时太稀罕了，我很惊讶。但是我知道，他要准确掌握一节课四十五分钟每个步骤所用的时间，不能讲快，也不能拖堂，所以手表非常重要。课堂提问，翁贤达玩了一个花样，不再喊"王惠舟"，而是喊出了"张小明""李大宝""王友好"等等徒有的虚名。可是他不管喊谁，都是我冒名顶替起立回答。开始，觉得有点滑稽，后来习惯了，也很有趣，而且很有课堂气氛。

第三天上午，试教一遍就结束，翁贤达说要到指导老师那里去一下。下午，又试教了一遍，当然很熟练了。随后，我俩到绣溪小学转转，在三年级教室外看看，算是找找临场的感觉吧。轮到翁贤达正式登台表演了，两节课教下来，得到了听课老师和同学很好的评价。这意味着，三年初师岁月，圆满结束。

初师实习，我当了配角，感觉蛮好。这个不起眼的经历，却是我后来捧上人民教师饭碗的最早、最实在的开端，很宝贵。

无为初师，培养初中文化程度的小学教师。今天听来，初师程度当老师，完全是开国际玩笑。但在当年，确实是"救急不救穷"，国家太需要小学教师了。老初师们当年走出校门，就成了教育的生力军、主力军。很多人很快成为教学骨干、学校领导成员和先进教育工作者。同时相当一批人服从需要，成为党政干部，也有出色的业绩。担任大学教授的任腊云，荣获公安部二等功臣的曹志功，摄影家、无为县首位中国摄影家协会会员陈秀春，在地、省党委机关担任重要工作的俞佳堂、翁贤达等，都是无为初师学生中的杰出代表。

无为初师，无为教育史上的丰碑；无为初师，老初师们心中不舍的精神家园。

2012.10.13

我的黄麓师范

将军的教育情怀

中等师范学校，早就成为过往，早不为人知。我的母校安徽省黄麓师范，却以其崭新宏大的身姿，矗立在巢湖北岸，黄山之阳，成为名副其实的中国中等师范学校的常青树。此刻，时值2021年。

黄麓师范，是著名的和平将军张治中先生，1933年在家乡巢县（现巢湖市）洪家疃村创建，至今已近九十个春秋。

张治中先生是位传奇人物，尤其是奇在同时受到国、共两党最高领导人的器重。区别在于，蒋介石赏识他的卓越才华，毛泽东则看重他的家国情怀。他是国民党五星上将，曾英勇抗日，却从未向人民军队放过一枪。1945年日寇投降后，毛主席飞往重庆与蒋介石谈判，就下榻张治中官邸桂园。1949年初，蒋介石在败亡前，命张治中率国民党代表团，赴北平与共产党谈判。最后蒋介石拒绝签字，张治中为国为民计，决然留在北平，开始了为建设新中国效力的新征程。

新中国诞生之前，张治中先生戎马倥偬中，长期为黄麓师范的建设和发展，倾注大量心血和财力，家乡父老乡亲有口皆碑。

黄师办学之初，张治中先生将其命名为"安徽省黄麓简易乡村师范"，学制四年，旨在培养农村小学低年级教师，"以教育所有民众为己任，推进乡村建设"。校歌中唱道："自然是吾师，万众皆同胞"，"敬、勇、诚、毅，吾校之宝，人生之宝"，"从此建设，从此教育，复兴农村，复兴民族，哪怕艰苦与辛劳"。可以说，从一开始，黄师的办学方向、办学目的就是很正确的。

张治中亲自挑选进步青年，甚至是地下共产党员担任校长，聘请事业心强、有真才实学的人做教师。所以学校充满着进步向上、勤奋好学的活力。很快，吸引了皖北各县的学子前来求学，因而为乡村教育事业和人民革命事业，培养了一批又一批的新生力量。黄麓师范与陶行知办的南京晓庄师范，成了当时大江南北相互辉映的两面平民教育的大旗。

新中国成立后，张治中先生于国事繁忙之中，仍然把已是公办的黄麓师范放在心头。他于1955、1964年两次回到故乡，视察学校，看望师生。他还先后向学校赠巨款、赠图书、赠体育器材。1969年4月6日，张治中先生在北京逝世，享年七十九岁。

老人永远离去，留给万千黄麓人无限的怀念。老人曾在1963年，向建校三十周年的黄麓师范，赠送一面"作育光辉"的锦旗，给了学校崇高的荣誉。1988年秋，身为黄师校长的我的同班学长王伯文，邀请我们五七届两班同学返校相聚。后来我主编了一本袖珍本欢聚母校的《同窗情》纪念册，其中装有一帧"作育光辉"锦旗的照片，并郑重地为之配诗：

> 他创建了黄师，
> 赤心献给了人民。
> "作育光辉"谁是？
> 他，一位可敬的伟人。

黄麓师范，因其是张治中创建的独特的历史，因其为教育事业立下的巨大功勋，因其遍及海内外的巨大的社会影响而永远存在，顺乎民意，也是历史的必然。

难忘的母校岁月

意外又欣慰的是，1954年我竟然成了黄麓师范的学生。秋季开学，我们无为初级师范毕业生中，二十名年龄小的学生，被保送黄师读中师，我幸列其中。

8月下旬的一天凌晨，我们家住无为的十多个人，由一位学长带领上学。因为空前洪灾，四处一片汪洋，淮南铁路沉入水中，只得乘一条双桅杆大木船，行裕溪河，闯大巢湖，傍晚到了炀炀。上岸后再摸黑走十八里崎岖山路，半夜到达目的地——黄麓师范，随即听从安排，稀里糊涂进入梦乡。

第二天一早醒来，红日高照，让人神清气爽。很快办完入学手续，我们就怀着大大的好奇心，把新学校到处跑了个遍。

黄麓师范，真不简单，不仅范围大，而且环境优美。在葱茏的树木掩映下，顺着条条宽窄不一的道路，我们边走边看，惊喜地发现，学校各项设施是从未见过的齐全。这是一道南北向低矮的山梁，在长约两千多米，宽七八十米的范围内，除了一般的办公室、教室、图书室和食堂、寝室、操场以外，还有大会堂、小会堂（张治中为纪念父亲张桂微所建的"桂翁堂"）、科学馆、澡堂、医院，还有小卖部和邮政所。这只是学校本部，另外还有附属初中和附属小学。

中华人民共和国成立之初，在我们有限的见闻中，可以说，新学校是超大规模。这些都是张治中先生用多年心血，全力建成的。

学校中部西缘下坡，是一口很大、近似圆形的山塘，鹅鸭嬉水，碧波荡漾。隔着塘口，那边就是有名的洪家疃古村落。村边，张治中先生的灰墙黛瓦故居，在水面倒映着宁静素洁的身影。学校和古村周围的远远近近，则是黄山与巢湖呵护的，状如波涛的岗地，以及山塘南口下面分层次的块块稻田。

黄麓师范，远离闹市，闭塞又寂寞，但是却沐浴着洁净美丽的田园风光，享受着勤劳纯朴的农耕文化，实在是读书的好地方。校史中曾这样写道：黄麓师范"背山临水，境地清幽，丰草长林，掩映左右，依山脉之蜿蜒，列校舍之体势，规模宏大，设备完善，具林壑气，无尘世喧，誉为鹅湖、鹿洞，不为过也。"在我看，若大学者朱熹天国有知，亦会嘉许。

正式开学了。开学典礼在大礼堂举行。我们都坐着靠背长椅，新鲜又舒坦。主席台上，毛主席挂像下的台面，呈八字形两边摆放着三排长椅，全体老师分坐其上。我第一次看到这种情况，很觉高雅严肃。这个学校就是不一般。何谦堂校长在会上讲话。这位何校长，我们无为人，新四军第七师根据地的老革命，第一届全国人民代表大会代表。师生都很尊重他。两年后，他荣升合肥市副市长。

我们1954年入学的两个班，应在1957年毕业，惯称"五七届"。入学时间不长。老师就渐有共识：这两个班学生成绩好，表现好，不错。不谦虚地说，我们一班尤胜。刚升中二，学生会、团委改选，我班李仁宜当上了学生会主席，王伯文当选校团委委员，丁立英成为学生会文娱部长。全校有中师班、轮训班共十几个班。我班入选的人数多,且任"要职",真让其他班羡慕。学校党支部在学生中发展党员,我班王伯文、梅占馨等六位同学先后入党,竟成为学生党员的全部。王伯文后来成为黄麓师范校长,梅占馨后来深造成为石油物探专家,曾率团访美。足可说明,这些同学当时确实很优秀。

入学读书,最看重的当然是老师。三年的黄师课堂,很多师德高尚、教艺精湛的老师,令我终生难忘。丁润序,教导主任,也是一位极出色的老师。记得1956年秋,国家号召推广普通话,学校一个广播动员会后,他第二天上我们小学数学教学法,开口就是十分漂亮的"京腔",让我们听得发呆。1963年春,我作为杏花泉小学教导主任,回母校参加培训学习。丁老师(他遭不测,撤职当教师)给我们讲新颁小学数学教学大纲。他头戴棉帽,身穿棉大衣,往讲台上一坐,开讲啦。三个上午的课,他根本不看任何资料,讲大纲、讲教材、讲见解、讲教法,流畅生动,好懂好记,水平真是超凡。教语文、地理的周良达老师,教化学的姚荫昌老师,我已出散文集《多彩的大地》中,就有他们出色的故事。还应该提起的有鲍佑仁老师,他教美术,宣纸贴上黑板,一边讲课,一边作画,彩笔三动两动,一幅鲜艳水灵的牡丹就让我们笑得合不拢嘴。他创作的山水之间黄师全景图漂亮逼真,让学生们"把母校带回家"成为可能。李芝松是体育老师。他以自身健硕匀称的体骼和高超优美的动作,刻苦训练的二十多位男女同学体操队,达到专业水平。学校每有盛大喜庆活动,李老师的体操队肯定出场表演。他们在各种器械上娴熟的腾跃飞翻、分合交错等精彩惊险的表演,每每引起全场热烈的掌声和叫好声,这是体育之美的生动演绎。其他各学科,都有很多出色的老师,限于篇幅,实在无法一一请进我的文章中来。

涂夕林老师是我们中师三年级政治课老师和班主任。有趣的是我读无为初师时,他担任过我们少先队大队辅导员,成天同我们"玩"在一起,没架子,很有亲和力。这回在黄师,又见面了,缘分。这里讲的是涂老师真会当班主任。他独创地提出,班干部按周由各小组同学轮流担任,让人人都受到锻炼,这叫"值周制"。大家很赞成。一实行,效果果然很不错。我们的班风和精神面貌更好了。这也给了我们久远的愉快的回忆。这个经验,学校以后曾加以推广。

有一件意想不到的大好事。1955年秋,身为全国人大常委会副委员长的张治中先生,在安徽省委书记曾希圣陪同下,回到家乡,回到黄麓师范。他看望乡亲,走访师生,出席学校欢迎晚会,先后忙了三天。学校像过节一样,喜气洋洋。我们也有机会近距离看到张治中先生和蔼可亲的面容，留下了美好的也是难得的记忆。

黄师三年，校园生活丰富多彩，实在难以尽述。总之，我们人生的基础阶段，在这里得到了很好的哺育，很好的武装，很好的锤炼。我们共同的感受是，在黄师生活了一千天，却感恩一辈子。我赞美黄麓师范：

> 是明珠，闪耀在湖光山色之间，
> 是摇篮，哺育了人民教师千万；
> 我们曾经生活在您的怀抱，
> 您永远珍藏在我们的心田。

1957年暑假开始，我们毕业离校。黄麓师范随着以后形势的变化，尤其在"文革"特殊时期，经历了队伍的重组，办学的周折，度过了数年岁月。其中的艰难与苦衷，损失和延误，不再赘述。

山乡飞出金凤凰

人间正道是沧桑。黄麓师范于1973年恢复了建制和校名。只是校舍的破败和不足，设备的稀缺和落后，经费的困难和揪心，是摆在学校前进道路上的"三座大山"。黄师人只能凭着事业心，坚守岗位，苦苦支撑。

接下来，必须要说说我的老同学王伯文。伯文毕业后留黄师附小，两年后调入本部，其中除1972—1974年去巢湖卫校工作两年以外，在黄师工作到退休。他先后担任过校革委会副主任、副校长，1984年起担任校长，直至1994年退休。

沐浴着改革开放的春风，胸怀"振兴中华"的理想，伯文向领导班子和全体师生发出"齐心协力，振兴黄师"的号召，引领大家凝心聚力，共同奋斗。当然，出力最多，最辛苦的还是伯文自己。他一方面努力加强学校内部管理，革陋创新，提高办学水平。另一方面，面向外界，动员各方力量，为张治中先生创建的历史名校黄麓师范再创新辉煌。为筹集资金，他锲而不舍打出这三张牌：依靠组织牌，社会爱心牌，校友支援牌。伯文不分寒暑，四处求告，精诚所至，金石为开，终于在短时间内，收获了数百万元资金。黄师大展宏图，指日可待。

请看，一张张蓝图变成现实：新教学楼、新实验楼、新图书馆、新师生宿舍楼、新餐厅、新操场；原有可用房舍全部整修一新，硬化道路四通八达，花草树木盎然到位。于是巢湖之滨、黄山脚下，展现出壮美的画卷，历史名校，华衮加身。

与此同时，学校教学改革，蔚然成风。课堂教学和丰富多彩的社团活动，相互结合，相映成趣。传统项目，普通话教学的优异成果，再度进京。一批批合格小学教师，走向广阔的教育园地，受到社会的好评。学校与个人荣获的市、省乃至全国的表彰奖励，多之又多。

黄麓师范的校容校貌和办学水平，实现了新跨越，赢得普遍的认可和赞誉。

省教育厅在这里召开全省师范学校校长经验交流现场会。与会的校长们看到远离城镇，偏僻闭塞的黄师，办得如此红红火火，由衷地惊叹：黄山脚下飞出了金凤凰！

校友，美籍华人，爱国侨胞徐经方，捐资三十多万元，建成怀念张治中先生的"思源堂"（新图书馆），在工程动工时，致电王伯文："思源堂之筹建终获实现。先生奔走协调，得力最多，殊深敬佩。"

张治中先生长女张素我率弟妹向王伯文致函道："你任校长期间是黄师最兴旺、成长的时代，培养了众多优秀人才，半个世纪以来在世界各地都有他们的足迹。你一心一意从事教育工作，功劳很大。"

短短三年，取得了如此巨大的成就，黄师建校以来所没有，解放以来所未见。作为校长，王伯文显示了无私奉献的精神。王伯文对自己则近乎苛求。面对滚滚财源，他不乱花分文。出差住低档旅社，吃粗茶淡饭。预计一天办的事，争取半天解决，尽量减少在外的住宿。省教育厅领导拨专款给他买小车，免得跑路辛苦。他把款项搭进工程建教工宿舍。更令人感叹的是，学校围墙外，他自建的屋子里，住着老岳母、妻子和五个儿女，全是农业户口，守着几亩山地为生。而王伯文常年忙中偷闲，甚至夜以继日，回家翻地、下种、收割、挑大粪，一应农活，却是他鲜为人知的生活内容。这是多么高尚的品德。

先贤在历史中永恒

加强校园文化建设，彰显师范教育先贤，用张治中先生培育的光荣历史，砥砺后人奋发向前，是王伯文思考的一个重大课题。经过向各级领导请示报告，得到从巢湖市、安徽省直至中央领导机关的大力支持：1993年10月28日，黄麓师范校园，举办了张治中先生一百周年诞辰纪念大会暨塑像揭幕仪式。

张治中先生洁白的玻璃钢全身塑像，高五米，挺立在位于学校中心的"思源堂"前。先生面带笑容，刚毅质朴，身着中山装，右臂微摆，左臂搭着风衣，稍启左足，似乎正在为教育事业，为祖国的和平统一而奔走。塑像凝聚着人们对先生的敬仰和永远的怀念，是一座耸立在祖国大地和人们心中的丰碑。

纪念大会和揭幕仪式，受到各级领导高度重视。全国人大、全国政协、中共中央统战部和邓颖超同志都献了花篮。全国人大常务委员会副委员长孙起孟，全国政协副主席洪学志专程前来为塑像揭幕。安徽省委、省政府、省人大、省政协主要负责同志卢荣景、傅锡寿、王光宇、史钧杰、张恺帆亲临现场。

张治中先生四弟张心文，子女张素我、张一真、张一纯、张素央、张素初、张素文和多位亲人出席。

前来参加活动的海内外各界人士和校友近千人。

整个活动如此的高规格，而且盛况空前，非常隆重，为巢湖市、安徽省历来所仅见。

十分宝贵的是，向纪念活动致电、题词、献画的有众多的领导同志和知名人士。他们是：习仲勋、方毅、朱学范、严济慈、荣毅仁、廖汉生、孙起孟、赵朴初、屈武、程思远、卢嘉锡，楚图南、张爱萍、吴阶平、白介夫、爱新觉罗·傅杰、启功、沈鹏、余世诚等。这是张治中先生的荣幸，更是黄麓师范的荣耀。

这次纪念活动，给了全校师生深刻的教育和巨大的鼓舞，大家都以做一个黄师人而光荣和自豪，同时也在校史上，写下了有重大意义的辉煌的一页，成为学校宝贵的精神财富。

从黄师走出的众多学子，心中总饱含着对母校深切的爱，母校更看重学子们的深情厚谊。各届校友返校团聚的活动，成为学校一项重要的工作。我们五七届，先后于1988、1990、1993、2006年四次返校聚会和参加学校相关庆祝活动，每次都是很好的精神享受。

尤其是2006年，我们五七届毕业五十年，当然要隆重庆祝。我们选定10月27日聚会，因为这一天，是母校建校七十三周年纪念日，也是张治中先生一百一十六周年诞辰纪念日，很有意义。当年春天，经王伯文、孔祥云牵头的筹备组研究决定，由我起草并发出了《春天的倡议》。金秋时节，四十九位古稀之年的学生，六位耄耋之年的老师，欢聚一堂。那种欢乐场景，激动的感情，真是难以言表。巢湖市委、市政府、市人大领导光临祝贺。我们瞻仰张治中先生高大的塑像，参观美丽的校园，座谈人生的收获，感谢母校的培育之恩。还有专场节目表演，真是尽心尽兴，欢乐无比。此次活动，《巢湖日报》作了报导，制作了光盘。尤其欣慰的是由王伯文主导，孔祥云筹措资金，我和李耀祖、徐翔、曹志功、丁立英负责编印了《黄师情缘》大型精装纪念册。纪念册分图文两部分。图片共有包括黄师创建人张治中与毛泽东、周恩来、朱德的合影等照片计一百五十多幅，文字有包括黄师校史在内一百多篇（首）诗文。安徽省人大常委会主任孟富林先生，应我们之请，欣然为纪念册题写了书名。我以"编者献言"在纪念册扉页上写道：

> 一位睿智的伟人
> 一座秀美的山村
> 一个教师的摇篮
> 共同铸造了历史
> 成为历史的
> 就是永恒

很荣幸，这本纪念册，被安徽省图书馆和国家图书馆收藏。

百年名校再扬帆

建设中国特色社会主义的历史车轮滚滚向前。面对改革开放的大潮，黄麓师范必须突破"中师"的窠臼，与时俱进。这是新的机遇。2015年，巢湖市划入合肥，黄麓师范由合肥市直管，受到了高度重视。省委书记、省长来了，市委书记、市长、分管副市长、市教育局局长也先后来了。市领导经过认真调研，给黄麓师范做出这样的定位：

以百年名校的标准，打造精品校园，将其建设成镶嵌在巢湖区域的一颗璀璨的教育明珠；打造成现代文明与历史文化和自然景观融为一体的教育人才培养基地。

很快，校园面积由不足百亩，扩大到三百多亩。总投资十三亿元，作两期规划的大规模校园建设工程付诸实施。三年过去，凸显民国风格，镌刻出百年老校风华的校舍楼群，耸立在黄麓师范阔大的焕然一新的校园。在校学生已从两百多人增加到两千多人，未来将达到五千人。

　　黄麓师范，有着明确办学担当：以"质量立校，特色兴校，品牌强校"为办学理念，围绕"合格十特长"的人才培养目标，形成五年一贯制高职、"3+2"五年制高职、普通中专、教师培训等多层次办学格局。

　　有理由相信，黄麓师范将不断开创中等职业教育改革发展新局面，再创"南有晓庄，北有黄麓"的传奇佳话，续写百年名校的厚重的史册。

　　2018年金秋，我们几届20世纪50年代的部分校友，应邀回母校参观新校园，受到汪亮校长和师生们的热情接待。所到之处，耳闻目睹，实在是喜悦和激动。我们深信张治中先生创建的黄麓师范，将在新的时代为振兴中华做出更大的贡献，将在祖国的教育园地大放光华。

　　黄麓师范，我亲爱的母校，欣喜您扬帆奋进，永享荣光！

2021.4.15

为百岁老师送行

2018年元月3日，下午二时多，我和老伴在合肥孩子处过了元旦刚到家，就接到老同学曹志功电话：卢光张老师已在下午一点多钟去世。9月30日去肥前，老人家病情已经不妙，我告诉志功尽快回来。现在竟传来噩耗。无为教育界这位德高望重的百岁老人，终于永别了亲人、朋友和爱戴他的学生们。这是意料之中，又是人们的不情愿，离去的和活着的都仅有两个字——无奈！

多年来，老人的健康状况一直不错。不仅能吃能睡，还能出去闲逛逛，不用拐棍，尤其脑子灵，思路清晰。去年这个时候，他把我叫去，拿出一幅相当于一张报纸大小的国画——青松挺拔，白鹤悠闲。这是一件礼品，当然是祝他松鹤遐龄，长生不老，画得不错。老人突然开口："你看，这张画有什么用，太单调。叫你来，把它拿回去，给我配几句话。"这是命令。我说"怕写不好啊！""你中，喊你来就这事！"话音里照旧含着些"钢火"。

回家做"作业"了，想起前两次"应招"到老人处，他言语之间，露出不开心，"在家困住之，不自在"。其实，我知道他的小儿子卢春夫妇一直是精心照料老人，觉得有必要建议老人家不必多烦，好好安享晚年，于是在松鹤图下面，用隶书配了这么四句话：

淡看风云有远趣，闲观世界无近烦。

松立天然高千尺，鹤翔自在寿万年。

又送装裱店闻师傅处装裱配框，由卢春运回，挂在老人房间。他看了立评"不错"，我也庆幸"过了关"。只是他执意要把装裱费给我，几次命令儿子、孙子找我。我哪能要钱，只好对卢春说，"你给老头子讲，钱还给我了"，这才了事。至于建议老先生多想"远趣"，不要"近烦"，他有否在意，就不得而知了。

回到眼面前，灵堂布置好，老人安静地躺着，身上盖着红花绸被面。享受过一百零四个春华秋实以后，他永远地走了，按民间传统习俗，应该是喜事了。

好在前一个月，老人身体出现不适，曹志功就要我拟好讣告。卢春说，老人毕竟一百多岁才离世，一生奉献给教育，培养了许多学生，对社会有很大贡献，最好为他写一篇祭文。志功认为有必要，我也同时拟好，一并输入电脑，随时可打印使用。

程明耀、曹志功早已到了，正和卢春等张罗着。随后，陈秀春、朱德超、张怀鑫、周德明也来了。很巧，我们几个"老初师"住得都很近。曹志功考虑到老人其他子女都在外地，还未到家，卢春一人料理不过来，就把我们分成二人一组，按上下午轮留守灵和接待吊唁的亲戚宾朋。

我们几个又商量，老人生前广受尊重，县人大、县政协、县委宣传部、县教育局领导都曾出席老人百岁寿诞庆祝会，现在应该把老人逝世的消息告诉他们。很好，这些单位都送了花圈，对老人逝世表示深深的哀悼。

按照家人安排，对老人的吊唁共五天时间。元月7日，是老人火化的日子。老天也为老人的逝世感到悲哀，天不亮就刮风下雨。为老人送行的人都冒着风雨准时到达。在西大街鞍子巷口集中的时候，程明耀和曹志功找我，说了两件事。第一件是九十六岁高龄的孙文熙老师由儿子孙劲开车护送来了。第二件是卢老师子女们希望在殡仪馆有个简单仪式，虽是临时动议，却不好相辞。三人议议，明耀提出我主持，曹志功以老无为初师师生名义宣读祭文，卢老师子女代表讲话致谢。随即我们又去看望孙老师。孙老师说："老友走了，我肯定要为他送行。有孙劲在身边，你们尽管放心。"明耀对孙劲说了一句"一定要把孙老师照顾好"，我们就组织队伍出发了。

二十多辆车出发了，到了殡仪馆，按程序行事，百多人列队肃立，在低回的哀乐声中，向老人遗体三鞠躬。曹志功朗读了祭文：

芝山低首，绣水呜咽。一代名师，百岁人瑞，光张老师，不幸辞世。
领导同仁，亲属学生，邻里友好，不胜哀伤。谨撰此文，虔诚奉祭，
以寄哀思。
光张老师，出身名门。令尊秋浦，濡须名人，文章出众，名齐六岳。
史载传后，光耀门庭，诗书家风，遗泽后人。

光张老师，年少立志，坎坷前行。南京求学，国立艺专，体育音乐，艺精技精。倭寇入侵，客居桂林。跟随名家，有邵荃麟，有聂绀弩，共办《力报》，宣传抗日，为家为国，勠力同心。精神可嘉，青史为证。

是共产党，领导英明，推翻旧制，国家新生。光张老师，回归桑梓，甘当园丁。初师始创，重任在身。以校为家，奉献一生。爱生如子，和蔼可亲。德智体美，贯彻方针。体育音乐，肩挑两门。培养学生，一专多能。千百学子，受益终身；有卓著者，更是骄人："草鞋"英雄，省赛长跑，勇夺冠军；出色女篮，选进省队，更当教授，老师欢欣；教唱红歌，阳光校园，社会风新。学子学成，跨出师门。城乡小学，热烈欢迎。饥渴教育，气象一新。待哺孩童，歌舞健身，全面发展，雨后春笋。基础教育，根基固稳。全县体工，参与谋划，不辞苦辛。声誉远播，建立功勋。体坛泰斗，教坛楷模，实至名归，恰如其分。

唏嘘历史，忽有曲折。老师不幸，命途多舛，饱尝辛酸，二十年整。老师高节，坦然面对，既不怨天，也不尤人。相信真理，百计求生。终于盼来，惊雷一声，祖国大地，政治昌明。老骥奋蹄，喜迎二春。主动请命，奉献余生。直至退休，安享闲情。

喜哉我师，乐者我师，晚年岁月，幸福舒心。儿媳孙辈，侍奉孝顺，不舍昼夜，精神感人。邻里尊敬，学校关心。更有县长，亲自登门，嘘寒问暖，关爱情深。当年学子，心系恩师，日常看望，促膝谈心，品茗说笑，聆听示训。九秩华诞，百岁寿辰。省内省外，逾百学子，古稀耄耋，齐聚一堂，隆重欢庆。更有领导，莅临慰问，盛况空前，赞誉满城。恩师高寿，百岁又四，贵为人瑞，殊荣加身。遍览无为百年教育史，唯有恩师第一人。此情此景，家门之幸，教坛之幸，更为千百学子之大幸！

惜哉痛哉，世事难料，大悲降临，光张老师，竟已启步，驾鹤西行，令人哀伤，各方痛心。适此至哀庄严时刻，学子顿首，同表心声，祝愿恩师，潇洒上路，天国安魂：

您老人家，卓越奉献，大地长存！

您老人家，高尚品格，永在人心！

金塔高峻，濡水低吟，赞我恩师，乃天地之间，大写的无为——人！

接着大家移步瞻仰老人遗容，仪式简单，肃穆庄重。敬爱的卢光张老师，安息吧。

注：祭文中所言邵荃麟，文艺理论家、作家，曾任中国作家协会副主席，党组书记。聂绀弩，作家，古典文学研究家，中国作家协会理事，人民文学出版社副总编辑。

2020.10.18

远去的童年游戏

六七十年前，我们小学生的课外生活，没有成人的关注，没有社会的重视，更没有金钱的耗费，七八十来岁的孩子们，在街头和巷尾，在旷野或庭院，凭着天真、单纯和随心所欲，营造着校园以外的游乐世界，享受着童年时代充满稚气的游戏欢乐。如今回忆起来，依然兴味诱人。

谁装的滑稽相——蒙眼猜人

游戏人数不限。一个大点的孩子坐定为主家，双手蒙住蹲在身前孩子的双眼。其余的人立在主家的左（或右）边，主家一声喊"过！"他们依次做着各种滑稽动作或表情，从主家面前向另一边走过去。主家同时向被蒙双眼的孩子逐一说明："挑担子的过去了，背口袋的过去了，擤鼻涕的过去了，向你挥拳头的过去了，歪嘴的过去了……"等到全部走过，主家命令："就逮那个歪嘴的人！"并放开蒙眼人，让他在众人中找出指定对象。找对了，被找到的就接受蒙眼，下一轮游戏开始。如找错了，他仍被蒙眼猜人，游戏继续。在被蒙双眼的人寻找目标时，大家故意指着自己的鼻子说"是我""是我"，既迷惑人家，又显得热闹快活。游戏过程中，小朋友们种种做丑弄怪的样子，常常逗得大家笑声不止。

月光下的童谣——老鼠扒墙

这是孩子们晚间在皎洁的月光下做的游戏，一般在不太宽的小街小巷进行，人数不限。参加者分成两队，分别扒在两边的墙壁上当老鼠。独留一人做猫，站街当中。游戏开始，扒墙的老鼠一边机警地向对面墙壁跑去，一边唱着："月亮煌煌，老鼠扒墙。"街中间那只猫就瞅机会逮过街的老鼠。但是老鼠们只要扒着了墙，猫就不能逮了。如果哪只老鼠躲闪不及，被猫逮住，就替换当猫，游戏继续，歌声又起。试想，迷人的月光下，四周是那样的寂静，只有孩子们脆亮清纯又欢快的歌声与笑声，该是多么美好的情景。我们那时很喜欢这个游戏，往往要玩到大人们喊着"不早了，都快回家睡觉吧"，才不舍地离去。

力与智的较量——钉砖罚跪

这里的"钉"，在无为方言中是投和砸的意思。这是男童们玩的游戏，在大路边或小块空地上都可进行，三五个人参与。游戏之前，每人选一块断口整齐的半断砖，并排又略间开地立于地面。在对面约两米以外的地方画一条平行横线，无为俗语叫"kuàn"，界线的意思。游戏开始，每人手握一块大小适当的小砖块或小石块，站在各自立起的断砖后面，向前面的"kuàn"扔过去。扔完后，比照这些小砖块、小石块离"kuàn"的近远排出一、二、三的顺序，站到"kuàn"外侧。先由第一名即甲用手中的砖、石向别人立起的砖块"钉"过去。如果甲钉倒了乙的砖块，乙就在一旁跪下。甲同时在自己立着的砖块后面，平放一块断砖抵撑着，别人就不容易"钉"倒它了。甲继续钉其他人的砖块，规则同前。甲若钉空了，就由后面未被罚跪的人继续。跪着的乙，要等到别人"钉"倒了甲，才算被救起，恢复"钉"别人的资格。做这种游戏，一要瞄得准，二要力气足。最后胜利者的标识是，把别人都"钉"得跪下，而自己立起的砖块后面支撑的砖块，有一垛、两垛、甚至三垛，又多又高又稳固。

斜面流动着欢乐——滚缸

这里所说的"缸"，实际是一块整砖。三五个男孩玩。在室外选一段平整的地面，用半块断砖，支起一整块青砖，做成一个斜面。游戏开始，孩子们站在斜面后面，依次而做：一条腿站立，另一条腿小腿后屈，大腿前斜，与地上砖块的斜面上下相一致，然后用一个铜元（与现在一元钱硬币相似），从屈成斜面的大腿上，向青砖斜面滚去。铜元经斜面滚到地面后，凭惯性继续向前迅速滚动。待各人都如此做过以后，铜元滚得最远者，第一个捡起自己的铜元，向别的距离近的铜元砸去，砸中就是赢家，被砸中的就是输家。

输家得赔给赢家一块"大板"（由四张纸牌折编成的方块块）。然后赢家再砸下一个。若砸不中，轮到下一位照做。这种滚缸的方法还有：站到"缸"的后面，上身前倾，把铜元从头顶上正对砖块斜面滚去；或是一手拿着铜元，高高地对着砖块斜面撂下去，让铜元滚得更远，这叫"高打高撂"。还有一个小诀窍：把滚缸用的铜元立起，用小铁锤沿边轻轻地敲打，做成一道宽宽的环形边，再在布鞋底上使劲擦得锃光瓦亮，滚起来就又稳又快又远，赢的把握就大得多。

群雄争胜——搭鳖

搭鳖的"搭"，在无为方言中有砸、打的意思。三五个男孩玩。空地上放一块较大的砖块。参加游戏的人商定，每人向砖块上面摆出相同数量的"鳖"，即大板[1]或铜元或铜钱。再在离大砖块约三两米处画一条界线。游戏开始，大家站在大砖块后面，面对界线，逐一"丢"（抛、扔）出自己手中搭鳖用的那个铜元。这个动作结束后，都到界线边查看。铜元在界内又离界线最近的，即"头家"是第一，其他逐次为第二、第三……如铜元丢过界，叫"烧掉了"，排最后一名。接着分别站在自己铜元的着地点，先由第一名举起铜元向大砖块上的"鳖"搭（砸）去，搭蹦到地面的"鳖"，就归其所有。各人一遍砸过，砖块上还有余鳖，再从头顺次去砸。此时火药味更浓，劲头更足，一人砸去，欢声四起。砸完了，新一轮"搭"鳖开始。虽说是群雄相争，但臂力大，瞄得准的人总是多操胜券。

闲趣妙算乐在其中——下老猫

二人玩。在地面或台阶，用粉笔画一个大约二尺长、不到一尺宽的长方形框框，在其内画出上下为二，左右为六，共十二个小方格。再备四十粒如大黄豆般的小石子，叫"水子"，四块如绿豆糕大小的瓷片或瓦片即是"老猫"。一个老猫等于五粒水子。游戏开始，二人各踞长方形框框两边，先布子：框框两头各四个方格中，分别放入五粒水子，中间四个方格中各放一个老猫。

（1）"大板"，小孩游戏用的"赌资"，是用纸牌编成的方块块，四张纸牌编一块。游戏结束，往往扔掉。

布子妥当，两人出石头剪子布，赢者为甲，先动手下老猫。其下法是任意抓起一个方格中的五粒水子，顺时针方向从相邻的方格起，每格丢下一粒。丢完这五粒，再抓下一个方格中的水子（或老猫），继续从相邻方格起丢下去。若是手中抓的石子丢完了，下一个方格是空的，则手指点着空格，口中叫出"空它得它"。前一个它是指空格，后一个它就是指与空格相邻的那个方格，其中的水子或老猫，就归其所有了。随后乙就接着下。若是乙把水子丢完了，后面连着两个空格，则一无所获，叫"饿死了"，又得让甲下。两人轮流动手，直到把水子和老猫吃完为止。最后各自计算收入，再两相比较，定出输赢。肯动脑子下得好的人，布子技巧高，能布出连环的"空它得它"，直到把全部水子和老猫收入囊中，大获全胜。

抓阄碰输赢——官、打、捉、贼

四人玩。用四张小纸片（各为半张扑克牌大小即可），上面分别写"官""打""捉""贼"四个字，再把小纸片字朝里卷成四个小纸卷，即阄子。游戏开始，由一人把阄子抓起向桌面一撒，四人就各捡一个展开公示。按规则，持"捉"的捉"贼"，持"官"的马上命令"打"去打"贼"的手心，打几下、打轻打重，也由"官"决定。惩罚了"贼"以后，游戏继续。如是五个人，就安排一人做裁判，负责做阄子、撒阄子、核实各人捡到了什么字、监督处罚执行等。

这类小游戏，还有不少，如跳房子、抓七粒子（女孩玩）、躲猫、踢铁球、执升官图等，现在都极少见到，因为环境、物质条件等等已经大有改变。但是这些远去的儿童游戏，曾经伴随着几代人度过了童年时光，因而依然闪现着儿童游乐文化的光泽。

2011.9.8

一个小学生对大军渡江的回忆

七十年前，解放大军胜利渡过长江，我有幸见证了点滴片段。

1949年元月无为县城解放，我家刚从农村搬进城暂住南园外婆家（现烈士陵园东侧）。我读绣溪小学三年级，上学走过开阔的菜园和绣溪公园长堤，很快就到学校。

春天开学了。一次晨会上，从解放区来的程玉如校长讲话。她说，解放大军马上要打过长江去，推翻蒋家王朝，解放全中国。一天下午放学后，我走到公园长堤的平板石桥上，意外地看到西边黄泥湾走来长长的一队军队，很自然地联想起程校长说的"解放军"。解放军是二路纵队，沿着公园塘边走来。后来知道，他们为了避开闹市区，从西门进城，在西寺（现无为中学）大门前转入县体育场，下坡到黄泥湾，沿公园塘边直插南大街，出南门城，顺东城巷（现一环路东段），过东门大桥直奔长江边。

解放军都是下午四点多行动。这样走很快就天黑，可以避开国民党飞机的侦察轰炸。老百姓都在路边看解放军行军，很热闹。解放军有的轻轻地摆摆手招呼一下，有的满脸笑意，还有的嘬嘬嘴、挤挤眼，向我们逗乐，和善又亲热。解放军的头上背上都编插着柳条和草叶的伪装，洗得发白的黄军装左胸上"中国人民解放军"白底蓝字符号（胸章）十分醒目。

我们最爱看解放军的武器。多数是步枪、刺刀、手榴弹，也有两条腿轻机枪、三人抬的重机枪，还有大人说的掷弹筒、小钢炮（迫击炮）。他们都背着挎着背包、干粮袋、成串的烙饼（我们叫侉饼）和干蒜头。

隔两天同学说，大街上开来了解放军的汽车和大炮。我很兴奋，连忙跑去看，街边人很多。那些一人多高车厢外插满树枝草叶伪装的大卡车里坐着解放军，车后被拖的大炮身穿绿衣，粗大炮筒架在两个大轮子上，炮口朝后高高翘起，很威风很吓人。汽车和大炮为通行方便，只能顺大街穿城而过。

行近东门大桥时，解放军怕这古老的石拱桥不能承受重压，决定先试试看。他们在桥身两边设下观察哨，随时警报情况。一位解放军驾驶汽车拖着大炮慢慢驶上桥。人们都神情紧张地注视着。汽车和大炮过了桥的中段，一切正常，解放军略微提速，很快安全通过了。观看的人群高兴得齐声喊道："成功了！成功了！"随后，长长的炮车队伍，威武地跨过了东门大桥，一路顺畅。古城石拱桥，为大军渡江立了大功。

这是解放军第一次来到无为县城。城里的老百姓也是第一次看到解放军。军民之间虽没有热烈地亲密无间地交融，但是这种近距离的接触，新鲜好奇中都带着自然相识相亲的纯真感情。天然的鱼水情，已经在人们心中和悦地生成。我在农村曾见到，下乡扫荡的国民党反动派广西佬杨麻子"杨旅"的军队，抢劫掳掠，打人拉夫，坏事做绝，老百姓恨之入骨。与解放军真是天壤之别。

过了好些天，学校组织了二十人的歌咏队，我有幸入选。每天课外活动，也是从解放区来的丁学章、孙静端两位老师，教唱解放区的新歌《解放区的天》《南泥湾》《团结就是力量》《咱们工人有力量》《你是灯塔》，等等。一天练习结束，程校长对我们说，解放大军已经胜利渡过长江。一些解放军叔叔在战斗中负了伤，在医院养伤治疗。按照县领导安排，你们明天去医院向他们表演慰问。希望你们好好唱歌，为学校争光。接着孙老师说，表演时要一律穿白衬衫蓝制服裤子，打红领巾。明天上午准时到校，集合出发。大家都非常高兴。但是服装和红领巾，我都没有。回家向妈妈一讲，她很快从邻居家借来了衣服。裤子长了点，她把裤脚朝里翻进去缝短了。白衬衫大了点，往裤腰里一扎就成。红领巾用一块红绸拼合成功。慰问演出那天早上，孙老师、丁老师给我们简单化了妆就出发了。

解放军伤病员住的是临时医院，集中设在上新街和后新街早已人去屋空的徐、邢、叶等四五家大户人家（即曾经的粮食局、迎宾楼和木材公司，也就是今天华林府小区一带）。我们先到邢家大屋。早有一位解放军首长在门口等着。他与孙、丁两位老师热情握手后，就领着我们进了病房。那位首长把我们做了简单介绍就鼓起掌欢迎。我们排好队，孙老师唱个开头，然后一、二手一挥，我们就浑身是劲地唱起来。我们唱一首就得到一阵掌声，唱了三首结束。我们在邢家大屋唱了四个病房。接下来又到徐家大屋、叶家大屋演唱，任务就圆满完成。

那些临时医院都很大，每一处总有几十间病房。我们演唱的病房里都是轻伤员，重伤员病房是不准外人进入的。医院里非常干净，闻不到一点血腥味和异样的药味，也没有什么杂音，只是院子和走廊里晾满了绷带和衣服。这些临时医院不久都完成了使命。

2019.7.16

特殊年代的小幽默

风吹过，云飘过，春秋也更替了半个多世纪。那是一段特殊的岁月。时光的足迹逛荡过的历史园地，虽渐远去，却留下许多的奢华与精彩，愤疾与哀婉。当然，也留下了许多苦涩的幽默，如今回味着，或可让思考走向更静穆，更平实。

"丰收在望，吃饭！"

R首长很荣耀，也很辛苦。一个偌大范围内各种权力的重担，意外地压到了他的身上，他很认真地履行自己的职责。过去他是专抓，现在却要普抓。他很忙啊！有些事情他并不懂，却又要去"点卯"，那只能"意思意思"了。

初夏的日头已经很有气势了。R首长领着不算少的一帮人，顶着烈日检查午季生产情况。多么广袤的田野，一片碧绿。从那里下趟？还真犯踌躇。忽然间，田边一个土丘引起他的兴趣。于是他也不打招呼，自顾自快步登上丘顶，敞开洁白的衬衫，左手叉腰，右手摘下金黄色的大草帽卷起一边，当作蒲扇扇起来。他边扇边向四面查看着，热风吹着他稀少的头发轻轻飘起。众人在下面仰视着，正等待他发布指示。忽见他满面笑容，用拿"蒲扇"的手，从左向右大幅度一划，大声说道："你们看，登高一望，苗青苗壮，形势大好，丰收在望。"众人猛醒，齐应道：是是是，好好好，丰收在望，丰收在望。首长的情绪感染了大家，大家的情绪也激动了首长。于是乎，首长又举起当蒲扇的草帽，用力在空中一挥："吃饭！"

一次兴师动众的农业大检查，圆满结束。

"哎哟哟我的老娘哎……"

那个特殊的年代，尤其看重人们的言行表现，这与个人的"突飞猛进"或是"遗臭万年"特有关系。小C根子正，很上进，嘴巴甜，特机灵，是个好苗子，若得呵护提携，能当大任也未可知。那个部门掌门人是位中年女性，人称K局长，身材富态，品貌端正，加上夫君地位硬气，能力也就当然的强了。小C决心攀附上她。经过一段日出日落，他为那位掌门人送上请安、赞美、请示、汇报、建议、说笑……还有高质量的小报告，等等，都是太令她适口、快慰的"美味拼盘"。掌门人对小C很有好感。

但小C仍觉不够，还得攒劲，要让领导更开心，更看重自己。一日大清早，做公职的人们也许才起床。小C已经像邻家的猫一样，轻脚熟路地来到女掌门人家。他进得客厅，左右看看，一眼瞥见K局长正在内间抖动被子铺床。

说时迟那时快，小C连忙抢步进了房内，嘴里连连喊道："哎哟哟，我的老娘哎，你怎么自己铺床，闪了腰怎么办？我来我来。"话不落音，他搓掉脚下一双鞋，跪上床，拍灰、理床单、叠被子、摆枕头，一口气，床铺得很是平整得体，很是养眼怡神。

被小C花哨麻利的动作晃花了眼的K局长一定神，笑容堆满脸："你个小崽子，还真会做事！"保姆也帮腔："他比你儿子还孝顺。"这"精神"后来居然"传扬"到全系统。小C呢，功夫不负有心人，他的聪明和孝心，当然得到了肥美的收获。

"这不读'延'读哄东西？"

某级组织开会，下属单位头头脑脑都到了，济济一堂。那时，人们特别服从命令听指挥。谁有权在手，谁讲话就特灵，真是"堂上一呼，阶下百诺"，不管对不对，人们都得听从，而且要表现出乐意真心，非常顺从的样子。这叫"理解的要执行，不理解的也要执行——在执行中加深理解"。

会议开始了。这是一个布置工作的会。那位领导在"一、二、三、四"讲了一大串重要工作任务以后，突然提高了嗓门说："还有几天，就是中国人民解放军'延'（诞）生××周年纪念日了。各单位要高度重视，充分准备，热烈庆祝……"领导正讲得起劲，身边冷不丁有人拉拉他的衣袖，仰脸想对他说话。领导很意外地侧身偏头倾耳去接听："你说，什么事？"那人焦急中略显聪明地把嘴凑近领导耳边："解放军生日，是'诞'（dàn）生，不是'延'（yán）生。"

这突如其来的帮助和纠正，让领导很觉意外，更不能接受。于是领导用嘲笑兼幽默的神态大声斥问："怎么哪？这个'诞（yán）'字，左边是'言'，右边也是'延'，它不读'诞（yán）'读哄东西！"领导的家乡话中，"哄"是"什么"的意思。很清楚，领导断定"诞生"就是"延生"，毋庸置疑。本来严肃的会场忽然活跃起来，响起一阵说不出所以然的笑声。

"这不扯平了吗？"

S头头听人反映，一个下级生活作风不好，与某有夫之妇发生了不正当的关系。起初，头头不信。那个下级领会领导意图准确，办事雷厉风行，工作实绩很不错。与同等人员相比，他比别人出色得多。

不意一天，那妇人之夫直接来向头头揭发那个下级的各种不堪入耳的行为事实。头头相信了。因为头头知道这个揭发者"不会自己抓屎吃"。接着调查人员下去了，回来向头头汇报，那个下级不端行为，确有其事，老百姓敢怒不敢言。

头头一怒之下，把那个下级找来，严加训斥。想不到，那个下级在被头头严斥之后，却流下眼泪如丧考妣地哭诉起来，说他自己的老婆也被人家"那个"了。头头一听，动了恻隐之心：这个不争气的下级，也有自己难言之苦啊！

又一日，被头头的下级侵扰了老婆的那个丈夫又来了。这回他想听听头头打算怎么惩办那个下级。头头早已心中有数，回答道："你不要再来了，我们会认真考虑的。"

头头召开会议，研究对这个下级怎么办。在众人一番议论之后，头头做了结论："他（那个下级）'搞'了人家老婆，他自己老婆也被人家'搞'了，他不欠人的，人也不欠他的，这不扯平了吗？"

会议结束，"扯平"之论也就不胫而走，很让人们开心一番。

"天天讲原话，算了吧！"

身为单位大联合委员会（大联委）头头的老M，在会上提出了一项革命倡议：

"从明天起,早请示晚汇报,要动真格的。请示什么,汇报什么,要讲出来,讲得具体,不能马虎。"因为那时候,为了表示至高的忠诚,形成了早请示、晚汇报的必做仪式。单位所有成员,早上上班后,要集中面对领袖像,唱歌、祝福、读语录,之后才开始各干各的活。晚上下班前,同样集中,做好上述规定仪程,才下班回家。

老M单纯,热情,对工作真抓实干。他每天带领大联委成员,行礼如仪地完成早请示、晚汇报程序。与其他单位一样,从来没有请示、汇报的具体内容。老M觉得太简单了,不妥,所以才有上面"动真格"的想法。

这天早上上班伊始,老M带领大联委成员严肃认真地唱歌、祝福、读语录之后,很动情地早请示:我们今天要做四件事,一、二、三、四……谨此请示。

下午下班之前,同样把当天已做的四件事具体地做了汇报。

第二天的早请示、晚汇报也如昨天一样,顺利进行。不过老M好像有所思,这单位每天要做的事,前后差不多啊。是的,今天与昨天都是:一是好好学习,武装思想,斗私批修,坚决紧跟;二是狠抓阶级斗争,狠斗帝修反封资修,誓死保卫无产阶级专政;三是扎实开展革命大批判,彻底肃清资产阶级反动路线和某某反党集团的流毒;四是抓革命促生产,促工作,做到革命生产双丰收。你想想,这几件事,哪样不重要,哪天不要讲?

第三天,老M又带领大联委坚持了一天,不过他请示、汇报的说话声好像有点发疲,力量和音量都不如前两天。几个大联委听出了一些"别别翘",觉得有点好笑,但不敢笑。因为在这种严肃的场合,要是笑了,那可能会被认为思想感情有问题。

再说第三天的晚汇报结束了,人们正要散去,老M忙说:"别慌走。"大家不解地等着。老M说:"这三天早请示,晚汇报做下来,我觉得天天讲原话,也没多大意思,明天算了吧!"大联委之一笑笑:"我那天就讲不干,你说要干,现在又讲不干。反正你自己唱独角戏,唱不唱你决定都算数。"一个满怀深情的"倡议"就此作罢。

2017.9.12

春天的记忆

春回大地，春光灿烂，1958年的春天来得真早。

新春开学不久的一天上午，师生们刚到校，集合铃就"当当当"清脆地响起来。很快，我们这个小学师生五六百人的队伍，以校旗为前导，接着是彩旗、横幅、小小鼓乐队，一年级、二年级……最后是科任老师队伍，跨出了校门，目标县体育场。整个队伍情绪饱满而欢快。大家都知道，今天是要参加一个特别重要的大会。

与以往不同的是，今天师生的手里，都端端正正地握着一个带柄的小蒲扇似的红心。前两天校长传达上级通知精神，说是"后天上午"县里召开誓师大会，号召全县人民向党献忠心。人人都要按规格要求做一个红心拿着。校长说，老师自己动手做，学生由家长做，一定要做好。我于是赶两个晚上，极其细心地做好了自己的一颗红心。我用一根不到二尺长的硬篾片，一端约三分之一留做把柄，另一端剖开成六根分支，用线绳缠好拉开间隔，固定成为扇形骨架，再在骨架两面对齐合一，粘上两张比巴掌大一点的心形红蜡光纸，就成了漂亮的红光耀眼的红心了。心里一高兴，甚至想到，明天哪位领导接到我献的红心，还会夸奖夸奖："这个红心做得好！"今天师生们手里的红心，几乎是同一模式，都做得很漂亮。

到了会场，我们被安排在石灰线画定的教育大队，面对主席台坐下。我四面一看，容纳万人的会场快坐满了。所有进场的人手里都有一颗红心。主席台上走动的人也一样。

主席台上檐悬挂起一条巨大的红布横幅，上面是黄蜡光纸剪的亮闪闪的宋体大字：全县人民向党献忠心誓师大会。

大会开始，震耳欲聋的鞭炮和鼓乐之后，是多位领导和各界代表人物讲话。最后当然是全县最大的当家人——县委某政委（书记）的指示和号召了。

287

所有讲话的人，个个慷慨激昂。他们讲话的主要意思不外是我们已经取得了反对资产阶级右派斗争的伟大胜利，现在，我们全县人民要向党庄严宣誓，献出自己的红心，坚决听党的话，去夺取社会主义革命和建设的新的伟大胜利。

此刻，已经是群情振奋。人们知道，这是反右派斗争后的第一个春天，依然胸怀大志的人们，依然工作在自己来之不易的岗位上的人们，依然生活在自己温馨的家里的人们，是多么庆幸，多么高兴！心中莫不涌动着对党的无限热爱和忠诚。谁都会有这样的精神准备，只要上级一声令下，人人都会从内心迸发出巨大的行动力量，而且所向披靡。

台上的讲话结束了，马上就应该向党献"红心"了。这台上台下那么多的红心怎么献呢？我多管闲事地想。只听大会总指挥宣布，各参会单位，按规定顺序，出体育场西门，前往城中心县委小楼，在那里向党献忠心。呵，是的，应该到县委会——千万人心中的党在无为神圣的代表——去献红心，才合情合理。队伍运动开了。全场分几个大队离开。我们教育大队排在县委政府机关大队和县城街道居民大队之前，倒数第三动身。

行进中的队伍，一路不断地举起红心，喊着口号，大小锣鼓、军鼓军号也响个不停。街面店铺悬挂着国旗、彩旗，放着鞭炮。无比热烈的气氛，惊天动地，也感染着每一个人。队伍走得很慢，两里的路程，好像走不完似的。走了好一会儿，我发现街道两边渐渐有匆忙逆行的零散人群。估计是前面已经献完红心的人散队回家了。越接近县委驻地，这些靠边散流的人就越多。

当我们学校队伍快到目的地时，已是十点多钟了，太阳快照到头顶了，让人感到有些热燥。远远的，我看到县委小楼前有一排长桌，上面一字排开站了好几个人，当然都是县里领导人了。这些头头，一会儿鼓掌，一会儿招手，迎接来献红心的队伍。大概因为激动、忙碌和太阳的烤晒，他们有的去掉帽子，有的敞开棉衣，有的只穿了毛线衣，不像在大会主席台上那么衣冠楚楚。师生们面对即将走近的领导人，立刻兴奋起来，队伍走得更认真一些，手握的红心，也更端正一些。都希望多一分严肃认真，让县领导高兴、夸奖。我们跟班走的班主任都紧张起来，一边压低声音叫学生看齐走好，一边带领学生高呼口号。在这最后的庄严时刻，一定要显得更加群情振奋啊！

离领导人站的台子不远了。现场指挥的人做出手势，把我们的队伍改成了单行，从县领导站的长桌右边绕过去，献出手中的红心，再从左边走出来。这时，我们看到长桌后面，红心已堆成了小山坡。因为许多人已经从小山坡上走过，被踩坏的红心碎纸、篾片、棍棒杂七杂八地横倒竖翘，现在已经很难下脚了。如果有谁绊跌倒了，说不定会戳个头破血流。校长连忙招来老师们，站成一长排，双手搀护着学生，叫他们高抬脚，慢挪步，看着地下，一一小心地走上这红心之山，献出手中的红心。

献过红心——说是"献"，其实并没有人伸手接着，都是随手丢下，或是扔向"小山头"。校长不断重复着宣布，献过红心就地解散，各自回家。队伍立刻变成一摊泼地的水银，四散开来，混乱嘈杂。那时县委政府所在地，四面没遮没拦，小街小巷穿插其间。献完红心的人们，各自找路，都想尽快回家。这就难免乱跑乱窜，推推挤挤。人们不免要问，数千上万的人，本是真心诚意地来献出自己的忠诚，怎么变成了虎头蛇尾，慌慌乱乱地走一趟，扔掉红心就完事？说不清。

2012.2.14

布谷声中

"割麦插禾",布谷声声,叫得人心里愉快又紧张。这是一九五八年初夏,"小熟"(午季)已收割,该是栽插早稻秧的时候了。有道是:春宵一刻值千金,时间季节不等人。县领导对此极为重视。

庄稼一枝花,全靠肥当家。遵照县里的部署,县直机关、学校和城关镇居民,要大搞三天突击送肥下乡,为誓夺秋季粮食大丰收做出贡献。刚刚当家做主的百姓们,挺起了脊梁,却瘪着肚子。新中国成立之初,最需要做的大事之一,就是要尽量多地生产粮食。人人都要出力流汗,叫脚下的田块创高产。

我们驻城小学,除一、二年级照常上课以外,中高年级都下午上课,上午送肥下乡。而且第一天上午都要送人粪尿,不要送草木灰。

这天早饭后,中高年级师生都带着肥料来到学校。少先队大队辅导员吹着哨子在操场上指挥。从三到六年级,各班都排成一路纵队。送人粪尿,对城里人来说,实在是个难题,因为太不好装运了,我们的队伍也只能是各显神通。先说学生们装运肥料的用具:极少数大一点的城郊学生用粪桶,更多的是用大小不一的手拎马桶,还有的是妇女专用洗短裤、鞋袜和洗马桶的椭圆形"折水桄",也有的用打井水的圆口木桄,另外还有的是用加了绳襻的痰盂等等。毕竟是小学生,都是两人抬,没人独挑。抬肥料的工具也是多种多样,木扁担,竹扁担,有的长,有的短,也有用小圆木棍或细竹杠子。老师都找门路,借来了标准的农家粪桶和扁担,也是两人一抬。学生的穿戴与平时没有什么两样,老师都像商议好的,穿上了旧的甚至打了补丁的劳动服、劳动鞋。

我们送肥的队伍一路浩浩荡荡,很快出了西门,走过护城河上的小桥,上了坡,就到达目的地:两块不到二亩面积的半坡梯田就是。驻城五所小学送的肥料,都要集中倒进这两块田。一位现场头头"嘘嘘嘘"哨子一吹,把白铁皮喇叭筒凑到嘴边，大声喊着："各校师生注意了，肥料倒下以后，学生都回家，老师全部下田劳动。"他接着说："这两块田是某政委（即县委书记）的高产试验田。大家下田以后，用双手深深插进泥巴，把肥料和泥巴拌匀拌透，这叫精耕细作。大家一定要舍得身子，肯下力气，不怕脏不怕累，苦干一场，现在劳动开始。"

学生们在"噢噢噢"的欢叫声中很快离开了。老师都纷纷脱掉鞋袜，卷起裤脚，挽起袖子，下到满是泥水和粪便的田里。那时，特别强调知识分子要接受劳动改造，对到田地里干活都不含糊。我们年轻，动作快，最先下田。那田已经翻犁平整过，脚踩下去，烂泥直从脚丫往上涌，腿肚边粪水沫浪咕咕，加上水田还有点寒意，身上不免一阵冷战。年纪大的老师，不敢怠慢，也深一脚浅一脚地走下田来。最艰难的是那些女老师，露出了雪白的胳膊、雪白的腿，一手紧抓着已经高高卷起的裤筒，一手搭着别人的肩膀，低着头，左顾右盼，战战兢兢地走一步看一下，总算一歪一歪地下了田。

这时的田里，已经分不清水和尿，分不清泥和屎。黏黏糊糊难入眼。原来是已经臭不可闻了，这一两百人下田一搅和，简直臭气冲天，实在叫人恶心，难以透气。

既下了田，就得干。既干了，就得不顾一切地拼，拼出个好的表现来。大家弯了腰，双手向田的深层狠狠地插去，再托着烂泥和粪便翻上来。泥团在手里滚，屎团在手里窜。眼睛看的是屎尿，手里拌的是屎尿，脚下踩的也是屎尿。开头，老师们的动作都要慢一点。不一会儿，人们都已经是"入鲍鱼之肆，久而不闻其臭"了。一切都无所谓了。田里的气氛开始活跃了。人们一边讲着笑着，一边带劲地干着。动作快了，力度大了，黄绿不分的田里溅起了水花粪滴。起先，谁沾上一点两点的，还要抬起胳膊肘擦擦揩揩。以后都不当回事了，一任衣服、脸面、头顶炸上泥迹、粪迹，全然若无其事。

一个多小时后，号令休息休息。大家都顾不得其他，连忙赶到田埂边，一屁股坐下去——太舒服了！老师们互相看着各自从头到脚的"实绩"，挑逗着，比画着，哈哈大笑。这是我从来未见过的特殊的场景！从来未见过的特殊形象！但是，绝对没有谁说脏，绝对没有谁说累，绝对没有谁露出不愉快的表情！因为越是在这种特殊的情境之中，越要表现出对领导决策的拥护。

休息片刻，又继续干活。那两块田，你来我往地也不知深翻过多少遍、多少遍了。时近中午，头头大声宣布劳动结束，大家嘻嘻哈哈相邀着，紧三步跨上田埂，在河边简单洗洗手脸之后，带上送肥的工具都各自回家。

我当时想，那两小块田里，城里五所小学一千多名师生，倒进去的肥料，至少在一百担上下，肥料是充足又充足了。再加上一两百双手这么一深翻，栽上秧苗，一定会有好收成。

希望多么美好，人们对领导是多么忠诚。但是这么多火热的身心和大量的肥料扑向田间，却没有为全县当家人放飞出四方惊叹、八方欢呼的高产"卫星"。高产之路，路在何方？庆幸的是，这种滥施肥料和人海战术创高产的做法，多年后终于被科学种田所取代。

2012.2.20

初秋，那阵风

盛夏将退，秋意初显，意外地吹来一阵从未见过的大风，破"四旧"：被推翻的剥削阶级，企图用他们的旧思想、旧文化、旧风俗、旧习惯，腐蚀群众，征服人心，达到他们复辟的目的。我们无产阶级必须迎头痛击。要"敢"字当头，放手发动群众，打好破"四旧"这场硬仗。其时：一九六六年八月。

人们立即迅速行动。

可是，对于"四旧"究竟包含哪些对象，谁也没有讲明，更无具体清单目录，只能是意会。不过大致上也有个路子：首先是"旧"，尤其是与无产阶级政治"对立"的，再就是消极的无关紧要的东西，"破"了也没错。

人们都在考虑，自家的"四旧"，自己要搞彻底，这是必需的自觉行动。那几天，除了做好必要的教学工作外，我就在家里拐头拐脑地找"四旧"：反正过去的，带有迷信、祈福、传宗接代、闲书闲画、交友留影、历史旧迹、遗存玩赏、奇形怪状、说不出名堂……一句话，没有无产阶级政治性的那些物件，只要发现，立即上交。上交了，就有扬眉吐气之感。不过像我这样的青年教师，刚立门户，住的是学校给的一间小屋，生活是勉强应付，锅灶碗盏还搞不全，哪有"四旧"积累？找来找去找了两天多，找出了这么几样东西：两个小孩颈子上戴的四五个铜钱大小的玉片、书桌上一尊巴掌大的茶色小石山，一本《封神演义》、买来的笔记簿里几张花鸟虫鱼插页等等，全都交到了学校。

我上交了"四旧"的第二天下午，突然急匆匆来了几个"红小兵"（本校高年级学生），他们进门就分头搜查。最后从我的小书架上找出了一本《三字经》、一本《百家姓》——那是我一次到合肥出差买回来，准备给两个几岁的孩子读读玩玩。"红小兵"打开看看，什么"人之初、性本善"，什么"赵钱孙李"，互相问："这书里讲什么东西？""怎么看不懂？"其中一人忽然抖抖书，望望我："你私藏'四旧'，没收了！"孩子天真单纯得可爱，我应道："好好好。"我家的破"四旧"郑重地开始，轻松地结束了。

隔天晚间，好几个青年老师闲聚在总务处聊天。讲到老师们上交的"四旧"，总务主任指指一个大木箱："交来的值钱的'四旧'，都锁在箱子里，一些字画、旧书、旧瓷器杂七杂八的，都堆在床肚里（床下面）。"通知一到，就送到镇上一把处理。后来确实听说一些老师还交来了金银翡翠各种首饰、绫罗绸缎衣服和料子，当然，都是一些高档的"四旧"。

教工大会上，校长做了总结：我校破"四旧"成果辉煌，这是伟大的胜利！那时，伟大这个词语经常挂在嘴上，逢到讲成绩，非用不可。

其实，在我们这个小学，破"四旧"的成果并不怎么样。因为我们所处的环境，用的、趴的、坐的、挂的、摆的、画的、写的、穿的、戴的，都比一般地方更符合形势要求，更切合时代。可是在一些老户子私人家里，在社会上，破"四旧"的成果就很不一样了。豪宅或宗祠厚重大门门环的铁制虎头衬底拆下了，墙上的神画、古画涂掉了，老字号招牌铲掉了；骑街的或侧立的牌坊推倒了；老祠堂飞檐翘角上的风铃和护宅宝兽砸掉了，屋脊的泥塑人兽搬掉了，大门前的石狮和石鼓埋掉了或是敲碎了；家里的神龛或祖宗牌位不见了，花盆扔掉了，花坛踏平了；一些日用品上的帝王将相、才子佳人、妖魔鬼怪、花鸟虫鱼形象都刮掉了、挖掉了或剪掉了，再不然也上交了。

大破"四旧"的突击行动终于到了尾声。一天上午，听说县里在城北的吴家圹埂处理"四旧"物品。这里离我们学校很近，我连忙赶去看看怎么个处理法。到了现场，只见一个塘口处，有两班人在操作。一班人负责水毁：他们把大板车拖来的难以数计的细瓷缸、盆、碗、碟、杯、盂、罐、坛和少量精美瓷摆件如观音、罗汉、寿星、花瓶、笔筒、笔架等，高高举起，狠狠砸入水中，"哐啷""哗啦"之声接连不断。塘边先是水花、泥点狂溅一气，但很快那些碎瓷片就露出水面成了堆，越聚越多，最后变成一块乒乓球台大小的瓷片小山丘。

另一班人负责火焚：几个人在塘边的土滩上，先架好干柴，撒上木屑，再把几辆板车拖来的可燃"四旧"——主要是大量字画、古书，还有少量织有龙凤花草和人物的丝绸衣裙、布料，抖开放在干柴上。随之有一名智者，用长竹竿挑起一个稻草火把，塞进"四旧"堆里面。只见那堆子上，先青烟丝丝，再白烟袅袅，很快，浓烟带着火舌往上直蹿，最后是如闷雷般"轰隆"一声，大火热热烈烈、痛痛快快地烧将起来。烧了一会儿，火头似乎缺乏上升的力气，于是那人用长竹竿把火堆撬撬。这一撬，更显壮观。无数带着火星火点的烟灰四下飘飞，围观的人不断地往后退着、避着。不过当年的吴家塘埂（今农文化广场一带），是大块菜地夹着几口大大小小的水塘，很空旷，无有火灾之虞。

观看的人七嘴八舌，说得最多的是："砸了好，烧了好，省得惹是生非！""这些东西放家里也是废物，不能当饭吃。"表面看，唯物主义认识论在这里得到了最直接、最痛快的理解，但是，人们的内心呢？只能是万般的痛惜，万般的无奈。

事后听说县体育场也处理了"四旧"物品，而且比吴家塘埂处理得多得多。我未亲眼看见，至为遗憾。

破"四旧"中破出来的为数不少的金银珠宝是怎么处理的呢？谁都不问，谁也不知道。不过肯定是物有所值，物有所属，物质不灭。

对"四旧"各类物件，能立马处理的，确实处理得干净利落，那么那些旧风俗旧习惯呢，怎么办？人们凭着满腔的忠诚，干得也可以。就说穿戴吧，男女老少几乎一律是蓝色或黑色制服，夏天只穿白、灰色等浅色衣服，爱美的女人们也偶尔用一点彩条小花头的衣料装扮一下。女人们的发式，奶奶辈多是粑粑头，其他不外是扎一个马尾辫、两个扫把辫或是剪个耳朵毛（齐耳短发）。资产阶级那一套烫头发、涂口红、戴金饰银、镶玉插花，呸！那是阶级敌人才喜欢的，臭气冲天，革命妇女们谁也不会沾一点点边。人们冷漠了烧香祭祖、求神拜佛。婚丧喜事绝没有传统仪式，越简单越革命化。结婚无车无轿，近亲好友到一起贺一下。新人是"拜领袖、拜父母（属四类分子父母，则不能拜）、夫妻互拜"之后，凭结婚证从百货公司买来的计划糖果一撒，再小范围喝杯水酒就行。死了人是不奠祭、不戴孝、不烧纸钱，死了就抬，抬走就埋（烧）。年节不少，只是提倡过阳历节日，如三八、五一、五四、元旦等，都以突出政治性、教育性为主，谈不上吃喝玩乐。阴历年节如春节、元宵节、端午、中秋等，不提倡过，倒是商业部门有一点肉蛋豆制品之类的凭票供应，给人们打打牙祭。因为生活艰苦，只要有点吃的，人们也不想有什么热闹的形式了，过年门对子都不贴了。我们这个古老县城，当年破"四旧"的深度、广度、力度，也许是非常冒尖的。

当年那阵秋风中的破"四旧"，因为发生在"文化大革命"中，后来有人将其倒装过来，戏称为"大革文化命"。作为"四旧"载体，不可胜数的实物，那水中埋葬的无数的细瓷碎片，那火中焚烧的纸角丝灰，也确实有很多是中华文化的珍宝。历史为之哀叹，子孙后代也为之惋惜！

令人欣喜的是，五千年以来，中华民族通过对自然的探索和研究，对社会的变革和创造，所形成的博大精深的思想和文化，惊艳世界的建筑和珍宝，在经受破"四旧"的痛苦折腾以后，被大批大批千方百计保护下来，如今正绽放得无比妖娆和昂扬。历史的酿造和祖先的精创，在理性的心灵、情感的沃野和多彩的世界，愈益美丽动人。

2012.2.24

为央视当了一回"演员"

一

想不到，老了还当吹鼓手——给中央电视台当了一回"演员"。

6月1日，已经暑热难当，突然接到市档案局肖局长电话，邀我去帮办一件事。说是中央电视台摄制组来了，要拍我们无为的电视节目，其中涉及曹操与孙权的濡须口之战和濡须河的历史，到时要我在拍摄现场接受采访。这太意外了。我不是搞历史的人，对有关历史缺乏详细了解，哪敢贸然，当即推辞。但是肖局长说这是"研究决定的"，只得"恭敬不如从命"。

到了档案局，会面十分钟结束。肖局长给我两份材料：无为市《中国影像方志》选题表，无为市《中国影像方志》拍摄分工表。前者如脚本，只是提纲挈领，后者是拍摄项目安排，也很简单。未知行动日程，更未见北京来的摄制人员，心中是少少的清楚、多多的糊涂。不过有一点我非常明白，得赶快查找资料，弄清基本史实，把握主动。还好，东翻翻西找找，桌面上摆出了四五种相关资料，上午、下午、晚上都在"故纸堆"中寻寻觅觅。经过两天的赤膊之战，看看、画画、写写、注注，总算心中有点底了。

隔了三四天，档案局小李通知，与摄制组同去看濡须河当年在泥汊的出江口螺丝口。可是到了现场，只见江滩上一条窄窄的外护堤埂，长满了茂密的芦苇。村书记手一指：听老辈说，这里就是螺丝口。我们四下张望，除零星的几个住家户外，什么也看不到。大家很失望，都觉得现今起码应该在这里立一个标牌，表示对历史的尊重。此行认识了拍片的编剧林子、导演谢文超两位很有亲和力的年轻人，我们加上了微信。与导演谢文超交谈才知道，央视10套探索与发现栏目正在进行一项大工程，拍摄《中国影像方志》，具体说就是给全国两千多个县立传。他们边拍摄边播出，已经播出八百多个县了。我们县的拍摄是"正在进行时"。

回程中，得知摄制组明日回京，过些时再来。几天后从电视新闻得知，北京新发地蔬菜批发市场出现新冠疫情，谢导他们居家防疫。这就不知"何日君再来"了。

二

三个月过去，9月4日小李电话，说央视摄制组来了，要我8日参加拍摄。

8日上午，我们的队伍开到县图书馆，摄制组说要拍曹孙濡须之战史籍中记载的内容，并进行室内采访。副馆长沈怀玉领大家走进二楼古籍储藏室。储藏室里，众多装满古籍的书橱，整齐排列，明净悦目，很有厚重的文化气息。

谢导选定一架书橱，摄制组三个小伙子忙着打开各自的拉杆箱，拣拣装装，不一会儿，上下左右前后，大小灯光一齐闪亮。导演发令：开始！我走近一架书橱，双手打开橱门，取出一册线装清嘉庆《无为州志》，轻轻翻阅着。摄像师从不同角度拍摄。导演不时与摄像师一起查看摄入的画面，小声说着什么，然后又重拍了几个镜头。

接下来，到图书馆一楼借书处大厅，灯光安排好以后，拍摄导演对我的采访。我胸前戴上麦克"小扣扣"，坐上中心位置的木椅。导演不入画面，坐在较远的地方，提问了曹孙濡须口之战和濡须河对无为的重要作用等几个问题，我一一做了回答。如此重复两次。面对这未经预排的"表演"，谢导不断地重复"还行"，可是我心里总不踏实。

9日，在石涧镇太平村东北角，巢湖市银屏镇锥山行政村三国古战场拍摄。天热，赶早，两辆车六点钟就出发了。

锥山村的三国古战场，是日前小李与同学假日游玩发现的。肖局长已约我到此转了一圈。大约半个小时后到了目的地。眼前，京福高铁和宣（城）商（丘）高速两条交通线，在如林般坚固高昂的水泥柱上面交叉穿过，十分壮观。靠路右边的高速立柱上，挂着一块半人高的长牌，赫然写着"古濡须口"。这是锥山村的作品。

我们先顺路前行左拐，到一座小山脚下，摄像师放飞了约五六十厘米见方的无人机，在空中远近高低飞了一下，拍摄外景。我第一次这么近看无人机工作，觉得很有趣。接着返回向东，车过水泥小桥，进了锥山村。村路左边是村部。我和肖局长下了车，走进去，与一个平头中年男人交谈，知道他是村主任，姓傅。傅主任说：这里就是三国时，曹操和孙权打仗的古战场濡须口。村子东边是濡须河，村子西边你们刚才去的山脚往上看就是七宝山，我们这锥山就是濡须山。傅主任说得顺溜又随意，看来他是经常向来访者做这样介绍的。接着他又补了一句，"看你们坐的是'公务车'我才说，要不没介绍信，我不随便说的。要防止坏人刺探情报啊。"我们连说"谢谢谢谢"。

我们的车穿过村子，东行上了濡须河铺了水泥路面的河堤，看到几部铲车在施工，水泥搅拌机旁几位上了年纪的农民在挑运混凝土。我们下车迎上去说话，一位老农告诉我们，锥山村正忙着搞"三国文化"乡村旅游建设，钱是"上头"给的，八百万。我小小地吃了一惊，八百万？一个村？了不起。我们无为穷，一个县的文旅建设，也没见过这样的"大钱"啊！

继续前行到一段笔直的河埂，全部下车，开始工作。现在，我们已站在濡须河边，这河面近百米宽，千吨以上驳船往来不停。河对面当然是东关山了，那山下就有当年孙吴大将吕蒙建造的濡须坞。我忽然想到，从两山相峙形成濡须口来看，西边是七宝山不错，东边的濡须山按含山有关人士观点，应该是东关山才对。但普遍的说法是，锥山就是濡须山，而且与龟山三山合一。这说明怎么确认濡须山，尚存异说。因为这地形和山、河位置，表明七宝山与锥山之间太靠近，难容濡须河通过。谢导四处看看，通知我准备拍摄。无人机又起飞了，摄像师也摆开架势。我按要求漫步在河堤上，不时向左后侧随行的小李，介绍濡须河的走势与功能，再分别站在河岸、河滩与小李聊几句濡须河的事，拍摄结束。阳光无遮拦地照着，天热起来，又无处可稍坐休息。大家很关心我，问我是否受得了，我说能坚持，请他们放心。

接着，导演选了河滩一棵大树，要我站在树下接受他的采访。这棵不知名的大树，个头不高，却有两庹长胸围，很粗。巨大的树冠形成伞状浓荫，场景不错。摄影师安排好聚光、摄像等设备，导演开始采访。我所说的内容，与昨天在县图书馆讲的基本相同。几分钟结束，我问导演，"表演"合不合要求？答：可以。

将近中午，天更热了，接受导演建议，肖局长、小李、我先行回城。导演说还要和摄影师留下，继续工作一会儿。

三

摄制组拍片，还是很有考虑的。他们提出向黄雒河至芜湖方向再看看，有合适地点再拍一下。21日，早饭后，两辆车向北经仓头到黄雒河古镇，再到凤凰桥码头。但黄雒河附近一段河道七湾八汊，河埂无法行走，已看不见当年古镇的繁华和水上要道的风光；凤凰桥一段河面太宽，不好取景。此行未达到拍摄目的。摄制组还要继续北行到长江边，我们就返回了。

回来的路上，我不由想到，濡须河从远古走来，出巢湖，达长江，畅行在长江冲积平原上。中途在黄雒河，一分两汊，北向裕溪口进入长江；南奔仓头、无为古城郊区，又折东转南，绕了半个圈子，渐与长江同向而行，顺路冲出了神圹的栅江口、泥汊的螺丝口两个出江口，全长七十多公里，成为无为县"水聚东南"的主角。濡须河的波涛浸润着历史，鱼米滋养着子民，承载着千年古城通江达海的交通、商贸、人文经略的重任，不愧是百万人口大县的母亲河。只因社会与自然的演进，它难续昔日的辉煌，连名称也因被分段另说而渐受冷落，但是没办法，这就是历史。

过了两天，我在家里向北边窗外闲看，不远处，仓头方向一段白色的河面，让我猛然一惊。前几天跑到巢湖市锥山村去拍濡须河，尽管那里历史上与濡须、无为同属一个州县，但现在早已分为两家，那些地形地物让无为人一看，就知道不是"自家的"，可能接受不了。眼前这段濡须河情境相宜，离县城近，又紧靠曹孙濡须之战中曹操屯粮之地仓头，多理想！如在此处再拍摄一下，正切合主题。我立即与肖局长通了话，他很慎重，表示要向宣传部领导反映。隔了几天，肖局长、我和小李，与摄制组一道，在仓头附近高铁高架下的河岸边，进行了相同内容的补拍。

仓头，无城北郊，濡须河边一个小码头。历史上最繁华时，不到百户人家，却鲜亮、朴实得宛如小家碧玉。可别小看它，曹操于汉献帝十八年（213）、二十二年（217），两度率大军出巢湖，在濡须口与孙吴大战，并取得胜利。仓头作为曹军粮草重地，保障军队后勤供应，是立了大功的。三年后，即220年，曹操六十五岁，病逝许昌，其南下遗愿只待后人再续。但是仓头在三国历史中占有一席之地是肯定的。

由此，再多说几句。有传曹操在上述战争之后，曾指我们古濡须军事上是"无可为之"之地，故此地被称"无为"，很有轻蔑之意。但据多位史家研究，曹操既两胜孙权，心绪应当亢奋乐观，断不会发出"无可为之"的丧气慨叹，且史籍中也无稽可考。我想，观史议今，应该还无为一个公道：隋、宋以降，都认为无为，实乃无为而治，天下大安之意。回到眼前，我为央视当演员的"表演"真的结束了。

不过就全片看，还有独具无为传统特色的龙灯、鱼灯、纱灯、板鸭，以及螃蟹和其他产业，需继续拍摄。估计摄制组要忙到国庆节，才可回京。谢导热情地告诉我，待节目制作完成会告诉我。我当然期待着，倒不是要看自己仅及秒分的"表演"，而是为欣赏上了央视的我的家乡——千年古城无为。

2020.12.3

后　记

　　《闲云淡月》散文集出版了。这离《多彩的大地》散文集面市，已有整整六个年头，我也从"七O后"跨进"八O后"，不变的依然是内心的舒畅和喜悦。

　　就散文创作而言，退休二十多年来，一路前行、一路采撷，竟然从兴趣变成了一种责任，未曾停息。明末清初学者顾炎武在《日知录》中说："文之不可绝于天地间者，曰明道也，纪政事也，察民隐也，乐道人之善也。若此者，有益于天下，有益于将来，多一篇，多一篇之益也。"顾老高见，不敢高攀，算是我驱动纸笔之心所向往之吧。

　　此散文集，与前一集依写作时间排序不同，改为按文章内容相近者分为四部分，各冠名号，再配以三几句章前语，似乎较有新意。当否，尚祈方家指点。

　　文缘笔意：人在旅途，不经意间，邂逅功业大家、卓越人士，他们的贡献，辉映大地，为之立下心灵之碑，我想任何时候都有必要。还有那历史尘埃中悲冤的灵魂，用良心的笔触，为之送去点滴关注和同情，透一透古今气息，也不无情理。

　　南窗青灯：我的散文写作，向来且行且看。书中的吮吸，史域的探幽，物象的描摹，情感的宣扬，都是随心所欲。思绪的凝结，则是南窗青灯下的怡然自得。

　　地球村里：信步遐迩，总有所得。它们尽情地展示，大地因之深邃和精彩。足下匆匆，思绪悠悠。当辛劳幻化成享受，美也就装进了心的行囊。

　　濡须河畔：濡须河，长江下游皖江北岸，一条贯通巢湖和长江的古老河流，是我家乡无为的母亲河。波涛浸润着历史，鱼米滋养着子民，俯拾皆是的故事，绽放着草绿花香，无论喜怒哀乐，却凸显着一个爱字。

　　我在前一集《多彩的大地》后记中曾写道："在写作中，我努力做到严谨细致，着意研磨。因为我必须真诚地对待笔下的人、物、事件，真诚地对待有兴趣阅读拙作的人们，也真诚地对待自己。"现在我仍然说，这是必须的。

以真诚的态度对待写作，最关键的是要抓住人、事、物的本真和实底，也即定要真实。左思在《三都赋》中说："美物者贵依其本，赞事者宜本其实。"鲁迅说得更直接："艺术应该真实，作者故意把对象歪曲，是不应该的。"因此，我的写作，往往起步于求实的猎取，随后是专心的研学、沉静的思考。为的是尽力捕捉着眼的旨趣，下笔的经络，让所写的对象不致偏谬。期望完成的作品像枝叶鲜活的草木，切切实实地生长着，用从丰饶的大地汲取的营养和心气，回报大地以明丽的家国情怀。

但是，尽管有着主观的希冀和努力，却不敢妄言有多大的收效，只能等待方家和关心拙作的人士，不吝赐教，期盼殷殷。

回首人生，第八十五个春天已经来临。过往的岁月，无论是做学生，或是任粉笔教头，或是充数公干，我对纸笔活计，都悦然不拒。退休以来的散文写作，更觉怡情养性，乐在其中。自暴点"隐私"：写，并快乐着。我的写作方式，多缘老例，闲云淡月之下，一边听着轻曼细柔的丝竹雅韵，一边纸面信笔，那是难以言状的惬意和享受。孩子新居装修，去当小工，服侍师傅的空当，躺上阳台躺椅，掏出笔和豆腐干纸片，一任师傅们叮咚哐当的交响，颠悠轻轻，语意连连。那时那刻，还真是无他有我的孤芳自赏。再者，旅途中，感觉要现得现存，不屑嘈杂摇晃，歪歪斜斜地纸上留痕，也很自慰。若此，写作于我，还真是一半潇洒，一半养神，可谓趣味多多。

为本书作序的是汪言海先生。言海先生是《安徽日报》高级记者，安徽大学新闻学院客座教授，享受国务院特殊津贴的专家。应我之求，他冒着酷暑，欣然浏览书稿，写出了分量厚重的序言，使拙作大为增色。可谓赤诚助我，精神感人，谨送上深深的敬意和谢忱。

从我的家乡走出去的著名书法家周鉴明先生，在百忙中欣然挥毫，为拙作题写书名，并从琼岛千里传来，可谓情浓艺卓。感动之余，遥祝书法家事业精进，鹤翔万里。

挚友秋实、袁牧二位，对我的纸笔爱好，不仅给以精神上的鼓励，而且操心有年，多费辛劳。若说感谢，仅能表达心意于万一，因为分量太轻啊。纯粹的友谊，是我人生的宝贵财富。

应当感谢的，还有郎广志、季群生两位。郎广志是我市资深编辑和摄影家，精心为本书设计封面，季群生以专业水平为书稿打印和电脑传输，都是不辞辛苦，倾心尽意。他们真诚待我，当铭记在心。

诸多同学、同事、好友纷纷给我以热情鼓励，家人更是全力支持。他们不仅是我出版此书的有力后援，而且一直以来，都是我创作之路上的春光、丽日、和风，谢之不尽，有幸三生。

正道人间，谁都追求完美，但却很难完美。《闲云淡月》，肯定难避舛误和遗憾，恭请众位方家，各方人士不吝教诲，多谢多谢。

俄国作家屠格涅夫说："我现在所有的相当不坏的东西，是生活赐给我的……生活就是'一切艺术的永恒的源泉'。"就创作而言，退休生活给了我《多彩的大地》和《闲云淡月》两个散文集，自认为是"相当不坏的"收获，而且是很意外的收获。其何以故？因为十年、二十年前根本未曾想到，真可谓人生至乐啊！

以耄耋之年切身体验而言，生活给了我无尽的愉快和享受，愉快和享受又丰富了我的生活。我想，对生活，不仅要热爱、要珍惜，还要继续用笔去开掘、描摹、报答。

生活之树常青。

王惠舟

2021 年 4 月 25 日